Eine Art zu lesen

Eine Art zu fliegen

GOYA

Das Buch

Die Englischlehrerin Claire Devon lebt glücklich verheiratet mit ihrem Mann Paul und ihrer Tochter Ashley in einer typischen US-Vorstadt. Eines Nachts raubt ihr ein durchdringendes Summen den Schlaf, das sie fortan permanent begleitet, mit starken körperlichen Nebenwirkungen. Weder Ärzte noch Psychologen können das Phänomen erklären. Nach anfänglichem Verständnis gehen ihre Freunde und auch Paul und Ashley auf Distanz. Claire fühlt sich isoliert, bis sie auf Menschen trifft, die »das Summen« ebenfalls hören können. Was als Nachbarschaftshilfe beginnt, nimmt schon bald sektenartige Züge an. Und die Ereignisse eskalieren. *Das Summen* ist ein spekulativer, fesselnder Roman, der die feinen Grenzen zwischen Glaube, Wahn und Verschwörung auslotet.

Der Autor

Jordan Tannahill, 1988 in Kanada geboren, ist Autor, Dramatiker und Regisseur. Seine Theaterstücke wurden in über zehn Sprachen übersetzt und zwei davon mit dem Governor General's Literary Award for Drama ausgezeichnet, Kanadas wichtigstem staatlichen Literaturpreis. *Das Summen* erklomm die kanadischen Bestsellerlisten und stand auf der Shortlist des Scotiabank Giller Prize. Tannahill ist bekennender Kritiker der Monarchie und des Brexits und tritt als Aktivist für die Rechte der queeren Community ein. Er lebt heute in London.

Der Übersetzer

Frank Weigand, 1973 geboren, studierte Romanistik, Philosophie und Komparatistik. Er lebt als freiberuflicher Kulturjournalist und Übersetzer in Berlin. Er hat rund 150 Theaterstücke, Bücher und Hörspiele ins Deutsche übertragen, u.a. von Jocelyne Saucier und Roxanne Bouchard. Weigand und Tannahill kennen sich gut und haben bereits bei der deutschen Übersetzung seiner Theaterstücke zusammengearbeitet.

Jordan Tannahill

DAS SUMMEN

Die Ereignisse am Sequoia Crescent

Roman

Aus dem Englischen
von Frank Weigand

GOYA

Die Originalausgabe erschien 2021 unter dem Titel
The Listeners bei Fourth Estate, einem Imprint von HarperCollins.

Das gleichnamige Hörbuch erscheint bei GOYALiT.
Dieses Buch ist auch als E-Book erhältlich.

Zitat von Simone Weil auf S. 227: Übernommen aus Simone Weil, *Schwerkraft und Gnade*, übersetzt von Friedhelm Kemp, Kösel Verlag, München 1952.

Der GOYA Verlag dankt dem Canada Council for the Arts für die Förderung der Übersetzung.
We acknowledge the support of the Canada Council for the Arts for this translation.

Canada Council for the Arts | Conseil des arts du Canada

Aus Verantwortung für die Umwelt hat sich der GOYA Verlag dazu entschieden, keine Plastikfolie zum Einschweißen der Bücher zu verwenden.

FSC
www.fsc.org
MIX
Papier | Fördert gute Waldnutzung
FSC® C014496

Deutsche Erstausgabe
1. Auflage 2023
GOYA Verlag

First published in Great Britain in 2021 by Fourth Estate, an imprint of HarperCollins
Lektorat: Heiko Arntz

Umschlaggestaltung: Katrin Wahl
Umschlagmotive: © lpictures und GINGER_Tsukahara – stock.adobe.com
Gesetzt aus der Sabon LT Std
Satz: Pinkuin Satz und Datentechnik, Berlin
Printed in Germany
ISBN 978-3-8337-4579-9

www.goyaverlag.de

Für James

1

HÖCHSTWAHRSCHEINLICH SIND SIE im Netz schon über das Meme gestolpert, in dem ich splitternackt vor einer Wand von Fernsehkameras herumbrülle. Ein viral gegangener Augenblick von Kontrollverlust, in ein GIF gepackt und dann weltweit in Twitterthreads und Textnachrichten kopiert und weitergeleitet. Höchstwahrscheinlich haben Sie auch die Berichterstattung über die tragischen Vorkommnisse verfolgt, die sich direkt danach am Sequoia Crescent ereignet haben. Und ebenso höchstwahrscheinlich halten Sie mich daher für eine Sektentussi, eine Verschwörungstheoretikerin, der irgendjemand eine gehörige Gehirnwäsche verpasst hat. Falls Sie dieser oder einer der anderen hoffnungslos aufgebauschten Geschichten, die in den Tagen, Wochen und Monaten danach über mich verbreitet wurden, Glauben schenken, kann ich Ihnen das nicht verdenken.

In Wahrheit bin ich allerdings schlicht eine Mutter und Ehefrau sowie eine ehemalige Highschool-Lehrerin, die jetzt in Abendschulkursen in der Bibliothek um die Ecke Englisch für Ausländer unterrichtet. Ich liebe meine Familie über alles. Meine Tochter Ashley ist der wichtigste Mensch in meinem Leben. Immer wieder liest man in der Zeitung von Eltern, die ihre Transgender-Söhne enterben oder kein Wort mehr mit ihren Töchtern reden, weil sie einen Juden geheiratet haben oder weil sie keinen Juden geheiratet haben. Ich finde so etwas einfach barbarisch. Ein Glaube, der Leute dazu bringt, ihre natürlichen Elterninstinkte zu verleugnen, ist im Grunde abartig.

Ich weiß noch, wie ich Ashley im Arm hielt, als sie kaum fünfundvierzig Sekunden alt war. Sie hatte noch nicht einmal die Augen aufgeschlagen, war bloß ein kleines, schleimiges, maulwurfsartiges, fast einen Monat zu früh geborenes Ding, und ich dachte, dass ich für dieses Wesen buchstäblich über Leichen gehen würde. Als ich sie im Arm hielt, stellte ich mir all die Freude und Lust vor, die sie in ihrem Leben empfinden würde, all den Schmerz, vor dem ich sie nicht beschützen könnte, und war komplett überfordert. Ich stellte mir die Männer vor, die ihr irgendwann wehtun würden, und sah mir selbst dabei zu, wie ich sie einen nach dem anderen mit meinen bloßen Händen kastrierte. Und das alles, bevor sie auch nur eine Minute alt war! Deshalb vermochte ich nie zu begreifen, wie jemand einen Glauben oder eine Ideologie über die Liebe zu seinem eigenen Kind stellen konnte – und doch warf mir Ashley in dem Jahr, das mit den Ereignissen am Sequoia Crescent seinen traurigen Höhepunkt erreichte, genau das vor.

In diesem Buch versuche ich, die Ereignisse so getreu wiederzugeben, wie es meine subjektive Erfahrung erlaubt. Alles, was hier steht, habe ich selbst geschrieben. Ich hatte keinen Ghostwriter. Ich habe dieses Buch nicht verfasst, um aus meiner kleinen, zeitlich begrenzten Pseudoprominenz Kapital zu schlagen oder mich irgendwie zu entlasten. Ich habe es geschrieben, weil ich darin eine Möglichkeit sah, dem, was mir widerfahren war, einen Sinn zu verleihen.

Denn nach Sinn habe ich schon immer in Büchern gesucht. Als Kind habe ich Bücher verschlungen. Aufgezogen von einer alleinerziehenden Mutter und einem Fernsehapparat. Als ich heranwuchs, gab es in unserer Wohnung keine Bücher, also nahm ich so viele aus der Bücherei mit, wie ich durfte, und manchmal auch ein paar mehr, die ich nicht zurückgab. Ich fühlte mich stets zu Geschichten über Frauen in Extremsituationen hingezogen, die schwere Zeiten durchmachten und schlimme Entbehrungen ertrugen. Geschichten über Leute, die in Selbstmitleid versinken und ebenso rat- wie ziellos in der Gegend herumtappen, ertrage ich keine Sekunde, ich meine, wen interessiert's, Leute, reißt euch mal zusammen. Obwohl mein Leben in diesem Buch buchstäblich den Bach runtergeht, kann ich Ihnen versichern, dass ich jede einzelne Sekunde dagegen angekämpft habe. Ich habe mich nie als Opfer gesehen und tue das bis heute nicht. Aber natürlich halten die meisten mich ohnehin für den Bösewicht in dieser Geschichte, doch auch als solchen sehe ich mich keineswegs.

Auf der Highschool träumte ich davon, später mal Essays wie Joan Didion zu schreiben. Ich malte mir aus, dass ich nach meinem Uni-Abschluss ein Nomadenleben führen würde, jeden Tag eine halbe Schachtel Zigaretten rauchen, quer durch Amerika fahren und mit Notizblock und Stift bewaffnet in den Zeitgeist hineinstolpern würde. Ich trug damals ein Armeehemd aus dem Secondhandladen, in dessen tiefe Taschen ich abgegriffene Taschenbuchausgaben von Rimbaud und Pound stopfte. Mein einziger Wunsch war damals, meinen Namen irgendwann gedruckt zu sehen. Das war, bevor ich mit zweiundzwanzig schwanger wurde, Paul heiratete und Englisch auf Lehramt zu studieren begann. Trotzdem habe ich niemals irgendetwas bedauert. Ich genoss es, eine junge Mutter zu sein. Als Ashley älter war, wussten sie und ich immer genau, was die andere dachte. Die Leute machten Witze darüber, dass zwischen uns anscheinend eine telepathische Verbindung bestand, und manchmal glaubte ich, sie hatten recht. Manchmal hatte ich Durst, und sie brachte mir unaufgefordert ein Glas Wasser. Oder ich wachte in dem Wissen auf, dass sie einen Albtraum hatte, und kam bereits in ihr Zimmer gerannt, bevor sie überhaupt nach mir gerufen hatte.

Womit ich sagen will: Ich hätte nie damit gerechnet, dass ich nach all den Jahren doch noch ein Buch schreiben würde, und ganz gewiss nicht unter diesen Umständen. Es kam nur so weit, weil ich es nicht mehr ertragen konnte, wenn andere Leute meine Geschichte zum Besten gaben, wenn sich sogenannte Experten oder Talkmaster über die Vorkommnisse am Sequoia Crescent ausließen, als hätten sie irgendeine gottverdammte Ahnung, oder wenn die Tragödie zum x-ten Mal für einen Lacher in einer Late-Night-Show verbraten wurde. Dabei kann ich Spott vertragen, glauben Sie mir. Über meine fransigen Haare und die Hängetitten in dem Meme hat garantiert niemand lauter gelacht als ich. Aber die Wahrheit ist nun einmal etwas komplizierter als eine griffige Pointe.

Eins begreife ich allerdings bis heute nicht: dass etwas so Kleines, so Harmloses mein ganzes Leben auf den Kopf stellen konnte, dass all die Qual, die Euphorie, die grauenhafte Ernüchterung mit einem leisen, kaum wahrnehmbaren Geräusch begann.

»Hast du das gehört?«

Ich lag neben Paul im Bett. Er las auf seinem Tablet die *New York Times* und ich korrigierte Schüleraufsätze zu *Was ihr wollt*.

»Was gehört?«, fragte er und las seinen Artikel weiter.

Ich legte den Aufsatz auf die Bettdecke.

»Es ist so ein – Summen«, sagte ich.

Paul blickte auf, und für einen Augenblick lauschten wir beide.

»Ein Summen?«

»Ein ganz leises Brummen«, erklärte ich.

Er runzelte die Stirn, zuckte mit den Schultern und wandte sich wieder seinem Tablet zu.

»Ich höre nichts.«

Ich nahm den Aufsatz zur Hand und versuchte, wieder hineinzufinden. Eine knappe Minute später fragte mich Paul, ob ich mich beim Abendessen gut amüsiert hätte. Ich nickte unverbindlich. Es war eigentlich nur das allmonatliche Treffen meines Frauenlesekreises zum Thema »Dystopien«, doch dann stand ich irgendwann plötzlich in der Küche und bereitete eine üppige Tajine zur Feier von Nadias Geburtstag zu, und schließlich wurden auch noch die Ehemänner eingeladen. Paul meinte, das sei mal wieder typisch für mich gewesen, und das war es wohl. An dem Abend hatte er sich zum Glück bereitwillig als Küchenhilfe einspannen lassen. Das Abendessen zu neunt hatten wir hauptsächlich mit Gesprächen über Trump und den Mueller-Report verbracht, was sich schließlich zu einer intensiven und weitschweifigen Diskussion über Moral und Glaube ausgewachsen hatte, bei der die eine Hälfte der Tischgesellschaft lebhaft diskutiert und die andere konsterniert geschwiegen hatte.

Paul drehte den Kopf auf dem Kissen zur Seite und sagte: »Mir war es nur ein bisschen unangenehm, dass du uns als Atheisten bezeichnet hast.«

Ich verstand nicht auf Anhieb, worauf er hinauswollte. Ich blickte von meinem Aufsatz auf. »Wie bitte?«

»Beim Abendessen. Da hast du gesagt, dass wir nicht an Gott glauben.«

»Was hätte ich denn sonst sagen sollen? Tara hat mir ja quasi die Pistole auf die Brust gesetzt.«

»Na ja, ich würde nämlich sagen, dass ich vielleicht doch an ihn glaube«, erwiderte er.

Paul hielt meinem Blick stand, bis ich lachen musste.

»An welchen Gott?«

»Was meinst du …?«

»Etwa Jesus Christus?«

Paul sah mich an, als wäre ich völlig bescheuert.

»Ja«, sagte er.

»Und auch an seinen Papa?«

Ich blickte forschend in Pauls Gesicht und fragte mich, ob das irgendwie die Einleitung zu einem seiner bemühten Witze war. Dann erzählte er mir, dass er, seitdem sein Vater im Herbst verstorben war, angefangen habe, über seinen Glauben nachzudenken.

»Na ja, nicht bloß nachzudenken, sondern …«

»Sondern?«

»Zu beten.«

»Zu beten?«

»Wann?«

»In meinem Kopf, manchmal im Auto.«

Er erzählte, dass es sich seltsam tröstlich angefühlt habe, als er anlässlich der Beerdigung wieder einmal in der Kirche gewesen sei, und dass es etwas in ihm angerührt habe. Er sagte, er wisse, ich würde mich bloß darüber lustig machen, und genau deshalb habe er mir nichts davon erzählt, und ich sagte, nein, ich würde mich keineswegs darüber lustig machen, und versuchte dabei, meine Gesichtszüge unter Kontrolle zu behalten. Er sagte, er habe darüber nachgedacht, sich vielleicht eine Kirche in unserer Gegend zu suchen, wo er mal hingehen könnte, und sei es nur einmal im Monat oder so. In diesem Augenblick war ich felsenfest davon überzeugt, dass er mich auf die Probe stellte, dass er einen Köder auslegte, vielleicht weil er immer noch ein bisschen betrunken war und mir irgendeine Bemerkung von früher am Abend heimzahlen wollte, aber ich würde auf keinen Fall anbeißen. Ich sah ihn bloß mit großen Augen an und nickte. Dann erinnerte er mich daran, als wäre das nötig, dass Cass und Aldo evangelikale Christen waren.

»Und?«

»Und du hast das ziemlich unhöflich formuliert.«

»Habe ich nicht.«

»Doch hast du. Du warst heftig und herablassend.«

»Das war nicht meine Absicht, und wenn es Cass so vorgekommen sein sollte, kann sie mich ja morgen anrufen.«

Ich hoffte, damit wäre der Fall erledigt, aber wie er so dalag und an die Decke starrte, war Paul anzusehen, dass ihn die Sache immer noch beschäftigte. Obwohl er ein Hüne von einem Mann war, wirkte er wie ein kleiner Junge, wenn er über etwas brütete.

»Ich glaube übrigens, dass ich diese Seite in mir deinetwegen jahrelang unterdrückt habe, und jetzt finde ich …«

»Oh, bitte.«

»… nein, wirklich, weil du nicht an Gott glaubst. Aber ich habe das Gefühl, wenn ich allein auf mich gestellt wäre, würde ich durchaus zum Glauben tendieren.«

»Wenn du allein auf dich gestellt wärst, würdest du zu Mikrowellenessen und *The Wire* auf Netflix tendieren.«

Er drehte mir wieder den Kopf zu und lächelte, dann streckte er die Hand aus und stupste mein Gesicht zärtlich mit seiner riesigen Pranke.

»Wenn du in die Kirche gehen willst, nur zu«, sagte ich. »Aber ohne mich.«

»Ich hätte nie etwas anderes erwartet«, erwiderte er.

Paul wusste ganz genau, dass man mir besser nicht mit Gott kam. Ich hatte zwanzig lange Jahre gebraucht, um dieses verkorkste Zeug aus seinem Kopf zu kriegen. Ich hatte gesehen, was die Kirche mit Leuten wie seiner Mutter machte, und es würde niemals so weit kommen, dass ich brav und bescheiden unter der Fuchtel des Patriarchats dahinvegetierte. Ich sah die Sache so: Ich war mit mir im Reinen, also brauchte ich keinen Gott. Diese Meinung hatte sich kaum geändert, seit ich mit sechzehn schlagartig begriffen hatte, dass Gott nicht anders war als jeder beliebige Typ an meiner Highschool: Er interessierte sich erst für mich, sobald ich vor ihm auf den Knien lag.

Für zwei Personen, die nur zusammen waren, weil die eine die andere geschwängert hatte, als beide erst seit ein paar Jahren alt genug waren, um legal Alkohol zu trinken, hatten wir es ziemlich gut hingekriegt, unsere Glaubenssysteme aufeinander abzustimmen. Als wir uns kennenlernten, war ich ein polyamouröses Riot Grrrl, das Geflüchteten aus Südamerika Englisch beibrachte und er ein ungelernter Arbeiter, der die Art von Reihenhaus baute, in der wir jetzt leben.

Er war stolze ein Meter zweiundneunzig groß, schüchtern und höflich. Wenn er tanzte, bewegte er, wenn überhaupt, seine Schultern. Nicht die Art von Typ, der normalerweise eine junge Frau im öffentlichen Nahverkehr fingern würde oder mit ihr auf Demos für die Rechte von Migranten ginge.

LSD, Avocados, Körperpflege und Tarkowski – nach kurzer Zeit hatte ich seinen Horizont entschieden erweitert. Er war immer ein bisschen geblendet von meinem sicheren Auftreten in Gesellschaft. Für ihn schien sich stets alles um mich zu drehen, wenn ich mit meinen Freunden unterwegs war. Einmal sagte er, ich sei die geborene Anführerin. Damals erregte mich sogar seine Abwesenheit in einem Raum. Seine Unterwäsche auf dem Boden, sein Schweiß im Laken, sein Geruch im Kissen reichten völlig aus. Wir waren berauscht von diesem ganz unsinnigen Glück eines frisch verliebten Paars. Manchmal stand ich unter der Dusche hinter ihm und dachte, vergiss nicht, wie Wasser auf seinem Nacken aussieht, mit seiner schmalen Goldkette und seinen Sommersprossen, vergiss das nie, vielleicht weil ich ahnte, dass dieses gemeinsame Duschen etwas zeitlich Begrenztes war, nur ein Kapitel in unserer Liebesgeschichte, und natürlich war es auch so. Doch zum Glück vergaß ich es nie. Ich weiß noch immer, wie das Wasser auf Pauls jungem Nacken aussah.

Paul besaß eine Art von Schönheit, die darum bettelte, unaufhörlich bemerkt zu werden. Es nicht zu tun und sie als etwas Selbstverständliches anzusehen, fühlte sich an wie ein extravaganter Luxus. Außerdem hatte er keinen blassen Schimmer davon, dass er schön war und dass ich ihn schön fand, und es verursachte mir einen geradezu erotischen Kitzel, diese Tatsachen vor ihm zu verheimlichen. Einmal sagte ich zu ihm, er habe ein Gesicht wie Cornflakes – offen und sonnig, mit Grübchen darin. Das kam nicht so gut an, wie es gemeint war. Am besten sah er aus, wenn er verärgert war oder sich stark konzentrierte. Wenn er sich auf die Lippe biss, musste ich an die Spielzeugeisenbahn denken, die ich als kleines Mädchen besessen hatte. Sie hatte ein Gesicht vorne drauf und ich zog sie stets an einer Schnur hinter mir her.

Wir waren seit ungefähr sechs Monaten zusammen, als das mit der Schwangerschaft passierte. Es war meine Entscheidung, das Baby zu behalten, aber wir brauchten die Hilfe von Pauls Familie, die wir unter dem Vorbehalt bekamen, schleunigst zu heiraten. Paul war arm und träumte heimlich von Reichtum. Ich dagegen war arm und träumte heimlich von einer glamourösen Art von Armut. Arm mit Stil. Jean-Genet-mäßig arm. Irgendwann, als Ashley zwölf war, machte sich Paul mit seinem Handwerksbetrieb selbstständig. Das Geschäft florierte, und unversehens landeten wir in einer vollkommen anderen Gesellschaftsschicht. Wenn man mittellos aufwächst, prägt einen das wie eine Krankheit. Paul sagt immer, dass ich meine Unterwäsche so lange trage, bis ich einen Gürtel dafür brauche. Ich bin vollkommen zufrieden damit, einen abgebrochenen Rückspiegel mit Klebeband zu reparieren oder einen Fön zu benutzen, der Funken sprüht. Ich bin ungeschickt und mache ständig Sachen kaputt, und manchmal denke ich, das liegt daran, dass ich es immer noch nicht gewohnt bin, viele Sachen zu besitzen, Sachen, die nicht aus Plastik sind, Sachen wie zerbrechliche Vasen oben auf Bücherregalen und Lampen auf Beistelltischen.

Ich wuchs in Armut auf, aber immerhin in der Stadt, während Paul ein echter Hinterwäldler war, der sich mit drei Brüdern ein Zimmer teilen musste, in einem Bungalow mit Sperrholzboden, irgendwo eine halbe Stunde außerhalb von Amarillo, wo man seinen Namen in den Schmutz auf der Windschutzscheibe schreiben konnte, wenn man seinen Wagen drei Tage lang nicht bewegt hatte. Ein zärtlicher, aufrichtiger Hinterwäldler, den es immer noch glücklich macht, wenn ihm eine Frau zum Einschlafen Gedichte vorliest. Alles an Paul ist übergroß. Seine Hände, seine Ohren, sein Gesicht und sein Herz. Müsste ich ihn mit einem Wort beschreiben, dann wäre das: »besorgt«. Besorgt um mich, um mein Glück, ob mir zu kalt ist, zu heiß, besorgt, weil ich so still bin, besorgt um Ashley, um ihre Noten, ihre Freunde, ihre Frisuren, besorgt um die Zukunft, unsere Finanzen, die Erderwärmung, besorgt darum, was seine Nachbarn von ihm denken, besorgt, weil seine Mutter alt wird, krank werden und sterben könnte, besorgt um seinen alkoholkranken Bruder, besorgt darum, richtig zu handeln, das Richtige zu denken und zur richtigen Zeit irgendwo einzutreffen. Ich dagegen bin vollkommen unbesorgt.

Während Paul aus dem Bett stieg und zum Pinkeln ins Badezimmer stapfte, nahm ich den schwülstigen Aufsatz wieder zur Hand, aber bevor ich die Stelle fand, an der ich abgebrochen hatte, hielt ich inne. Es war immer noch da. Ich konnte das Geräusch immer noch hören. Es existierte nicht bloß in meiner Vorstellung. Da war ein sehr leiser, nachhallender Ton, gerade noch wahrnehmbar unter dem Plätschern von Pauls Urin in der Toilettenschüssel, dem leichten Rauschen der Klimaanlage und dem gedämpften Face-Time-Gespräch, das aus Ashleys Zimmer am Ende des Flurs herüberdrang. Es war gut möglich, dass das Geräusch schon immer da gewesen war und ich es bloß nie bemerkt hatte. Aber jetzt, wo ich es hörte, schien mir das kaum vorstellbar.

Paul spülte und kam zurück ins Zimmer.

»Stimmt was nicht?«, fragte er.

Ich zeigte in die Luft.

»Es ist immer noch da«, sagte ich.

Er seufzte und schüttelte den Kopf, aber wir lauschten beide, diesmal geschlagene zehn Sekunden, und durchforsteten dabei das Zimmer mit Blicken.

»Ich höre gar nichts«, stellte er schließlich fest.

»Es ist fast wie eine Vibration«, entgegnete ich.

Paul fragte, ob ich die Dunstabzugshaube in der Küche angelassen hätte. Ich konnte es nicht ausschließen.

Ich stöhnte, schälte mich aus dem Bett und zog das Nachthemd über, das ich zusammengeknüllt auf dem Boden liegen gelassen hatte. Ich ging in den Flur, vorbei an Ashleys Zimmer und dann die Treppe hinunter ins stockfinstere Erdgeschoss, wo die roten und grünen LED-Lämpchen von Alarmanlage, Feuermelder, Rauchmelder, WLAN und Heizungsthermostaten eine Art Sternbild formten. Es fasste alle Systeme zusammen, die dem Körper unseres Hauses unbemerkt und unbeachtet wie Atem oder Blutkreislauf Leben einhauchten. Ich betrat die Küche und horchte. Die Dunstabzugshaube war ausgeschaltet. Der Kühlschrank hörte sich normal an. Aber das Summen war immer noch da, genauso laut, wie es vom Schlafzimmer aus geklungen hatte.

Ich ging ins Esszimmer, und wieder blieb das Geräusch unverändert, was mich aus der Fassung brachte. Ich fragte mich, ob ich an einer Art Tinnitus litt. Ich hielt mir mit flachen Händen die Ohren zu, und das Geräusch klang gedämpfter. Es war nicht in meinem Kopf. Das Geräusch kam von irgendwoher. Ich stand im Dunkeln neben dem Tisch, auf dem sich noch die Teller vom Abendessen stapelten, die wir stehen gelassen hatten, bis wir am Morgen wieder nüchtern wären, und drehte langsam den Kopf, in der Hoffnung, dass eine Veränderung der Lautstärke mich in eine Richtung wies. Dann ging ich im Raum auf und ab. Jedes Mal, wenn ich mir sicher war, dass das Geräusch aus einer bestimmten Richtung kam und ich mich dorthin bewegte, erschien es mir plötzlich, als käme es aus der genau entgegengesetzten Richtung. Ich fragte mich, ob vielleicht unser Nachbar Farhad mit irgendeinem elektrischen Werkzeug in seiner Garage hantierte. Er war bekannt dafür, manchmal abends um zehn seinen Rasen zu mähen. Aber dann hätte das Geräusch eine eindeutige Richtung gehabt. Was auch immer es war, es ließ sich nicht orten.

»Ashley?«, rief ich nach oben.

Ich wartete auf Antwort und ging dann zum Fuß der Treppe.

»Ashley?«

»Was ist?«, schrie sie aus ihrem Zimmer zurück.

»Kannst du mal nachschauen? Hat da oben jemand die Badezimmerlüftung angelassen?«

Es folgte eine Pause und dann das Geräusch ihrer sich öffnenden Tür. Sie erschien in karierten Boxershorts und einem ausgeleierten weißen T-Shirt oben auf der Treppe und kratzte sich den Schädel mit der Post-Gender-Frisur. Ashleys Vorbild war nach eigenem Bekunden Sinéad O'Connor ungefähr zu der Zeit, als sie in *Saturday Night Live* ein Foto vom Papst zerrissen hatte.

»Was?«, fragte sie.

»Die Badezimmerlüftung oben. Hast du die angelassen?«

Sie verschwand kurz und kam dann kopfschüttelnd wieder. Ich beschrieb ihr das Geräusch. Sie lauschte einen Augenblick und schüttelte dann wieder den Kopf.

»Dann verliere ich wohl gerade den Verstand«, sagte ich schulterzuckend.

»Perimenopause«, erwiderte sie.

»Was?«

»Das kommt vor.«

»Du kleines Luder. Ich bin vierzig.«

»Altes Luder.«

»Unverschämtes kleines Luder.«

Der vorgeblich rüde Ton war unsere bevorzugte Umgangsform. Ich weiß nicht mehr, wie die Sache mit dem Luder angefangen hatte. Das war einfach einer unserer Insider-Scherze, der im Laufe der Jahre immer neue Formen annahm. Andere Spitznamen für mich waren Ludermom, Momma Claire, Claire Danes und Lady Luder. Zu meinen Lieblingsspitznamen für sie gehörten Ash Wednesday, Ashton Kutcher und Ashscratcher. Paul macht Witze darüber, dass nur die NSA den Geheimcode unserer Gespräche knacken könne. Ashley blickte kurz zu Boden und schlug einen weniger konfrontativen Tonfall an.

»Vielleicht haben die Sonnenstürme was damit zu tun«, sagte sie. »Anscheinend sind die so stark wie nie. Hast du was davon gehört?«

»Nein.«

»Angeblich stören die unsere Elektrogeräte, und manche Wissenschaftler sagen, vielleicht sogar unser Denkvermögen, also …«

Mit einem vielsagenden Blick verschwand sie von der Bildfläche, wie ein hinterlistiger Geist, der in seine Flasche zurückkehrte.

Ich ging wieder ins Esszimmer. Das Geräusch hatte etwas Atmosphärisches an sich. Ich schaute hoch zur Lüftung in der Decke, ging hinüber zum Thermostat und schaltete die Klimaanlage aus, aber das Summen setzte sich hartnäckig fort, deutlicher als je zuvor. Mir fiel ein, dass es sich womöglich um ein von einem Minibeben ausgelöstes Vibrieren in den Wänden oder im Fundament des Hauses handeln könnte. Bekanntlich gab es in unserer Gegend hin und wieder kleine Erdbeben. Ich berührte die nächstgelegene Wand, spürte aber nichts. Ich hielt mein Ohr dagegen, doch das Geräusch veränderte sich nicht. Dann kniete ich mich hin und drückte mein Ohr gegen die kühlen Bodendielen aus Hartholz – wieder nichts.

Ich hätte es damals einfach dabei bewenden lassen sollen. Ich hätte aufstehen sollen, mein Haar in Ordnung bringen und wieder nach oben ins Bett gehen. Ich hätte mich zu Paul ins Warme kuscheln, die Augen schließen und mir das Ganze aus dem Kopf schlagen sollen. Damit wäre es vorbei gewesen, und mein Leben wäre geblieben wie zuvor. Aber es war bereits zu spät. Die Sache machte mich fuchsig. Und ich bin durchaus nicht zwanghaft, das können Sie mir glauben. Ich mache kein großes Trara wegen Kleinigkeiten. Ich bin keine Perfektionistin. Es ist mir so was von egal, ob das Hause picobello sauber ist oder nicht, sogar wenn Besuch kommt. Normalerweise bin ich sehr entspannt, manchmal eher zu entspannt für Pauls Geschmack (oder den seiner Eltern). Aber aus irgendeinem Grund konnte ich es einfach nicht auf sich beruhen lassen. Ein Teil von mir dachte wahrscheinlich, dass das Geräusch auf ein Problem mit dem Haus hindeutete, das immer noch relativ neu und schnell hochgezogen worden war wie alle Reihenhäuser. Paul stieß ständig auf Mängel bei den Rohrleitungen, den Lüftungskanälen oder der Fensterdämmung, was ihn wahnsinnig machte, denn er selbst war bei seiner Arbeit immer sehr penibel. Aber ehrlich gesagt ging es noch wesentlich tiefer. Das Geräusch machte mich verrückt. Es durfte nicht da sein. Ich kannte »weißes Rauschen«, aber das hier hatte nichts mit irgendeinem Geräusch zu tun, das ich je gehört hatte, und ich wusste, ich würde kein Auge mehr zutun, bis ich nicht herausgefunden hatte, woher es kam.

»Ich komm gleich rauf«, rief ich zurück.

Aber das tat ich nicht. Ich durchsuchte noch zwei Stunden das ganze Haus, lange nachdem Paul die Hoffnung auf meine baldige Rückkehr aufgegeben hatte und eingeschlafen war. Ich ging durch die Dunkelheit, manövrierte mich mit schlafwandlerischer Sicherheit zwischen Möbelstücken hindurch, hielt regelmäßig den Atem an und versuchte, so leise wie möglich zu sein. Das Geräusch war immer noch da, tief und leicht wabernd. Manchmal glaubte ich, ich hätte einen leichten Anstieg in der Tonhöhe wahrgenommen, doch lag es vermutlich einfach daran, dass ich mich zu stark darauf konzentrierte. Ich durchsuchte das Wohnzimmer, den Keller, die Garage, zog den Stecker aus jedem Elektrogerät, dem WLAN-Router, der Mikrowelle, dem Fernsehapparat, dem Durchlauferhitzer, drehte die Rauchmelder ab und entfernte ihre Batterien. Irgendwann legte ich sogar den Hauptschalter um. Dabei fiel mir ein, wie ich als Sechsjährige mitten in einem Gewitter einen Stromausfall erlebt hatte. Die Stille danach war wie eine Offenbarung. Ich hatte niemals in Betracht gezogen, dass unsere Wohnung ein Nervensystem besaß und ständig vor sich hin zu jammern und zu jaulen schien. Verwundert stellte ich fest, dass wir manche Geräusche erst durch ihr Fehlen wahrnahmen, und fand es beunruhigend, wie erfolgreich ich mich selbst dazu erzogen hatte, vieles einfach zu überhören. Wie viel ich ausblenden musste, um im Alltag zurechtzukommen.

Schließlich nahm ich zwei Schlaftabletten und kroch frustriert und mit pochendem Herzen zurück ins Bett. Ich stopfte mir ein Kissen über den Kopf. Nach einer halben Stunde kramte ich zwei Ohropax aus der Waschtischschublade im Bad – aber sie halfen nicht. Ich lag da, versuchte, zu meditieren und machte irgendwelche Sachen mit meinen Chakren. Ich schlug die Augen auf und sah, wie es drei Uhr wurde. Dann vier. Das Geräusch war keineswegs laut. Die meisten Leute hätten sich vermutlich anstrengen müssen, um es zu hören, aber in der Stille des Hauses klang es für mich, als würde es nach und nach alles ausfüllen. Es war ein bisschen, wie wenn man in einem Restaurant zufällig das leise Gespräch eines Pärchens hinter sich mithörte und einfach nicht in der Lage war, sich auf etwas anderes zu konzentrieren – weder auf die Geräusche der anderen Gäste, noch auf den Kellner, noch auf die Person, die einem direkt gegenübersaß.

Um halb fünf konnte ich nicht mehr still liegen. Ich nahm die beiden Ohropax raus, ging nach unten, öffnete die Haustür und trat hinaus. Die Nacht war warm. Es gab nicht den Hauch einer Bewegung auf der Straße. Keinen Wind, der die Blätter störte, keine Flugzeuge, die Spuren am Himmel hinterließen. Bloß den Geruch von Kreosotbüschen und frischer, sauberer Luft, von Regen, der irgendwo in der Ferne aufzog. Die unheimliche Stille erinnerte an ein Filmset. Als würde hier einer dieser

Horrorfilme gedreht, in dem die Teenager der Gegend einer nach dem anderen von irgendeiner höllischen Macht umgebracht wurden. Solche Filme spielen immer in Vorstädten wie dieser – Fertighäuser aus dem Katalog, junge Bäume, Einfahrten gesäumt von SUVs. Meine Augen waren trocken, brannten. Meine Wahrnehmung war von der Schlaftablette getrübt. Ich durchquerte den Vorgarten, ging hinaus auf die Straße und lauschte. Es war nicht in meinem Kopf oder im Haus – es war da. Es kam von irgendwo da draußen, vielleicht von nebenan oder ein paar Straßen weiter, vielleicht aber auch von irgendwo außerhalb unseres Viertels. Es war unmöglich, einzuschätzen, wie weit es entfernt war.

Dann erst fiel mir ein Schatten auf der Straße auf, der sich mir kaum wahrnehmbar näherte. Ich starrte angestrengt in die Dunkelheit und beobachtete, wie er näher kam. Er schlüpfte in den Schein einer nahen Straßenlaterne, und ich stellte fest, dass es ein Kojote war. Ohren mit weißen Spitzen und ein weißes Felldreieck in seinem Nacken. Zu schmächtig für ein ausgewachsenes Tier. Eher ein Teenagerkojote oder ein Twenkojote, wenn es so etwas gab. Ich musste lächeln, als ich ihn sah. Oft, wenn ich im Bett liege, höre ich den Kojoten zu, wie sie draußen in der Nacht bellen und jaulen. Aber dieser hier gab keinen Laut von sich, als er zurück in die Dunkelheit schlich. Ich wartete darauf, dass er in dem Lichtkreis neben mir wieder auftauchen würde – aber Fehlanzeige. Er war verschwunden.

Die Kojoten taten mir leid. Meine Nachbarn hassten sie, weil sie Hunde und Katzen aus den Hinterhöfen schleppten und auffraßen. Aber das war eben ihre Natur. Ich hatte schon immer eine gewisse Verwandtschaft mit ihnen empfunden. Auch ich war in der Mittelschichts-Vorstadtwelt ein räudiger Eindringling. Meine Nachbarn hatten irgendwie vergessen, dass die Wildnis nur eine Straßenecke weit entfernt war. Am Ende unserer Straße ging die Stadt in Brachland über. Der ehemalige Grund eines uralten Binnenmeeres. Mehrere Millionen Jahre lang hatten sich hier Meereslebewesen eine gute Meile hoch übereinander abgelagert, verdichtet und zu Rohöl verflüssigt, was einige der Dreifachgaragen und grotesken Fertighaus-Villen auf den benachbarten Grundstücken erklärte. Wenn man nachts aus dem Weltall auf die Stadt blickte, sah unsere Vorstadt aus wie ein kleiner Finger aus Licht, der hinaus in die Dunkelheit deutete. Wir befanden uns am äußersten Ende des nördlichen Stadtgebiets, ja sogar der Zivilisation. Und der Übergang war fließend. Er schien sogar immer uneindeutiger zu werden. Manchmal schlich sich die Wildnis ein und warf nach Sonnenuntergang Mülltonnen um oder kackte einem auf die Türschwelle. Hin und wieder wurden auch die Jungs aus der Nachbarschaft wild. Sie heulten und zertrümmerten Bierflaschen an Garagentoren oder schossen Feuerwerkskörper über die Straße.

»Claire?«

Ich schreckte auf, drehte mich herum. Paul trat aus den Schatten hervor, seine Hände umklammerten einen Golfschläger.

»Was zum Teufel machst du da?«, fragte er.

Ich stand mitten auf der Straße, barfuß und im Nachthemd. Ich konnte mir nicht vorstellen, dass irgendwelche Nachbarn um diese Uhrzeit wach waren, aber wir wären ein ziemlich spektakulärer Anblick gewesen – ich unter der Straßenlaterne und mein Ehemann, der mit einem langen Eisen auf mich zukam.

»Bärchen, wir haben dich im ganzen Haus gesucht.«

»Ist Ashley auch wach?«

»Ja, wir haben uns große Sorgen gemacht. Der Strom ist ausgefallen.«

Ich entschuldigte mich und rieb mir das Gesicht. Ich hatte nicht die Absicht gehabt, daraus eine große Sache zu machen. Es war nichts, wirklich, nur ein kaum hörbares Geräusch, und jetzt war es halb fünf Uhr morgens, wir waren alle wach, und Paul hielt einen Golfschläger in der Hand. Einen Golfschläger? Als mir das klar wurde, fing ich an zu lachen.

»Ich bin aufgewacht, und das Licht ging nicht«, sagte er und kam langsam näher. »Ich konnte dich nirgendwo finden. Ich dachte, irgendjemand wäre eingebrochen. Die Haustür stand offen, alle Möbel waren … Das ist nicht witzig, warum lachst du?«

»Also hast du dir gedacht, du nimmst mal schnell …«

»Das, was eben zur Hand war!«

Paul trug seine Emotionen immer deutlich im Gesicht zur Schau. Ich hatte das schon immer liebenswert gefunden und mich manchmal darüber lustig gemacht, wenn wir gemeinsam Filme anschauten. Ich lachte über die Panik in seiner Miene, fand sie aber auch wirklich rührend. Paul hatte einen Herzfehler namens Mitgefühl, der bei Männern seines Alters ziemlich selten war. Er sah aus wie ein »harter Bursche«, aber was seine emotionale Intelligenz anging, machte ihm so leicht keiner etwas vor. Seine Brüder hielten ihn garantiert für ein Weichei, aber ehrlich gesagt würde ich mich lieber bis in alle Ewigkeit waterboarden lassen, als mit einem von ihnen verheiratet zu sein. Ich mochte es, dass mein Ehemann ein Neuner-Eisen rausholte, wenn er feststellte, dass ich nicht mehr neben ihm im Bett lag. Ich kann generell nur empfehlen, sich Partner zu suchen, die im Fall der Fälle ein Neuner-Eisen zur Hand haben.

»Was zum Teufel geht hier vor?«

Ich beruhigte mich und schüttelte resigniert den Kopf.

»Ich konnte nicht schlafen«, sagte ich.

»Also hast du dir gedacht, gehst du mitten in der Nacht ein bisschen im Nachthemd draußen spazieren«, erwiderte er.

Ich wusste nicht, welche Miene ich aufsetzen sollte, und war zu müde, um zu überprüfen, was für ein Gesicht ich gerade machte, also rieb ich mir mit der Hand über Augen, Nase und Mund, wie mit einem Radiergummi.

»Ich versuche rauszukriegen, wo es herkommt«, erklärte ich. »Ich hab dir doch gesagt – um zwölf, um eins, um zwei –, dass ich nicht schlafen konnte.«

Paul schloss die Augen, drückte sich mit Daumen und Zeigefinger auf die Lider und sagte: »Ich kann nicht glauben, dass es immer noch um dieses verdammte Summen geht.«

»Und ich kann nicht glauben, dass du nicht einfach den Mund halten und zuhören kannst.«

Hörte er es wirklich nicht, selbst jetzt, wo wir in der Stille der Nacht draußen standen? Als er sagte, ich könne seine Ohropax benutzen, holte ich sie aus meiner Nachthemdtasche und schmiss sie auf den Boden.

»Du bist also aufgewacht und in der Dunkelheit rumgeschlichen?«

Wieder musste ich über die Absurdität des Ganzen kichern.

»Ein bisschen gruselig, oder?«, fragte ich.

»O ja, verdammt gruselig«, gab er zurück, aber die Spannung wich langsam von ihm.

Er stand jetzt direkt neben mir, seine Augen funkelten im Schein der Straßenlaterne. Ich stellte fest, dass ich vor lauter Überraschung über sein Auftauchen den Kojoten vollkommen vergessen hatte. Ich überlegte, ob ich ihm davon erzählen sollte, beschloss dann aber, es besser für mich zu behalten. Paul war nicht in der geistigen Verfassung für private Offenbarungen. Ich sah kurz zu Boden, dann wieder ihn an. Sein Gesicht war immer noch eine einzige große süße Zeichnung der Besorgnis.

Meine Hände zitterten, und auf einmal wünschte ich, ich hätte Taschen, in denen ich sie verstecken könnte. Stattdessen verschränkte ich die Arme.

»Tu das nicht einfach ab«, sagte ich.

»Mache ich nicht.«

»Und denk nicht, dass ich übertreibe.«

»Nein, es ist bloß ...«

»Bloß was?«

»Ich weiß nicht, wovon du redest.«

»Ich erzähl es dir gerade.«

»Okay.«

»Ich bin empfänglicher für diese Dinge.«

Er setzte zu einem weiteren »Aber« an, schluckte es jedoch herunter und schloss die Augen.

»Ich weiß«, sagte er.

»Das mit dem Gasleck hast du mir zuerst auch nicht geglaubt.«

»Da gab es einen Geruch.«

»Den ich gerochen habe und nicht du. Wir hätten dabei in die Luft fliegen können. Ich habe Erdbeben gespürt, von denen du überhaupt nichts mitgekriegt hast. Zweimal habe ich früher als du gehört, dass die Heizung im Auto kaputt war.«

»Das waren Dinge, die existieren, Claire. Das hier ist kein Ding.«

Die Schatten der Straßenlaterne fielen hart auf Pauls Gesicht und ließen ihn hohlwangig aussehen. Alt. Er stand eine Armlänge von mir entfernt, aber es fühlte sich sehr weit weg an. Ich sagte, dass mir das mit dem Strom leidtue.

»Ich wollte ihn eigentlich gleich wieder anmachen«, erklärte ich. »Ich habe nur kurz den Hauptschalter umgelegt, um das zu überprüfen.«

»Warte, was? Du hast den Strom abgeschaltet?«

Ich sagte, ich hätte nicht die Absicht gehabt, ihn abgeschaltet zu lassen, ich wollte bloß genau Bescheid wissen, und dafür sei Stille notwendig gewesen.

»Du hast den Strom abgeschaltet?«, wiederholte Paul, und sein Unglaube verwandelte sich in Wut.

»Ich musste einfach sichergehen, dass ich es mir nicht eingebildet habe, und jetzt weiß ich, ich habe es mir nicht eingebildet, es ist …« Ich wies mit der Hand die Straße hinunter. »Es ist da draußen.«

»Wo? Da drüben? Bei den Campaneles im Garten?«, fragte er, drehte sich um und zeigte auf das Haus unserer Nachbarn. Er meinte es im Scherz, aber ich hatte tatsächlich überlegt, ob das Geräusch womöglich von der Poolpumpe der Campaneles kam, und erzählte ihm davon.

Er sagte: »Nein, da ist nichts in ihrem Garten. Hör auf, dich lächerlich zu machen.«

Ich setzte ihm auseinander, dass ihr neuer Pool schließlich riesenhaft war, fast wie ein See, und dass ich wetten konnte, dass sie eine gewaltige Pumpe dafür brauchten, die vermutlich die ganze Nacht an war. Jedes Mal, wenn ich mit dem Flugzeug flog und die Stadt von oben sah, war ich schockiert darüber, wie viele Leute Pools besaßen. Mitten in der Wüste! Diese Landschaft war nie für eine Großstadt bestimmt gewesen, ganz zu schweigen von privaten Badeanstalten.

Paul ließ den Kopf des Golfschlägers auf den Asphalt sinken und stützte sich auf ihn wie auf einen Spazierstock.

»Und? Willst du über ihren Zaun steigen und nachsehen?«, fragte er.

Ich schlug vor, wenigstens näher heranzugehen, um zu überprüfen, ob ich es lauter werden hörte. Ich wusste, ich war dabei, es zu übertreiben. Pauls Geduldsfaden war lang, aber auch er würde irgendwann reißen.

»Und was, wenn sie jemanden in ihrem Garten herumschnüffeln sehen?«, wollte er wissen. »Dann rufen sie die Polizei.«

»Wann soll ich denn sonst hingehen?«

»Lass es!«

»Ich gehe bloß bis zum Tor.«

»Nein.«

»Ich kann mich von so einer Sache nicht um den Schlaf bringen lassen.«

Paul schaute mich verblüfft an und erwiderte, das gehe ihm ganz genauso.

Ehrlich gesagt hätte das Geräusch aus jedem Haus oder Garten in der Umgebung kommen können. Ich drehte mich um und begriff, dass ich mitten auf der Straße stand.

»Claire, es ist morgens um halb fünf, warum tust du mir das an?«

»Ich tue dir überhaupt nichts an, ich versuche, ein Problem zu lösen.«

»Ein Problem? Das Problem ist, was du mir gerade antust. Sieh dich doch an. Du trägst nicht mal Schuhe, verdammt!«

Während er sprach, nahm ich einen leichten Druck in meinem Kopf wahr. Es tat nicht weh, es war kein Kopfschmerz. Da war einfach eine Art von Schwere, etwas Voluminöses. Als ich mich darauf konzentrierte, merkte ich, dass ich es auch in meiner Brust spüren konnte. Es dauerte einige Augenblicke, bis ich es mit dem Geräusch in Verbindung brachte. Mir wurde klar, dass ich das Geräusch regelrecht körperlich spüren konnte. Wie eine Druckwelle.

Ich spürte es in den Hohlräumen meines Körpers widerhallen, in meinem Schädel. Bei dem Gedanken begann meine Nase zu kribbeln. Ich wischte mit der Hand darüber und stellte fest, dass sie blutig glänzte.

»O mein Gott!«

»Was?«

»Meine Nase …«

Ich sah, wie Paul das Blut bemerkte.

»Um Gottes willen«, murmelte er. »Was ist los mit dir?«

»Vielleicht solltest du es mit einem Exorzismus versuchen?«

»Ich glaube, fürs Erste reicht ein Taschentuch. Leg einfach deinen Kopf in den Nacken, und dann lass uns …«

»Fass mich nicht an!«

Ich wankte einen Schritt rückwärts.

»Du tust das einfach total ab, *das hier*«, sagte ich, und hielt ihm meinen blutverschmierten Handrücken hin.

»Bekommst du von dem Geräusch Nasenbluten?«

»Sag das nicht so.«

»Wie soll ich es dann sagen?«

»Das hier verarbeitet gerade mein Hirn zu Brei, Paul, und alles, was du mir anzubieten hast, sind Ohropax und Taschentücher.«

»Jetzt komm schon rein. Bitte!«

»Glaubst du mir?«

»Ich …«

»Hör zu«, sagte ich, wischte mir noch mal die Nase und hinterließ dabei einen frischen Schmierstreifen auf meiner Hand, als wäre das Beweis genug. Ich hatte das Gefühl, dass eine Verbindung zwischen dem Nasenbluten, dem Druck und dem Geräusch bestand, und wenigstens war das Blut etwas Handfestes, das Paul sehen konnte.

»Sag, dass du mir glaubst«, verlangte ich.

Sein Kopf zuckte zurück, als hätte er Angst, ich könnte ihn mit meiner blutverschmierten Hand berühren. Ehrlich gesagt hätte ich ihm am liebsten einen großen roten Handabdruck ins Gesicht geklatscht, wie an den Wänden der Grotte von Lascaux. Er brachte es einfach nicht über sich, es zu sagen. Er bestand darauf, dass das alles stressbedingt sei, im Klartext: Einbildung; im Klartext: Hör auf, so hysterisch zu sein, und ich sagte: »Wow«, schüttelte den Kopf und lächelte ein freudloses Lächeln.

»Wow.«

»Okay«, sagte er und gab sich geschlagen. »Ich glaube dir.«

»Dass ich etwas höre?«

»Ja.«

»Und du glaubst, dass dieses Ding, dieses Geräusch wirklich existiert?«

Er hob die Arme, ließ sie sinken und fragte: »Wie soll ich mit Sicherheit wissen, ob dieses Geräusch, das nur du hören kannst ...?«

»Weil ich es dir sage, und das sollte reichen.«

Er starrte mich an wie ein begriffsstutziger Schoßhund, und ich drehte mich um und ging ein paar Schritte weg.

»Hey! Komm schon. Wo willst du hin? Was soll ich denn sagen? Du spielst gerade total verrückt.«

Ich blieb stehen und stieß einen frustrierten Schrei aus. Es brach einfach aus mir heraus. Ich zitterte vor Adrenalin.

Bin ich gerade dabei durchzudrehen?, überlegte ich. Ja, anscheinend, und das mitten auf der Straße.

Ich lachte über mich selbst. Mein Gott, war das ein Ding. Nicht einmal Pauls Mitgefühl erreichte mich mehr. War das wirklich alles? War das alles, was er draufhatte?

Ich wollte zu ihm sagen: »Ich weiß verdammt noch

mal, was ich höre, und es ist dein Problem, Paul, nicht meines, wenn du mir nicht glaubst.«

Ich drehte mich um, wollte ihn gerade anschreien, aber da war er schon neben mir, streckte die Hand aus und schloss mich in seine Arme. Ich ließ mich einen langen, stillen Moment festhalten, bis er zärtlich zu mir sagte:

»Ich glaube dir.«

Ich wischte mir die Nase.

»Nein, tust du nicht.«

»Doch. Tu ich«, flüsterte er mir ins Ohr und hielt mich noch fester im Arm. »Doch, ich glaube dir. Ich glaube dir, und ich liebe dich.«

Er löste sich von mir, und ich drehte mich um und sah ihn an.

»Ich liebe dich«, sagte er noch einmal.

Da bemerkte ich, dass der Himmel bereits heller wurde. Im selben Moment hörte ich die ersten Vögel zwitschern.

»Hast du das gehört?«, fragte ich.

Er seufzte und schüttelte den Kopf.

»Nein.«

»Es ist Morgen.«

2

ICH HABE JOGGER immer für die niedrigste Lebensform auf Erden gehalten. Ich hatte mir geschworen, niemals selbst so tief zu sinken. Doch kaum zwei Jahre nachdem wir in diese Gegend gezogen waren, hatte auch ich meine dreißigminütige Morgenstrecke. Ich war selbst verblüfft über das Tempo, in dem sich meine Prinzipien in Luft aufgelöst hatten. Ich liebte es, beim morgendlichen Laufen zu beobachten, wie am Straßenrand geparkte Autos aus dem Nebel der Dämmerung auftauchten. Sie sahen aus wie gepanzerte Dinosaurier oder riesige prähistorische Gürteltiere. Häuser wurden zu nebelverhangenen, zerklüfteten Felswänden einer Schlucht aus dem Mesozoikum. Ich stellte mir gern vor, dass in dieser unwirklichen Welt alle Zeitalter quasi übereinandergestapelt existierten und Wesen aus grauer Vorzeit Seite an Seite mit denen aus der Zukunft lebten. Hier war es ebenso wahrscheinlich, auf ein verschrecktes Reh zu stoßen wie auf eine Drohne, die von irgendeinem sozial gestörten Nachbarskind gesteuert wurde. Meistens jedoch begegnete ich morgens keiner Menschenseele. Normalerweise war das der einzige Augenblick am Tag, wo ich mit meinem Körper allein sein konnte. Und zu reiner Bewegung wurde. In puncto Jogging war ich ein Gewohnheitstier. Ich trug immer dieselben Leggins, dasselbe Oberteil, dieselbe Sonnenbrille.

Ich brach immer um Punkt sechs auf. Wenn ich ein

paar Minuten Verspätung hatte, fühlte ich mich den ganzen Tag lang im Rückstand. Ich nannte dieses Gefühl »meinen Arsch hinter mir herschleppen«. Ich vermied es gern. Ich hielt mich sklavisch an dieselbe Strecke, weil ich mich kannte – ich hatte einen hoffnungslos schlechten Orientierungssinn, und die Straßen in meinem Viertel verliefen im Zickzack und bildeten Schleifen, sodass ich mich sogar nach sechs Jahren noch verirrte.

Ashley und ich erstellten maßgeschneiderte gemeinsame Spotify-Playlists und gaben ihnen Namen wie »Death to Incels« (Bikini Kill, Hole, M.I.A.), »Hold My Drink« (Lizzo, Nicki Minaj, Megan Thee Stallion) oder »Sad White Boys Anonymous« (Sufjan Stevens, Sam Smith, Bob Dylan). Am Morgen nach der ersten schlaflosen Nacht klickte ich Ashleys Playlist-Meisterwerk »Impeach President Krump« an, drehte die Lautstärke einen Tick höher als sonst und brach zügig auf. Trotz der Erschöpfung tat die Bewegung mir gut. Ich kam an all den vertrauten Gebäuden auf meiner Strecke vorbei, einer austauschbaren Kombination von Bungalows und zweistöckigen Häusern mit hellbraun gestrichenem Putz, Pseudo-Fensterläden und roten Dachziegeln, kiesbedeckten Vorgärten mit Yuccapalmen, prallen Sukkulenten und Fußwegen, die sich zu Haustüren schlängelten, die unter wuchtigen Torbögen verborgen waren. Ein paar Straßen weiter kamen dann nach und nach die Unterkünfte der Besserverdienenden, die mit mittelalterlichen Türmchen, Dachgauben im Neuengland-Stil, und neobarocken Giebeln eine von Zeit und Geschmack losgelöste Architektur anstrebten, die an die Königsschlösser aus Disneyfilmen erinnerte.

Ich kann mir immer noch nicht genau erklären, wie ich es zulassen konnte, dass ich selbst zu einem Teil dieser suburbanen Welt wurde. Paul hatte immer das Ziel gehabt, irgendwann ein »richtiges« Haus zu besitzen, die Art von Haus, die er jahrelang gebaut hatte. Das entbehrte nicht einer gewissen Poesie. Wir wollten beide, dass Ashley gewisse Dinge haben sollte, die wir als Kinder nie hatten. Wir wollten Ruhe, Platz und Fahrradwege für sie. Zu ihrem vierzehnten Geburtstag besorgte ich ihr einen Vibrator. Ich ließ mich von Paul überzeugen, dass ich das Alter erreicht hatte, in dem ich die Nähe zur Natur brauchte. Kleine Vögel, die in meinem Garten Nagetiere ausweideten. Einen unverstellten Blick auf den Himmel. Ich sagte mir: Hier ist das Leben lebendiger als in der Innenstadt. Inzwischen weiß ich, dass das natürlich nicht stimmte. Aber in einem stillen Raum klingt sogar ein Flüstern laut.

Als ich jetzt in den Cascadia Drive einbog, lief ich einer Gruppe Warnwesten tragender Bauarbeiter über den Weg. Sie standen herum und begutachteten einen zwölf Meter hohen Mast, den sie soeben ein paar Schritte von der Straße entfernt aufgestellt hatten. Irgendetwas an dieser aufrecht stehenden Stange kam mir beunruhigend, ja unheimlich vor. Wie ein außerirdischer Monolith. Während ich dort stand, tauchte meine Nachbarin Linda auf, die ihren gruseligen Hund spazieren führte. Ich habe keine Ahnung, um was für eine Rasse es sich handelt, aber er war ziemlich kahl und ziemlich grau. Im Morgennebel sah er wirklich wie eine Geistererscheinung aus. Ich begreife nicht, wie sich jemand ein derart untot aussehendes Tier kaufen kann. Linda kam auf mich zu, verschränkte die Arme und betrachtete die Stange. Sie stöhnte und schüttelte den Kopf.

»Tja, da ist sie also.«

Ich nahm an, sie meinte die Stange und nicht mich.

»Was ist das?«, fragte ich.

»Das ist der Mobilfunkmast, von dem sie uns erzählt haben«, gab sie mir bereitwillig Auskunft. Sie verdrehte dabei die Augen, als wäre der Mast eine Freundin von uns, die gerade in einem besonders hässlichen Kleid aufgetaucht war, und wir brächten es nicht übers Herz, es ihr zu sagen.

»Wer hat uns davon erzählt?«, fragte ich.

»Wir hatten doch letzte Woche diese Benachrichtigung im Briefkasten.«

Ich gestand, dass ich mich nicht daran erinnern konnte. Lina erklärte mir, dass der Mast die Mobilfunk- und Datenversorgung im Viertel verbessern sollte.

»Mal sehen, ob das auch klappt«, sagte sie.

»Wahrscheinlich haben sie letzte Nacht angefangen, ihn aufzubauen«, erwiderte ich.

»Was ist denn?«

Diese Frage richtete sie an ihren Hund, der winselte.

Ich überlegte kurz, ob ich das Summen erwähnen sollte, und entschied dann, dass ich nichts zu verlieren hatte. Ich fragte Linda, ob es ihr aufgefallen sei. Ein brummendes Geräusch, sagte ich, das irgendwann letzte Nacht begonnen hatte. Sie blickte mich wieder an und legte den Kopf schief.

»Meinst du von dem Sendemast?«, fragte sie.

»Na ja, ich weiß nicht, genau das frage ich mich ja«, antwortete ich.

Sie blickte sich flüchtig um und zuckte die Schultern.

»Ich bezweifle, dass er schon in Betrieb ist«, sagte sie. »Sie haben ihn doch gerade erst aufgestellt.«

Ihr Hund zerrte an der Leine, er wollte weiter.

»Aber was weiß ich schon über diese Dinge?«, rief sie mir im Fortgehen zu.

Mit dem, was Linda nicht über diese Dinge wusste, hätte man garantiert ein Buch füllen können.

Im Laufe der nächsten Tage gelang es mir, mit ein paar Nachbarn zu sprechen, während sie in ihrem Garten arbeiteten oder den Müll rausbrachten. Wie es schien, hörte niemand sonst das Geräusch. Paul beteuerte weiterhin hartnäckig, dass er mir glaube. Das stimmte offenkundig nicht, aber ich wusste seine Unterstützung zu schätzen. Mit jedem Tag, der verstrich, wuchs seine Besorgnis. Ich konnte nachts nicht mehr schlafen. Ich bekam Migräne, was vollkommen neu für mich war. Schwer zu sagen, ob der Auslöser das Geräusch war oder der Schlafmangel, aber sie war heftig, weiß Gott. Ich hatte weiterhin regelmäßig Nasenbluten. Dabei war das Geräusch wirklich nicht laut oder aggressiv. Es war bloß ständig da und zermürbte mich. Und doch begann ich manchmal selbst daran zu zweifeln, ob es existierte.

Ich ging weiterhin zur Schule, denn so bin ich nun mal – ich ziehe Sachen durch. Vor dem Unterricht nahm ich Aspirin und ließ die Fensterläden geschlossen. Eines Nachmittags musste ich meinen Vortrag zu Toni Morrisons *Menschenkind* in eine offene Diskussion umwandeln, damit ich mich hinsetzen und sammeln konnte. Dabei stellte mir ein Schüler eine Frage, die ich überhörte. Dies wurde mir erst bewusst, als ich aufblickte und feststellte, dass die gesamte Klasse mich anstarrte. Ein anderer Schüler fragte, ob alles in Ordnung sei. An diesem Punkt dachte ich, dass es vermutlich beunruhigender wäre, Normalität vorzutäuschen, als das Problem direkt anzusprechen. Also fragte ich die Schülerinnen und Schüler, ob sie es auch hören könnten.

»Wie ein tiefes, vibrierendes Summen«, sagte ich. »Einfach irgendwo im Hintergrund.«

Ich musterte ihre verdutzten Gesichter. Keiner sagte ein Wort.

»Oder ist es ... Oder ist es bloß in meinem Kopf?«, stammelte ich.

Auf einmal kam ich mir lächerlich vor.

Ich bemerkte, dass zwei Jungs in der letzten Reihe grinsten und flüsterten. Vermutlich hätte ich das Wort »vibrieren« vermeiden sollen. Ich hörte noch mehr Geflüster, gefolgt von Kichern und unterdrücktem Gelächter.

»Schon gut«, sagte ich und entschuldigte mich. Ich verteilte Leseaufträge und beendete den Unterricht früher. Ich hatte ihnen bestimmt eine Menge Gesprächsstoff für die Mittagspause geliefert.

Normalerweise war es mir vollkommen egal, was Schüler von mir dachten, obwohl ich spürte, dass ich zu den beliebteren Lehrkräften gehörte. Sie wussten, sie konnten in meinem Unterricht sagen, was sie wirklich dachten. Ich animierte sie stets, überkommene Ansichten und Machtverhältnisse zu hinterfragen. Es gab eine bestimmte Gruppe Jungs, die mich mit »Miss« ansprachen, obwohl ich für alle anderen Angestellten und Schüler »Mrs Devon« war.

»Miss, darf ich das Fenster aufmachen? Miss, darf ich auf die Toilette gehen?«

Mir fiel auf, dass die Jungs diese Bezeichnung bei anderen Lehrerinnen nicht benutzten. Zunächst empfand ich es als Affront für mich als überzeugte Feministin, aber nach und nach fand ich es irgendwie rührend, als ob sich dadurch eine Art Vertrautheit ausdrückte. Ich vermutete, es deutete auch auf eine unbewusste – oder womöglich bewusste – Sexualisierung meiner Person durch diese Jungs hin, die bei mir zwiespältige, aber nicht unbedingt negative Gefühle auslöste. Falls ich jemals ernsthaft über meinen Ruf unter den Schülern nachgedacht hatte, dann nur um Ashleys willen. Ich konnte mir vorstellen, dass es nicht einfach war, auf eine Schule zu gehen, an der die eigene Mutter unterrichtete.

Nach dem kurzen Vorfall machte ich im Lehrerzimmer Mittagspause. Ich aß ein Curry vom Vortag aus einer Tupperware-Dose, während Cass die letzte Folge von *Drag Race* vom Vorabend für mich zusammenfasste. Ich schaute die Sendung nie, war aber dank ihrer begeisterten und detaillierten Nacherzählungen stets auf dem Laufenden. Wie ein Barde in uralten Zeiten hatte sie die gesamte Mythologie der Serie im Kopf und sprach über die Heldentaten von Drag Queens aus vergangenen Staffeln, als wären sie Halbgöttinnen in einem großen kosmischen Pantheon.

Irgendwann fiel ihr auf, dass ich ihrem Monolog nicht mit der gewöhnlichen Aufmerksamkeit folgte.

»Schätzchen, ist alles in Ordnung mit dir?«

»Ja, tut mir … leid.«

»Kannst du immer noch nicht schlafen?«

Ich war wirklich nicht so gut in Form wie sonst. Ich entschuldigte mich erneut, und sie sagte, ich solle mir die Entschuldigungen sparen. Sie beugte sich vor, legte mir eine Hand aufs Knie und sagte, dass ich schlecht aussehe. Ich antwortete, dass ich mich auch schlecht fühlte. Auf Cass war stets Verlass, wenn ich wissen wollte, wie es mir eigentlich ging. Viele der anderen Kollegen empfanden sie als laut und nervtötend, und das war sie auch, aber ich fühlte mich zu Frauen hingezogen, die Raum einnahmen. Schließlich stammte ich selbst aus einer wunderbaren Ahnenreihe solcher Frauen. Cass liebte es zu übertreiben. Warum zwei Farben tragen, wenn man fünf tragen konnte? Warum lächeln, wenn man lachen konnte? Warum Diät machen, wenn man irgendwann sowieso sterben würde? Wir hatten uns in meinem zweiten Jahr an der Schule bei der Einstudierung des Musicals *Into the Woods* kennengelernt. Ich hatte Regie geführt, und sie, als Musiklehrerin der Schule, hatte die Musik einstudiert. Es war eine einzige Katastrophe. Sogar vor den Schülern gerieten wir permanent aneinander. Ständig waren wir verschiedener Meinung, worum es auch ging – die Besetzung, die Regieanweisungen, die Kostüme, das Licht. Dinge, die nichts mit ihrem Aufgabenbereich zu tun hatten. Sie hatte gesehen, »wie sie das Stück in New York gemacht hatten«, und wollte unbedingt »das Flair des Originals bewahren«, während ich bei einigen Rollen die Geschlechter tauschen wollte und auf einem minimalistischen Bühnenbild bestand, das sie als »viel zu verkopft« bezeichnete. Ich hatte mich rundheraus geweigert, alle anspruchsvollen Rollen an mäßig motivierte unmusikalische Jungs zu vergeben, wo es jede Menge weitaus fähigerer Mädchen gab, außerdem hatte ich ganz sicher nicht vor, die Bühne mit einem Pappmaché-Wald oder irgendeiner anderen ästhetischen Scheußlichkeit vollzustellen, wofür Cass plädierte. Immerhin überlebten wir die Zusammenarbeit und gingen sogar gestärkt als Freundinnen daraus hervor und hatten uns seitdem noch weitere vier Musical-Inszenierungen angetan, darunter auch ein Stück, das Cass selbst geschrieben hatte, über die Flugpionierin Amelia Earhart, und über das wir seitdem lieber schwiegen.

Zusammen mit unserer Freundin Nadia bildeten wir ein unschlagbares Team, wenn es darum ging, einander in schwierigen Zeiten emotionalen Halt zu bieten. Bevor sie ans andere Ende der Stadt gezogen war, hatte Nadia im Förderzweig unserer Schule unterrichtet. Als Cass eine Chemotherapie machen musste, sorgten Nadia und ich dafür, dass ihr Kühlschrank stets randvoll mit Aufläufen, Suppen und Pasteten war. Nachdem Nadia ihre Mutter verloren hatte, stopften Cass und ich sie mit Spacecakes voll und schleppten sie auf ein Janelle-Monáe-Konzert. Beide waren ein gutes Jahrzehnt älter als ich und wie große Schwestern für mich. Sie hatten Missbrauch in der Kindheit überlebt, Missbrauch in der ersten Ehe und in der zweiten schließlich christliche Männer mit Ziegenbärten geheiratet. Heute schöpften beide eine Menge Kraft aus ihrem Glauben, vor allem Cass.

»Hör mal«, sagte sie zu mir, als wir nach der Mittagspause das Lehrerzimmer verließen, »ich übernehme deinen Nachmittagsunterricht.«

»Nein, wieso denn?«

»Ich hab jetzt eine Freistunde. Geh nach Hause. Leg dich hin. Ich meine das ernst.«

»Das ist ...«

»Pssst! Frau. Hol deinen kleinen schicken Rucksack und geh.«

»Du wolltest bloß diesen Spruch anbringen. Gib's zu.«

»Ich bring dich zu deinem Klassenzimmer. Du kannst mir auf dem Weg sagen, was ihre gerade macht.«

»Nein, nein, es ist alles okay. Wirklich, Schatz. Ashley hat nach der Schule sowieso ein Spiel.«

»Oh, jetzt komm, dafür bleibst du doch nicht.«

»Doch. Wirklich.«

Sie fasste mich bei den Schultern und blickte mir in die Augen, als die Pausenglocke ertönte.

»Spiel hier nicht die Märtyrerin, klar? Sprich einfach mit Valeria, wenn du ein paar Tage frei brauchst.«

Nach der Schule fand ich ein ruhiges Plätzchen auf der Tribüne am hinteren Spielfeldrand. Es war bloß ein Freundschaftsspiel gegen die katholische Schule aus der Gegend, aber ich versuchte nach Möglichkeit, bei allen Spielen dabei zu sein. Normalerweise korrigierte ich währenddessen Klassenarbeiten, und wenn ich keine hatte, nahm ich ein Buch mit. In der letzten Saison hatte ich *Anna Karenina* komplett durchgelesen. Ich mochte die Geräuschkulisse und die Atmosphäre eines Fußballspiels: das Geschrei, die Trillerpfeife des Schiedsrichters, die aufeinanderprallenden Sturmfronten der Farben. Sport an sich war mir vollkommen gleichgültig. Es verwirrte mich immer noch, dass meine Tochter, die immerhin einen Teil meiner Seele teilte, irgendwie zu einer Sportskanone geworden war.

Ich war ziemlich sicher, sie konnte sehen, dass ich auf der Tribüne saß, aber sie ließ es sich nicht anmerken. Normalerweise winkte sie oder streckte die Zunge heraus. Ich fragte mich, ob ihr etwas über den kleinen Vorfall in meinem Unterricht zu Ohren gekommen war. Bestimmt würde sie mir das nicht übel nehmen. Im weiteren Verlauf des Spiels bekam ich allerdings tatsächlich den Eindruck, dass sie mich ignorierte. Ich begann darüber nachzugrübeln. Vermutlich war ich einfach bloß erschöpft und nicht ganz auf der Höhe. Ich blieb noch ein bisschen, beschloss schließlich, sie nicht unnötig zu quälen, indem ich hier so abgespannt herumhing, und schlich mich davon. Ich hatte noch nie eines ihrer Spiele vorzeitig verlassen. Als ich zu meinem Auto ging, war ich mir unsicher, ob sie beleidigt oder erleichtert sein würde, wenn sie es feststellte, und fragte mich gleichzeitig, welche der beiden Varianten mich mehr schmerzte.

Paul und Ashley hatten sich für grundsätzlich unterschiedliche Ansätze im Umgang mit meinem »Zustand« entschieden, wie sie es zu nennen begonnen hatten. Paul wurde zunehmend kindisch und fürsorglich, bekochte mich, vereinbarte Arzttermine, kaufte Kopfhörer mit Noise-Cancelling-Funktion. Ashley dagegen ging sofort auf Abstand. Noch Tage nach dem Spiel nahm sie meine Existenz nur sporadisch zu Kenntnis, bis sie schließlich begann, mich rundheraus zu ignorieren, wenn sie in der Schule auf den Fluren an mir vorbeikam. Beim ersten Mal fühlte sich das an, als hätte sie mir ein Steakmesser in den Leib gerammt. Mein Verhalten im Unterricht war offensichtlich zum Schulgespräch geworden, und sie bestrafte mich dafür. Inzwischen tat ich alles nur Erdenkliche, um meine Wege durch das Gebäude so zu wählen, dass ich ihr nicht begegnete. Es war kaum mehr auszuhalten.

Schließlich ging ich eines Abends in ihr Zimmer, um die Sache von Angesicht zu Angesicht zu besprechen. Sie lag auf dem Bett und sah sich auf ihrem Handy ein Video an. Ich legte mich neben sie, unsere Haare berührten sich. Sie kuckte einen Dokumentarfilm über Waljagd in Japan. Ich lag neben ihr, schaute zur Decke, lauschte dem Ton des Videos. Nach ein paar Minuten streckte sie den Arm aus und legte ihre Handfläche auf meine Stirn.

»Du siehst aus, als könntest du in einem Zombiefilm mitspielen, Mom.«

Ich atmete laut aus.

»Ich weiß.«

»Total abgezehrt.«

»Hm. Danke.«

Sie drehte ihren Kopf und blickte mir direkt in die Augen.

»Ehrlich, Mom«, sagte sie. »Hast du mal in den Spiegel geschaut?«

»Ich besitze einen, ja.«

»Na ja, kein schöner Anblick, du Luder.«

»Ich weiß.«

»Du bist ausgebrannt.«

Ich nickte, und sie hielt meinen Kopf leicht am Scheitel und schaute mir fest in die Augen.

»Bitte komm nicht mehr in die Schule«, sagte sie. »Bitte. Ich flehe dich buchstäblich an.«

»Ich bin dir peinlich.«

»Ja, stimmt. Tut mir leid, aber es ist so.«

Meine Augen brannten, und ich schloss sie. Ich erinnerte mich daran, wie meine Mutter einmal mit einer Alkoholfahne bei einem Elternabend aufgetaucht war und ich am liebsten im Erdboden versunken wäre. Ich erinnerte mich, wie verzweifelt ich mir immer gewünscht hatte, dass sich meine Tochter niemals für mich schämen sollte. Ich schluckte und versprach Ashley halblaut, dass ich am Morgen mit Valeria über eine stressbedingte Krankschreibung sprechen würde.

Valeria Moreno, die Rektorin meiner Schule, erlaubte mir, das gesamte Kontingent meiner bezahlten Krankentage für dieses Jahr auszuschöpfen. Ich hatte nicht vorgehabt, lange wegzubleiben, doch bald wurde deutlich, dass es mir nicht besser ging. Auf Anraten meines Hausarztes nahm ich zwei zusätzliche Wochen unbezahlten Urlaub, doch selbst dann konnte ich nicht schlafen. Ich verbrachte meine Tage allein zu Hause, mit Medikation, Meditation und Masturbation. Ich weiß nicht, ob Ihnen bewusst ist, was wochenlanger Schlafentzug mit einem Menschen anstellt. Das Gehirn ist wahrlich nicht so robust, wie wir es gerne hätten. Während dieser Zeit begleitete mich Paul zu meinen Terminen bei der Gehörspezialistin Dr. Sandra Heard (das war absurderweise ihr Name), die jede Menge Tests durchführte, um am Ende Tinnitus, spontane otoakkustische Emissionen sowie alle anderen medizinischen Erklärungen auszuschließen. Sie glaubte, ich sei möglicherweise überempfindlich gegen weißes Rauschen in meiner Umgebung und daher vielleicht auf ein Geräusch fixiert, das normalerweise unbemerkt geblieben wäre. Sie hatte dies gelegentlich bei Patienten erlebt, die unter akutem Stress litten. Ich sagte ihr, dass ich mich nicht gestresst gefühlt hätte, bevor das Summen begann. In diesem Jahr musste ich nicht Regie beim Schulmusical führen, ich mochte meine Schüler, meine Kollegen waren nett, Paul und ich verstanden uns gut, wir hatten ein paar Schulden, aber wer hatte das nicht? Dr. Heard sagte, dass sie leider mit ihrem Latein am Ende sei, ermutigte mich aber dazu, mit einem Therapeuten zu sprechen.

So begann ich mit der Behandlung bei Dr. Humberto Gompf, der vorschlug, mein Gehirn mithilfe kognitiver Verhaltenstherapie darauf zu trainieren, das Geräusch zu ignorieren. Er schien nicht viel von meiner Vermutung zu halten, dass es einen realen Ursprung in meiner Nachbarschaft haben könnte. Vielleicht waren es die elektromagnetischen Wellen des neuen Mobilfunkmasts oder vielleicht irgendein durchdringender Ton aus dem Industriegebiet drüben in Ranchlands. Sollte ich wirklich Medikamente nehmen und eine Therapie machen, bloß damit ich mit Lärmbelästigung zurechtkam? Sollte ich wirklich üben, weniger wahrzunehmen? Seit wann war es ein Verbrechen, zu viel von der Welt mitzukriegen?

Bei meinen Versuchen, den Ärzten oder Nachbarn oder Paul das Geräusch zu beschreiben, begriff ich nach und nach, dass ich es nur durch Analogien erklären konnte. Wie sonst sollte man einen Sinneseindruck benennen, den andere nicht wahrnehmen konnten? Es war, als würde man einem Blinden eine Farbe beschreiben. Man konnte sie immer nur mit einem anderen Sinneseindruck vergleichen. Grau wie der Geruch der Straßen nach einem Platzregen. Gelb wie die Wärme von Bettlaken im morgendlichen Sonnenlicht. Nachts, wenn ich im Bett lag, hörte es sich an, als ließe jemand irgendwo den Motor seines Wagens in der Einfahrt laufen. Oder wie ein Flugzeug über uns, ein leises Rauschen, bloß dass es sich niemals entfernte, sondern stundenlang anhielt. Oder als befände man sich in einer Wohnung im zehnten Stock und hörte einen Presslufthammer im Keller, der durch die Betonwände hinaufhallte. Oder das Grollen eines Basstons bei einem Konzert, der tagelang gehalten wurde.

Eines Nachts konnte ich nicht mehr still liegen. Ich hatte das Gefühl, das Summen häutete mich, als wäre ich eine Kartoffel. Ich stellte mir vor, wie Paul aufwachen und nur noch einen langen geringelten Hautstreifen neben sich vorfinden würde. Ich stieg aus dem Bett und ging nach draußen, spazieren. Es war eine klare Nacht. Das Summen war das einzige Geräusch. Ich hatte es noch nie so intensiv gehört. Ich ging einfach drauflos, und doch fühlte es sich an, als verfolgte ich ein Ziel. Befand ich mich in einem dissoziativen Zustand? Wahrscheinlich. Ich begann mir vorzustellen, ich spielte in einem Film mit. In dem Film erreichte ich das Ende der Straße, ging um die Ecke und sah es. Ein hoch aufragender, dunkler Schatten, wie eine Narbe in der Nacht. Der Mobilfunkmast. Ein Schauer überlief mich. Ich starrte den Mast lange an. Dann ging ich auf ihn zu. Ich fragte ihn in Gedanken: »Bist du das? Tust du mir das an?« Ich blieb an der Bordsteinkante stehen, bückte mich, hob einen handtellergroßen Stein auf – und schmiss ihn nach dem Mast. Ich hatte ihn nicht getroffen, also hob ich zwei weitere Steine auf. Der zweite ging ebenfalls daneben, doch der dritte traf den Mast mit einem metallischen *Klong*. Es war verdammt laut. Das überraschte mich. Das heißt, ich war von mir selbst überrascht – eine erwachsene Frau, eine Highschool-Lehrerin und Mutter, die mit Steinen nach einem Mast warf wie irgendein verwahrlostes Kind aus der Nachbarschaft. Aber am meisten überraschte mich vermutlich, wie greifbar alles war. Der Mast war wirklich da. Er existierte. Und mein Körper auch. Ich hatte mir das nicht eingebildet.

3

PAUL WAR MIT seiner Geduld und Kraft am Ende. Nach einem Monat forderte er mich auf, im Gästezimmer zu schlafen, damit wenigstens er in der Nacht zur Ruhe käme. Er hatte natürlich recht, und doch fühlte es sich an, als würde man mich in Quarantäne oder eine Art Anstalt stecken. Paul nannte das Gästezimmer »das Fitnessstudio«, weil dort seine Trainingsgeräte standen, obwohl die Bezeichnung »Abstellkammer« oder »das Zimmer der gescheiterten guten Vorsätze« passender gewesen wäre. Es hatte kahle weiße Wände, die zu schmücken wir uns nie bemüht hatten. Unnötig zu sagen, dass es meinem Schlaf nicht zuträglich war.

Nach dem zweiten Monat musste ich mich entscheiden, ob ich wieder arbeiten oder längerfristige Arbeitsunfähigkeit beantragen sollte, was eine massive Gehaltskürzung bedeutet hätte – die wir uns beim besten Willen nicht leisten konnten. Also kehrte ich in den Unterricht zurück, nicht ausgeruhter als zuvor, immer noch das Summen hörend, aber wesentlich besser darin, das Gegenteil vorzutäuschen.

Am Donnerstag der ersten Woche nach meiner Rückkehr, als ich gerade die Unterlagen auf meinem Schreibtisch einpackte und dann in die Mittagspause wollte, sah ich einen meiner Schüler, Kyle Francis, draußen auf dem Flur stehen. Er trug ein übergroßes Sweatshirt und einen Ohrstöpsel in seinem linken Ohr. Sein Haar war so blond, dass es beinahe weiß wirkte. Es ließ ihn zugleich wie ein Kleinkind und einen alten Mann erscheinen. Man musste sehr genau hinsehen, um in seinem Gesicht die Augenbrauen zu finden. Er war schon immer eine Art Phantom in meinem Unterricht gewesen. Er sagte nie etwas, außer wenn ich ihn direkt ansprach, doch wenn ich es tat, waren seine Beiträge stets hervorragend: seine kluge Interpretation einer Ray-Bradbury-Geschichte etwa oder die Deutung eines Gedichts von Langston Hughes, auf die ich in all den Jahren, die ich mich mit diesen Texten beschäftigte, niemals gekommen war. Sein Verstand arbeitete anders – wenn er denn arbeitete. Im Unterricht zog er sich zunehmend zurück.

»Entschuldigung! Haben Sie, ähm, haben Sie kurz Zeit?«

»Hallo, Kyle. Was kann ich für dich tun?«

Er senkte den Kopf.

»Ich weiß echt nicht, wie ich darüber reden soll«, sagte er.

»Na ja, am besten wir tun es nicht quer durch den ganzen Raum«, erwiderte ich.

Er wollte die Tür schließen, doch ich bat ihn, sie offen zu lassen. Das war Schulpolitik: Kein Lehrer durfte hinter verschlossenen Türen mit einem Schüler allein sein. Ich bot ihm einen Stuhl an. Er kam durch den Raum zu mir und setzte sich. Ich lehnte mich gegen die Kante meines Schreibtischs und verschränkte die Arme.

»Also.«

Er räusperte sich und starrte auf seine Hände.

»Ich weiß, in letzter Zeit bin ich, ähm, voll abgelenkt im Unterricht«, sagte er.

»Ja. Das stimmt.«

»Und ich wollte Ihnen mitteilen, dass es mir leidtut. Und dass ich mich mehr anstrengen will.«

»Okay. Das freut mich.«

»Das hat nichts mit Ihnen zu tun. Als ich eingeschlafen bin … also, das war keine Absicht …«

Er brach ab und blickte verzweifelt zur Tür.

»Ich weiß«, sagte ich, zog den Stuhl hinter meinem Tisch hervor und setzte mich neben ihn. »Ich ärgere mich bloß, weil ich weiß, was eigentlich in dir steckt«, fügte ich hinzu, und er nickte. »Was hörst du da?«, fragte ich.

Er entschuldigte sich und zog seinen Ohrstöpsel heraus.

»Was ist das?«

»Bloß so oldschool Zeug.«

»Mozart?«

Ein Lächeln huschte über sein Gesicht.

»Ja klar«, antwortete er.

»So wie ich dich kenne, würde mich das nicht wundern«, sagte ich.

Kyle machte immer einen auf grüblerischer, harter Typ, aber ich hatte schon immer den Verdacht gehabt, dass er in einem anderen Leben genauso gut ein Musik-Nerd hätte sein können. Er reichte mir einen seiner Ohrstöpsel. Ich hörte ein paar Takte lang zu, zog ihn dann ungläubig heraus:

»Missy Elliott ist nicht *oldschool*! ›Get Ur Freak On‹? Das ist doch erst …«

»Von 2001! Dem Jahr, in dem ich geboren wurde«, sagte er.

Das zog mir den Boden unter den Füßen weg. Ich

kam immer noch nicht damit zurecht, Schüler zu unterrichten, die keinerlei Erinnerung an den Einsturz des World Trade Centers hatten. Ich sagte ihm, ich hätte gedacht, er spräche von Public Enemy.

»Miss, *die* sind echt aus der Steinzeit«, erwiderte er.

Ich gab ihm den Ohrstöpsel zurück.

»Aber ernsthaft«, sagte ich, »keine Abhörgeräte in meinem Klassenzimmer, okay? Sonst bekomme ich das Gefühl, dass es dir völlig egal ist, was ich sage. Und ich weiß, das stimmt nicht. Oder etwa doch?«

Er warf mir einen leicht verzweifelten Blick zu und schüttelte den Kopf.

»Und es stört deine Konzentration, und dann schläfst du wieder ein.«

»Ich weiß.«

»Also, was ist los? Ich habe immer noch keinen Themenvorschlag von dir. Der Aufsatz ist am Montag fällig.«

»Ich komme nicht weiter«, sagte er.

»Über welches Buch schreibst du?«

Er griff in seinen Rucksack und zog einen zerfledderten Wälzer heraus. Er drehte ihn um und zeigte mir das Cover: *Der Zauberberg* von Thomas Mann. Ich lachte.

Er wand sich verlegen in seinem weiten Sweatshirt.

»Ich weiß, ist vielleicht ein bisschen heftig«, sagte er.

»Ähm – ja. Kein Wunder, dass du müde bist, wenn du mit diesem Schinken in der Tasche rumläufst.«

Ich nahm ihm das Buch aus der Hand und begann darin zu blättern. Die Schrift war winzig.

»Spielt in einem Hotel in den Alpen oder so, stimmt's?«

»Hm-hm. Also, dieser junge Ingenieur namens Hans reist nach Davos …«

»Hans?«, sagte ich und imitierte einen deutschen Akzent.

»Ja, *Hans*«, erwiderte Kyle grinsend, »besucht seinen Cousin in diesem krass einsamen Sanatorium für Leute mit Tuberkulose in den Bergen, aber dann bekommt er dieses Fieber und ist überzeugt, das heißt, die Ärzte überzeugen ihn, dass das die ersten Anzeichen von Tuberkulose sind. Eigentlich sollte das Ganze nur ein kurzer Besuch werden, aber schließlich bleibt er sieben Jahre in der Klinik. Und wahrscheinlich ist alles nur psychosomatisch.«

»Und du willst einen vierseitigen Aufsatz über dieses« – ich sah hinten nach – »752-seitige Buch schreiben?«

»Ich versuche es.«

»Die Aufgabe war *Der Fänger im Roggen* oder *Von Mäusen und Menschen* …«

»Oder ein Buch unserer Wahl«, warf er ein.

»Stimmt. Aber warte – ich zeig dir was.«

Ich legte den *Zauberberg* auf meinen Schreibtisch und zog dann die Ausgaben von *Der Fänger im Roggen* und *Von Mäusen und Menschen* aus meiner obersten Schublade. Ich legte sie übereinander neben den Roman von Mann. Zusammen machten sie kaum ein Drittel des Buchrückens des *Zauberbergs* aus. Ich fragte ihn, ob er verstehe, was ich meine.

Kyle zuckte mit den Schultern und lehnte sich auf seinem Stuhl zurück.

»Die meisten Leute sind Analphabeten«, sagte er.

»Oder du bist einfach ein Angeber«, entgegnete ich, worauf ein kurzes Lächeln auf seinem Gesicht erschien.

»Aber ich glaube wirklich, dass du dich hier übernommen hast. Was ist deine These?«

Er wischte sich mit Daumen und Zeigefinger über die Mundwinkel.

»Ich will irgendwas über den Dualismus in dem Buch schreiben, über die Skepsis sowohl gegenüber dem Glauben als auch dem Unglauben«, sagte er.

»Okay.«

Offensichtlich versuchte er, mir zu imponieren, aber ich hütete mich, zu zeigen, dass es ihm gelungen war.

»Hast du das irgendwo auf Papier niedergeschrieben?«, fragte ich.

»Noch nicht.«

»Hast du schon irgendwas geschrieben?«

Er schüttelte den Kopf. Ich sah ihn genervt, aber auch ein bisschen bezaubert an. Er wusste, dass er schlau war, und er wusste, dass ich es wusste. Vielleicht hatte er sich in etwas hineingesteigert und wollte es jetzt einfach durchziehen, um sein Versprechen einzulösen, auf die Gefahr hin, dass sich das Ergebnis als weitaus weniger beeindruckend erweisen würde, als man es von einem verkannten Genie erwartet hätte.

»Okay«, erwiderte ich. »Vergiss nicht, ich erwarte hier keine Doktorarbeit. Vier Seiten. Das ist echt nicht viel.«

Er starrte wieder auf seine Hände und nickte. Ich sagte, dass ich bis nächsten Montag sehen wollte, was er schon hatte, und gab ihm sein Buch zurück.

»Und kein Dornröschenschlaf mehr im Unterricht, okay?«

»Ja, tut mir leid.«

Während er sein Buch einsteckte, fielen mir seine dunklen Augenringe auf.

»Du siehst wirklich müde aus, Kyle.«

Er ignorierte den Kommentar ein paar Sekunden lang, während er den Reißverschluss seiner Schultasche zumachte. Dann sah er mich an.

»Ich kann nicht schlafen« sagte er.

Er wollte weitersprechen, hielt jedoch inne.

»Wie kommt's?«, fragte ich.

Er zuckte mit den Schultern. Ich fragte ihn, ob er Probleme mit seinen Freunden habe, und er schüttelte den Kopf.

»Luke und Mohammed?«

»Nein, die sind cool.«

»Bist du sicher?«

»Das ist es nicht.«

Er wippte nervös mit dem Bein. Er sah, dass ich es bemerkte, und hielt inne.

»Sag mir doch einfach, was los ist«, hakte ich nach. »Ich bin immer für dich da. Aber du musst mir eine Chance geben.«

Ich zeigte auf die Ohrstöpsel, die aus der Tasche seines Sweatshirts herausschauten.

»Schluss damit, okay?«

»Ich brauche es bloß manchmal, um den Lärm auszublenden.«

»Oh, danke.«

»Ich meine nicht Sie.«

»Das klingt ein bisschen wie ein Widerspruch, oder? Dass du Musik brauchst, um den Lärm auszublenden.«

Er fuhr sich mit der Hand über das Gesicht.

»Ich weiß, ich bin total fertig«, sagte er.

»Das habe ich nicht gesagt.«

»Ich kann nicht mehr schlafen. Dieses Geräusch hält mich wach.«

Er sah mich unvermittelt an, und mein Herz begann ein bisschen schneller zu schlagen. Was sagte er da?

»Geht deine Familie spät ins Bett?«, fragte ich.

»Nein.«

»Eure Nachbarn?«

»Ich sage, das Geräusch ist die ganze Zeit da. Überall. Manchmal habe ich das Gefühl, als wäre ich …«

Er zeichnete mit dem Zeigefinger eine Spirale neben seiner Schläfe. Wir starrten einander an, und uns beiden stockte der Atem. Ich zumindest atmete nicht. Ich hätte nie gedacht, dass man das einfach so vergessen konnte. Dann sagte er, seitdem ich vor ein paar Monaten im Unterricht nach dem Geräusch gefragt hätte, hatte er festgestellt, dass er es auch hören konnte. Seine Augen musterten mich, suchten nach einer Reaktion.

»Hören Sie es immer noch?«, fragte er.

Ich schluckte und nickte.

»Die ganze Zeit«, antwortete ich.

»Fast wie eine Art Grollen.«

»Ja.«

»Fast wie …«

Er versuchte das Geräusch mit einem kehligen Laut zu imitieren. Es klang wie das Stöhnen eines Mannes, dem man ein Messer in den Leib gerammt hatte. Keine menschliche Stimme war tief genug, um das Summen nachzuahmen. Es war ein unmögliches Geräusch. Aber ich war seltsam berührt von seinem Bedürfnis, es zu versuchen. Ich erkannte dieses Gefühl instinktiv wieder. Das Bedürfnis, diesem Klang, den niemand hören konnte, eine Stimme zu verleihen. Und jetzt tat es endlich jemand. Jemand, der kaum einen halben Meter von mir entfernt saß. Es war schwer, in Worte zu fassen, wie sich das anfühlte: Ich hatte mich damit abgefunden, im Verborgenen zu leben, und plötzlich stellte ich fest, dass mich jemand sah – ein einziger Mensch auf der Welt. Das brachte eine unglaubliche Intimität mit sich. Und Erleichterung. Und dieser Mensch war ausgerechnet ein siebzehnjähriger Junge, ein Schüler, und nicht bloß irgendein Schüler, sondern ausgerechnet der altkluge Griesgram Kyle Francis. Er war weit davon entfernt, das Summen wirklich wiederzugeben, aber er fing doch das Gefühl ein, wie es war, davon verfolgt zu werden. Ich begriff, dass sein Geräusch dasselbe war wie meins. Ich erkannte es sofort und bekam Gänsehaut.

Er verstummte und fragte mich, was das sei. Ich schüttelte den Kopf und sagte, dass ich das auch gerne wüsste.

»Zuerst dachte ich, ich hätte eine Gehirnerschütterung«, erzählte er. »Ich war beim Basketball, und ein Typ hat mich mit seinem Ellbogen am Kopf getroffen. Danach fing ich an, es zu hören. Es ging einfach nicht mehr weg. Ich war beim Arzt, aber Gehirnerschütterung – Fehlanzeige.«

Er blickte noch einmal zur Klassenzimmertür und dann wieder auf seine Hände.

»Sie sind der erste Mensch, dem ich davon erzähle«, gestand er.

»Niemand sonst kann es hören«, erwiderte ich. »Meine Familie, meine Nachbarn, die haben keine Ahnung, wovon ich spreche. Keiner von den Lehrern hier.«

»Ja, die Lehrer rufen immer bloß: *Hallo, aufwachen*«, sagte er und schnippte dabei mit den Fingern. »Meine Freunde glauben, ich kiffe zu viel. Ich kann mich nicht konzentrieren. Langsam bekomme ich überall Ärger.«

Ich spürte, wie ich rot wurde. Ich streckte den Arm aus und drückte seine Schulter und hoffte, er würde es als eine Art Entschuldigung verstehen.

»Nachts ist es noch schlimmer«, fügte er hinzu.

»O mein Gott!«

»Nicht wahr?«

»Viel schlimmer.«

»Zwischen Mitternacht und sechs Uhr morgens ungefähr«, sagte er und rieb sich die Augen, bis sie ganz rot wurden. Er war den Tränen nahe. Ich merkte, dass ich mit dem Handrücken über meine Augen wischte.

»Wenn es ruhig ist«, fuhr er fort. »Kein Straßenverkehr und keine Flugzeuge in der Luft. Wenn ich davon aufwache, war's das, dann kann ich nicht mehr einschlafen. Ich hab's mit Ohropax versucht.«

»Klar.«

»Das hilft ein bisschen.«

»Mir nicht.«

»Nein. Weil man es noch spüren kann.«

»Ganz genau.«

Er blickte hinüber zu dem stetigen Strom von Schülern auf dem Flur vor dem Klassenzimmer und fragte, ob er die Tür zumachen dürfe. Ich schürzte die Lippen, sagte aber nicht Nein, also stand er auf, ging durch den Raum und schloss sie. Als er sich wieder hinsetzte, kamen wir auf die Kopfschmerzen zu sprechen. Die Benommenheit. Ich erwähnte das Nasenbluten. Ich gab zu, es sei schwer vorstellbar, dass ein Geräusch Nasenbluten auslösen konnte, aber er sagte, er könne sich das durchaus vorstellen.

»Schall kann Schäden verursachen«, bemerkte er. »Bei Demos werden doch auch Schallkanonen eingesetzt, oder? Und da war diese Sache in der amerikanischen Botschaft in Kuba, haben Sie darüber gelesen?«

Ich schüttelte den Kopf. Diese engagierte und leidenschaftliche Seite von Kyle rührte mich.

»Es soll zu Schallattacken gegen die Botschaftsangestellten gekommen sein«, fuhr er fort. »Nachts hörten sie plötzlich seltsame Geräusche und bekamen dann alle möglichen Symptome und mussten schließlich nach Hause zurückgeschickt werden. Manche von ihnen haben permanente Hirnschäden.«

»Um Gottes willen!«

»Das kann einen fertigmachen.«

»Vielleicht greift uns die Regierung an«, sagte ich, lehnte mich zurück und hob die Augenbrauen.

»Na klar«, erwiderte er spöttisch. »Die Kubaner haben es auf uns abgesehen.«

Ich kicherte, obwohl ich immer noch Tränen in den Augen hatte. Und dann fing ich einfach an, Kyle Sachen zu erzählen. Ich vertraute ihm meinen Ärger mit Paul und Ashley an. Meine Verwirrung und das Gefühl der Isolation. Ich weiß nicht, warum ich den Eindruck hatte, ich könnte offen mit ihm reden. Es war vollkommen unangebracht, aber unglaublich tröstlich.

»Ist Paul Ihr Mann?«

»Ja.«

»Wie ist er so?«

»Was meinst du?«

»Wie sieht er aus?«

Ich lachte, überrascht.

»Egal, Sie müssen nicht antworten«, sagte er. »Ich hab bloß versucht, ihn mir vorzustellen.«

Ich erzählte ihm, dass Paul ein guter Mann sei, aber wahrscheinlich dachte, ich sei verrückt.

Kyle sah mich gespannt an. »Und sind Sie es?«

»Manchmal glaube ich es«, sagte ich.

Er nickte und beugte sich vor.

»Also ich denke nicht, dass Sie verrückt sind.«

Und zum ersten Mal seit Wochen kam auch ich mir nicht mehr verrückt vor. Und es fühlte sich keineswegs verrückt an, mich ebenfalls vorzubeugen und ihn zu umarmen. Tatsächlich wirkte es in diesem Augenblick wie die einzig vernünftige Handlungsweise. Ich spürte, wie sein Körper sich entspannte und sanft gegen meinen sank. Und irgendeine Art Funken sprang zwischen uns über. Ein Geheimnis. Eine Übereinkunft. Ein Schweigen, das alles ausdrückte, was wir noch nicht wissen oder aussprechen konnten.

In diesem Augenblick klopfte es an der Tür, und Cass kam mit zwei abgepackten Salaten in den Raum marschiert. Sie war gerade dabei, irgendetwas von ihrem Kater Ricardo zu erzählen, verstummte aber augenblicklich, als sie sah, wie Kyle und ich uns voneinander lösten. Ich ließ eine Hand auf Kyles Schulter liegen, um zu zeigen, dass ich zu dem stand, was gerade geschehen war, aber er wurde unruhig, sprang auf und entzog sich mir.

»Entschuldige«, sagte ich zu Cass. »Wir hatten gerade ein schwieriges Gespräch.«

»Natürlich, tut mir leid, ich wollte nicht stören.«

»Wir ...«

»Sollen wir lieber ein andermal zusammen Mittag essen?«

»Nein, nein, wir sind hier fertig.«

»Okay, ich kann ... ich warte draußen auf dem Flur auf dich.«

Cass lächelte und verließ den Raum und ließ die Tür offen.

Kyle starrte zu Boden. Er schien verärgert, oder vielleicht war es ihm auch nur peinlich, es war schwierig, das an seinem Gesicht abzulesen. Ich erwartete, dass er hinausgehen würde, aber er blieb noch.

»Vielleicht können wir ja irgendwann weiterreden«, sagte er.

»Natürlich. Ja.«

»Wann?«

»Ich bleibe nach dem Unterricht noch hier, um ein paar Aufsätze zu korrigieren.«

»Hier?«

»Ja.«

Er sah mich an und nickte. Dann warf er sich seinen Rucksack über die Schulter und schickte sich an hinauszugehen.

»Kyle«, sagte ich, und er drehte sich wieder um. Er

schob das Kinn vor, und sein Gesicht wirkte gleichmütig. Er kehrte bereits in eine Welt zurück, zu der ich keinen Zutritt hatte. Einer Welt, weit weg von ungeschützter Verletzlichkeit.

»Bis nächsten Montag will ich einen Aufsatz von dir sehen, okay?«

4

VERMUTLICH IST ES Ihnen nicht bewusst, aber die Welt ist voll von Summ- und Brummgeräuschen, deren Quellen sich nicht aufspüren lassen, Geräusche, die Menschen plagen, zur Verzweiflung bringen und in den Wahnsinn treiben. Mir zumindest war es nicht bewusst gewesen. Ich hatte keine Ahnung. Nicht, bevor ich selbst zu den Betroffenen gehörte und die Chatrooms und Internetforen entdeckte, in denen Menschen ihr Leid schilderten, nachdem sie alle Hoffnung aufgegeben hatten, dass Ärzte, die Wissenschaft oder die Medien jemals einen Grund für ihren Schmerz finden würden. Überall auf der Welt waren Menschen den unterschiedlichsten Formen von Lärm ausgesetzt. Die Ursache: verantwortungslose Industrie, mangelnde Kontrolle durch die Regierung und schlampige Stadtplanung. Doch so hartnäckig ich auch suchte, fand ich in unserer Gegend niemanden, der mein Geräusch beschrieb. Ich war mir sicher, dass die empfindlichen Seelen in Auckland oder Bristol nicht von demselben Summen wach gehalten wurden wie ich, und doch tröstete es mich, ihre Posts zu lesen. Ja, ich fing an, diese Gemeinschaft von anonymen Spinnern als tröstend zu empfinden. Wofür war das Internet schließlich erfunden worden? Für Katzenvideos und tröstliche anonyme Spinner. Ich verlor mich oft stundenlang in Diskussionen zu den unterschiedlichen Theorien über mögliche Quellen. Das Stromnetz,

Windräder, Insektenlärm, Meteore, durch unterirdische Höhlen wehender Wind, auf den Kontinentalsockel prallende Wellen, die Balzrufe des Bootsmannfisches, geheime Gedankenkontrollprogramme der Regierung, Übertragungen aus dem Weltall, weit entfernte Vulkanausbrüche – 1883 hatte der Ausbruch des Krakatau die Erde tagelang erbeben lassen. Das US-Militär war natürlich der Lieblingssündenbock. In vielen Posts ging es um extrem tieffrequente Funksignale, die benutzt wurden, um Unterwasserfahrzeuge zu orten: Echolote, vor denen man sich nicht verstecken konnte und die den Ozean umkrempelten wie eine Hosentasche. Und natürlich gab es diejenigen, die sich gar nicht erst mit Geologie und Meteorologie aufhielten, sondern gleich bei Gott landeten. In der Endzeit werden die Sterne singen und die mächtigen Posaunen des Himmels erklingen! Wir waren die Vorboten der Offenbarung. Zuvor hatte ich niemals über all die Geräusche auf der Welt nachgedacht, die jenseits der menschlichen Wahrnehmung lagen. Geräusche, von denen wir nur wussten, weil sie gemessen oder grafisch dargestellt wurden. Die tiefen Geräusche der Erde, die niemand hörte. Der Ausbruch von Vulkanschloten Tausende Meter tief unter Wasser. Das Kratzen von Eisbergen am Meeresgrund. All das geheimnisvolle Wummern und Wimmern der Erde, das die Wissenschaft nicht vollständig zu erklären vermochte. Himmelsbeben, die an ruhigen Sommertagen wie Kanonenschläge über der Bay of Fundy erklangen und das Essgeschirr noch im irischen Lough Neagh scheppern ließen. Oder Gas, das aus Kratern entwich, von Vegetationen, die am Grunde von Seen verrotteten, von Kalksteinfeldern, die in Unterwasserhöhlen zerfielen. Das explosive, unberechenbare Verdauungssystem der Erde, das rumorte, rülpste, spuckte. Kalbende Fragmente der Kontinentalsockel, die sich in die Tiefsee verabschiedeten. Das Tosen von Sonnenstürmen. Von magnetischer Aktivität. Von Lawinen. Von weit entferntem Donner, der aufgrund irgendeiner Anomalie in der oberen Atmosphäre quer durch Täler und Berge verschiedener Städte und Staaten hallte.

Früher hatte ich Geräusche einfach so hingenommen. Sie waren immer da, verliehen meinem Alltagsleben Struktur, lieferten nützliche Informationen. Ich mochte Musik, war allerdings kein Kenner wie Paul. Ich hörte keinen Unterschied zwischen der Klangqualität einer CD und einer Schallplatte. Doch bald konnte ich an nichts anderes mehr denken als an Geräusche. Und nicht bloß an mein Geräusch (irgendwann war ich tatsächlich so weit, dass ich es in Gedanken »mein Geräusch« nannte, als gehörte es mir oder ich ihm), sondern an die geheimnisvolle Dimension von Klang im Allgemeinen.

Eines Abends – Paul war bereits nach oben ins Bett gegangen – saß ich mit meinem Laptop im Dunklen im Wohnzimmer. Ich googelte »schönstes Geräusch der Welt« und verbrachte eine Stunde damit, mir in einem malaysischen Sumpf quakende Frösche anzuhören, die Kravica-Wasserfälle, das Zwitschern von Drosseln in der Dämmerung und den Wind, der die Felsenküste von Sonoma peitschte. Doch wenn ich recht überlegte, war vermutlich das schönste Geräusch, das ich je gehört hatte, das eines Rasenmähers. Ich weiß noch, wie ich als kleines Mädchen im heißen Sommergras neben dem Bungalow meiner Großmutter lag und dem Geräusch ihres Nachbarn lauschte, der in der Ferne seinen Rasen mähte. Damals fühlte ich mich, als würde ich ewig leben. Das an- und abschwellende Schnurren dieses Rasenmähers, drei oder vier Häuser entfernt, war wie das Geräusch der Ewigkeit selbst. Als ich zu Hause im Wohnzimmer saß, wurde mir klar, dass meine gesamte Lebensgeschichte durch die Geräusche erzählt werden konnte, die mich umgeben hatten. Ein ständiges, vierzig Jahre andauerndes Playback. Eine Biografie aus Raumklängen, Vogelrufen, Popsongs, Sprachnachrichten, Gelächter, Zugpfeifen, Hundegebell und Wind, der durch zahllose Blätter rauschte. Als ich wieder arbeiten ging, tat ich so, als würde ich das Summen nicht mehr hören, und meine Darbietung schien alle zu überzeugen. Paul ließ mich wieder in unser Bett – wie einen Hund, der wieder ins Haus durfte, wenn er nicht mehr auf den Teppich pinkelte. Ashley streckte mir bei ihren Spielen die Zunge heraus und pikste mich in den Po, wenn ich auf dem Flur an ihr vorbeikam. Ich überstand meinen Unterricht, riss Witze im Lehrerzimmer, und Kolleginnen und Kollegen vertrauten mir in allen Einzelheiten ihre Eheprobleme an. In anderen Worten, alles war wieder im Lot.

Zwei Wochen später: Eines Abends, ungefähr eine Dreiviertelstunde nachdem die Glocke zum Schulschluss geläutet hatte, schloss ich die Tür meines Klassenzimmers ab, ging durch die Flure, nickte dem Reinigungspersonal zum Abschied zu und trat hinaus auf den Personalparkplatz, der so gut wie leer war. Die gelben

Schulbusse waren fort. Auf der anderen Straßenseite warteten noch ein paar rauchende Jugendliche auf den Bus in die Stadt. Ich stieg in meinen silbernen Toyota, fuhr drei Blocks weit, bog um die Ecke und hielt neben einem kleinen, schattigen Park. Er war – über einen Trampelpfad und den Spielplatz der danebenliegenden Grundschule – mit der Rückseite des Highschool-Sportplatzes verbunden. Ich tat so, als suchte ich etwas im Handschuhfach, um keinen Verdacht zu erregen, obwohl kein Mensch in der Nähe war. Nach ungefähr fünf Minuten erschien Kyle mit seiner Kapuze über dem Kopf in dem kleinen Park, kam näher und stieg schließlich zu mir in den Wagen. Wir fuhren eine Weile schweigend durch die Gegend, spähten dabei vorsichtig in die Seitenstraßen, bevor er seine Kapuze abnahm und wir uns ganz entspannt unserem üblichen Ritual widmen konnten.

Kyle und ich hatten angefangen, uns nach dem Unterricht zu treffen. Zunächst nur, um zu reden und Erfahrungen auszutauschen. Und schließlich hatten wir begonnen, gemeinsam Theorien zu entwickeln. Keiner von uns war bereit, zu glauben, dass wir uns das Geräusch nur einbildeten. Wir gingen davon aus, dass es eine Quelle geben musste, und wenn es eine Quelle gab, dann musste es auch möglich sein, sie zu finden. Wir verglichen Artikel aus dem Netz, durchforsteten Kommentarforen und erstellten eine Liste von möglichen Übeltätern, die wir in Farbe auf einer Straßenkarte unseres Viertels einzeichneten – neun Seiten mit Satteliten-ansichten von Google Maps, die wir ausgedruckt, mit Tesafilm zusammenklebt und laminiert hatten. Eines war uns schnell klar geworden: Wenn wir die Quelle aufspüren wollten, mussten wir raus aus dem Klassenzimmer.

Ich fuhr rechts ran, auf den kiesbedeckten Standstreifen der Ranchlands Road, und am Zaun entlang, der das Industriegebiet begrenzte. Wir waren so nah am Fabrikgelände von Grenadier, wie es ohne Mitarbeiterausweis nur möglich war. Ich hielt im Rückspiegel Ausschau nach Autos oder Zuschauern und gab schließlich Entwarnung. Als ich ausstieg, fiel mir sofort das Brummen auf, das von der Fabrik kam. Allerdings war ich mir nicht sicher, ob es tief und hallig genug war, um »unser« Summen zu sein. Zwischen dem kiesbedeckten Standstreifen und dem Zaun befand sich ein nicht besonders tiefer, von Gestrüpp und Wildblumen überwucherter Graben. Die Zikaden schrien, als wir durch das Dickicht stapften, Kletten klebten an unseren Jeans, bis wir den Maschendrahtzaun erreichten.

Kyle holte sein Handy aus der Tasche und schaltete seine Audio-App ein. Wir standen stumm da, während er eine Messung vornahm. Er kniff die Augen zusammen, um sie vor der Abendsonne zu schützen, kleine Schweißtropfen hingen an den durchsichtigen Härchen über seiner Oberlippe. Es war schwül, und kein Windhauch regte sich. Ich betrachtete das Brachland, das sich, noch unberührt von Erschließungsunternehmen, hinter dem Industriegebiet erstreckte. Eine Landschaft voller Horizonte und feiner Lichtabstufungen. Eine Landschaft wie ein Gemälde von Agnes Martin, reine Form und Farbe. Die violette Geometrie weit entfernter Berge und Linien, die im Nichts verschwanden.

»Die Zikaden übertreiben es echt«, murmelte Kyle.

Ich bemerkte, wie ein Auto aus der tanzenden Hitze im Süden auftauchte. Ich drehte meinen Körper weg von der Straße. Kyle tat das Gleiche.

Wir hatten die Fabrik von Anfang an auf unserer Liste potenzieller Geräuschquellen gehabt. Grenadier war ein bedeutendes Rüstungsunternehmen, das Bauelemente für Luftfahrt und Militär herstellte. Ich wusste nicht, was genau dort produziert wurde, aber Kyle hatte gelesen, dass Industrieöfen tieffrequente Bodenerschütterungen und Druckwellen auslösen konnten. Fürs Erste war das die beste Spur, die wir hatten, auch wenn sie nicht ganz zu unserem Summen passte, das, wenn überhaupt, nur nachts lauter wurde, wenn die Fabrik geschlossen war. Und sie erklärte nicht, warum wir das Summen erst seit Kurzem hörten, obwohl die Fabrik schon vor der Errichtung unseres Viertels in Betrieb gewesen war. Allerdings standen wir erst ganz am Anfang und durften nichts unversucht lassen.

Kyle blickte von seinem Handy auf.

»Achtundsiebzig Hertz«, sagte er. »Und zweiunddreißig Dezibel, aus einer Entfernung von ungefähr zweihundert Metern.«

»Das ist eine ziemlich niedrige Frequenz«, erwiderte ich, nahm die Messwerte in mein Notizbuch auf und schrieb die Worte »Grenadier, Ranchlands, Industriegebiet« daneben. Allerdings wussten wir beide, ohne es aussprechen zu müssen, dass sie nicht niedrig genug war. Unsere Theorie – nun, eigentlich Kyles Theorie – besagte, dass das Summen *sehr* tieffrequent sein musste, knapp oberhalb der Grenze des Hörbaren. Die meisten

Menschen hörten Töne ab einer Frequenz von zwanzig Hertz. Doch womöglich waren wir schlicht und einfach imstande, einen Ton zu hören, der tiefer war. Viele Tiere können Infraschallgeräusche hören und erzeugen. Einige sind angeblich sogar in der Lage, Infraschallwellen wahrzunehmen, die mit Naturkatastrophen einhergehen, und nutzen diese Wellen als eine Art Frühwarnsystem. Wie die Ratten und Schlangen, die in der Antike aus der griechischen Stadt Helike flohen, bevor diese von einem Erdbeben zerstört wurde. Oder die Tiere, die fluchtartig die Gebiete verließen, die kurz darauf von dem Tsunami im Indischen Ozean heimgesucht wurden. Ich habe einmal gelesen, dass manche Kirchenorgeln Infraschalltöne erzeugen können, die Glücksgefühle hervorrufen, da sie die Herzfrequenz beschleunigen und Endorphine freisetzen, sodass Gemeindemitglieder in Tränen ausbrechen, erschauern oder den Eindruck haben, sie kommunizierten mit Gott. Ehrlich gesagt, war das gar nicht so weit entfernt von der Wirkung, die das Summen auf mich hatte. Zumindest, was das Weinen und Erschauern betraf.

Zurück im Auto, holte ich unsere Straßenkarte des Stadtviertels heraus. Ich legte sie über das Armaturenbrett und pappte einen gelben Klebenotizzettel über die verpixelte Luftaufnahme des Industriegebiets und trug mit einem dünnen schwarzen Marker die Messergebnisse ein. Rote Klebenotizzettel bezeichneten Orte, die Geräusche über einhundert Hertz hervorbrachten, gelbe Zettel Geräusche von über fünfzig Hertz, und grüne Zettel Geräusche im Idealbereich – solche, die unser Summen sein konnten. Vielleicht würde uns das

Ausschlussverfahren am Ende ans Ziel führen. Ich faltete die Karte zusammen, steckte sie weg und ließ den Motor an. Wir machten uns auf den Weg zu unserem nächsten Kandidaten: dem Umspannwerk auf der San Mateo Road.

»Ich finde immer noch, wir sollten Harding einen Besuch abstatten«, bemerkte Kyle und holte seine E-Zigarette aus der Tasche.

»Hey, was habe ich gesagt? Nicht im Auto.«

»Ich dachte, bei offenem Fenster ist es okay.«

Ich saugte die Innenseite meiner Wange ein. Manchmal stellte er meine Geduld auf eine harte Probe. Ich konnte den Geruch seiner aromatisierten E-Zigarette nicht ertragen: eine kränklich süße Kirsche, die mich an den Hustensaft meiner Kindheit erinnerte. Die Fenster funktionierten nur automatisch, also drehte ich den Schlüssel und ließ den Motor an.

»Wer weiß, was für Flugzeuge oder niederfrequente Waffen die da testen«, sinnierte er, während er ein aromatisiertes Wölkchen aus dem Fenster pustete.

»Wir fahren nicht nach Harding«, sagte ich.

Er wusste das und bestand nicht darauf. Für die Fahrt zur Militärbasis in Harding und zurück hätten wir knapp zwei Stunden gebraucht. Zusammen durchs Viertel zu fahren, war riskant genug, obwohl mir dort wenigstens immer eine halbwegs brauchbare Ausrede eingefallen wäre – dass ich ihn zu Hause absetzen wolle, weil er den Bus verpasst hatte, und die Wohnung seiner Mutter sowieso auf der Strecke lag, oder etwas in der Art. Ich weiß nicht mehr, wie ich es damals vor mir rechtfertigte. Vor allem, weil unsere Autofahrten von

Woche zu Woche länger wurden, da wir den Radius unserer Suche ausdehnten. Im Grunde wusste ich, dass es aus professioneller Sicht keine Rechtfertigung gab. Aber hier ging es nicht um Berufliches, hier ging es um geistige Gesundheit. Wir handelten in mentaler Notwehr. Wir weigerten uns, Opfer zu sein. Wir weigerten uns, daran zu glauben, dass wir Halluzinationen hatten. Wir wollten und konnten nicht die Hände in den Schoß legen und uns damit begnügen zu leiden. Wir müssten aktiv werden, in den Kampf ziehen.

Als wir in Richtung San Mateo Road fuhren, klappte ich meine Sonnenblende gegen das Abendlicht herunter, und Kyle verband sein Handy mit der Musikanlage des Autos. Er wählte einen langsamen, klagenden R&B-Song aus, den ich aus dem Radio kannte. Er untermalte unsere Fahrt durch das Viertel wie der Soundtrack zu einem Film. Allerdings hätte ich nicht zu sagen gewusst, was für eine Art Film es war und welche Rolle wir darin spielten. Manchmal kam ich mir wie der Bösewicht in meiner eigenen Geschichte vor. Der heimlich versuchte, meinen Ruf als verlässliche, gestandene Lehrerin zu ruinieren, den ich mir im Laufe der Jahre ehrlich erarbeitet hatte. Während wir verschlafene Straßen in Wohngebieten entlangfuhren, ging mir ständig das Wort *Beute* durch den Kopf. Vielleicht weil sich ein siebzehnjähriger Junge in meinem Auto aufhielt. Vielleicht auch, weil wir uns beide auf einer Jagd befanden. Oder vielleicht auch, weil wir beide zur Beute von diesem Geräusch geworden waren, das uns zerfetzt und verschlungen hatte. Ich fuhr einen kleinen Umweg durch das Viertel, um nicht an der Schule oder der Sportarena vorbeizukommen. Der Sonnenuntergang tauchte den Wagen in ein warmes orangefarbenes Licht.

»Kennen Sie die Geschichte von dem einsamsten Wal der Welt?«, fragte Kyle.

Ich schüttelte den Kopf und lächelte.

»Na ja, es ist keine Geschichte«, fuhr er fort, »ich meine, es ist eine wahre Geschichte, nicht erfunden. Sie haben ihm den Spitznamen Zweiundfünfzig-Hertz-Wal gegeben.«

Er schaute zu mir hinüber, aber ich hielt meine Augen auf die Straße gerichtet. Er erzählte, dass irgendwann der ganz und gar ungewöhnliche Zweiundfünfzig-Hertz-Ruf eines einzelgängerischen, einsamen Wals aufgenommen worden sei. Der Ruf hatte die akustische Signatur eines Wals, stammte aber offensichtlich von keiner bekannten Spezies. Der Ton war wesentlich höher und erklang kürzer und häufiger als bei anderen Arten.

»Die Gesänge von Blau- und Finnwalen zum Beispiel«, erklärte Kyle und deutete mit seinen Händen die Gestalt eines Wals an, »liegen bei um die zwanzig Hertz.«

Das war, wie ich nach und nach herausfinden sollte, typisch Kyle: Er redete gern über obskure Themen, die er zufällig im Internet aufgeschnappt hatte, mit dem Gestus des Experten. Er erzählte mir, die Wanderbewegung des Zweiundfünfzig-Hertz-Wals durch den Pazifik sei eigenartig, da sie nicht mit den Bewegungen anderer bekannter Walarten übereinstimmte. Es war ein Rätsel. Aber seitdem der einzigartige Zweiundfünfzig-Hertz-Ruf zum ersten Mal vor zwei Jahrzehnten geortet worden war, wurde er jedes Jahr erneut aufgezeichnet. Jahr für Jahr rief er hinaus in die Leere des finsteren Pazifik, und fand doch nie einen Artgenossen.

»Der einsamste Wal der Welt«, sagte ich und nickte.

Ich blickte zum Himmel hoch, als hätte sich der Wal womöglich oben in den Wolken versteckt. Einen Augenblick später bogen wir auf den kiesbedeckten Standstreifen der San Mateo Road ein und kamen neben dem Umspannwerk mit seinen brummenden Transformatoren und Strommasten zum Stehen. Ich hielt im Rückspiegel Ausschau nach Autos oder Zuschauern und gab nach einem tiefen Atemzug Entwarnung.

5

PAUL UND ICH hatten Sex durch Audiobücher ersetzt. Es war ein allmählicher Prozess gewesen, der sich über vier oder fünf Jahre erstreckt hatte. Manchmal bekamen wir auch noch beides hin. Nachdem ich nach der Verbannung ins Fitnesszentrum wieder zurück in unser Schlafzimmer gezogen war, begannen wir, gemeinsam den *Zauberberg* anzuhören. Eines Nachts, während die leicht affektierte britische Erzählerstimme aus dem Bluetooth-Lautsprecher drang, stand ich gerade am Fenster und versuchte ungeschickt, meinen BH aufzuhaken, verloren in der alpinen Erhabenheit der Prosa, den langen Sätzen voller serpentinenartiger Kehrtwendungen, als Paul hinter mir auftauchte und meinen BH-Verschluss mit einer Geschicklichkeit löste, die man seinen großen Händen unmöglich zutraute.

»Von wem ist das noch mal?«

»Thomas Mann.«

»O Mann, o Mann«, murmelte er, strich über meine Brüste legte seine Hände darauf, und ich lachte, denn wenn Paul einen auf sinnlich machte, war es eine Karikatur von Sinnlichkeit. Für Paul war Sex immer etwas, über das man Witze machte, was vermutlich von einem angeborenen Unwohlsein über seinen unbeholfenen Körper herrührte. Einer von uns packte den anderen und warf ihn aufs Bett, und wir lachten beide, was schon seit einer ganzen Weile nicht mehr passiert war, und ehrlich gesagt, war es vermutlich vor allem das Lachen, das mich langsam anmachte. Ich streckte mich und schaltete den Lautsprecher aus, und als ich mich wieder zu Paul umdrehte, zeichnete sich in seiner Unterhose ein wahrlich beeindruckender Ständer ab, den er voller Enthusiasmus entblößte.

»Was? Forderst du mich zum Duell?«

Er wedelte damit herum.

»En garde!«

»Sir Gawain und seine Walmart-Boxershorts.«

»Na warte! Gleich kriegst du meinen Spießrutenlauf zu spüren.«

Ich ließ mich lachend auf den Rücken fallen. Er legte sich mit einem dümmlichen Grinsen neben mich.

»Was?«, fragte er.

»Deinen Spießrutenlauf kann niemand zu spüren kriegen.«

»Warum nicht?«

»Weil Spießruten keinen Lauf haben.«

»Ach ja?«

»Die Menschen mussten *durch* die Spießruten laufen.«

Paul betrachtete sein übermütiges Glied. »Na schön, dann spieß ich dich eben ohne Lauf ganz einfach mit meiner Rute auf.«

Ich verdrehte die Augen, und er kletterte auf mich und rieb dabei seinen Schwanz gegen meinen Oberschenkel.

»Geschmiedet in der glühenden Kohle des Verlangens«, murmelte er.

»Okay, Shakespeare, runter mit dir«, keuchte ich, »du zerquetscht mich.«

Er ließ sich nur noch tiefer sinken, streckte alle viere von sich.

»Ich bin tot«, sagte er.

»Ich kriege keine Luft mehr.«

»Deine Lieblingsleiche«.

»Ich meine es ernst, geh runter von mir.«

Ich bekam wirklich keine Luft mehr und wurde langsam panisch und herrschte ihn noch einmal an, er solle *runtergehen*. Sein Lächeln verschwand, als er sich zur Seite rollte. Er fühlte sich offensichtlich abgewiesen, was nicht meine Absicht gewesen war. Drückende Stille machte sich breit. Aber ich wollte, dass die Dinge unbeschwert und scherzhaft blieben, also drehte ich mich ihm zu und lächelte.

»Dickerchen.«

Er kicherte, und ich rubbelte mit der Hand seinen Bauch. Er hatte genau die richtige Menge Haare. Nicht zu rau oder zu dicht.

»Mein großer Bär«, sagte ich in albernem Tonfall, »mein großer, schwangerer Bär.«

»Lass das.«

»Neunter Monat.«

Er setzte sich auf und wischte meine Hand weg.

»Lass das«, brummte er. »Ich bin da empfindlich.«

Ich stützte meinen Kopf auf meine Hand.

»Bist du das wirklich?«

»Ja. Bin ich.«

»Tut mir leid.«

Ich wollte ihn auf die Wange küssen, aber das kam mir zu unpersönlich vor, also bewegte ich mich auf seine Lippen zu, landete aber in meiner Unentschlossenheit irgendwo dazwischen. Dieser kleine Fehler raubte dem Kuss jegliche Intimität. Er schien mir ganz unvermittelt sogar auf eine andere, wesentlich schwerwiegendere Schieflage hinzudeuten.

»Immer ergreife ich die Initiative, und du hast nie Lust«, beklagte er sich.

Ich wies darauf hin, dass wir seit Wochen nicht im selben Zimmer geschlafen hatten, und er fragte mich, wessen Schuld das sei.

»Keine Ahnung, warum sagst du das?«, gab ich zurück. »Gibst du mir die Schuld?«

»Na ja, meine Schuld ist es nicht«, erwiderte er, legte sich wieder hin und starrte hoch zur Decke, während nach und nach seine Erektion schrumpfte. Ich fragte ihn, warum denn unbedingt irgendjemand schuld sein müsse. Etwas an seiner schrumpfenden Erektion fand ich zutiefst tragisch.

»Scheiß drauf, lass es uns machen«, sagte ich, ging vor ihm auf alle viere und fuhr mit meiner Hand über seinen Oberschenkel.

»Schon in Ordnung.«

»Nein, ich will, ich will wirklich.«

»Der Augenblick ist vorüber.«

»Nein, ich bin … sieh mal.«

Ich nahm das, was von seinem Steifen übrig war, in die Hand.

»Ich packe die Gelegenheit beim Schopf, siehst du?«

Wie ich an seinem leichten Zurückzucken merkte, vielleicht ein bisschen zu energisch.

»Wow, ja, das tust du wirklich.«

Ich lockerte meinen Griff ein wenig und beugte mich

hinunter, um ihn zu küssen, diesmal souverän auf die Lippen, mit geöffnetem Mund. Die Zungen bewegten sich tastend aufeinander zu. Am Anfang war es eine Choreografie. Routine. Aber nach und nach wurde es echt, und wir waren mit Leib und Seele dabei. Wir verloren uns ineinander, wie schon ewig nicht mehr, bis er seinen Kopf zurückbog und mit einem flüchtigen Lächeln mein Gesicht musterte.

»Es ist schön, dich wiederzuhaben«, sagte er.

»Ich war doch nicht weg.«

Er nickte, sah mir in die Augen, aber auch gedankenverloren durch mich hindurch.

»Oh, ich wollte dir eigentlich was erzählen«, sagte er mit einem Kichern, und seine Augen richteten sich wieder auf mein Gesicht.

»Lucas hat mir heute einen Artikel über so ein Pärchen in Florida geschickt, das angeblich dieses Summgeräusch in seinem Haus gehört hat. Es hat sie tagelang wach gehalten, und als sie es untersucht haben, haben sie ein riesiges Wespennest in einer hohlen Wand entdeckt und mussten das Haus komplett …«

»Warum erzählst du mir das?«, unterbrach ich ihn. Mein Gesicht fühlte sich heiß an.

»Ich wollte bloß …«

»Können wir uns einfach küssen?«, fragte ich.

Wir taten das eine Weile lang, bis meine Gedanken wieder abschweiften.

»Warum hast du mir das erzählt?«

»Vergiss es einfach.«

Aber ich konnte nicht. Ich war jetzt wütend und abgelenkt.

»Hast du Lucas von mir erzählt?«, fragte ich.

»Nein, er hat keine Ahnung. Er hat mir die Geschichte einfach geschickt, weil er sie lustig fand.«

»Es klingt nicht wie ein Wespennest«, sagte ich und übertönte seine Antwort.

»Ich weiß, ich …«

Ich erzählte ihm, dass es sich anhörte, als würde die ganze Zeit irgendwo weit weg Donner grollen, es war kein Wespennest, es war nicht bloß eine witzige Geschichte in irgend so einem Artikel. Ich löste mich aus dem Knoten, den Paul und ich gebildet hatten, und rollte auf meine Bettseite zurück.

»Ich fand's lustig.«

»Ist es aber nicht.«

»Lustig ist jetzt fast gar nichts mehr, oder?«, sagte er und setzte sich auf.

Ich lag lange da, schaute an die Decke und ballte die Fäuste neben meinem Körper. Ich konnte hören, wie er anfing, auf seinem Handy E-Mails zu checken.

»Vielleicht sollte ich heute Nacht nicht hier schlafen«, murmelte ich.

»Oh, jetzt komm.«

»Ich glaube, wir sind noch nicht so weit«, fügte ich hinzu und stieg aus dem Bett.

Ich ging in Richtung Tür, aber er sprang auf und überfiel mich in der Mitte des Zimmers mit einer Umarmung von hinten. Er schlang seine Arme um meine Hüfte und hielt mich fest.

»Bitte«, flüsterte er.

Ich ließ zu, dass er mich festhielt, und schmolz langsam dahin, an seiner breiten Brust, die so weiß und weich war wie ungetoastetes Weißbrot. Wir standen einfach da, atmeten lange Zeit gemeinsam, bis ich an meinem Oberschenkel spürte, wie er hart wurde.

»Oh, da sind wir ja wieder«, sagte ich.

»Der Spießrutenlauf.«

Ich drehte mich um und sah ihm ins Gesicht. Sein Blick war der eines erwartungsvollen kleinen Jungen. Ich musste lächeln. Er beugte sich herunter und küsste mich auf die Lippen.

»Tut mir leid«, murmelte er, »ich gebe mir Mühe.«

»Ich weiß«, sagte ich und küsste ihn zurück.

Er fuhr mit seinen Lippen über meinen Nacken, während er die Finger unter meinen Hosenbund schob. Fummelnd arbeiteten wir uns zurück zum Bett vor und purzelten darauf, die Lippen aneinander festgesaugt. Er begann mir die Unterhose auszuziehen, und ich half ihm dabei, schob sie mit dem linken Fuß an den Beinen hinunter. Es war ein komisches Gefühl, gleichzeitig das Summen und Pauls Keuchen zu hören. Ich versuchte, das Summen auszublenden und mich nur auf unser bebendes Ausatmen zu konzentrieren. Unser Grunzen. Auf die Feuchtigkeit unserer Körper. Das Klatschen von Haut auf Haut. Ich verlor mich in diesen Geräuschen – bis plötzlich mein Handy auf dem Nachttisch surrend den Eingang einer Textnachricht meldete. Ich ignorierte es, versuchte mich weiter auf seinen Atem zu konzentrieren, auf das Geräusch unserer Körper, bis ein weiteres Surren ertönte und dann wieder eins. Ich schlug mit der Hand auf das Handy. Paul hielt inne.

»Verdammt«, brummte er, während ein Schweißtropfen von seiner Augenbraue auf meine Wange glitt.

»Tut mir leid.«

»Kannst du es nicht ausschalten?«

Ich drehte mich um und warf einen kurzen Blick auf die Textnachrichten. Mein Magen zog sich zusammen.

»Wer schreibt dir abends um elf?«

Ich presste das Telefon an mich, damit Paul den Bildschirm nicht sehen konnte.

»Es ist Cass«, log ich. »Sie und Aldo sind gerade in einer schwierigen Phase.«

Paul fragte, was los sei, und ich schüttelte den Kopf, während ich die Textnachrichten überflog.

»Entschuldige, ich erzähl es dir später«, sagte ich. »Ich muss sie bloß kurz anrufen. Sie ist ziemlich aufgewühlt.«

»Na ja, vielleicht kannst du ihr sagen, dass wir auch gerade ziemlich aufgewühlt sind.«

»Tut mir leid«, entschuldigte ich mich, stand vom Bett auf und zog mein Nachthemd an.

»Wir haben zum ersten Mal seit hundert Jahren wieder Sex, und sie zwingt dich dazu, an das verdammte Telefon zu gehen.«

Er fiel zurück ins Bett wie ein Hot-Dog-Würstchen, das aus seinem Brötchen gerutscht war.

»Ich weiß, tut mir leid«, sagte ich noch einmal, schloss den Gürtel mit einem Knoten und ging in Richtung Tür.

»Ihr könnt euch den ganzen verdammten Tag lang in der Schule unterhalten.«

»Dauert nur fünf Minuten!«

»Soll ich hier warten und den Motor am Laufen halten?«, fragte er und streichelte trübselig seine Erektion.

»Fünf Minuten«, wiederholte ich und schloss die Tür hinter mir.

Ich schlüpfte aus dem Schlafzimmer, lief die Treppe hinunter und ging ins Esszimmer. Mein Handy war das Einzige, was im Dunkeln leuchtete, als ich mich auf einem Stuhl niederließ und die Nummer wählte.

Während ich dem Freizeichen lauschte, dachte ich an Paul und seinen Penis im ersten Stock, diesen traurigen Anblick. Ich hörte ein Klicken und dann Atemzüge am anderen Ende der Leitung.

»Hallo?«

»Hey.«

Kyles Stimme klang angespannt.

»Was ist los?«

»Ich wollte bloß mit Ihnen reden.«

Ich schloss die Augen.

»Wir haben ausgemacht, dass wir uns nur im Notfall schreiben«, erklärte ich.

»Ich weiß, aber …«

»Du kannst mir um Mitternacht keine Textnachrichten schicken.«

»… das *ist* ein Notfall.«

Ich fragte ihn, wo er sei.

»Ich bin spazieren«, sagte er.

»Wo?«

»Einfach nur im Viertel. Von zu Hause aus konnte ich nicht anrufen.«

Ich hörte das schabende Geräusch, als sein Schuh einem Stein einen Tritt versetzte.

»Sind Sie irgendwo, wo Sie niemand hören kann?«, fragte er.

»Mehr oder weniger«, antwortete ich halblaut.

»Wir könnten uns im Park bei der Schule treffen.«

»Nein, das geht nicht.«

»Bloß fünf Minuten.«

Ich wusste, dass etwas nicht stimmte, aber es war schwierig, seiner Stimme zu entnehmen, wie schwerwiegend das Problem war.

»Ich kann nicht«, erklärte ich ihm. »Sag mir einfach, was los ist.«

Er schwieg eine ganze Weile lang. Ich fragte, ob er noch da sei.

»Es gibt noch andere«, sagte er leise.

»Was meinst du damit?«

»Andere, die es auch hören.«

Ich brauchte eine Weile, um seine Worte zu verarbeiten.

»Woher weißt du das?«, fragte ich.

»Da ist dieser Typ aus meiner Basketballmannschaft, Julian Delgado ...«

»Ich kenne Julian«, sagte ich. Ich hatte Julian zwei Jahre lang unterrichtet.

»Wir haben heute Abend zusammen gespielt, und ich habe es ihm erzählt.«

Meine Kehle schnürte sich zusammen.

»Was?«

»Bloß ...«

»Von uns?«

»Nein, nein, nur von dem Summen, er hat mitgekriegt, dass irgendwas mit mir los ist, und dann hat er mir erzählt, dass auch seine Mom daran leidet. Sie bekommt Kopfschmerzen davon. Kann nachts nicht schlafen.«

»Das kann an vielen Dingen liegen«, sagte ich und versuchte nicht, meinen Ärger zu verbergen.

Bis jetzt hatten wir alles darangesetzt, nicht aufzufallen.

»Nein, glauben Sie mir, sie hört es wirklich«, beharrte er.

»Woher willst du wissen, dass es dasselbe ist?«

»Weil ich mit ihr geredet habe«, sagte er.

Mir wurde schlecht. »Du hast mit seiner Mutter geredet?«

»Glauben Sie mir, sie kann es hören. Sie hat es mir ganz genau beschrieben. Und dann hat sie mir erzählt, sie arbeitet für dieses Ehepaar am Sequoia Crescent, und anscheinend können die es auch hören. Und wissen Sie was? Die kennen noch andere Leute, und sie organisieren ein Treffen.«

Es fiel mir schwer, alles aufzunehmen, was er erzählte.

»Was … was für ein Treffen?«, fragte ich.

»Um darüber zu reden. Und herauszufinden, was es ist.«

Die Nachricht hatte ihn eindeutig durcheinandergebracht, und auch ich war für einen Moment sprachlos. Ich war mir nicht sicher, was ich von der Aussicht hielt, dass es noch andere Leute gab. Ich hatte mich daran gewöhnt, einen einzelnen, geheimen Gesprächspartner zu haben. Unsere Treffen hatten mich in einer Art und Weise für mögliche Wunder und Geheimnisse empfänglich gemacht, wie ich es schon seit Jahren nicht mehr erlebt hatte. Ich stellte fest, dass ich ganze Tage damit verbrachte, über unsere nächste Mission nachzudenken. Darüber, welche Spuren wir noch nicht verfolgt hatten oder welche Hinweise uns möglicherweise entgangen waren. Während des Unterrichts oder in der Mittagspause machte ich mir im Geiste Notizen über Dinge, die ich ihm mitteilen wollte, und manchmal verspürte ich den Impuls, ihm eine Textnachricht zu schicken, um zu erfahren, was er davon hielt. Aber natürlich tat ich es nicht. Im Unterricht bemühte ich mich nach Kräften, die Verbindung zwischen uns zu verbergen – mit dem Ergebnis, dass ich ihn mehr oder weniger komplett ignorierte. Ich vermied jeglichen Augenkontakt und rief ihn nicht mehr auf, was dazu führte, dass er im Unterricht kein Wort mehr sprach.

»Sind Sie noch dran?«, fragte er.

»Ja.«

»Es ist übernächsten Samstag, Sequoia Crescent Nummer 12, zwölf Uhr. Sie hat mir das auf einen Zettel geschrieben.«

Ich wiederholte die Adresse, überlegte, wo genau im Viertel sich das Haus befand, und fragte ihn dann, was wir seiner Meinung nach tun sollten.

»Na ja, natürlich müssen wir hingehen.«

Mir kam das nicht so natürlich vor.

»Was, wenn da Leute sind, die uns wiedererkennen?«, fragte ich. »Julians Mutter zum Beispiel.«

»Das ist egal.«

»Nein, ist es nicht. Man darf mich nicht außerhalb der Schule mit dir sehen.«

»Aber …«

»Noch dazu in einem Haus von wildfremden Leuten, ich meine, wie …«

»Genau darauf haben wir gewartet«, rief er dazwischen. »Vielleicht kommt ja auch jemand, der wirklich Bescheid weiß.«

Während Kyle redete, dachte ich daran, dass ich ursprünglich nur gewollt hatte, dass andere meine Erfahrungen bestätigten und mir Antworten gaben. Aber das war vor meiner Komplizenschaft mit Kyle gewesen.

»Sind Sie nicht neugierig?«, fragte er.

»Natürlich bin ich das, aber darum geht es nicht.«

»Was soll das denn sonst? Wenn wir weitermachen wie bisher, verschwenden wir bloß unsere Zeit.«

Ich wusste, er versuchte, mich mit dieser Bemerkung zu verletzen, und es war ihm gelungen. Ich sagte, er solle einfach allein hingehen. Ich könne ihn nicht hindern.

»Wie wäre es, wenn ich als Erster hingehe?«, schlug er vor. »Und wenn es ein eindeutiges Warnsignal gibt, kann ich Ihnen schreiben, dass Sie nicht kommen sollen. Aber wenn die Luft rein ist, schicke ich Ihnen ein ›Daumen hoch‹.«

Er verstummte für einen Augenblick. Ich hörte, wie ein Auto an ihm vorbeifuhr.

»Ich kann nicht allein hingehen«, sagte er. »Ich brauche Sie da.«

Es war, als drohte mich ein schwarzer, reißender Strom mitzureißen. Ich machte mit meiner Handfläche einen kleinen Kreis auf dem dunklen glatten Esstisch und seufzte.

»Okay.«

»Danke.«

»Und du hast Julian oder seiner Mutter ganz sicher nichts von uns erzählt?«

»Nein.«

Ich machte Kyle klar, dass wir uns auf gefährlichem Terrain bewegten, und er antwortete, das sei ihm bewusst.

Ich schaute durch das Panoramafenster auf das Dunkelgrau des Vorgartens und den schwachen Lichtschein der Straße dahinter. Ich überlegte, was ich tun würde, wenn ich Kyle mit seinem Telefon da draußen stehen sehen würde. Ich traute es ihm durchaus zu. Er hatte etwas Wildes, Unberechenbares an sich. Er hatte die Seele eines Dichters und das Hirn eines Teenagers, sprunghaft und unkontrolliert.

»Keine Nachrichten mehr mitten in der Nacht, okay?«

»Okay.«

»Jetzt versuch, ein bisschen zu schlafen.«

»Sie auch«, sagte er. Und dann, nach einer Weile, fügte er hinzu: »Du auch, Claire.«

Ich fühlte, wie ich beim Klang meines Namens zusammenzuckte. Das war das erste Mal, dass er ihn aussprach. Wenn er mich jetzt noch »Miss« genannt hätte, hätte sich das lächerlich angefühlt. Plötzlich fiel mir auf, dass das niemals bei unseren Plaudereien nach der Schule passiert war. Ich fragte mich, wie lange er darauf gewartet hatte oder ob er überhaupt darüber nachgedacht hatte. Ich wollte gerade Gute Nacht sagen, da spürte ich eine Veränderung im Raum. Irgendjemand stand hinter mir. Ich drehte mich um, schnappte nach Luft und ließ das Telefon fallen.

»Mein Gott!«

Ein Schatten lehnte an der Wand des Durchgangs zur Küche. Er trug ein übergroßes T-Shirt als Nachthemd und hielt ein Glas Wasser in der Hand.

»Ich verdurste«, sagte Ashley und nahm träge einen Schluck. Ihre spätpubertäre Krächzstimme klang wie das Brutzeln eines Spiegeleis. Schnell stellte ich meinen Fuß auf das helle Handydisplay und verbarg den Namen des Anrufers. War ich schnell genug gewesen? Mein Hirn ging panisch die letzten fünf Minuten durch.

»Hast du da gestanden und mir zugehört?«

»Wer war das?«

Ich hatte das Gefühl, am ganzen Körper zu glühen. Ich ging in die Hocke, griff nach dem Handy unter meinem Fuß und drückte den Auflegen-Button.

»Warum hast du mein Gespräch belauscht?«

»Mit wem hast du geredet?«

»Cassandra.«

»Ach wirklich«, erwiderte sie mit einem belustigten Gesichtsausdruck.

»Sie macht gerade eine ziemlich harte Zeit durch, und ich habe versucht …«

»Hast du eine Affäre?«

Ich lachte, obwohl es sich eher anhörte, als würde Luft aus meinen Lungen gepresst. Ashley streckte die Hand nach dem dimmbaren Lichtschalter aus und drehte den Kronleuchter über dem Esstisch auf, gerade hell genug, dass wir einander ins Gesicht sehen konnten.

»Ist es eine Frau?«, bohrte sie nach.

»Was?«

»Dein Handy ist ziemlich laut eingestellt. Es klang nicht wie ein Mann.«

Ich kicherte gezwungen, war mir aber nicht sicher, ob sie es ernst meinte oder nicht.

»Ich habe schon immer gedacht, dass du ein bisschen was Lesbenmäßiges hast«, sagte sie.

»Das ist nicht witzig«, erwiderte ich und starrte sie an.

»Ist es Mr Gaddis?«

»Was? Nein. Um Gottes willen, nein.«

»Man darf mich nicht außerhalb der Schule mit dir sehen«, wiederholte sie meine Worte wie ein Papagei.

Sie hatte mit kriminalistischem Interesse zugehört. Mir fiel wirklich kein anderer Ausweg ein. Ich horchte, ob sich oben oder auf der Treppe etwas bewegte. Das Letzte, was ich jetzt brauchte, war, dass Paul unser Gespräch mithörte.

»Du musst mir versprechen, dass du es niemandem erzählst.«

Sie legte ihren Kopf schief.

»Warum sollte ich so etwas versprechen?«, fragte sie.

»Weil ich meinen Job verlieren könnte.«

»Jesus«, murmelte sie. »Also ist es ein Lehrer.«

Ich hielt mich an der Lehne meines Stuhls fest und senkte den Kopf.

»Es ist keine Affäre«, sagte ich. »Und es ist kein Lehrer.«

»Was, ein Schüler?«, fragte sie kichernd.

Auf einmal verschwand das Lächeln von ihrem Gesicht.

»O mein Gott, es ist ein Schüler!«

»Du musst mir versprechen, dass das unter uns bleibt.«

Sie knallte ihr Wasserglas auf den Tisch.

»Was zum Teufel erzählst du mir da eigentlich?«, fragte sie.

»Wir tun nichts Verbotenes.«

»O mein Gott, du hast eine Affäre mit einem Schüler«, keuchte sie, und ihr Mund blieb offen stehen.

»Nein, habe ich nicht.«

»Ich wette, ich weiß, wer es ist.«

»Ash, das ist kein Witz.«

Sie verschränkte ihre Arme mit einem hinterhältigen Grinsen.

»Ist es Luke?«, fragte sie.

Ich senkte meine Stimme zu einem wütenden Flüstern: »Halt jetzt einfach die Klappe und hör mir zu, okay? Die Sache könnte mich ruinieren. Ich muss dir vertrauen können. Bitte.«

Sie starrte mich an, wie ein Flaschengeist, der auf meinen dritten und letzten verhängnisvollen Wunsch wartete.

»Na gut«, sagte sie.

»Kyle Francis kann das Summen hören.«

Ihr Blick huschte über mein Gesicht, und noch die leiseste Spur eines Lächelns war nun verschwunden.

»Kyle Francis?«, wiederholte sie ungläubig.

Ich erzählte ihr, dass er von sich aus zu mir gekommen war, dass er dieselben Symptome hatte, dass es ihm ziemlich schlecht ging und er niemanden hatte, mit dem er reden konnte. Ich sagte, ich hätte mir Sorgen um ihn gemacht und ihm deshalb meine Nummer gegeben.

»Ich kenne ein paar Mädchen, die dich für diese Nummer buchstäblich umbringen würden.«

»Was?« Normalerweise war ich die Lehrerin, bei der die Kids ihr Coming-out hatten, wahrscheinlich weil ich die Regisseurin der Schulmusicals war, doch in den letzten paar Jahren war eine neue, fluide, sexuelle Avantgarde aufgekommen, die selbst für meinen geschärften »Gaydar« eine Herausforderung darstellte. Kyle war da vermutlich ein Schulbeispiel.

»Einmal hat er dieses Wichs-Video von sich an Pierre-Antoine Defreine geschickt, und der hat es an Emma weitergeleitet, und die hat es an unsere ganze Chat-Gruppe weitergeschickt. Und ganz ehrlich, Mom – dieses Video? Das ist so … Natürlich zeige ich es dir jetzt nicht, aber es ist legendär.«

Dann fragte sie mich, worum es denn bei diesem mitternächtlichen Notfall gehe.

»Ist ihm das Gras ausgegangen, oder was?«

Ich schnalzte missbilligend mit der Zunge und fühlte mich wie eine Siebzigjährige, und plötzlich fiel mir auf, dass ich – obwohl wir so viel Zeit miteinander verbracht hatten – noch immer sehr wenig über Kyle oder über seinen Ruf bei den anderen Schülern wusste. Vermutlich hätte es mich nicht überraschen sollen, dass andere ihn als Kiffer oder als White Trash bezeichneten oder sogar als jemanden, für den heranwachsende Mädchen »buchstäblich jemanden umbringen« könnten – aber ich *war* überrascht. Ashley verschränkte die Arme und trat ungeduldig von einem Fuß auf den anderen.

»Also?«

»Er hat mich angerufen, um mir zu erzählen, dass es andere Leute gibt, die das Geräusch hören können. Und sie treffen sich übernächsten Samstag.«

Sie atmete laut vernehmlich aus und schüttelte den Kopf, wie eine genervte Mutter. Sie fragte mich, ob wir oft miteinander redeten, und ich gestand, dass das manchmal nach dem Unterricht vorkam, aber schließlich kamen Schüler ständig mit ihren Problemen zu mir. Durch die Literatur, die wir durchnahmen, kamen im Unterricht jede Menge schwierige Themen zur Sprache. Das führte nicht selten dazu, dass sie mir hinterher unter vier Augen sagten, was sie bedrückte. Ashley schürzte ihre Lippen, als machte sie sich über meine schwache Verteidigung lustig. Natürlich riefen mich diese Schüler nicht um Mitternacht an.

»Hört sich an, als hättet ihr beide irgendwie eine ganz besondere Verbindung«, sagte sie.

Ich nickte schweigend.

»Ich meine, er ist schlau«, fügte sie hinzu.

»Ja, sehr«, erwiderte ich. »Und er bekommt eine Menge mit.«

Sie sah mich mit einem gewissen Verständnis an. Einer zärtlichen Besorgnis. Ich spürte, wie etwas zwischen uns auftaute, und plötzlich schien sich ein winziger Raum aufzutun, in dem wir vielleicht wieder ehrlich miteinander sprechen konnten, ohne uns gegenseitig zu verurteilen.

»Dass ich mit ihm reden kann ... ich kann dir gar nicht sagen ... Es stimmt, das zwischen uns ist etwas ganz Besonderes. Er ist mein Vertrauter und ich seine Vertraute. Und ich weiß, von außen sieht das ...«

»Total krank aus«, sagte sie rundheraus.

Mir wurde klar, dass ich die Situation falsch eingeschätzt hatte. Ich nickte und war nun auf der Hut.

»Verstehst du jetzt, warum ich nervös bin?«, fragte ich.

»Ja, das ist ... total krank.«

Ich bohrte meine Fingernägel in meine Handfläche. Ich hätte mir keine solche Blöße geben sollen. Auf einmal fühlte ich mich nackt unter ihrem Blick.

»Deshalb ist es wichtig, dass ich dir in dieser Angelegenheit vertrauen kann«, sagte ich.

»Ich will nicht, dass man mir in dieser Angelegenheit vertrauen kann! Ich will damit nichts zu tun haben, und du solltest auch nichts damit zu tun haben. Das ist nicht cool, kapiert? Und ich will nicht, dass du damit dein Leben ruinierst. Und mein Leben. Hast du überhaupt darüber nachgedacht, was ...? Kyle ist ein Freund von mir, irgendwie ein Freund von allen meinen Freunden.«

»Ich weiß, es ist kompliziert.«

»Nein, ist es nicht«, sagte sie und starrte mich an. »Es ist eigentlich total einfach. Hör auf! Hör auf, dich mit Kyle zu treffen oder mit irgendjemand sonst, der glaubt, er kann dein bescheuertes Summen hören.«

In diesem Augenblick hatte ich zum ersten Mal in meinem Leben Angst vor Ashley. Mir wurde beinahe schwindelig von dem Gefühl, dass ich ganz offensichtlich meine Autorität eingebüßt hatte. Wann war diese Veränderung geschehen? Möglicherweise war es einfach nur eine weitere Sache, die das Summen mir weggenommen hatte. Oder vielleicht hatte ich ihren Respekt auch über die Jahre hinweg schleichend eingebüßt. Vielleicht hatte es begonnen, als sie auf die Highschool kam, und ich spürte, wie das seelische Band zwischen uns lockerer wurde. Dabei hatte ich immer das Gefühl gehabt, das sei natürlich, ja sogar gesund. Es hatte mich nie beunruhigt. Aber jetzt fühlte sich diese Distanz plötzlich gefährlich an. Wie ein Abgrund, der mich verschlingen konnte.

»Ich glaube, es wäre keine gute Idee, das deinem Vater zu erzählen«, sagte ich.

Sie trank ein Schlückchen Wasser.

»Und wie kommst du darauf, dass du das von mir verlangen kannst?«

»Ich sage bloß ...«

»Ich weiß, was du sagst, und hier ist das, was ich sage: Hör auf!«

Ihre Augen durchbohrten mich, als sie ihr Wasserglas hob.

»Hör einfach auf«, wiederholte sie. »Dann können wir alles vergessen. Du hast die Wahl, Mom.«

Und damit verließ sie das Esszimmer und ging die Treppe hinauf. Ich stand im Halbdunkel, stützte mich auf den Tisch, bis ich ihre Zimmertür zuknallen hörte, wie ein Gewehr, das eine Platzpatrone abfeuerte.

6

MIT KYLE ZUSAMMEN zu sein, bedeutete, sich ein bisschen weniger allein zu fühlen, ein bisschen weniger Angst zu haben, sich ein bisschen weniger wie die kaputte Heldin eines Lars-von-Trier-Films zu fühlen. Es gab mir das Gefühl, mich aktiv mit meinem Zustand zu beschäftigen und nicht bloß ein Opfer zu sein. Das Gefühl, dass mir jemand glaubte.

Doch jede Mutter, die das hier liest, wird verstehen, wenn ich sage: Wenn dein Kind dich anfleht, mit etwas aufzuhören, dann hörst du auf. Das war gar keine Frage. Dass ich etwas tun könnte, das Ashley Schmerzen oder Leid zufügte, war im Grunde die einzige große Angst meines Lebens, seitdem ich ihren schreienden, schleimigen Körper aus meinem herausgepresst hatte. Nichts war es wert, unsere Verbindung oder ihr Wohlbefinden aufs Spiel zu setzen, selbst wenn das bedeutete, für immer der nervenzehrenden Marter des Summens ausgesetzt zu sein. Also brach ich an jenem Morgen mit dem festen Vorsatz in die Schule auf, Kyle nach dem Unterricht beiseitezunehmen und ihm zu sagen, dass wir nicht weitermachen konnten. Und ich hätte es ihm gesagt – wenn er denn zum Unterricht erschienen wäre.

In der Mittagspause aßen Cass und ich fade Sandwiches auf meinem Schreibtisch und analysierten gerade einen ihrer hartnäckigen Sexträume, in dem Alfred Molina eine Rolle spielte, als es an der Tür klopfte und

Valeria in den Raum kam, gefolgt von einer untersetzten Frau mit ledriger Haut und undefinierbar blondem Haar. Sie hieß Brenda und war seine Mutter. Sie arbeitete als Bankkauffrau und war vermutlich in meinem Alter. Ich hatte immer eine besondere Nähe zu anderen Frauen verspürt, die früh Mutter geworden waren. Wir alle hatten auf die eine oder andere Weise dieselbe Scheiße erlebt. Ich erkannte sie auf Anhieb, wenn ich irgendwo in einer Menschenmenge einer begegnete. Man sah es uns an, dass wir innerhalb viel zu weniger Jahre viel zu viel vom Leben mitbekommen hatten. Kyle trottete hinter den beiden her und blickte zu Boden.

»Hi, Claire«, sagte Valeria mit einem säuerlichen Lächeln. »Hast du kurz Zeit?«

»Ja, hi«, antwortete ich und stand auf. »Was ist los?«

»Tja, um das festzustellen, sind wir hier.«

Valerias Bob flog herum, als sie sich Cass zuwandte.

»Macht es dir etwas aus, uns ein paar Minuten allein zu lassen?«

»Kein Problem«, sagte Cass und blickte Kyle an und dann wieder mich. Ich sah, wie sie mir meine Angst vom Gesicht ablas. Stirnrunzelnd sammelte sie ihre Sachen ein und ging zur Tür. Valeria schob zwei weitere Stühle neben meinen Schreibtisch. Von draußen auf dem Flur drangen die Gespräche und das Gelächter von Schülern herein, die nichts von der bevorstehenden Implosion meines Lebens ahnten. Als Cass die Tür erreichte, warf sie mir einen seltsamen Blick zu, den ich erwiderte. Dann schloss sie die Tür hinter sich.

»Claire, das hier ist Kyles Mutter, Mrs Francis«, stellte Valeria sie vor.

Die Familienähnlichkeit war unheimlich, besonders um die Augen herum.

»Freut mich sehr, Sie kennenzulernen«, erwiderte ich und streckte meine Hand aus.

»Was machen Sie mit meinem Sohn?«, fragte sie und ignorierte meine Hand.

Ich sagte, es freue mich, mit ihr darüber sprechen zu können.

»Ach ja?«, antwortete sie boshaft.

»Durchaus. Ihr Sohn kam vor ungefähr einem Monat nach dem Unterricht zu mir«, erklärte ich und hielt ihrem Blick stand. »Er erzählte mir, er sei während meiner Stunden immer so abwesend, weil er nicht schlafen könne, und ich fragte ihn ...«

»Das mit diesem Geräusch, das haben Sie ihm in den Kopf gesetzt«, unterbrach sie mich.

Valeria deutete auf die Stühle, die sie nebeneinandergestellt hatte.

»Warum setzen wir uns nicht erst mal?«

Ich erzählte Brenda, dass ich zu keiner Zeit mit Kyle über ein Geräusch gesprochen hatte, bis er damit zu mir gekommen sei, und ich sah ihn an, damit er dies bestätigen sollte, aber er starrte bloß auf seine Hände.

»Davor hat er kein einziges Mal von diesem Geräusch gesprochen«, sagte sie. »Er hat es nie auch nur erwähnt, und dann auf einmal ...«

Sie deutete mit geöffneten Händen auf Kyle, als wäre seine physische Anwesenheit an sich schon ein Argument. Sie setzte sich, und wir anderen taten es ihr gleich.

»Können Sie dieses Geräusch jetzt gerade hören?«, fragte mich Valeria. Ich nickte. Sie wandte sich Kyle zu und stellte ihm dieselbe Frage. Er blickte auf, schien aber unsicher, was er antworten sollte.

Brenda wies wieder mit der Hand auf ihn.

»Nein! Sehen Sie?«

»Doch, ich kann es hören«, erwiderte er.

Brenda fuhr herum.

»Du kannst was? Vor zwei Stunden hast du was anderes gesagt.«

Er seufzte und zuckte mit den Schultern. Brenda sah mich vorwurfsvoll an. »Sehen Sie, Sie haben ihm das in den Kopf gesetzt«, sagte sie. »Schauen Sie ihn an. Er ist antriebslos, er ist müde, er ist niedergeschlagen. Seine Noten sind miserabel. Er hört mir nicht zu, wenn ich mit ihm rede, er macht bloß …« Sie winkte ab. »Und dann finde ich heraus, dass er sich ständig nach dem Unterricht mit Ihnen trifft«, fuhr sie fort. »Er war mit Ihnen hier im Klassenzimmer, saß in Ihrem Auto und ist mit Ihnen *in Ihrem Auto* in der Gegend herumgefahren. Und mir hat er erzählt, er sei beim Basketball.«

Mir wurde flau. Sie wusste, dass wir in der Gegend herumgefahren waren. Wie viel hatte Kyle ihr erzählt, und warum um Himmels willen?

»Stimmt das, Claire?«, fragte Valeria und verzog schmerzerfüllt das Gesicht. »Warst du wirklich mit Kyle in deinem Auto unterwegs?«

»Ja. Das stimmt.«

Ich hörte meine Stimme, als käme sie von einem Bauchredner.

»Sie haben über dieses eingebildete Geräusch geredet … Na los, erzähl es ihr«, sagte Brenda und drehte sich zu Kyle um. »Sind auf der Suche nach diesem Geräusch durch die Gegend gefahren wie Geisterjäger. Diese Frau ist wahnsinnig.«

»Stimmt das?«, fragte Valeria erneut.

»Wir sind nach der Schule ein paarmal zusammen durch die Gegend gefahren ...«, begann ich schwach.

»Wie oft?«

»Fünf- oder sechsmal.«

Valeria riss die Augen auf, als hätte ich eine unmöglich hohe Zahl genannt.

»Fünf- oder sechsmal«, wiederholte sie.

Ich erklärte, dass wir uns darüber unterhalten hatten, wie isoliert wir uns fühlten. Darüber, wie uns das von unseren Freunden und unserer Familie abgeschnitten hatte, und dass es absurd sei zu behaupten, ich sei der Grund dafür, das Kyle sich zurückzog, ich sei diejenige, die ihn von den anderen fernhalten würde. Doch ehrlich gesagt – wenn sie Ashleys Lehrerin gewesen wäre und Ashley in ihrem Auto gesessen hätte, hätte ich ganz genau dasselbe gesagt, dann hätte ich auch die Tür eingetreten und nach Antworten verlangt. Ich wusste, wie das von außen aussehen musste. Ich wusste, wie weit wir die Grenze des Erlaubten überschritten hatten, und natürlich fühlte ich von Mutter zu Mutter mit ihr.

Aber eigentlich wollte ich zu Brenda sagen: Ich habe Ihren Sohn gerettet. Hat er Ihnen je erzählt, dass er sich umbringen wollte? Dass er angefangen hat, sich selbst zu verletzen? Sie sollten mir dankbar sein, gute Frau. Sie sollten mir dankbar sein, dass Ihr Sohn immer noch da ist, da auf dem Stuhl sitzt und auf seine Hände starrt.

Ich holte tief Luft, versuchte, das Beben in meiner

Stimme zu unterdrücken, und erklärte, wie wir über unterschiedliche Quellen für das Geräusch nachgedacht hatten. Ich erzählte ihnen von der Karte und von den Industrieanlagen, die wir uns angesehen hatten. Ich dachte, wenn sie erführen, wie gewissenhaft und planvoll wir vorgegangen waren, würden sie vielleicht begreifen, wie ernst es uns war, wie sehr uns das Summen beeinträchtigte und welche Mühen wir auf uns nahmen, uns selbst zu helfen, da niemand anders dazu bereit war. Ich erklärte ihnen unsere Theorie über das Summen, erwähnte die App auf Kyles Handy, mit der wir die Frequenzen an den unterschiedlichen Orten gemessen hatten. Ich erklärte, warum wir ausgerechnet diese Anlagen ausgewählt hatten. Das Umspannwerk. Die Baustelle oben am Saguaro Drive. Die Windräder an der Interstate. Ich bemerkte, wie Valeria das Gesicht verzog. Ich versuchte, mir vorzustellen, welchen Eindruck ich in diesem Augenblick auf sie machte. Eine angesehene, zuverlässige Kollegin, die von einem Tag auf den anderen aus dem Gleichgewicht geraten war. Nicht wiederzuerkennen. Ich atmete aus und erklärte, dass mir durchaus bewusst sei, wie seltsam sich das alles anhören müsse.

»Wir haben versucht, uns so gut wie möglich zu informieren«, sagte ich.

Valeria wandte sich Kyle zu. »Stimmt das, was Mrs Devon gerade gesagt hat?«

Er blickte auf, fuhr sich mit der Zunge über die Unterlippe und nickte.

»Könntest du das bitte in Worte fassen?«

»Ja.«

»Du hörst also dieses Geräusch?«, sagte Valeria. »Wenn es also stimmt, was Mrs Devon sagt, dann ...«

Brenda schlug mit der flachen Hand auf die Schreibtischplatte. »Hören Sie auf, ihm Worte in den Mund zu legen!«

»Ich versuche nur, mir ein klares Bild ...«

»Ich hoffe, Ihnen ist klar, dass ich kurz davor bin, damit zur Polizei zu gehen.«

»Ja, das verstehe ich, aber ...«

»Also hören Sie auf, ihm Worte in den Mund zu legen.«

»Um mir ein Urteil bilden zu können, muss ich den Rest seiner Geschichte hören.«

Brenda zeigte mit dem Finger drohend auf Valerias Gesicht.

»Legen Sie ihm keine Worte in den Mund.«

»Schon gut.«

»Oder ich rufe die Polizei.«

Valeria hob ihre Hände und nickte. Dann fragte sie Kyle, ob sie sich die Aufnahmen anhören dürfe, die er mit seinem Handy gemacht hatte.

»Die App macht keine Aufnahmen, das ist ein Spektrogramm«, erwiderte er. »Sie stellt Klänge in Echtzeit grafisch dar.«

»Es ist praktisch unmöglich, das Summen selbst aufzuzeichnen«, sagte ich. »Wir haben es versucht, aber es gibt zu viele Nebengeräusche.«

»Aber die App empfängt genug für eine Messung«, stellte er klar. »Wir bilden uns das nicht ein.«

Er sah seine Mutter direkt an, als er das sagte, zum ersten Mal, seit sie hereingekommen waren. Brenda musterte ihren Sohn mit zusammengekniffenen Augen und fragte, ohne den Blick von Kyle zu nehmen, ob ich ihren Sohn jemals mit zu mir nach Hause genommen hätte.

»Mom, nein«, stöhnte Kyle entnervt.

»Seien Sie ganz beruhigt, Mrs Francis, ich würde niemals einen Schüler …«

»Beruhigt, glauben Sie wirklich, Sie können mich beruhigen?«

»Mom, ich hab es dir erzählt.«

»Erzählt? Gar nichts hast du mir erzählt, bis ich es dir aus der Nase gezogen habe. Und das nur dank Ihrer Tochter, Mrs Devon.«

»Wie bitte?«

Brenda sah mich mit großen Augen an. »Sie wissen … Sie wissen nichts von meinem Gespräch mit Ashley heute Morgen?«

Ich fühlte mich, als hätte man mir einen Baseballschläger in den Magen gerammt. Ich war mir nicht sicher, ob ich imstande wäre, auszuhalten, was ich gleich hören würde.

»Na schön«, fuhr Brenda fort, die diese Wendung offensichtlich genoss, »dann erzähle ich es Ihnen. Ich war in der Küche, Kaffee kochen. Kyle hatte sein Handy auf der Arbeitsplatte liegen lassen, und ich hab zufällig gesehen, wie eine WhatsApp-Nachricht auf dem Display erschien: ›Willst du sie fertigmachen?‹«

Brenda sah erst mich und dann Valeria an, die Augenbrauen in theatralischer Entrüstung hochgezogen, und fuhr dann fort. »Das stand da: ›Willst du sie fertigmachen?‹ Also, wie Sie sich vorstellen können, habe ich ihn aufgefordert, mir den gesamten Chat-Verlauf zu zeigen, weil ich gefälligst wissen will, was für einen Sohn ich da aufziehe.«

Meine Kehle brannte, und sooft ich auch schluckte, es wurde nicht besser.

Oh, Ash, dachte ich. Was hast du getan?

»Und als ich begriffen hatte, was da vor sich ging«, fuhr Brenda fort, »habe ich ihr zurückgeschrieben: ›Hier ist Brenda Francis. Sag deiner Mutter: Ja, das werd ich todsicher tun.‹«

»Und was hat sie geantwortet?«, hörte ich mich fragen.

Brenda zog Kyles Telefon aus ihrer Tasche.

»Noch nichts«, sagte sie und blickte mich dann an. »Aber sie hat die Nachricht gelesen.«

Aber sie hat die Nachricht gelesen. Diese Worte trafen mich mehr, mehr als alles andere.

Selbst jetzt frage ich mich noch, warum Ashley nie zu mir gekommen war, um mich vor dem drohenden Shitstorm zu warnen, bevor er an die Klassenzimmertüre klopfte. Wollte sie mich bestrafen? Oder hatte sie aus Schuldgefühl gezögert, aus Furcht vor dem, was sie versehentlich ausgelöst hatte? Ich habe versucht, mich nicht davon auffressen zu lassen.

Bis heute spiele ich in Gedanken immer wieder mein Gespräch mit Valeria durch, nachdem Brenda mit Kyle im Schlepptau hinausgestürmt war. Ich höre sie sagen, welch großen Respekt sie vor mir als Lehrerin habe und wie besorgt sie um mich sei und wie sehr sie mich nach meinem Burn-out unterstützt habe. Und ich höre mich, wie ich immer noch versuchte, zu retten, was zu retten war, obwohl ich bereits wusste, dass es zu spät war. Ich höre sie sagen, dass sie mich beurlauben und meinen Fall an das Schulamt weiterleiten werde, mit der Empfehlung, meinen Vertrag aufzulösen. Ich höre mein flehentliches »Bitte, tu mir das nicht an« und ihr »Ich fürchte, das hast du dir selbst eingebrockt«. Und dann höre ich, wie ich sie anbrülle, dass sie keine Ahnung habe, keine gottverdammte Ahnung, was wir durchgemacht hätten – und das war's dann, als ich sie beschimpft hatte, war es wirklich gelaufen. Ich sehe noch vor mir, wie sie auf mich wartete, als ich meine Sachen zusammenpackte.

Eine der großen Freuden meines Lebens war immer die Arbeit mit jungen Menschen gewesen. Ich empfand es als befriedigend, sie mit der Macht der Sprache, der Literatur, der Imagination vertraut zu machen und ihnen zu helfen, sich von patriarchalischen, weiß dominierten, homofeindlichen, fantasiefeindlichen, lustfeindlichen Denkmustern zu befreien, in denen sie gefangen waren. Es war mehr als eine Freude, es war der Sinn meines Lebens. Mir das zu nehmen, war eine schreckliche Demütigung. Rückblickend war der Verlust meiner Identität als Lehrerin der alles entscheidende Wendepunkt. Ab sofort hatte ich in der Welt jeden Respekt verloren, sogar vor mir selbst.

Ich warf Brenda nicht vor, dass sie mich »fertiggemacht« hatte. Wie gesagt, ich hätte an ihrer Stelle vermutlich dasselbe getan. Aber ich schwor mir an jenem Nachmittag, dass ich nicht zulassen würde, dass sie Kyles Leben zerstörte, und sei es aus »Liebe«. Als Lehrerin hatte ich hin und wieder Schüler wie Kyle kennengelernt, Außenseiter, die nicht mit dem Strom schwammen, die neugierig waren und belesen oder den Wunsch hatten, es zu sein, die aber aus Familien kamen, wo es keine Bücher gab, wo Neugierde unerwünscht war, wo Intellektuelle mit Skepsis, wenn nicht mit Verachtung betrachtet wurden. Ich selbst war so eine Schülerin gewesen und erkannte daher die betreffenden Kinder auf den ersten Blick. Meist versiegte diese Neugierde wieder, bevor die betreffenden Schülerinnen oder Schüler die zwölfte Klasse erreicht hatten. Doch nie gab ich den Müttern die Schuld – Müttern wie Brenda oder meiner Mutter. Ihre eigene Neugierde war bereits seit Langem versiegt. Sie taten ihr Bestes, auf ihre Weise. Aber ich weigerte mich, zuzulassen, dass es mit Kyle geschah.

Valeria brachte mich zum Parkplatz. Ich trug meine Sachen, vorbei an den Schülern und Kollegen, von denen keiner einen blassen Schimmer davon hatte, was da vor sich ging.

Ich konnte den Gedanken nicht ertragen, nach Hause zu fahren, also kurvte ich eine Zeit lang ziellos durch die Gegend. Schließlich nahm ich die Interstate und fuhr in die Wüste, vorbei an verlassenen Motels, dem Lkw-Rastplatz und weiter bis nach Harding, wo ich neben dem Militärstützpunkt hielt und vergeblich lauschte, bis ich nach Sonnenuntergang durch die stockdunkle Wüste wieder zurückfuhr.

Ich werde Pauls Gesichtsausdruck nie vergessen, als ich zur Tür hereinkam, in Händen eine Archivbox mit dem Inhalt meines Schreibtischs. Ich weiß noch, wie ich nicht einmal mehr die Kraft hatte, mit Ashley zu reden, als sie eine halbe Stunde später in ihrem schlammverschmierten Fußballtrikot folgte. Wie sie nach oben rannte und die Badezimmertür zuknallte und eine Stunde lang unter der heißen Dusche stand, bevor sie ins Bett ging, und wie ich erst weinte, als ich endlich allein im Gästezimmer war.

Die ersten Tage waren schrecklich. Wenn ich am Morgen erwachte, graute mir vor den endlosen Stunden des Tages, die vor mir lagen, und am Nachmittag graute mir vor der Rückkehr meines Ehemanns und meiner Tochter. Cass, Nadia und die anderen Frauen des Lesekreises riefen mich in dieser Zeit nicht ein einziges Mal an oder schickten eine E-Mail.

Noch immer male ich mir aus, wie auf den Schulfluren und im Lehrerzimmer und in tausend Textnachrichten über mich getratscht worden sein musste.

Eines Abends hatte mich Ashley auf der Couch sitzend angetroffen. Ich starrte auf meinen Laptop. Die Luft war aufgeladen von ihrer Gegenwart, ihrem Schweigen. Ich spürte ihr Gewicht, als sie sich neben mich setzte.

»Ich hab Kyle eine Nachricht geschickt«, sagte sie. »Ich hatte schrecklich Angst um dich.«

»Ich weiß«, hörte ich mich sagen. »Ich weiß, Kleines.«

»Aber, ey, ist dir eigentlich klar, wie das mein Leben total zerstört hat? Ich muss schließlich damit leben. Kaitlynn und Sarah reden nicht mehr mit mir! Leute posten irgendwelche Scheiße über mich. Wie die mich anschauen? Wenn ich aufs Mädchenklo gehe? Du hast irgendwie kein Problem damit, dich hier im Zimmer zu verkriechen, aber ich muss jeden Tag in die Schule gehen und den Kopf hinhalten.«

Als ich sie ansah, fiel mir das Gefühl wieder ein, das ich hatte, als ich sie nach der Geburt zum ersten Mal sah, ihr Gesicht war genauso qualvoll verzerrt wie jetzt gerade. Das Gefühl hatte etwas mit der Erkenntnis zu tun, dass ich, von diesem Augenblick an, niemals wieder ein ganzer Mensch sein würde. Dass nun immer ein Teil von mir außerhalb meines Körpers leben würde, über den ich, wenn überhaupt, nur nominelle Macht hatte. Ich liebte sie mit einer Intensität, die mich in ihrer animalischen Beharrlichkeit manchmal selbst erschreckte, wie ein genetischer Imperativ jenseits meines Verstands.

Ashley wischte sich die Augen und schmiegte sich an mich, und ich legte meinen Arm um sie. Und hielt sie fest. Ich hielt sie, als könnte sie mir entgleiten. Ich spürte, wie wir alle davonglitten. In ein Zusammenleben voller Geheimnisse, Schweigen und Groll. Und ich selbst glitt am schnellsten von allen davon, in die Finsternis. In Tage, an denen ich das Haus nicht mehr verließ und völlig allein war. Allein mit mir selbst. Allein mit dem Summen.

7

DU BIST KEINE Kriminelle
Du bist keine Triebtäterin
Du bist nicht bösartig
Du bist nicht dumm
Du bist nicht egoistisch
Du bist nicht wahnsinnig
Du bist keine miese Fotze
Du bist keine schlechte Ehefrau
Du bist keine schlechte Mutter
Du bist nicht deine Mutter
Du bist nicht dein eigenes müdes Spiegelbild
Du bist keine leere Hülle
Du wirst nicht vom Universum bestraft
Du wirst nicht so bei Ashleys Spiel auftauchen
Du wirst nicht wieder vor Paul stehen und weinen
Du wirst nicht mehr masturbieren, wenn du weinst
Du wirst nicht noch mal Pauls Kleidung aus dem Schrank werfen
Du wirst nicht wieder Pillenschachteln aus dem Schränkchen holen
Du wirst nicht in der Schule anrufen
Du wirst nicht bei Brenda Francis anrufen
Du wirst nicht wieder Textnachrichten an Kyle schicken
Du wirst nicht zu dem Treffen am Sequoia Crescent gehen

Du wirst nicht nachschauen, was auf Facebook los ist
Du wirst nicht nachschauen, was auf Facebook los ist
Du wirst nicht nachschauen, was auf Facebook los ist

8

ICH GING ZU dem Treffen am Sequoia Crescent.

Ich ging zu dem Treffen, obwohl ich wusste, dass Paul und Ashley der Schlag treffen würde, wenn sie es herausfänden. Ich ging hin, ohne wirklich zu wissen, ob ich hingehen wollte und ob das in meinem gegenwärtigen Zustand gut für meine geistige Gesundheit wäre. Ich ging hin, ohne zu wissen, ob Kyle da sein würde oder nicht. Wir hatten jeglichen Kontakt abgebrochen. Vielleicht ging ich nur hin, weil ich vermutete, er würde da sein. Ich nehme an, das sagt bereits alles darüber, wie es damals um meinen Verstand bestellt war. Ich konnte hingehen, weil Ashley an diesem Samstagvormittag ein Spiel hatte und Paul sie hinfuhr und zum Zuschauen blieb. Ansonsten hätte ich es niemals geschafft, mich davonzustehlen.

Mir ist klar, dass manche Leserinnen und Leser vielleicht denken: Moment mal, hast du nicht verdammt noch mal gesagt, dass du deine Beziehung zu Ashley oder ihr Wohlbefinden nicht aufs Spiel setzen wolltest? Warum hörst du nicht auf, wenn dein Kind dich inständig darum bittet? Rückblickend fällt es mir schwer, das zu rechtfertigen, aber damals war ich mental derart erschöpft, dass ich als Ashleys Mutter versagte. Ich hatte das Gefühl, ich müsste etwas *tun*, um mich aus meiner Schockstarre zu befreien. Ich brauchte Informationen. Selbst wenn Ashley kurzfristig sauer oder verletzt sein würde, falls sie es herausfände, ging ich in der Absicht zu dem Treffen, dass es mir selbst längerfristig besser gehen sollte, um wieder die Mutter sein zu können, die sie verdiente, und die Partnerin, die Paul brauchte.

Ein Teil von Paul hatte mich aufgegeben, als die Sache mit Kyle und meiner Kündigung ans Licht kam. Das einzige Mal, das wir darüber sprachen, sagte er, dass er sich hintergangen fühle. Er, der sich immer so bemüht und gesorgt hatte, komme sich vor wie ein »Trottel«.

»Mir reicht's«, hatte er gebrummt, den Mund zusammengekniffen und mit den Schultern gezuckt. »Es reicht.«

Er ertrug meinen Zustand nicht länger, meine Schlaflosigkeit, er wollte nicht mehr darüber reden, nicht mehr mit mir reden, sich nicht mehr um mich kümmern. Und nach all dem, was passiert war, konnte ich es ihm nicht übel nehmen. Ich verspürte eine Art von Verzweiflung, die ich nur schwer in Worte zu fassen vermag, ohne dabei verrückt zu klingen, was ich natürlich in gewissem Sinne war. Ich hatte mich in einen Zustand der Manie hineinmanövriert und war mir dessen vollauf bewusst. Jetzt versuchte ich alles zu tun, um mich daraus wieder zu befreien. Aber je mehr man mit den Armen rudert, um aus dem Treibsand herauszukommen, in dem man zu versinken droht, desto manischer wirkt man – und desto manischer ist man tatsächlich.

Als ich vor dem Haus am Sequoia Crescent anhielt, war mein erster Gedanke, dass diese Leute einen professionellen Landschaftsgärtner bezahlten. Ihre Einfahrt sah frisch asphaltiert aus. Ihr Haus war groß, ohne protzig zu wirken. Als ich den Weg zur Haustür mit den in die Steinfliesen eingelassenen Lichtern entlangging, musste ich denken, dass Leute mit Geld sich große Häuser kauften, aber Leute mit richtig viel Geld große Häuser, die irgendwie nicht groß aussahen. Ich war nervös, und wenn ich nervös werde, bekomme ich Blähungen, und genau als ich vor der Tür ankam, ließ ich einen wirklich übel riechenden Furz und musste volle zwanzig Sekunden warten, bis die Luft wieder rein war. Als ich schließlich die Klingel drückte, wurde die Tür beinahe auf der Stelle von einem korpulenten Mann mit strubbeligem weißen Haar, einem professoralen Bart und einer burgunderroten Strickjacke geöffnet. Auf seinem eulenartigen Gesicht erschien ein breites, einladendes Lächeln.

»Hi, ich bin Howard«, sagte er und streckte mir eine gut eingecremte Hand entgegen. Ich ergriff sie, schüttelte sie und stellte mich vor. Als ich das Haus betrat, drang heiteres, ungezwungenes Plaudern aus dem Zimmer nebenan. Howard trug graue Filzpantoffeln und teilte mir mit, ich dürfe meine Schuhe gern anbehalten, aber ich zog sie trotzdem aus. Durch den in Erdtönen gehaltenen Eingangsbereich, dessen Boden aus breiten Hartholzdielen bestand und dessen Wände mit Kabuki-Theatermasken geschmückt waren, folgte ich ihm in das angrenzende Wohnzimmer, wo weitere sechs Personen um einen niedrigen Couchtisch herumstanden und plauderten, als wären sie auf einer Cocktailparty. Kyle war einer von ihnen. Er hatte ein Glas Cola mit Eiswürfeln in der Hand. Alle drehten sich lächelnd zu mir um, außer Kyle, der auf einen unbestimmten Punkt auf dem Boden zwischen uns starrte. Howard stellte mich vor, und dann schüttelte ich allen nacheinander die Hand. Als ich bei Kyle ankam, zogen wir eine gemurmelte und vermutlich wenig überzeugende Kennenlern-Nummer ab, was aber niemandem aufzufallen schien.

Zusätzlich zu einer irgendwie unbequem aussehenden skandinavischen Couch und zwei dazu passenden konkaven Sesseln, waren vier glatte weiße Küchenstühle in einem lockeren Halbkreis auf der anderen Seite des Couchtischs aufgestellt. Ich ließ den Rest des Raums auf mich wirken: das große abstrakte Ölgemälde mit seiner reliefartigen Oberfläche, die handgeschnitzte Steinvase auf dem Beistelltischchen aus Teakholz, den purpurroten marokkanischen Teppich. Jeder Gegenstand wirkte mit Bedacht gewählt und von einem aufmerksamen Auge in einer bestimmten Beziehung zu den anderen aufgestellt. Ein leichter Sandelholzduft rundete den Gesamteindruck ab. Die gewölbte Decke erhob sich bis zu einem breiten Oberlicht, durch das warm die Sonne hereinschien. Die Wand zur Straße hin wurde von einem Panoramafenster eingenommen, die gegenüberliegende von einem hohen Bücherregal. Die dazugehörige verschiebbare Regalleiter wirkte ein wenig übertrieben, aber mir gefiel sie.

Howard war ein bisschen wie diese Regalleiter: Irgendwie wirkte er übertrieben in seinem intellektuellen Gehabe, aber er war sehr unterhaltsam, altmodisch und charismatisch zugleich. Er war Geophysiker im Ruhestand und sprach mit einem warmen, honigsüßen Bariton, wie die Sprecherstimme eines Naturfilms, die keinerlei Emotion zeigte, wenn ein Spitzenprädator seine wehrlose Beute riss. Während ich meine Intelligenz manchmal als Schutzschild verwendete, schwang Howard seine wie ein Schwert und warf munter mit Sprüchen wie »Als ich damals Feldforschung auf Mauritius betrieben habe« um sich. Während er redete, musste ich unwillkürlich lächeln. Als kleines Mädchen hatte ich meiner Freundin Jennifer immer erzählt, dass ein Onkel von mir ein exzentrischer Millionär sei, der durch die Welt reiste und »Präparate sammelte« und eines Tages wiederkommen und mich mit auf seine Expeditionen nehmen würde. Howard war eine ziemlich ideale Besetzung für den exzentrischen Wissenschaftler-Millionärsonkel, nur dass er vielleicht ein kleines bisschen verlebter wirkte, als ich mir das als kleines Mädchen vorgestellt hatte. Ein bisschen mehr Weinkaraffe als Tropenhelm.

Irgendwann gab ich der magischen Anziehungskraft des Bücherregals nach und ging hinüber. Howard folgte. Neben wenigen belletristischen Werken waren die Regale vor allem mit großformatigen Kunstbänden bestückt, von der Renaissance und flämischen Meistern bis hin zu Büchern über Dada, Bauhaus und zahlreichen Monografien über Architekten und Künstler – Le Corbusier, Zaha Hadid, Eva Hesse, Joseph Beuys, Rachel Whiteread. Howard zog eine Monografie über Albrecht Dürer heraus und während er sie langsam durchblätterte, sprachen wir über Dürers Holzschnitt eines Nashorns, den er angefertigt hatte, ohne jemals eines gesehen zu haben. Die Bücher teilten mir auf ihre ruhige Art mit, dass Howard ein Mensch war, der zu mir passte: Jemand, der das Gefühl haben wollte, Teil eines Gesprächs zu sein – jenes unendlichen Gesprächs der Worte und Bilder, das mit den ersten Menschen begonnen hatte und sich noch lange nach unserem Tod fortsetzen würde, vielleicht sogar lange nach der Auslöschung unserer Spezies, in Felsen geritzt und durch den Weltraum gebeamt.

Als heranwachsendes Mädchen, als ich Wurstbrote zum Abendessen aß, während meine Mutter Nachtschicht hatte, war der Wunsch, bei diesem bedeutenden, stimmgewaltigen Gespräch dabei zu sein, im Grunde der Wunsch gewesen, mich selbst von der Sprachlosigkeit der Armut zu befreien, der Sprachlosigkeit einer Zweizimmerwohnung ohne Bücher – die nicht von einem Mangel an Intellekt herrührte, sondern von einem Mangel an Zeit und der finanziellen Mittel, ihn zu nähren.

Nach kurzer Zeit trat Howards wesentlich jüngere Partnerin Jo zu uns. Jo wirkte so ruhig und bedächtig wie eine Kalligrafie. Sie war Yogalehrerin und verwendete beim Sprechen kein einziges unnötiges oder unüberlegtes Wort. Als ich drauflosplapperte, dass ich gerade auf entkoffeinierten Kaffee umgestiegen war und heute morgen einen Streit mit meinem Telefonanbieter hatte, hörte sie nickend und zustimmend brummend zu wie eine Therapeutin, als wollte sie in meinen Worten ungeahnte Bedeutungsschichten zutage fördern. Aus irgendeinem Grund ging mir das nicht auf die Nerven, vielleicht weil es bei ihr so natürlich wirkte, und ich stellte sogar fest, dass es eine seltsam beruhigende Wirkung auf mich hatte. Später beobachtete ich, wie sie mit den anderen im Zimmer interagierte, und fragte mich, wie es sich wohl anfühlte, sich mit derart müheloser

Anmut durch die Welt zu bewegen, wie eine Schwimmerin in einem kühlen, ruhigen See.

Als ich auf der Couch Platz nahm, wurde ich in ein Gespräch mit Leslie hineingezogen, einer Mittvierzigerin, die einen teuer aussehenden Kaschmirpullover trug und regelmäßig in kurzes, unsicheres Gelächter ausbrach. Alles an Leslie wirkte extrem, ihre Gesichtszüge, ihre Stimme, ihre Ängste. Sie war hochintelligent und unsicher, wie so viele Frauen in unserem Alter. Vermutlich litt sie an einer Essstörung aus der College-Zeit. Definitiv war sie auf LinkedIn. Sie erzählte mir von ihrem Cockerspaniel, der sich den ganzen Vormittag auf ihrem Teppich erbrochen hatte. Ich hätte sie eigentlich gern nach dem Summen gefragt, aber sie ließ mich nicht zu Wort kommen. Leslie machte auf mich den Eindruck einer erfolgreichen und unglücklichen Frau. Ich konnte mir vorstellen, wie sie im zähflüssigen Berufsverkehr auf der Interstate neben mir im Stau stand und im wohldosierten Mikroklima ihres SUV endlose Gespräche über ihr Bluetooth-Headset führte.

Obwohl ich mir sicher war, dass sie beruflich und finanziell alles erreicht hatte, verspürte ich sofort ein gewisses Mitgefühl mit ihr, sogar eine Art Beschützerinstinkt.

Als Leslie aufstand, um das Badezimmer zu benutzen, fiel mir ein Mann auf, der ganz allein auf einem der Küchenstühle neben dem Couchtisch saß, also ging ich hinüber und setzte mich neben ihn. Er war ein gut aussehender, aber etwas einsilbiger Ex-Soldat namens Damian. Aus Gründen, die er nicht näher ausführte, war er während der letzten paar Jahre arbeitsunfähig gewesen.

Die Zeit hatte er offensichtlich genutzt, um sich einen Ziegenbart zuzulegen und die Haare wachsen zu lassen, die er zu einem Pferdeschwanz zusammengebunden hatte. Nur seinem natürlichen guten Aussehen war es zu verdanken, dass diese an Selbstsabotage grenzenden Verunzierungen den Rest nicht zunichtemachten. Er sah aus wie ein Roadie, der nach einem Kid-Rock-Konzert die Mikrofonkabel aufrollte. Er verströmte eine ziemlich toxische Männlichkeit, aber ich versuchte, großmütig zu sein. Damian hatte bestimmt viel durchgemacht und eine Menge schreckliche Dinge gesehen. Ich stellte ihm ein paar Fragen über das Summen, wann er angefangen hatte, es zu hören, wie es sich für ihn anhörte, aber er wirkte verlegen und wich aus, als hätte ich ihn gefragt, welche obskure Sexpraktik ihm am besten gefiel. Als ich schließlich meine Bemühungen aufgab, schien er erleichtert.

Neben uns, in einem der Sessel, saß Nora Delgado, eine kräftig gebaute, leise sprechende Frau Mitte fünfzig mit tiefen Aknenarben. Sie war die Mutter von Kyles Freund Julian und vermutlich der Grund, warum Kyle und ich in diesem Wohnzimmer gelandet waren. Ich nickte ihr zu und stellte mich vor, und wir wechselten ein paar höfliche Worte. Ich erwähnte nicht, dass ich die Lehrerin ihres Sohns gewesen war. Und schon gar nicht, dass dies zwar unser erstes Zusammentreffen war, aber nicht das erste Mal, dass ich über sie nachgedacht hatte. Julian hatte im Rahmen des Unterrichts einmal eine Kurzgeschichte über eine Frau aus Guatemala geschrieben, die mit ihrem kleinen Sohn über die mexikanische Grenze gekommen war und als illegale Einwanderin in einem Motel in Texas lebte. Statt Miete für die Unterkunft zu zahlen, arbeitete sie als Reinigungskraft und musste die sexuellen Annäherungsversuche des Motelbesitzers abwehren.

Als ich Julian Fragen zu der Geschichte stellte, leugnete er, dass sie autobiografisch sei. Und doch hatte er die Figur der Mutter so plastisch und realistisch geschildert, dass ich nicht umhinkonnte, zu vermuten, dass das Geschilderte mindestens zum Teil auf wahren Begebenheiten beruhte. So oder so, ich gab ihm die volle Punktzahl, obwohl seine Geschichte nur halb so lang war wie eigentlich verlangt.

Neben uns stand eine junge Frau mit einem ungezwungenen Lächeln namens Seema, die, wie ich aus dem Gespräch der anderen aufgeschnappt hatte, Assistenzärztin im städtischen Krankenhaus war. Sie hatte ein niedliches Pausbackengesicht, einen jungenhaften Haarschnitt, ein Nackentattoo und ein goldenes Nasenpiercing. Ich bewunderte sie für ihr selbstbewusstes Outfit, in diesem Vorort, in dem bereits schwarze Röhrenjeans auffielen. Beim Sprechen verbarg Seema ihre Hände in den Ärmeln ihres weiten Flanellhemds, und manchmal klappte sie beim Zuhören ihren Hemdkragen hoch und presste ihren Mund dagegen – nicht als wäre sie schüchtern, sondern eher wie eine Katze voller überschüssiger, rastloser Energie, die mit einer leeren Tüte spielt. Nach Kyle war sie die Jüngste im Zimmer, und die beiden waren ganz natürlich in ein Zwiegespräch geraten. Sie hatten ihre Handys hervorgeholt und verglichen offenbar Notizen über das Summen, tauschten sich über Zeitleisten und Theorien aus. Ich hätte mich gern zu ihnen gesellt, spürte aber, dass Kyle etwas Raum brauchte.

Er trug ein weites schwarzes T-Shirt mit einem Bild von Heath Ledger als Joker darauf. Sein Gespräch mit Seema ermöglichte es ihm, jeglichen Augenkontakt mit mir zu vermeiden, bis Howard die Versammlung für eröffnet erklärte und vorschlug, dass wir uns alle setzten. Und selbst dann brachte es Kyle kaum über sich, in meine Richtung zu schauen. Es kam mir wie eine Ewigkeit vor, seit wir zum letzten Mal miteinander gesprochen hatten, und seine Abwesenheit hatte mich beinahe körperlich geschmerzt. Ich fragte mich, welche Lüge er Brenda erzählt hatte, bevor er heute morgen aus dem Haus gegangen war – oder ob es ihr überhaupt aufgefallen war. Er sah erschöpft aus. Aber eigentlich traf das auf uns alle zu. Wir waren ein Kreis von gebrochenen Seelen, die von der schwachen Hoffnung zehrten, gemeinsam vielleicht eine Art von Erlösung zu finden.

Howard begann die Versammlung in etwa mit den Worten: »Ich weiß, Sie alle schlagen sich mit diesem Geräusch herum, und es ist verwirrend, aber ich kann Ihnen versichern, ich kenne die Ursache, und Sie brauchen sich keine Sorgen zu machen.«

Und ganz ehrlich, obwohl es trotz seiner Mahagoni-Stimme ein bisschen aberwitzig klang, war das genau, was ich in diesem Augenblick hören wollte. Das lässige Selbstvertrauen, mit dem er diese Behauptung aufstellte, ließ sie beinahe plausibel erscheinen. Dann begann er, uns durch eine Art Gedankenexperiment zu führen.

»Was glauben Sie, wie oft trifft an einem beliebigen Tag ein Blitz die Erde?«, fragte er lächelnd und genoss sichtlich die Aufmerksamkeit dieses kleinen gebannten Publikums.

»Hat jemand eine Idee?«

Damian zuckte mit den Schultern, brach das Schweigen und tippte auf dreiundzwanzig.

»Ich glaube, es ist häufiger«, sagte Seema.

»Und, was würden Sie schätzen?«, fragte Howard.

»Ein paar Tausend Mal vielleicht. Sagen wir fünftausend?«

»Fünftausend, okay. Sonst noch jemand?«

Leslie fand, fünftausend klinge gut.

Howard fragte Kyle, was er sagen würde.

»Fünftausendfünfhundert«, erwiderte Kyle, was die Gruppe zum Lachen brachte.

»Wo sind wir denn hier? Bei *Der Preis ist heiß*?«, scherzte Seema.

»Fünftausendfünfhundertundeins!«

Howard wartete einen Augenblick auf allerletzte Schätzungen und verkündete dann:

»Also, tatsächlich sind es acht Millionen pro Tag«, was noch mehr Gelächter hervorrief.

»Was somit ungefähr hundert Mal pro Sekunde entspricht«, fuhr er fort.

»Dreiundzwanzig«, wiederholte Damian kichernd für sich selbst.

»Dreiundzwanzig konnte es nicht sein«, erklärte Seema. »Ich habe mal dreiundzwanzig Blitze in einem einzigen Gewitter gesehen.«

»Das bedeutet also rund drei Milliarden Mal pro Jahr«, dozierte Howard weiter, »und wie Sie sich vorstellen können …«

Plötzlich blickte er sich um und hielt inne. »Oh, hallo!«

Alle drehten sich um und sahen ein älteres Paar im Flur stehen. Ohne ein Klopfen oder Klingeln, es war, als wären sie aus dem Nichts aufgetaucht.

»Bitte, kommen Sie rein«, sagte Jo und winkte sie ins Zimmer.

»Tut uns leid, wir sind spät dran«, erwiderte der Mann und machte einen Schritt vorwärts. Er trug ein langärmeliges babyblaues Hemd und wirkte athletisch für sein Alter, so als wäre er Mitglied in einem Tennisclub.

Howard stand von der Couch auf, um dem Paar die Hände zu schütteln.

»Nein, überhaupt kein Problem«, sagte er.

»Die Tür war nicht abgeschlossen«, erklärte die Frau mit einem schüchternen Lächeln und zuckte entschuldigend mit den Schultern.

»Wir haben uns ein bisschen verfahren«, fügte ihr Ehemann hinzu.

»Er hat ›Sierra‹ ins Navi eingegeben und ich habe gesagt, es sei Sequoia, aber …«

Sie zuckte erneut mit den Schultern und lachte, aber ihr Ärger war eindeutig noch nicht verflogen.

Jo beruhigte sie und wies darauf hin, dass man sich in dieser Gegend sehr leicht verfahren könne.

»Wir waren gerade dabei, über Blitze zu sprechen«, erklärte Howard.

»Blitze, aha«, sagte die Frau, während Jo die farblich aufeinander abgestimmten Fleecejacken des Ehepaars in Empfang nahm.

»Blitze in welcher Form?«

»Ich nehme an, Sie sind Doktor Bard«, sagte der Mann, bevor Howard die Frage seiner Frau beantworten konnte.

»Ja, aber bitte nennen Sie mich Howard.«

Der Mann stellte zunächst sich selbst als Tom vor und dann seine Frau als Emily.

»Hallo«, sagte sie und begrüßte alle reihum mit einem kurzen Winken. Obwohl ihre Frisur darauf hinwies, dass sie schon seit jeher die Republikaner wählte, war ihre Hochglanzmaniküre offensichtlich das Werk migrantischer Arbeitskräfte. Sie beugte sich zu Howard und deutete auf Jo, die noch im Flur stand.

»Und, Entschuldigung, wie war doch gleich der Name Ihrer Tochter?«

»Jo ist nicht meine Tochter.«

»Oh, Verzeihung«, erwiderte Emily betroffen.

»Bitte«, sagte Howard und wies auf die leeren Stühle.

Leslie stand auf, um Tom und Emily zu begrüßen.

»Ich bin Leslie«, stellte sie sich vor und schüttelte ihnen die Hände. Tom legte seinen Kopf schief und erklärte, sie komme ihm bekannt vor.

»Ich bin Immobilienmaklerin«, erwiderte sie mit einem breiten Lächeln.

»Ach ja. Ich habe Ihre Schilder auf den Grundstücken gesehen.«

»Ja, ja«, sagte sie mit einem kurzen trillernden Lachen, »das höre ich oft.«

Jo kam aus dem Flur zurück, während wir anderen uns nacheinander Emily und Tom vorstellten. Um mich nützlich zu machen, schenkte ich ein paar Gläser Wasser aus der Karaffe auf dem Couchtisch ein und drückte sie jedem in die Hand, der aussah, als wollte er eines. Ich goss etwas Wasser in Kyles leeres Glas mit den Eiswürfeln, und er bedankte sich, ohne mir dabei in die Augen zu sehen.

»Wir haben auch Tee oder Kaffee, wenn Sie möchten«, bot Jo an.

»Nein, Wasser ist wunderbar, danke«, erwiderte Emily, während sie sich setzte.

»Wenn Sie mich so fragen – ich hätte nichts gegen einen Kaffee einzuwenden«, sagte Tom. »Einfach schwarz.«

Jo nickte und verschwand in Richtung Küche.

»Oh, jetzt mach ihr doch keine Umstände«, brummte Emily. »Du hattest doch gerade einen.«

»Bitte, das zählt nicht.«

Tom sah den Rest von uns an und beugte sich vor, als machte er ein Geständnis, und erzählte, dass Emily tagelang eine Stempelkanne mit Kaffee auf der Arbeitsfläche in der Küche stehen ließ und dann einfach tassenweise in der Mikrowelle aufwärmte.

»Das ist sehr praktisch«, sagte sie leutselig.

»Es ist barbarisch.«

Tom und Emily genossen es sichtlich, das unglückliche Paar zu spielen. Ich hatte mich schon immer über Paare gewundert, die sich vor anderen Leuten stritten und gemein zueinander waren. Es war wie eine pervertierte Form von Zuneigung. Meistens fand ich es peinlich.

»Also. Drei Milliarden Blitzschläge«, stellte Leslie fest und klatschte sich auf den Oberschenkel.

Ich mochte Leslie. Was würde aus der Welt werden, ohne Alphafrauen, die sich auf die Schenkel schlugen, um dafür zu sorgen, dass es voranging?

Howard fuhr sich mit dem Zeigefinger über die Augenbraue.

»Ja, also, ich sagte gerade – drei Milliarden Blitzschläge pro Jahr, auf der ganzen Welt. Hundert in jeder einzelnen Sekunde. Das erzeugt eine gewaltige elektromagnetische Spannung in der Atmosphäre. Und diese atmosphärische Spannung schwingt. Und mit Schwingen meine ich, dass sie eine echte Klangwelle hervorbringt. Ein sehr, sehr, sehr leises Summen mit einer Frequenz von 7,83 Hertz.«

»Sie sagen, dass Blitze die Atmosphäre zum Summen bringen?«, fragte Seema.

»Im Grunde ja.«

Sie zog ihre Füße auf die Couch und setzte sich im Schneidersitz hin.

»Und das ist wirklich anerkannte Wissenschaft?«, hakte sie nach.

Howard lachte. »Ja, absolut.«

»Na ja, man weiß nie. Da draußen wird eine Menge Bullshit erzählt.«

Okay, Seema mochte ich auch.

»Man nennt das die Schumann-Resonanz. Bekannt ist das seit den frühen Fünfzigerjahren.«

»Und das summt einfach bloß die ganze Zeit, oder …?«

»Ganz genau, also …« Howard hob den Arm, um sich zu entschuldigen, dass er Seema unterbrochen hatte. »… wir haben diese ständigen weltweiten elektromagnetischen Resonanzen, die von Blitzschlägen im Hohlraum zwischen Erdoberfläche und Ionosphäre generiert werden. Haben Sie schon einmal über die Öffnung einer Flasche geblasen?«, fragte er Seema.

»Ähm, na klar.«

»Genau wie der Raum in einer Flasche eine bestimmte Resonanzfrequenz hat, die man hören kann, wenn man über die Öffnung bläst, ist im Fall der Erde der Blitz wie der Atem über der Flasche. Und die Resonanzfrequenz der Erde liegt bei 7,83 Hertz.«

Tom hob die Hand.

»Tut mir leid, ich weiß, ich bin zu spät gekommen, aber worüber zum Teufel reden wir hier? Wollen Sie andeuten, dass das Geräusch, das wir hören, daher stammt?«

»Nun, ich denke, über diesen Teil kann man sich streiten.«

Tom runzelte die Stirn. »Hm-hm.«

»Alles, was weit unter 20 Hertz liegt, fällt für Menschen normalerweise unter den Tisch«, erklärte Howard.

Ich blickte Kyle an, aber er drehte sich nicht in meine Richtung.

»Unterhalb dieses Bereichs spüren wir Klangwellen hauptsächlich als eine Art körperlichen Druck«, fuhr Howard fort. »Manche Säugetiere wie Wale können tiefe Töne bis sieben Hertz hören, aber für Menschen sind 7,83 Hertz …«

»Unhörbar«, sagte Tom.

»Das würden die meisten Menschen sagen, ja«, erwiderte Howard. »Aber manche Leute, ich eingeschlossen, vertreten die Ansicht, dass dem nicht so ist. Es ist bloß außerordentlich selten.«

»Moment mal.« Tom stellte sich mit ausgebreiteten Armen in die Mitte des Kreises, als würde er den Verkehr anhalten. »Diese, diese Sache – tut mir leid, wenn ich das nicht mitgekriegt habe – aber ist das etwas, das Sie in einem Artikel gelesen haben?«

»Ich war achtzehn Jahre lang Dekan der Fakultät für Geowissenschaften an der Virginia Tech«, sagte Howard. »Ich habe zahlreiche Artikel darüber veröffentlicht.«

»Über diese Resonanz?«

»Ja.«

»Oh, wow«, murmelte Emily.

»Howard ist ein berühmter Wissenschaftler«, bemerkte Leslie ohne jede Ironie.

Howard schmunzelte »Na ja, so weit würde ich nicht gehen, aber ich …«

»Gibt es denn so etwas wie berühmte Wissenschaftler?«, fragte Tom. »Ich glaube nicht, dass ich Ihnen einen nennen könnte.«

Emily verdrehte die Augen. »Natürlich könntest du.«

»Glaub ich nicht.«

»Stephen Hawking«, schlug sie vor.

»Na klar, aber der zählt nicht, der ist tot. Namen von toten Wissenschaftlern kenne ich natürlich.«

Jo kehrte mit Toms Kaffee auf einer kleinen Untertasse zurück.

»Ah, danke, danke.«

»Elon Musk«, sagte Damian.

Tom schnaubte. »Wohl kaum.«

»Ich sollte erwähnen, dass Jo ursprünglich eine meiner Doktorandinnen war«, bemerkte Howard und lächelte sie an.

Jo schloss die Augen, ein bisschen länger als ein Blinzeln, und wischte sich eine Haarsträhne aus dem Gesicht.

»Tja«, sagte sie. »Und irgendwann ist mir klar geworden, dass die universitäre Lehre meiner Seele keine Nahrung geben würde.«

Als ich mich in dem Zimmer umsah, fand ich es irgendwie ein bisschen unheimlich, mit fremden Leuten zusammen im Kreis zu sitzen. Es erinnerte mich an die Quäker oder an Sitzungen der Anonymen Alkoholiker. Für mein Unwohlsein war vermutlich meine grundsätzliche Abneigung gegen jede Form von Religion, Selbsthilfe und Gruppentherapie verantwortlich und für diese wiederum eine gewisse Art von Arroganz. Vielleicht hatte ich nur Angst davor, mich angreifbar zu machen. So war ich eben erzogen worden. Ich misstraute von Natur aus Leuten, die nach Heilung, Hilfe oder Erleuchtung strebten. Vielleicht hatte ich aber auch nur eine natürliche Abneigung gegen Gruppen. Gegen Gruppendynamiken, Gruppendenken, Gruppenaktivitäten. Ich war schon immer misstrauisch gegenüber gemeinsamen, kollektiven Erfahrungen gewesen. Nichtsdestoweniger beruhigten mich Howards Gelehrtheit und professionelles Charisma irgendwie.

Ich versuchte erneut, Blickkontakt mit Kyle herzustellen. Ich fragte mich, was er von alldem hielt. Ich war mir bewusst, dass er ein Kind in einem Raum voller Erwachsener war. Allerdings wirkte er durchaus nicht so.

Auf seine zurückhaltend selbstbewusste Art schlug er sich ganz gut. Ich war mir sicher, dass er sich insgeheim über die Gruppe amüsierte. Ich lächelte, wenn ich mir vorstellte, wie er Damian oder Leslie nachmachen würde. Tom und Emily waren definitiv ein bisschen OK-Boomer. Ich persönlich war ein wenig überfordert von dem Gespräch. Es war das erste Mal seit Tagen, dass ich so viele Leute, so viele Stimmen um mich herum hatte.

Als ob er dies spürte, legte Howard seine Hände aneinander und sagte: »Hören Sie, ich hoffe, Sie haben nichts dagegen, dass ich ein bisschen vorpresche. Ich weiß, dass es anfangs viel zu verdauen ist. Ich denke aber, dass wir alle hierhergekommen sind, um genau darüber zu reden.«

»Über Ihre Theorie?«, fragte Seema unverblümt.

»Entschuldigung?«

»Sie scheinen sehr genau zu wissen, worüber wir hier reden wollen, Howard. Mit Verlaub, Sie bestimmen das Gespräch seit unserer Ankunft, aber ich kenne kaum jemanden in diesem Raum oder seine Erfahrung mit diesem Summen, und genau darüber wollten wir doch wohl alle reden. Also, Ihre Theorie in allen Ehren, ich würde trotzdem auch gern etwas von den anderen hören.«

Howard wirkte ernüchtert. »Na schön, da ist was dran«, gab er zu.

»Um ehrlich zu sein«, mischte sich Tom ein. »Ich kaufe Ihnen nicht ab, dass es ein Naturphänomen ist.«

Damian murmelte zustimmend.

»In unserem Viertel ist irgendetwas anders«, fuhr

Tom fort. »Und ich bin hier, um über Strategien zu diskutieren, wie wir es aufspüren und damit umgehen können.«

»Wir sitzen alle im selben Boot«, fing Seema an, »aber …«

»Also warum konzentrieren wir uns nicht darauf?«

»… aber zunächst würde ich gerne verstehen, was wir alle hier für Erfahrungen mit dieser Sache gemacht haben.«

»Ich habe zum Beispiel keine Ahnung, wer Sie sind«, sagte Seema und winkte Emily zu, »oder ob das, was Sie hören, überhaupt dasselbe ist, was ich höre. Oder wie lange Sie es schon hören.«

Emily richtete sich kerzengerade auf. »Na ja«, erklärte sie, »Tom und ich sind hier, weil ich die Anzeige in der Bücherei gesehen habe. Dieses Geräusch hatte uns damals schon seit rund zwei Monaten wahnsinnig gemacht.«

»Bei mir sind es auch zwei Monate«, warf Seema ein.

Damian und Leslie nickten beide.

»Bei mir auch«, sagte Nora.

»Wir konnten nicht schlafen«, fügte Tom hinzu. »Wir hatten furchtbare Kopfschmerzen.«

»Das Geräusch war so schlimm«, warf Emily ein, »dass ich den Fernseher anmachen musste, um es zu übertönen. Wir haben angefangen, den Fernseher rund um die Uhr laufen zu lassen. Also, ich kann Ihnen gar nicht sagen, wie erleichtert ich war, als ich den Aushang sah, und ich habe einfach …«

Emily verlor den Faden, und Tom legte eine Hand auf ihr Knie.

»Entschuldigung, von welchem Aushang sprechen Sie?«, fragte ich.

Damian holte einen Zettel aus der Tasche, faltete ihn auseinander und reichte ihn mir.

»Oh, ich wünschte, Sie hätten ihn nicht abgerissen«, sagte Howard mit einem enttäuschten Lachen.

Während ich das kleine Plakat betrachtete, das mit einfachsten Mitteln am heimischen Computer gestaltet und ausgedruckt worden war, erklärte Jo, wie sie und Howard es in den Geschäften der Gegend und in öffentlichen Einrichtungen aufgehängt hatten.

»Nur um zu sehen, ob es vielleicht Leute gibt, die Interesse an einem Gespräch haben«, erklärte sie.

Oben auf der Seite stand in einer serifenlosen Schrift: *Können Sie das Summen hören?*

Die Frage so auf einem öffentlichen Aushang zu lesen, machte das Summen plötzlich zu etwas Realem, das in der Welt existierte. Direkt unter der Frage folgten eine Beschreibung des Geräuschs sowie seiner Begleiterscheinungen und am Ende der Seite eine E-Mail-Adresse.

Seema hatte den Aushang im Bioladen neben dem Einkaufszentrum gesehen, Damian im Bürgerhaus. Ich fand es seltsam, dass weder Kyle noch ich auf eins gestoßen waren – und auch Paul und Ashley nicht. Aber das Plakat war auch wirklich sehr schlicht gehalten, vielleicht hatten wir mit der Nase davorgestanden und es einfach übersehen.

»Ich weiß nicht genau, was ich erwartet habe«, gab Howard zu und räusperte sich.

»Eigentlich ist das schon eine ziemlich hohe Beteiligung.«

»Sie hätten es ins Netz stellen sollen«, sagte Damian.

»Wir wollten lieber klein anfangen«, erwiderte Jo. »Um eine Gruppe Nachbarn zu finden, mit denen wir wirklich darüber sprechen könnten.«

Damian gab zu, dass er es auf Reddit gestellt hatte.

Jo sah ihn fassungslos an. »Was?«

»Damit es sich schneller rumspricht«, erklärte er.

»Ehrlich gesagt, wäre es mir lieber gewesen, wenn Sie das nicht getan hätten«, sagte Howard mit eindeutigem Unbehagen in der Stimme.

»Es geht nicht bloß um unser Viertel«, erwiderte Damian und beugte sich vor. »Was ist mit dem Rest der Welt? Das Summen betrifft alle, und nur einige von uns werden davon wach.«

»Das stimmt, aber ...«

»Nur einige von uns sind dafür empfänglich.«

»... wir können nicht mit der ganzen Welt anfangen, oder?«, sagte Howard. »Das hier ist ein großes Haus, aber nicht einmal ich habe für so etwas genügend Platz.«

»Er hat recht. Wenn noch mehr Leute da wären, könnte man kein vernünftiges Gespräch mehr führen«, erklärte Leslie. »Und ich habe das Gefühl, genau das brauchen wir alle jetzt«, fügte sie hinzu und blickte Seema an. »Habe ich recht?«

»Ich habe das Bedürfnis zu reden«, sagte Nora leise, und alle drehten sich um. Die Armreife an ihren Handgelenken klimperten, als sie ihre Arme vor ihrer üppigen Brust verschränkte. Ihr dicker schwarzer Eyeliner ließ ihre ohnehin schon durchdringenden Augen riesenhaft wirken.

»Ich möchte, dass mir jemand zuhört. Niemand hört mir zu. Meine Freunde nicht, meine Familie nicht, niemand.«

In ihrer Stimme lag etwas Klagendes, aber auch Kraftvolles. Zu hören, wie eine andere erwachsene Frau meine Verzweiflung in Worte fasste, ließ mich erschauern.

»Mir auch nicht«, sagte ich. »Ich meine, das hier …« Ich hielt den zusammengefalteten Aushang hoch. »Ich … ich glaube, das muss ich meinem Mann zeigen.«

Nora sagte, ihr Mann würde ausrasten, wenn er wüsste, dass sie hier sei.

Jo sah verstört aus. »Wirklich?«

»O ja«, sagte Nora ernst.

»Meiner auch«, fügte Leslie hinzu.

»Meine Freundin will mir weismachen, dass ich mir das alles nur einbilde«, erklärte Seema.

Ich sagte, das komme mir bekannt vor, und Jo fragte uns, warum unsere Partner uns dieses Gefühl gäben. Leslie nahm an, dass sie Angst um uns hätten. Ich sagte, ich glaubte, sie fühlten sich bedroht. Auf einmal erschien es mir so offensichtlich, dass sich diejenigen, die uns liebten, von der Tatsache bedroht fühlten, dass sie uns nicht helfen konnten. Sie konnten nicht akzeptieren, dass es für sie in diesem Geheimnis keinen Platz gab.

»Mein Mann glaubt, dass ich medizinische Hilfe brauche«, sagte Leslie. »Kein Häkelkränzchen, wie er es ausdrückt.«

»Kein was?«, fragte Nora.

»So etwas wie eine Handarbeitsgruppe.«

»Ziemlich herablassend«, bemerkte Seema, »und sexistisch.«

Leslie berichtete, ihr Mann hätte neulich Nacht aus lauter Frust ein Loch in die Wand geschlagen.

»O mein Gott«, stieß Seema hervor.

Leslie bestand darauf, dass er kein gewalttätiger Mensch sei. Seema hob die Augenbrauen.

»Er würde mir nie wehtun, das weiß ich«, sagte Leslie.

»Jeder reagiert anders darauf«, warf Damian ein. »Alle leiden darunter.«

Jo sah Leslie entschlossen an und erklärte: »Aber Sie sagen uns Bescheid, wenn er es noch mal tut, okay?«

Leslie fuhr sich mit der Hand über das Gesicht und nickte.

»Ja, das ist nicht cool«, brummte Seema und krempelte die Ärmel ihres Flanellhemds hoch, als wollte sie sich den Typen gleich vornehmen.

Emily sah Tom an und legte ihre Hand auf seine. »Ich glaube, wir haben Glück, dass wir einander hatten«, sagte sie. »Aber natürlich denken unsere Kinder, dass wir, Sie wissen schon …«

Sie tippte sich an die Schläfe und kicherte.

»Ach was«, erwiderte Tom.

»Doch, sie machen sich große Sorgen.«

»Ja, aber das heißt noch lange nicht, dass sie uns für senil halten.«

»Senil habe ich nicht gesagt.«

»Na ja.«

»Sie – sie behandeln uns ganz anders.«

»Weil etwas anders *ist.*«

»Sie glauben, wir haben sie nicht mehr alle.«

»Nein, tun sie nicht.«

»Doch, tun sie. Sie glauben, wir sind krank.«

»Ich will nicht …« Tom beendete das Gespräch mit einer wegwerfenden Handbewegung.

Für einen Moment herrschte betretene Stille. Plötzlich begriff ich, dass Emily ihr ganzes Leben lang so zum Schweigen gebracht worden war, und sie tat mir leid. Sie schien ganz unbekümmert. Wäre Paul mir so gekommen, hätte ich ihm Kontra gegeben.

Als wir so zu zehnt dasaßen, wurde mir bewusst, dass das Summen das lauteste Geräusch im Raum war.

Ich spürte, wie nach und nach auch die anderen diese Feststellung machten. Da saßen wir nun alle, in einer Stille, die jeder andere als vollkommen wahrgenommen hätte, gepeinigt von einem Geräusch, das nur wir hören konnten. Ich fand das verstörend und tröstlich zugleich.

»Ich kann deswegen kaum arbeiten«, sagte Leslie schließlich. »Ich bin so erschöpft und gereizt, meine Nerven liegen blank. Manchmal führe ich Kunden über ein Grundstück und kann mich nicht darauf konzentrieren, was sie sagen. Sie fragen mich nach der Klimaanlage oder dem Garten, und es ist, als könnte ich sie nicht hören. Einmal bin ich vor einem jungen Pärchen in Tränen ausgebrochen, einfach so. Sie hatten keine Ahnung, was sie tun sollten, die Ärmsten.« Sie lachte. »Jetzt kann ich darüber lachen, aber …« Sie schüttelte den Kopf, lächelte traurig. »Na ja, schließlich bin ich dann zum Psychiater gegangen.«

»Ich auch«, sagte Seema.

»Wirklich?«, fragte Nora und runzelte die Stirn.

Leslie nickte. »Tja.«

»Ich habe nie gedacht, ich sei verrückt«, warf Nora ein.

»Glück gehabt.«

»Alles, was ein bisschen anders oder unangenehm ist, pathologisieren wir, stimmt's?«, sagte Jo und blickte Leslie an.

Leslie nickte und sah auf ihren Schoß. Sie holte tief und zitternd Luft. »Irgendwann kam ich mir wie bestraft vor«, flüsterte sie, und ihre Stimme brach wie ein kleiner Zweig. »Es war, als könnte mir niemand helfen. Die Ärzte wollten mir einreden, ich sei verrückt. Sie habe mir Medikamente verschrieben, weil ich depressiv wurde. Sie haben mich sogar gezwungen, Psychopharmaka zu nehmen.«

Jo beugte sich vor. »Wie bitte?«

»Sie dachten, ich hätte Wahnvorstellungen.«

»Das ist unerhört.«

»Man hat mich manipuliert«, sagte Leslie. »Ich wachte morgens auf und schaute in den Spiegel und dachte: ›Du bist verrückt.‹ Denn genau darauf war ich konditioniert worden. Und diese Medikamente, sage ich Ihnen, die machen wirklich was mit einem. Mit dem Geist und mit dem Körper. Innerhalb eines knappen Monats habe ich gut acht Kilo zugenommen. Und ich bin wütend«, erklärte sie. Ihre Augen weiteten sich, und sie brach in Tränen aus. »Die meiste Zeit über bin ich einfach stinksauer.«

Jo beugte sich vor und legte ihre Hand auf Leslies Knie, und in diesem Augenblick spürte ich, wie sich irgendetwas in mir löste. Eine Geschichte zu hören, die so nah an meiner eigenen war, bestärkte mich. Auf einmal sah ich Leslies Mut. Ihren Mut, morgens aufzustehen, sich anzuziehen, aus dem Haus zu gehen, anderen Leuten ins Gesicht zu sehen, den Mut, ihre Verletzlichkeit mit einem Raum voller Fremden zu teilen. Und bevor ich noch darüber nachdenken konnte, fing ich selbst an zu reden. »Ich habe deswegen meinen Job verloren«, stieß ich hervor.

Jo drehte sich fassungslos zu mir um. »Was?«

Die anderen flüsterten schockiert.

»Das tut mir leid, Claire«, sagte Howard.

»Mein Leben ist …« Ich hob die Arme und ließ sie in meinen Schoß fallen. Ich versuchte zu lachen, aber etwas in mir gab nach, stürzte in sich zusammen, und stattdessen brach ein Schluchzen aus mir hervor, wie eine Schlammlawine. Jo nahm meine Hand und kniete sich neben mich, während ich weinte. Ich schämte mich so. Ich heulte rum, in einem Raum voller Fremder. Wann hatte ich zum letzten Mal geweint? Ich wusste es ehrlich gesagt nicht mehr. Ashley hätte mich bei den Schultern gepackt und gesagt: »Reiß dich zusammen, Frau.« Aber ich erinnere mich, dass ich gleichzeitig dachte: »Gott, fühlt sich das gut an«. Es fühlte sich so verdammt gut an, einfach loszulassen. Einen Raum zu haben, der mir offenstand. Wo ich weich werden konnte – weich? War das das richtige Wort? Verletzlich, nachgiebig, porös, entblößt, offen. Was auch immer es war, es fühlte sich an, als könnte ich es nicht kontrollieren. Jo sah zu mir auf, aber ich konnte sie durch meine Tränen kaum erkennen.

»Kyle ist ein Schüler von mir«, gestand ich.

Auf einmal hatte ich das Bedürfnis, ihnen die Wahrheit zu erzählen. Ich musste es ihnen erklären, musste es irgendjemandem erklären, auch wenn sie Fremde waren. Vielleicht war das sogar besser so.

»*War* ein Schüler von mir«, stellte ich klar.

Ich räusperte mich. Ich sah, wie Kyle unbehaglich auf seinem Stuhl herumrutschte. Ich konnte seine Überraschung und Angst quer durch den Raum spüren. Ich erzählte dem Kreis von den Treffen nach dem Unterricht, den Autofahrten, Ashleys Einmischung, dem Showdown.

»Und dann haben sie mich gefeuert«, sagte ich mit belegter Stimme. Ich räusperte mich und wischte mit der Hand über meine Augen. »Na ja, bis auf Weiteres beurlaubt«, fuhr ich fort. »Was bedeutet, dass ich nächsten Monat vermutlich offiziell entlassen werde. Ich habe keine Ahnung, was ich tun soll. Mein Mann will nicht mehr mit mir darüber reden. Meine Kollegen haben den Kontakt zu mir abgebrochen. Ich bin wie eine – eine Aussätzige.«

Jo drückte meine Hand. Ich lächelte in ihr freundliches Gesicht und dankte ihr. Dann blickte ich die anderen an, sah ihre Anteilnahme und Besorgnis und spürte einen kleinen Ausbruch von Dankbarkeit für jeden Einzelnen von ihnen und für den Raum, den sie mir eröffnet hatten, in dem ich gehört werden konnte, ohne dass man über mich urteilte. Das letzte Gesicht, auf dem ich verweilte, war das von Kyle. Es war aschfahl. Ich wollte den Arm ausstrecken und seine Hand halten. Ich wollte mich gleichzeitig entschuldigen und ihn beruhigen. Stattdessen wandte ich mich wieder an die anderen und sagte, wenn die anderen Lehrer wüssten, dass ich jetzt mit Kyle hier sei, würden sie vermutlich die Polizei rufen.

Tom murmelte etwas, das ich nicht verstand. Ich schaute hinüber und sah, dass seine Körperhaltung verschlossen und ablehnend wirkte.

»Was bleibt uns denn übrig?«, fragte ich in seine Richtung. »Mit wem können wir reden? Ich weiß, ich sollte das nicht sagen, ich meine, im Grunde sind Sie alle Fremde, aber ich wollte bloß …«

»Sie können uns vertrauen«, versicherte Jo und drückte ein letztes Mal meine Hand, bevor sie zu ihrem Stuhl zurückkehrte. Ich nickte und sagte, das wüsste ich. Und so war es auch. Aus irgendeinem Grund vertraute ich ihnen bereits.

»Ich kann nicht glauben, dass Sie deswegen gefeuert worden sind«, bemerkte Howard.

Seema riet mir, Beschwerde bei der Schulbehörde wegen unrechtmäßiger Kündigung einzulegen und mir möglichst einen Anwalt zu nehmen. Ich antwortete, dass ich dafür im Moment weder die Energie noch das nötige Geld hätte.

»Es kostet mich schon genug Kraft, jeden Morgen aus dem Bett zu kommen«, erklärte ich. »Ich fühle mich immer noch traumatisiert. Aber ich gebe nicht klein bei und tue so, als würde es das Summen nicht geben. Und Kyle auch nicht, und deswegen sind wir hier.«

»Das stimmt«, nickte Leslie, und die anderen murmelten zustimmend.

»Ich kann Ihnen gar nicht sagen, wie gut es sich anfühlt, Ihnen das alles zu erzählen«, fuhr ich bestärkt fort. »Als das anfing, war ich vollkommen …«

»Tut mir leid«, unterbrach mich Tom. »Ich will nicht unsensibel erscheinen, aber darf ich vorschlagen, dass wir unsere Energie darauf konzentrieren, herauszufinden, was die Quelle dieses Summens ist und wie wir damit umgehen?«

Ich spürte, wie ich rot anlief. Ich fühlte mich wie ein Kind, das ausgeschimpft wurde.

Leslie funkelte Tom an. »Genau das tun wir gerade«, sagte sie.

»Nein, tun wir nicht«, erwiderte er.

»Tom, die Leute haben sich isoliert gefühlt«, versuchte Jo die Situation zu entschärfen.

»Ich weiß, aber ich glaube nicht, dass uns das weiterbringt, wenn wir hier herumsitzen und unsere Wunden lecken …«

Emily legte ihre Hand auf sein Knie. »Keiner leckt hier seine Wunden, Schatz.«

»… oder uns in Selbstmitleid suhlen.«

Ich spürte Wut wie brodelnde Lava in mir aufsteigen und versuchte, irgendwo anders hinzuschauen als in Toms Gesicht. In Selbstmitleid suhlen. Wie eine Sau, die sich im Schlamm wälzte. Ich suhlte mich nicht in Selbstmitleid, ich war auch keine räudige Hündin, die ihre Wunden leckte. Mir war klar, dass Tom mit diesen Tiermetaphern einen eindeutig weiblichen Kummer und Schmerz meinte.

»Ich finde wichtig, dass alle wissen, dies ist ein geschützter Raum, wo sie frei reden können«, sagte Jo.

»Viele von uns haben gelitten«, erklärte Seema.

Tom hob resigniert die Hände.

»Ich auch!«

Tom seufzte. »Also dann ...«

»Fahren Sie mir nicht über den Mund«, fauchte ich Tom an. Ich hatte nicht vorgehabt, laut zu werden.

»Ich fahre Ihnen nicht über den Mund.«

»Doch. Das tun Sie.«

»Ich sage bloß, wir sollten uns auf Ergebnisse konzentrieren, die uns weiterbringen.«

»Oh, tut mir leid, dass ich uns nicht weiterbringe.«

Jo sagte, dass wir alle auf unsere Weise versuchten, die Sache in den Griff zu bekommen, und dass wir geduldig sein müssten. »Tom, die Leute hier in diesem Kreis sagen, dass es wichtig für sie ist, dass man sie zu Wort kommen lässt und ihnen zuhört«, fügte sie hinzu.

»Dagegen habe ich auch nichts«, erwiderte er. »Was ich nicht brauche, ist eine Selbsthilfegruppe«.

Ich schüttelte bestürzt den Kopf. Jo erklärte, das hier sei keineswegs eine Selbsthilfegruppe.

»Einige von uns brauchen so etwas vielleicht schon«, bemerkte Seema, was ehrlich gesagt nicht hilfreich war, weil es hier nicht darum ging und weil es auch wirklich nicht das war, was ich brauchte. Ich ärgerte mich über ihre Bemerkung, die ich auf mich bezog.

»Und was ist mit denjenigen unter uns, die über Lösungen reden wollen?«, fragte Tom.

»Dazu kommen wir noch«, gab Seema zurück.

»Nun«, fing ich an, »vielleicht können diese Leute ein bisschen Mitgefühl für die anderen aufbringen, die erst mal wieder auf die Beine kommen müssen, weil sie sich scheiße und im Stich gelassen fühlen, okay?«

Für einen Moment herrschte Schweigen. Tom blickte zu Boden. Ich konnte es nicht ertragen, dass mich schon wieder ein Mann in einem Hemd nicht ernst nahm. Ich konnte es buchstäblich keine Sekunde länger ertragen.

»Okay«, versuchte Howard zu vermitteln. »Offensichtlich haben wir alle unterschiedliche Prioritäten und Intentionen …«

»Ich habe keine Prioritäten«, sagte Tom gedehnt.

»… und wir werden uns alle bemühen, das zu respektieren«, fuhr Howard fort. »Wir werden einander zuhören, und gleichzeitig, ja, Tom, gleichzeitig …«

»Hören Sie auf, meinen Namen in diesem Tonfall auszusprechen, Howard. Es geht nicht nur darum, sich gegenseitig zuzuhören und zusammenzuarbeiten. Wir müssen unseren Stadtrat informieren und Druck auf die Leute dort ausüben, damit sie herausfinden, was zum Teufel da vor sich geht.«

»Dafür ist später noch Zeit«, warf Seema ein, die zunehmend verärgert klang.

»Die Zeit dafür ist jetzt«, erwiderte Tom. »Ich will dieses Geräusch nicht langer ertragen als nötig. Ich habe es schon lang genug ertragen.«

»Ich denke, es ist ganz natürlich«, sagte Howard, »dass man in einem Fall wie diesem einen Schuldigen sucht, eine Firma, die Regierung. Aber in Wirklichkeit ist der Fall viel weitreichender und komplexer.«

»Wissen Sie, woher ich weiß, dass Ihre Theorie Blödsinn ist, Howard? Nehmen Sie es mir nicht übel!«, warf Tom ein.

Howard forderte Tom mit einem Nicken zum Weitersprechen auf.

»Ich hatte letzte Woche eine Konferenz in Phoenix.

Ich bin ins Flugzeug gestiegen, geflogen, gelandet«, berichtete Tom und veranschaulichte seine Reise mit kleinen Gesten, »und ich habe das Summen nicht gehört. Ich bin drei Tage lang durch Phoenix gelaufen und habe es kein einziges Mal gehört. Was sagt mir das also? Das sagt mir, dass es eine lokale Quelle gibt. Irgendetwas in dieser Stadt oder sogar in diesem Viertel, das ja relativ neu ist und das wir …«

»Es gibt aus der ganzen Welt Berichte über das Summen«, unterbrach Howard ihn. »Und wenn Sie es in Phoenix nicht gehört haben, lag das vielleicht daran, dass der Straßenverkehr lauter war. Oder vielleicht *wollten* Sie es nicht hören. Aber es war da. Es ist auch in Japan zu hören, in Paris und in Sydney, das kann ich Ihnen versichern.«

»Gehen Sie ins Netz«, sagte Damian. »Sehen Sie sich die Foren an.«

»Es ist nicht bloß in unserer Gegend.«

Tom rutschte nach vorne auf die Stuhlkante.

»Ich lebe seit fast zwanzig Jahren in diesem Viertel«, verkündete er, »als hier gerade die ersten Fundamente gegossen wurden, und ich kann Ihnen versichern, irgendetwas hat sich verändert, und es hat Auswirkungen, *negative* Auswirkungen auf unsere Lebensqualität, und ich werde nicht hier rumsitzen und mir von Ihnen anhören, dass es an irgendwelchen Blitzen liegt. Es hat mein ganzes Leben lang geblitzt, Howard. Das hier ist neu. Und – *und!*«, fuhr er fort, als Howard etwas entgegnen wollte. »Je mehr Zeit wir verstreichen lassen, desto leichter machen wir es denen, zu behaupten, dass die Sache nicht dringend ist. Ich finde, als Erstes sollten wir versuchen, so viele Leute wie möglich zu finden, die darunter leiden.«

Seema rutschte auf der Couch vor, imitierte Toms Haltung und sagte: »Eben haben Sie Claire nicht ausreden lassen, und jetzt reißen Sie schon wieder das Gespräch an sich. Wir haben gehört, was Sie zu sagen haben.«

»Das glaube ich ehrlich gesagt nicht.«

»Tom, bitte«, flehte Emily und schloss die Augen.

Seema wandte sich an Howard. »Vielleicht könnten Sie darauf achten, wer wie lange redet …«

»Und wem zugehört wird«, fügte Nora mit weit aufgerissenen Augen hinzu.

Die Empörung der beiden Frauen *of colour* füllte den ganzen Raum.

Tom wandte sich mir zu und bat mich um Entschuldigung. Vermutlich meinte er es ehrlich. Ich nickte und nahm die Entschuldigung an, obwohl ich das dringende Bedürfnis verspürte, ihm den Ärger ins Gesicht zu spucken, der sich in mir aufgestaut hatte. Ich gab ein Oscar-würdiges Seufzen von mir, das immerhin ein bisschen half.

»Claire«, sagte Jo, »wir sind selbstverständlich für Sie da. Und natürlich bleibt alles unter uns.«

Mehrere der anderen nickten, und ich dankte ihnen.

»Ich denke, wir sollten uns alle darauf einigen«, fuhr Jo fort, »dass nichts, was in diesem Raum gesagt wird, nach außen dringt.«

»Wie stellen Sie sich das vor?«, fragte Tom und massierte dabei seine Nasenwurzel. »Wenn wir über Strategien reden, wie wir dieses Summen aufspüren und damit fertigwerden, dann müssen wir mit der Außenwelt interagieren.«

Jo wollte antworten, doch Tom fuhr an mich gewandt fort: »Ich meine nicht Ihre privaten Probleme, aber ich finde, dass eine Politik der Funkstille nicht die richtige …«

»Ich glaube, wir müssen da differenzieren«, unterbrach Jo ihn.

»Gerade haben Sie aber etwas anderes gesagt.«

»Nichts Persönliches, keine privaten Details sollten weitergegeben werden«, erläuterte sie. »Das muss die Grundregel sein.«.

»Aber was genau bedeutet das?«, fragte er. »Medizinische Daten? Die konkreten Auswirkungen auf unser Leben? Solche Sachen müssen wir unbedingt der Stadt mitteilen, wenn wir sie dazu kriegen wollen, Nachforschungen anzustellen, oder den Firmen, die vielleicht dafür verantwortlich sind.«

Seema gab zu, dass Tom in diesem Punkt nicht ganz unrecht hatte.

»Ich denke, der gesunde Menschenverstand sagt uns, was öffentlich gemacht werden darf und was nicht«, bemerkte Leslie.

»Ach ja?«, fragte Tom.

Seema zuckte mit den Schultern. »Ja, ich denke …«

»Auf den gesunden Menschenverstand würde ich mich lieber nicht verlassen«, warf Howard ein.

»Und, Entschuldigung«, hakte Tom nach, »wenn es Ihnen untersagt ist, diesen jungen Mann hier …« Er drehte sich zu Kyle um. »Tut mir leid, ich habe deinen Namen vergessen.«

»Kyle.«

»… Kyle außerhalb der Schule zu treffen, dann hat das für uns rechtliche Konsequenzen, wenn wir es stillschweigend dulden.«

Mein Magen verknotete sich zu einem Doppelknoten.

»Nichts an der Tatsache, dass wir beide hier sind, ist illegal«, sagte ich.

Tom zeigte auf mich. »Sie haben gerade selbst gesagt, wenn Ihre …«

»Ist Ihnen das unangenehm, Tom?«, fragte Jo.

»Ich weiß nicht.«

»Ja oder nein?«, drängte sie.

»Ich weiß nicht, was da vorgefallen ist. Ich kenne die Einzelheiten nicht.«

Howard schlug vor, dass wir wieder zur Sache kommen sollten.

»Ja, ja, wahrscheinlich ist es mir unangenehm«, gab Tom zu und verschränkte die Arme. »Wenn die Schule Sie gefeuert hat und Ihnen gesagt wurde, Sie sollten keinen weiteren Umgang mit diesem Schüler haben, und wir hier mit Ihnen beiden sitzen, dann fühlt sich das für mich falsch an.«

»Wir hatten niemanden sonst, mit dem wir reden konnten«, sagte Kyle in gereiztem Tonfall. »Kapieren Sie das? Und jetzt sind wir hier, Leute. Schicken Sie uns nicht wieder weg!«

Kyle funkelte Tom an. Er schien verwandelt, nicht länger ein Kind in einem Raum voller Erwachsener, das beschützt werden musste, sondern ein Mann, der einen anderen Mann herausforderte, und einen Augenblick lang kam es mir vor, als versuchte Kyle, mich zu beschützen.

»Hat irgendjemand ein Problem damit?«, fragte Jo, die versuchte, die Zügel in der Hand zu behalten. Ich drehte mich zu Nora um und bat sie, Julian nicht zu erzählen, dass Kyle und ich hier waren.

»Tut mir leid, aber ich lüge meinen Sohn nicht an«, beharrte sie. »Das habe ich noch nie getan.«

»Ich verlange nicht von Ihnen, dass Sie lügen. Ich bitte Sie nur um Diskretion.«

»Bitte«, sagte Kyle. »Das könnte uns eine Menge Probleme bereiten.«

Tom schnaufte: »Was denn, reden wir hier über Tatvorwürfe?«

»Wer ist Julian?«, fragte Seema.

»Mrs Delgado, ich flehe Sie an«, fuhr Kyle fort.

Nora wirkte schmerzhaft unschlüssig.

»Wenn das hier klappen soll, müssen wir einander unterstützen«, sagte Jo.

»Okay«, sagte Nora widerwillig.

»Okay.«

Seema zeigte auf Nora, Kyle und mich. »Also, Sie drei kennen sich bereits?«

»Ich spiele Basketball mit Julian«, stellte Kyle klar. »Ich habe einmal mit ihm über das Summen geredet, und er hat mir von seiner Mutter erzählt«, erklärte er und nickte Nora zu.

»Und ich arbeite für Howard«, fügte Nora hinzu, was nicht nur mich überraschte.

»Sie transkribiert ganze Jahrgänge alter Tonaufnahmen von meinen Forschungsprojekten«, erläuterte

Howard und sah mit einem beinahe schuldbewussten Lächeln zu ihr herüber. »Das sind Hunderte von Stunden.«

»Inzwischen höre ich seine Stimme sogar im Schlaf«, bemerkte Nora resigniert, was uns zum Lachen brachte.

»Warten Sie mal, also Sie alle …?« Seema wandte sich an Leslie. »Und Sie kannten Howard und Jo bereits?«

»Jo ist meine Yogalehrerin«, bestätigte Leslie.

»Hm.«

Seema nickte und runzelte die Stirn, während sie im Geiste die Verbindungslinien zog.

Jo erklärte, sie gebe zu Hause Unterricht, im Keller. Normalerweise in Einzelstunden, die auf individuelle Bedürfnisse zugeschnitten seien. Sie sei auch in Körper- und Energiearbeit ausgebildet. Sie sagte, sie versuche den Leuten, die zu ihr kommen, eine ganzheitliche Herangehensweise an ihr körperliches, geistiges und spirituelles Wohlbefinden zu bieten.

»Ich mache seit ein paar Jahren Yoga. Das hilft gegen meine Arthritis«, sagte Emily.

»Oder verursacht sie«, entgegnete Tom lachend. »Wenn du dich verknotest wie eine menschliche Brezel.«

Leslie sagte zu Emily, dass sie sich überlegen solle, Unterricht bei Jo zu nehmen.

»Sie ist großartig. So geduldig, lässt mich wirklich in meinem eigenen Rhythmus vorankommen.«

»Ja, vielleicht.«

Emily sah Jo an. »Sind Sie teuer?«

»Ja«, erwiderte Leslie, was ein bisschen Gelächter

auslöste. »Aber die Körperstabilität, die man so bekommt, ist es wert. Du solltest ihnen deinen Pfau zeigen«, schlug sie Jo vor.

Jo lachte und winkte ab. »Nicht jetzt.«

Tom mischte sich ein: »Ihren was?«

»Warum nicht?«, sagte Seema.

»Ja!«, schmeichelte Leslie.

Auch die anderen im Kreis beteiligten sich daran, Jo zu ermutigen und ihr zu sagen, wie sehr sie alle »ihren Pfau« sehen wollten, was, wie ich langsam begriff, eine Yoga-Übung war.

»Meinen Sie das ernst?«, fragte Jo.

»Es ist unglaublich beeindruckend«, sagte Howard.

»Komm schon!«, drängte Leslie.

Jo hob die Hände, zum Zeichen, dass sie sich geschlagen gab. Sie räumte die Wasserkaraffe und die Gläser vom Couchtisch, legte ihre beiden Handflächen in die Mitte, lehnte langsam ihr Gewicht nach vorn auf die Ellenbogen und hob schließlich die gestreckten Beine in die Luft, bis ihr Körper perfekt parallel zum Tisch in der Waage schwebte. Es war ein wahrhaft beeindruckender Anblick, obwohl ich mir ein bisschen Sorgen um den Couchtisch machte. Beim Gedanken daran, ich selbst könnte versuchen, derart auf meinem eigenen Couchtisch zu balancieren, musste ich prustend auflachen und machte schnell ein Jubeln daraus und klatschte anfeuernd in die Hände.

»Unglaublich«, staunte Emily kopfschüttelnd.

»Mit der möchte man wirklich keinen Ärger bekommen, oder?«, sagte Leslie.

Jo baute die Übung dann zu einer noch gefährlicheren und beeindruckenderen Standposition aus, indem sie ihre beiden Beine zunächst anzog und dann nach vorne ausstreckte, sodass ihr Hintern nun auf der Rückseite ihrer Arme ruhte. Dies löste in der Gruppe wahre Begeisterungsstürme aus. Alle johlten und klatschten, sogar Tom. Die meisten waren aufgesprungen. Damian war auf seinem Stuhl sitzen geblieben, die Hände in den Hosentaschen, aber auch er lächelte. Dann stieg Jo wieder vom Tisch und machte eine leichte Verbeugung. Die kleine, leicht surreal anmutende Vorführung hatte auf wunderbare Weise dafür gesorgt, die Anspannung, die im Raum geherrscht hatte, abzubauen. Ich kann nicht genau erklären, wie, aber es fühlte sich an, als würden wir Tom vergeben, dass er sich so feindselig verhalten hatte, und sein übermütiges Gelächter schien zu besagen, dass ihm das klar war. Einen Augenblick lang fragte ich mich, ob Jo, obwohl sie es anscheinend widerwillig tat, diesen Augenblick in Wahrheit geplant hatte, um dadurch eine Art emotionalen Neuanfang auszulösen. Je länger ich darüber nachdachte, desto wahrscheinlicher schien es, dass sie auf einer intuitiven Ebene agierte, an die ich nicht annähernd heranreichte.

Leslie legte Jo einen Arm um die Schulter. »Wenn du irgendwann mal Babys bekommst, wird das bei dir einfach plopp, plopp, plopp machen«, sagte sie und machte pumpende Bewegungen mit der Faust nach unten.

»O Gott«, sagte Jo und lachte weiter.

»Mir hat das die Bauchmuskeln ruiniert«, fuhr Leslie fort. »Der Kaiserschnitt.«

Jo tätschelte Leslies Bauchmuskeln. »Wir kriegen das langsam hin.«

Dann setzte sie sich wieder und diejenigen unter uns, die standen, kehrten ebenfalls auf ihre Stühle zurück.

»Vor ein paar Wochen haben Les und ich bei einer Sitzung meditiert«, erzählte Jo, »und ich habe gemerkt, dass sie Schwierigkeiten hatte, sich zu konzentrieren. Dein Körper bebte regelrecht vor Angst. Ich habe dich gefragt, und es stellte sich heraus, dass du das Summen auch hören kannst.«

»Und dann ... dann habe ich einfach angefangen zu weinen«, gestand Leslie. »Du hast bestimmt gedacht, wer ist diese Verrückte? Ich war so erleichtert.«

»Und dann erfuhren wir ein paar Tage später, dass Nora es auch hört«, fuhr Jo fort.

Alle sahen Nora an, die langsam nickte und an dem kleinen goldenen Kruzifix an ihrer Halskette zupfte.

»Zuerst dachte ich, es läge an den vielen Aufnahmen, die ich mir anhören musste«, sagte sie. »Ich dachte, das wäre so etwas wie ... wie ein Hörschaden.«

»Das ist komisch«, wunderte sich Seema, kniff die Augen zusammen und schüttelte den Kopf. »Sie alle drei, ich meine, das ist fast wie ein Virus oder so.«

»In dem Augenblick wurde uns klar, okay, wir müssen ein Treffen abhalten«, erklärte Howard. »Denn offensichtlich gab es auch noch andere hier in der Umgebung.«

»Wahrscheinlich gibt es noch eine ganze Menge mehr«, bemerkte Seema.

Damian nickte. »Hunderte. Vielleicht Tausende.«

»Wahrscheinlich eine Menge Leute, die ganz allein vor sich hin leiden«, sagte Jo.

»Aber warum jetzt?«, fragte ich. »Warum hier?«

Howard beugte sich vor, die Ellbogen auf den Knien und die Hände gefaltet.

»Meiner Erfahrung nach gibt es bestimmte Orte auf der Welt, wo, aus welchem Grund auch immer, kleine Gruppen von Leuten die Resonanz stärker hören können.«

Tom fing wieder an, seine Nasenwurzel zu massieren, und Seema legte wieder den Kopf in den Nacken, beide eindeutig verärgert darüber, dass Howard wieder mit seiner Theorie anfing.

»Im Lauf der Jahre hört man immer häufiger von solchen Betroffenen«, fuhr Howard fort, ohne auf ihre Reaktion zu achten. »Es gibt eine kleine Gruppe in Sausalito, eine Gruppe in Windsor in Kanada, und manchmal findet sich auch eine eindeutige Ursache für das Geräusch, eine nahe gelegene Fabrik zum Beispiel oder ...«

»Genau«, mischte sich Tom ein und nickte Howard zu, »deswegen müssen wir ...«

»Aber«, kämpfte Howard weiter und hob gebieterisch die Hand, »es gibt haufenweise Fälle auf der ganzen Welt, wo Leute gerichtlich klagen und die Behörden ermitteln und es einfach keine Erklärung gibt. Und das liegt daran, dass sie nicht in größeren Zusammenhängen denken. Sie konzentrieren sich auf Windräder und Fabriken, aber sie verstehen nicht das Geringste von Geophysik.«

»Aber warum glauben Sie, können wir es hier stärker fühlen?«, fragte ich. »Und warum so plötzlich?«

Howard klang überzeugend, ruhig und selbstsicher, aber ich begriff es einfach nicht. Warum ausgerechnet jetzt, und warum wir?

»Nun, es kommt nicht so plötzlich, wie man meinen könnte«, begann er.

»Denn vor zwei Monaten wurde die neue Ausbaustrecke des Highways eingeweiht«, fiel Tom ihm ins Wort und fuchtelte dabei stolz mit den Händen herum, als hätte er gerade einen Zaubertrick vorgeführt. Emily schnalzte tadelnd mit der Zunge, aber Seema lachte und zeigte auf Tom.

»Okay, das könnte hinkommen«, sagte sie.

»Habe ich recht?«, fragte Tom.

Seema nickte. »Keine Frage, es ist der Highway.«

»Danke.«

Nora sah verwirrt aus. »Der Highway?«

»Sie haben die Ausbaustrecke im Frühjahr eröffnet, und seitdem ist da ein ständiges Rauschen«, erklärte Emily. »Bloß sechshundert Meter von hier entfernt. Keine Lärmschutzwände oder so etwas in der Art.«

»Und ich habe das Gefühl, das hat auch Kojoten ins Viertel getrieben, ist Ihnen das aufgefallen?«, fragte Tom. »In letzter Zeit treiben sich viel mehr von denen an den Ausfallstraßen herum.«

»Ich bitte Sie, die Kojoten nehmen schon seit Jahren zu«, schaltete sich Leslie ein. »Seitdem die angefangen haben, die neuen Parzellen draußen beim Solar Valley zu erschließen.«

»Also ich finde, das hat vor allem in letzter Zeit zugenommen«, erwiderte Tom. »Sogar unser Hund leidet. Vor zwei Monaten hat er angefangen, verrücktzuspielen. Wir mussten ihm schließlich Prozac geben.«

Kyle kicherte, und Toms Gesicht wurde starr.

»Was ist daran witzig?«

»Es ist sogar ziemlich schlimm«, sagte Emily.

Kyle nahm die Hand vor den Mund und hustete, wie um anzudeuten, dass er das ohnehin schon die ganze Zeit getan habe.

»Das ist nicht witzig«, wiederholte Tom.

»Er war schon immer ein ziemlich nervöser Hund, aber in letzter Zeit ist ihm alles zu viel geworden«, erzählte Emily. »Und wahrscheinlich spürt er auch unseren Stress.«

»Was ich sagen will – und sosehr ich Ihre, nun ja, Ihre Theorie schätze, Howard«, verkündete Tom und holte tief Luft, »ich glaube, es ist Zeit für uns alle, den Tatsachen ins Auge zu sehen.«

»Ist Wissenschaft für Sie keine Tatsache, Tom?«, fragte Jo. In ihrer Stimme lag eine ungewohnte Schärfe.

»Blitze, die in der Atmosphäre summen? Nein, für mich ist das keine Tatsache, und ich werde Ihnen sagen warum.«

»Das ist ein objektives, überprüfbares Naturphänomen«, warf Jo ein.

»Ja, aber ein Highway ist auch objektiv und überprüfbar«, konterte Seema.

»Wenn es ein Naturphänomen wäre, dann hätten wir es alle schon vor Urzeiten gehört«, fuhr Tom fort, und Seema winkte ihm zustimmend zu. »Dann wäre umfassend darüber berichtet worden«, schloss er.

»Ich habe das Summen mein ganzes Erwachsenenleben lang gehört«, widersprach Howard. »Und es wird in der Tat umfassend darüber berichtet.«

Sofort waren alle Blicke starr auf Howard gerichtet. Es war, als hätte er eine Leuchtrakete abgefeuert.

»Entschuldigung, Sie haben das Summen Ihr ganzes Leben lang gehört?«, fragte Seema ungläubig.

»Seit meiner Zeit als Doktorand.«

»Dann ist es nicht dasselbe Summen«, erklärte Tom bestimmt und schüttelte den Kopf. »Dann haben Sie irgendeine Krankheit.«

»Sie müssen sich seit über dreißig Jahren damit herumschlagen?«, fragte ich.

»Für mich ist das nichts, mit dem ich mich ›herumschlagen‹ muss«, erwiderte Howard. »Es ist ein Geschenk.«

Auch dies löste eine kleine Schockwelle in dem Kreis aus.

»Ein Geschenk«, murmelte Nora.

»Ich empfinde es als Privileg, dass ich es hören kann«, sagte er.

Tom verdrehte die Augen. »O Herr, gib mir Kraft.«

Howard erklärte, zunächst sei ihm natürlich nicht klar gewesen, was es war. Er hatte gerade seine Doktorarbeit über atmosphärisches Rauschen begonnen und lag eines Nachts im Bett, als er plötzlich anfing, das Summen zu hören.

»Damals sah ich da überhaupt keinen Zusammenhang«, erzählte er. »Die Ärzte sagten mir, ich hätte einen Tinnitus, aber ich habe ihnen das nicht abgekauft. Die Symptome stimmten nicht überein. Schließlich fand ich es heraus, und mir wurde klar, mein Gott, ich kann tatsächlich die Resonanz hören. Sie war natürlich die ganze Zeit schon da gewesen, sehr schwach im Hintergrund, aber sobald ich sie bewusst bemerkt hatte, konnte ich sie nicht mehr ignorieren. Ich erzählte meinen Kollegen davon, und sie dachten, ich sei verrückt. Sie dachten, ich hätte mich komplett in meinem Thema verrannt und darüber den Verstand verloren. Aber ich höre sie bis heute. Und ich habe meine gesamte Karriere ihrer Erforschung gewidmet. Meine Frau und meine Kinder konnten sie nicht hören. Und dann lernte ich Jo kennen, die …«

»Sie sagen, Sie hören es schon seit Jahren«, unterbrach Tom ihn, »während es bei uns anderen erst vor zwei Monaten plötzlich angefangen hat.«

»Tom, ich erkläre Ihnen gern, welchen Einfluss Variationen in der Erdtemperatur oder Wasserdampf in der oberen Troposphäre darauf haben, wie oder wo die Resonanz zu hören ist. Ich erforsche die Resonanz seit drei Jahrzehnten – und Sie lassen mich keine gottverdammten drei Minuten ausreden, ohne mich zu unterbrechen.«

»Es ist ganz einfach eine Frage der Logik, Howard.«

»Ich weiß, Sie haben es beide sehr eilig mit dem Brief an den Stadtrat. Schön, lassen Sie sich von mir nicht aufhalten«, sagte Howard zu Tom und Seema. »Aber ich kann Ihnen versichern, das eigentliche Phänomen ist wesentlich komplexer und ehrlich gesagt auch erhabener als eine Highway-Verlängerung.«

Plötzlich räusperte sich Kyle, und wir alle drehten uns zu ihm um. »Claire und ich glauben auch, dass es irgendetwas in der Gegend ist«, sagte er und blickte zu mir herüber. »Oder?«

»Ähm, na ja«, antwortete ich, stockend. »Das war unser erster Gedanke.«

»Ich denke es immer noch«, beharrte Kyle und hielt meinen Blick fest.

Ich nickte, weil ich ihm nicht widersprechen wollte, aber ich sagte zu Howard, dass mich seine Ausführungen sehr interessieren würden.

»Wir haben viel Zeit damit verbracht, danach zu suchen«, fügte Kyle an.

»Aber wir hatten nicht besonders viel Glück, stimmt's?«, warf ich ein.

»Es ist ein langwieriger Prozess.«

Ich erzählte der Gruppe von den Industrieanlagen, die wir besucht hatten, den Messungen, die wir durchgeführt hatten, und dann holte ich unsere Karte aus der Handtasche, die die Koordinaten jeder einzelnen möglichen Schallquelle erfasste, in der Hoffnung, dass sich irgendein Muster abzeichnen würde. Alle wirkten erstaunt. Als eine Art peinliches, einsames Echo des kollektiven Jubels von vorhin klatschte Tom sogar Beifall.

»Genau das habe ich gemeint«, rief er aus. »Das muss die Stadt mit einem richtigen Team machen. Nichts für ungut«, sagte er zu mir, »aber wir brauchen eine vernünftige, systematische Untersuchung des Gebiets.«

»Und was ist bei Ihrer Untersuchung herausgekommen?«, fragte mich Howard.

»Na ja, wir, ähm, wir haben keine Übereinstimmung gefunden.«

»Noch nicht«, fügte Kyle hinzu.

»Das ist echt beeindruckend«, sagte Seema.

Sie fragte, ob sie die Karte sehen dürfe, und ich reichte sie ihr.

»Keine Frequenz war tief genug«, erklärte ich. »Alles liegt bei fünfzig, sechzig, siebzig Hertz. Nichts klingt wie unser Summen.«

Tom fragte Seema, ob er die Karte auch sehen dürfe, aber sie erwiderte, sie sei noch nicht fertig, also stand er auf und setzte sich neben sie auf die Armlehne der Couch.

»Ich stimme in dem Punkt mit Ihnen überein«, sagte Kyle an Howard gewandt, »dass – egal, was es ist –, dass es supertief ist. Also kaum etwas, das dieses Ding hier« – er hielt sein Handy hoch – »aufnehmen kann.«

»Und deswegen sollte die Stadt das in die Hand nehmen und vernünftig machen«, sagte Tom und blickte von der Karte auf.

Er fragte, ob wir das Geräusch, das vom Highway kam, auch gemessen hätten.

Kyle sah mich an, dann wieder Tom. »Nein, ähm, daran haben wir nicht gedacht«, gestand er.

Tom zeigte auf die Karte. »Genau deshalb brauchen wir Experten.«

»Ich dachte, Expertenmeinungen interessieren Sie nicht«, sagte Jo kühl.

Howard bedeutete ihr mit einer Geste, die Sache auf sich beruhen zu lassen.

»Ich habe wirklich gedacht, wir würden es finden«, sagte ich. »An manchen Abenden hatten wir das Gefühl, dass wir kurz davor waren. Als müssten wir nur noch um eine Ecke gehen, und da wäre es dann.«

Ich erzählte, dass ich mir immer noch vorstellte, es könnte womöglich etwas ganz Kleines sein, irgendetwas ganz hinten im Schuppen von irgendeinem Nachbarn, das man einfach in die Hand nehmen und in Stücke schlagen könnte.

»Gott, das wär's!«, sagte Leslie.

Nora nickte. Ihr gefiel die Vorstellung ebenfalls.

Ich fragte mich, wie die anderen sich die Quelle des Geräuschs vorgestellt hatten. War es für sie ein Gegenstand? Ein Ort? Ich hatte nächtelang im Bett gelegen und versucht, es mir auszumalen. Manchmal nahm es die Gestalt eines riesigen Basslautsprechers in einer verlassenen Lagerhalle an. Dann wieder stellte ich mir irgendeinen einsamen Bungalow mit heruntergelassenen Fensterläden am Standrand vor. Zuweilen war es auch irgendeine Art Naturphänomen. Wie ein riesiger Spalt in der Erde. Oder eine geheimnisvolle Höhle in der Wüste.

»Wenn ich die Verantwortlichen in die Finger bekomme, werde ich sie leiden lassen«, sagte Damian leise.

Howard fragte ihn, ob er das ernst meine.

Damian nickte. »Na klar.«

»Glauben Sie, dass irgendjemand persönlich für das Summen verantwortlich ist?«, fragte Howard.

»Natürlich. Keine einzelne Person, aber eine Gruppe.«

»Und die wollen Sie leiden lassen?«

»Howard, ich war beim Militär. Ich finde den Feind und schalte ihn aus. Dafür wurde ich ausgebildet.«

»Das hier ist nicht Ihr Feind.«

»So bin ich eben.«

Howard wandte sich mir zu. »Wollen Sie das Summen auch ›ausschalten‹?«

»Sind wir nicht deswegen hier?«, fragte Seema.

»Natürlich will ich das«, erwiderte ich und blickte Howard direkt an. Ich verstand nicht, wie er mich das fragen konnte, nach allem, was Leslie, Emily und ich gesagt hatten.

»Warum?«

»Weil es mein Leben zerstört.«

»Tut es das wirklich?«

»Hören Sie uns eigentlich zu?«

»Sind es nicht eher die Leute, ihre Reaktion darauf, dass Sie das Summen hören, die Ihr Leben zerstören?«, fragte er.

»Nein, glauben Sie mir, es ist das Summen, und es macht mir das Leben zur Hölle, und ich will, dass es so schnell wie möglich aufhört«, stieß ich hervor und betonte das Ende meines Satzes, indem ich mit dem Zeigefinger ganz entschieden einen Punkt in die Luft malte.

»Aber das wird es nicht, und genau darum geht es, Claire. Wenn Sie einmal angefangen haben, es zu hören, geht es nie wieder weg.«

Ich schüttelte den Kopf und sagte, das könne ich nicht akzeptieren.

»Ich fürchte, das müssen Sie aber«, entgegnete er.

»Tja, werde ich aber nicht.«

»Aber Sie können lernen, damit zu leben. Und nicht nur, damit zu leben, sondern auch, es als eine Bereicherung für Ihr Leben zu betrachten.«

»Eine Bereicherung!«, spottete Seema.

»Ich will Sie nicht verärgern«, erklärte er. »Ich versuche nur, Ihnen die Fakten zu liefern, die Sie brauchen, um sich selbst zu helfen.«

Ich sagte ihm, dass es aufhören müsse.

»Das wird nicht passieren.«

»Es wird, es muss.«

»Claire ...«

»Es muss einfach aufhören.«

»Und wie genau verbessern Kopfschmerzen und Nasenbluten mein Leben?«, fragte Seema.

»Das Summen hat eine unglaubliche Kraft. Es kann außergewöhnliche Dinge tun, wenn Sie es zulassen. Doch wenn Sie dagegen ankämpfen, wird es Ihnen wehtun.«

»Aha«, erwiderte Seema. Sie warf mir einen halb genervten, halb anteilnehmenden Blick zu.

»Sie müssen Ihre Beziehung dazu verändern«, sagte Howard.

»Was soll denn das heißen?«, fragte ich.

»Nun, um das herauszufinden, sind wir hier«, erwiderte er.

»Ich nicht«, sagte Tom.

Seema kicherte. »Ja, tut mir leid, ich auch nicht.«

Tom erhob sich von der Armlehne neben Seema und klatschte in die Hände. »Gut, ich denke, ich gehe jetzt besser. Ich bin offensichtlich mit den falschen Erwartungen gekommen.«

Emily sagte, er solle sich hinsetzen, und auch Leslie schien aus irgendeinem Grund zu wollen, dass er blieb, aber er wollte nichts davon hören.

»Ich bin nicht hierhergekommen, um mir einen Vortrag anzuhören oder um im Kreis zu sitzen, bis es uns allen besser geht«, sagte er. »Oder um meine gottverdammte Beziehung zu irgendetwas zu verändern.«

»Setz dich schon hin«, wiederholte Emily gereizt.

»Wenn er gehen will, dann lassen Sie ihn ruhig«, erklärte Jo und wies auf die Eingangstür.

Tom sah Howard an. »Ich bin heute hierhergekommen, um dem auf den Grund zu gehen.«

»Und genau das versuchen wir«, erwiderte Howard. »Wir versuchen, die Wahrheit herauszufinden.«

»Ach ja? Sie behaupten doch vielmehr, Sie hätten sie schon herausgefunden«, konterte Seema. »Und deswegen sind Sie nicht bereit, überhaupt nur in Erwägung zu ziehen, dass es vielleicht auch etwas anderes sein könnte. Für andere Meinungen gibt es hier einfach keinen Platz ...«

»Aber natürlich«, rief Jo mit einem versöhnlichen Lächeln dazwischen, »aber natürlich gibt es Platz für andere Meinungen.«

»Nein, das stimmt nicht. Eine echte Diskussion ist hier nicht möglich.«

»Ihnen geht es nur darum, Leute um sich zu scharen und Ihr Ding durchzuziehen«, sagte Tom. »Also, ich bin raus.«

»Ich ziehe kein ›Ding‹ durch, Tom«, sagte Howard und klang plötzlich erschöpft.

»Sie denken nur im Rahmen Ihres speziellen Forschungsgebiets«, erwiderte Seema und formte mit den Händen einen imaginären kleinen Kasten.

»Wollen Sie wissen, warum ich hier bin?«, fragte Tom. Er hob den Aushang auf und wedelte damit herum. »Ich hatte gedacht, es geht um das Treffen eines Nachbarschaftsvereins oder so. Bin ich der Einzige, der so denkt? Denn genau das brauchen wir hier eigentlich.«

»Gehen Sie einfach«, wiederholte Jo.

Tom sah zu Emily hinunter. »Komm!«

»Nein.«

»Ich bleibe nicht.«

»Ich schon«, sagte sie und faltete die Hände im Schoß.

Tom blickte sie ungläubig an. »Warum?«

»Weil ich will. Ich fühle mich einbezogen.«

»Einbezogen?«

»In dieses Gespräch.«

»Diesen bescheuerten Resonanz-Kram?«, fragte er und zeigte auf Howard.

»Warum bist du so aggressiv?«, fragte Emily zurück.

Tom riss die Augen auf. »Ich glaub's einfach nicht.«

»Geh doch«, sagte sie.

Tom blickte Seema an, in der Hoffnung, in ihr eine Verbündete zu finden, aber so unzufrieden sie auch war, hatte sie keineswegs die Absicht zu gehen. Dann sah er zu mir, aber ich wich seinem Blick aus. Howards Worte hatten mich berührt, und ich hatte sie noch lange nicht verarbeitet. Außerdem wäre ich nicht ohne Kyle gegangen. Tom ließ seinen Blick noch einmal durch die Runde schweifen, dann setzte er sich in Bewegung. Bei der Tür hob er die Hand zu einem knappen, höhnischen Winken, trat hinaus und knallte die Tür hinter sich zu. In der darauf folgenden Stille blickte Emily sich verschämt um und entschuldigte sich.

»Nein, mir tut es leid«, sagte Howard. »Wirklich.«

»Wieso?«, fragte Leslie. »Sie haben doch nichts ...«

»Doch, ich hätte behutsamer vorgehen müssen«, erklärte er. »Für Sie ist das alles ganz neu. Ich beschäftige mich seit Jahrzehnten damit. Ich habe mich hinreißen lassen und bin einfach vorgeprescht, tut mir leid. Ich glaube, ich habe Tom damit verschreckt. Ich warte schon so lange auf diese Gelegenheit, ich kann Ihnen nicht einmal sagen, wie lange. Und es liegen derart bahnbrechende Entdeckungen vor uns.«

In diesem Augenblick ging die Haustür auf, und Tom kam zur allgemeinen Verwunderung wieder herein und betrat das Wohnzimmer.

Emily seufzte. »Lass mich raten, du hast deine Brille vergessen.«

Tom zeigte auf das Panoramafenster. »Draußen in der Einfahrt sitzt ein Mann in einem weißen Auto.«

Jo war die Verwirrung deutlich anzusehen. »Was?«

»Was für ein Mann?«, fragte Leslie.

»Ich habe keine Ahnung, aber er wirkt aufgebracht.«

Mein Telefon fing an zu vibrieren, und mir rutschte das Herz in die Hose. »O mein Gott«, flüsterte ich. Ich stand auf und ging wie in Trance durch den Raum bis zum Fenster. Pauls Auto parkte in der Einfahrt. Er stand neben der offenen Fahrertür und hielt sein Handy ans Ohr. Ich versuchte, meinen Atem unter Kontrolle zu bringen. Jo fragte mich, ob es mein Mann sei. Ich hörte, wie Tom »Um Gottes willen« murmelte. Jo stand auf und kam zu mir. Ich sagte, ich wisse nicht, was ich tun solle. Sie legte mir den Arm um die Schultern. Ich fühlte mich, als würde ich gleich zusammenbrechen.

»Wie hat er davon erfahren?«, fragte Kyle irgendwo im Hintergrund.

Ich wandte mich vom Fenster ab. Jo führte mich zurück, versuchte, mich zu beruhigen.

»Er kommt zur Haustür«, berichtete Seema, die aus dem Fenster schaute.

Das Handy vibrierte immer noch in meiner Hand. Wie hatte das passieren können? Im Geist ging ich den

Tag noch mal durch. Wo hatte ich nicht aufgepasst? Hatte ich irgendeinen Hinweis hinterlassen? Ich hatte mein Handy seit Tagen nicht mehr aus der Hand gegeben. Ashley hatte ich von dem Treffen erzählt, vor zwei Wochen, in der Nacht, als Kyle angerufen hatte, aber woher wusste sie das Datum und die Adresse? Hatte ich am Telefon davon gesprochen? Ich konnte mich nicht mehr erinnern. Mein Gott! Wieso hatte sie sich so etwas gemerkt? Wir hatten seit jener Nacht nicht mehr darüber gesprochen. Hatte sie einfach gewartet, um mich auf die Probe zu stellen, um zu sehen, ob ich hingehen würde? Hatte sie heute überhaupt ein Spiel? Ich fühlte, wie ich die Kontrolle verlor, meine Knie gaben nach, und ich sackte auf die Couch.

»Sollen wir uns um ihn kümmern?«, fragte Tom, der sich neben mich auf die Lehne setzte. Unsere Blicke trafen sich, und für einen kurzen Moment war ich ihm unglaublich dankbar. Ich sagte, ich hätte keine Ahnung, was ich tun sollte.

»Er kommt hier nicht rein«, erklärte Jo, als aktivierte sie ein schützendes Kraftfeld rund um das Haus.

»Außer Sie wollen es«, ergänzte Howard und sah mich an.

»Ich … ich«, stammelte ich. Ich wusste nicht, was ich wollte. Ich kam mir bescheuert vor. Das Telefon vibrierte immer weiter, ich hielt es nicht mehr aus, also nahm ich ab.

»Paul? Bist du …?«

Doch bevor ich die Worte über die Lippen bringen konnte, ertönte ein Poltern an der Tür, gefolgt von mehrfachem hektischen Klingeln.

»Bleiben Sie alle, wo Sie sind«, befahl Howard, der aufgestanden war.

»Ist er gewalttätig?«, fragte Leslie, die sich neben mich setzte und mir die Hand auf den Oberschenkel legte.

»Nein, nein«, beruhigte ich sie, aber das machte meine Angst vor seiner Verärgerung und seiner Hartnäckigkeit nicht geringer. Paul war mein sanfter Riese, bis er eben nicht mehr sanft war, sondern nur noch ein Riese, der mich niederbrüllte.

»Alles in Ordnung, Schätzchen«, sagte Emily, »wir sind für Sie da.«

»Soll ich ihn fragen, was er will?«, fragte Tom an Howard gewandt, aber der hob nur die Hand und schüttelte den Kopf.

Howard sammelte sich einen Moment, dann ging er zur Haustür und öffnete sie. Von da, wo ich saß, konnte ich nur einen Blick auf seinen Rücken am Ende des Flurs werfen.

»Kann ich Ihnen helfen?«, fragte Howard.

»Ja, können Sie.«

Pauls Stimme drang tief und ruhig von der anderen Seite der Tür herüber.

»Claire ist hier bei Ihnen. Ich muss mit ihr sprechen.«

»Und wer sind Sie, wenn ich fragen darf?«

»Paul Devon, ihr Mann. Darf ich?«

Ich sah, wie Howard sich ihm in den Weg stellte. »Nein, Sie dürfen nicht.«

»Ich möchte gern mit ihr sprechen, bitte.«

»Tja, ich fürchte, sie ist gerade unpässlich.«

Ich sah kurz Kyle an, der meinen Blick mit einer

beinahe verstörenden Ruhe erwiderte. Er wirkte nicht ängstlich oder aufgeregt, bloß resigniert, als hätte er halb damit gerechnet, dass etwas Derartiges passieren würde. Vielleicht hatten wir beide insgeheim gewusst, dass wir erwischt werden würden, dass es unvermeidlich war, aber wir hatten uns trotzdem entschieden, zu kommen. Was war uns anderes übrig geblieben?

»Ohne meine Frau gehe ich nicht hier weg«, hörte ich Paul sagen.

»Doch, das tun Sie«, erwiderte Howard.

»Wie bitte?«

»Darf ich Sie höflich bitten, mein Grundstück …«

»Wer zum Teufel sind Sie?«, unterbrach Paul ihn.

»Ich bin der Hausbesitzer.«

»Und wie heißen Sie, Herr Hausbesitzer?«

Howard antwortete nicht.

»Ich habe Sie gefragt, wie Sie …«

»Ich bin Dr. Howard Bard.«

»Versuchen Sie etwa, mich von meiner Frau fernzuhalten?«

»Ihre Frau will Sie nicht sehen.«

»Ach ja? Ist das Ihre professionelle medizinische Meinung?«

»Ich schlage vor, Sie gehen jetzt sofort, bevor ich …«

»Bevor Sie was? Bevor Sie *was*? Gehen Sie mir verdammt noch mal aus dem ..«

Paul warf sich mit seinem gesamten Körpergewicht gegen Howard, sodass dieser rückwärtsstolperte. Für einen Sekundenbruchteil sah ich Paul durch die Tür kommen, aber Howard packte ihn am Arm und drängte ihn wieder nach draußen, was, in Anbetracht von

Pauls Größe, ehrlich gesagt, ziemlich beachtlich war. Ich konnte sie auf der Türschnelle rangeln hören und schloss die Augen. Ich wusste, ich hätte dem allen ein Ende bereiten können, aber ich fühlte mich komplett überfordert. Früher hätte ich auf Pauls Wut mit meiner eigenen Wut reagiert, aber ich konnte nicht mehr. Ich fühlte mich total erschöpft. Ausgelaugt. Ich brachte nicht einmal die Kraft auf, mich zu fürchten oder wütend zu sein. Ich hörte Paul drohen:

»Ich werde Sie so was von verklagen!«

»Tun Sie das ruhig, und ich …«

»Claire?«, rief Paul mit schriller Stimme. »Ich weiß, du kannst mich hören!«

Na los, sagte ich mir, steh auf, schrei zurück, er will dich von hier fortzerren wie einen störrischen Maulesel an einem Strick. Die anderen umringten Kyle und mich, und ich war gerührt von ihrem Beschützerverhalten. Sie kannten mich kaum. Ich hätte ja auch irre sein können. Bestimmt lösten nur Irre solche Szenen aus. Ich hörte, wie Howard drohte, die Polizei zu rufen.

»Ist Kyle Francis da drin?«, fragte Paul Howard, er rang nach Atem.

»Wer?«

»Stellen Sie sich nicht dumm, Sie wissen genau, wen ich meine.«

Dann wurde es draußen still. Was war da los? War Paul weggegangen? Ich wollte gerade aufstehen, als lautes Klopfen am Panoramafester ertönte. Alle fuhren erschrocken herum und sahen, wie Paul seine Handflächen gegen das Glas presste und in den Raum starrte.

»Ich kann dich sehen«, schrie Paul, seine Stimme war gedämpft. »Ich kann dich verdammt noch mal sehen!«

Kyle sprang auf und brüllte zurück: »Kommen Sie ruhig her! Glauben Sie, ich habe Angst vor Ihnen, alter Mann?«

In diesem Moment erschien Howard vor dem Fenster und packte Paul bei der Schulter, aber Paul wirbelte herum und knallte ihn gegen die Glasscheibe. Emily drückte die Hände auf den Mund, und Nora stieß ein Stoßgebet auf Spanisch aus. Dann wandte Paul sich erneut Richtung Tür. Tom rannte los, um sie zu schließen, aber er kam zu spät. Paul kam durch den Flur ins Haus gestürmt und stand plötzlich im Wohnzimmer. Alle schnappten nach Luft, wichen zurück, wer noch gesessen hatte, sprang auf. Paul hatte eine Platzwunde an der Augenbraue. Jetzt wirkte Kyle doch verängstigt. Instinktiv stellte ich mich vor ihn.

»Claire, wir gehen«, keuchte Paul.

»Nein.«

Jo bat ihn, ihr Haus zu verlassen.

»Claire ...«, setzte Paul erneut an.

»Lass das!«, sagte ich mit der Wucht eines Faustschlags.

Howard kam wieder herein. Er humpelte leicht. Vermutlich hatte er sich den Fuß verstaucht. Jo lief besorgt zu ihm hinüber.

»Alles in Ordnung, Leute«, verkündete ich. »Er geht jetzt.«

»Ach ja?«, fragte Paul und machte einen Schritt auf mich zu.

»Ja.«

»Wenn ich durch diese Tür gehe und du nicht mitkommst, dann war's das«, drohte er.

Dann war's das? Was meinte er mit »Dann war's das«? Ich war fassungslos, aber bereit, herauszufinden, ob er bluffte oder nicht. Ich hob die Arme und schüttelte den Kopf.

»Das war's also?«, fragte er mit einer abfälligen Handbewegung, als befänden wir uns in einem übel riechenden Sumpf. »Du entscheidest dich gegen mich? Für das hier?«

»Willst du mich zwingen?«

»Ich? Das hast du dir alles selbst eingebrockt.«

»Du zwingst mich zu dieser Entscheidung.«

»Dann triff sie.«

Ich konnte die Wärme von Kyles Körper hinter mir spüren, wie ein verängstigtes Kaninchen, das mir durch eine seltsame Fügung des Schicksals als Beschützerin zugefallen war.

»Ja«, sagte ich.

»Ja, was?«

Ich schluckte. »Ich entscheide mich für das hier.«

Paul wies auf Howard. »Für diesen Wichser?«

»Geh einfach!«

Paul sah jeden Einzelnen an, als wollte er sich sein Gesicht genau einprägen. Mich bedachte er mit einem Blick, als könnte er mich kaum wiedererkennen. Als wäre ich nicht ich.

Ich bin hier, Paul. Ich stehe genau vor dir.

Ich sah seine Verwirrung. Sein Unverständnis. Und ich sah zu, wie er unsere Liebe betrachtete, sie abwog und beschloss zu gehen. Ich sah zu, wie er sich umdrehte und hinausging, und hörte, wie sich die Tür hinter ihm schloss, nicht einmal mit einem Knall, sondern einem leisen, resignierten Klicken. Ich lauschte dem Knirschen seiner Schuhe auf dem Fußweg, denn so still war es im Raum. Ich hörte, wie er die Autotür öffnete und schloss, den Motor anließ, in der Einfahrt zurückstieß und auf der Straße davonfuhr.

9

PAUL ZOG NICHT sofort aus. Wie drei Fremde wohnten wir noch vier quälende Monate zusammen im selben Haus. Ich verlor die Beschwerde bei der Schulbehörde. Ich ging weiterhin zu den Treffen am Sequoia Crescent. Irgendwann waren sie alles, was ich noch hatte. Die einzigen Stunden am Tag, an denen ich richtige Gespräche führte, da Paul und Ashley mich vollkommen ausgeschlossen hatten, vermutlich, um mich zu bestrafen, oder vielleicht auch, um sich selbst zu schützen. Rückblickend wird mir klar, dass wir uns in einem Teufelskreis befanden: Sie wollten nicht mit mir reden, solange ich weiterhin zu den Treffen ging, doch wenn ich nicht zu den Treffen ging, hatte ich niemanden zum Reden, keinen Kontakt, keine Zuneigung. Paul und ich hatten in all den Jahren unserer Ehe versucht, niemals zu Bett zu gehen, solange noch ein Streit schwelte, deshalb war der gegenwärtige passiv-aggressive Dauerkriegszustand für uns echtes Neuland. Wir kommunizierten durch auf der Arbeitsplatte zurückgelassene leere Milchkartons oder die Intensität, mit der eine Schublade geschlossen wurde. Manchmal fühlte sich sogar das Geräusch, wenn Paul im Badezimmer am Ende des Flurs pinkelte, wie ein an mich gerichteter Vorwurf an.

Ursprünglich ging ich einmal die Woche zu den Treffen, jeweils Montag Abend, und dann zweimal pro Woche, jeden Montag und Dienstag, und schließlich begannen wir, auch noch Samstag nachmittags zusammenzukommen. Die Treffen wuchsen sich zu üppigen Picknicks aus, zu denen jeder von uns etwas mitbrachte, was mir einen Grund zu kochen gab, da Paul und Ashley sich inzwischen selbst um ihr Abendessen kümmerten. Die Leute gaben sich große Mühe. Nora schoss eindeutig den Vogel ab mit ihren *chiles rellenos* – gefüllte Spitzpaprika in Eierteig. Als Nachspeise machte sie oft *rellenitos*, ein Schmalzgebäck aus Kochbananen, weich gekochten Bohnen, Zucker und Zimt, die einfach sündhaft gut waren.

Auf den ersten Blick hatte Damian auf mich wie der Chips-und-Salsa-Typ gewirkt, doch brachte er backblechweise Glazed Ribs und gegrilltes Hühnchen mit.

Leslie und Jo hielten mit Auberginenlasagne und Linsenchili das vegane Lager bei Laune.

Emily war keine Köchin, kaufte aber leckere Obstkuchen und Bananenbrot, und ich kümmerte mich um die Salate und Beilagen, die nicht besonders ausgefallen waren, aber übrig blieb nie etwas.

Paul hatte mich wieder ins »Fitnessstudio« verbannt. Ich kam immer noch auf lediglich maximal drei Stunden Schlaf pro Nacht und wurde offenbar zunehmend launisch, obwohl es mir damals vorkam, als würde ich langsam stärker und klarer in meinem Denken. Ich ging nicht mehr zu Dr. Gompf und lehnte jegliche andere Art medizinischer oder psychiatrischer Behandlung ab, vor allem auf Drängen von Howard und einigen anderen in der Gruppe, die mir halfen, zu erkennen, dass die Medikamente, die ich nehmen sollte, eher den Menschen um mich herum nützten als mir selbst. Denn schließlich dienten sie in erster Linie dazu, mich zu disziplinieren und zum Schweigen zu bringen. Sie halfen mir, zu erkennen, dass das Abstumpfen oder Betäuben meiner Wahrnehmungsfähigkeit eine Form von Gewalt war, eine Art Selbstverstümmelung. Stattdessen begann ich mich zu fragen, wie ich meine Beziehung zu meiner stark ausgeprägten Wahrnehmungsfähigkeit verändern konnte. Wie konnte ich meine Beziehung zu den Geräuschen, die ich hörte, verändern? Zu dem Summen? Wenn es ein Naturphänomen war, wie konnte ich lernen, mit der Natur zu leben anstatt gegen sie?

Es ist mir wichtig, klarzustellen, dass ich bei allem, was ich tat und dachte, vollkommene Handlungs- und Entscheidungsmacht besaß. Niemand hat mich einer »Gehirnwäsche« unterzogen. Niemand hat mich zu irgendetwas gezwungen. Natürlich ist mir klar, dass gerade mein hartnäckiges Beharren darauf, dass ich keinerlei Manipulation unterzogen wurde, als schlagender Beweis für das Gegenteil gegen mich verwendet wird. Dennoch sehe ich mich nicht als Opfer oder Betrogene, und auch damals habe ich mich nie so gesehen. Ich hatte mich entschieden, an diesen Treffen und den Gesprächen teilzunehmen, mich zu engagieren und an sie zu glauben. In Howards und Jos Haus herrschte ein echtes Klima der Anteilnahme, des Mitgefühls und der intellektuellen Neugier. Ich hatte das Gefühl, unter Freunden zu sein, die mir zuhörten. All das ist meiner Meinung nach in der Berichterstattung über die späteren Ereignisse verloren gegangen. Damit will ich keineswegs die schwerwiegenden Anschuldigungen abtun, die seitdem gegen Howard erhoben wurden und über die gerade die Gerichte entscheiden, während ich dies schreibe. Aus meiner eigenen subjektiven Erfahrung heraus jedoch fühlte sich das Haus am Sequoia Crescent wie ein Zufluchtsort für eine Gruppe von Leuten an, die sich redlich bemühten, ihrem Leiden auf den Grund zu gehen.

Abgesehen von dem Gefühl, zu einer Gemeinschaft zu gehören, gaben diese Treffen mir vor allem eine Aufgabe, die ich mit Stolz erfüllte. Sie gaben meinem Leben seine Würde zurück. Ich hatte genug davon, ein Wrack zu sein. Ich hatte genug davon, eine Spinnerin zu sein. Damals fing ich an, Tagebuch zu führen. Ich werde es Ihnen ersparen, daraus zu zitieren. Aber was mir auffiel, als ich es für dieses Buch noch einmal las, war, wie hellsichtig meine Beobachtungen und Gedanken damals waren. Es war nicht das weitschweifige chaotische Geschwafel, das ich erwartet hatte. Es war methodisch, überlegt und durchdacht. Ich hatte mich der Gruppe keineswegs übereilt und gedankenlos ausgeliefert. Ich hatte meine Skepsis und meinen üblichen Zynismus durchaus behalten und rang wirklich damit, wie viel ich von mir enthüllen, wie angreifbar ich mich machen sollte. Es geschah schrittweise. Auch wenn Pauls Eindruck ein anderer war: Ich war sehr wohl die ganze Zeit ich selbst. Als ich das Tagebuch las, fand ich darin Trost.

Und dann kam ich eines Abends nach Hause, und Paul war weg. Sein Ford Escape stand nicht in der Einfahrt. Ashley übernachtete wie so oft bei ihrer Freundin Julie. Ich brauchte gute zwei Stunden, um zu begreifen, dass Paul ausgezogen war. Erst als ich unseren Kleiderschrank öffnete, stellte ich fest, dass etwas fehlte. Ich ging ins Badezimmer und bemerkte, dass seine Zahnbürste und sein Rasierzeug fort waren. Er hatte bloß das Allernötigste mitgenommen. Eine einzige Autoladung voll. Später am Abend schickte er mir eine Textnachricht, um mir mitzuteilen, dass er für ein paar Nächte bei seinem Freund Nathan bleiben würde, bis wir überlegt hätten, wie es weitergehen würde. Ich mochte das »wir« in seiner Textnachricht, das eine Art von Dialog oder Verhandlung zwischen uns anzukündigen schien.

Offenbar hatten er und Ashley bereits alles besprochen, was ich ehrlich gesagt als grausam empfand, aber vermutlich hatte ich aus Pauls Sicht einseitig und ohne Rücksprache gehandelt, sodass er sich berechtigt fühlte, sich genauso zu verhalten. Später erzählte er mir, dass er keine große Abschiedsszene wollte und das Gefühl hatte, so sei es für alle Beteiligten am einfachsten. Ashley hatte sich geweigert auszuziehen. Sie mochte ihr Zimmer und hatte mit Schule und Fußball zu viel um die Ohren für eine derart radikale Veränderung. Ein Teil von mir fragte sich, ob Paul sie womöglich gebeten hatte, zu bleiben, um mich im Auge zu behalten.

Paul wohnte zwei Wochen lang bei Nathans Familie, bevor er eine Einzimmerwohnung in einem gesichtslosen Neubau mit Panoramablick auf den Parkplatz neben dem Baumarkt fand. Noch immer dachte ich, er würde früher oder später zurückkommen. Nach beinahe zwei Jahrzehnten Ehe warf man nicht so einfach das Handtuch, nur weil es mal schlecht lief. Das sah Paul nicht ähnlich. Aber sah mir vielleicht ähnlich, was ich in letzter Zeit getan hatte?

»Natur in Aufruhr« las ich eines Abends auf einem

Nachrichtenticker. Gemeint waren die historisch hohen Temperaturen in jenem Frühjahr und ihre Auswirkungen auf Paarungszeiten, Vogelflugrouten, Grundwasserspiegel und Wandbrände. Vielleicht war auch meine Natur in Aufruhr. Vielleicht war Aufruhr letztendlich schon immer meine Natur gewesen.

Zu jener Zeit bezog ich die Meldung fast zwangsläufig auf die Unruhe, die sich über dem Viertel breitmachte, eine Ruhelosigkeit, die durch kleine, harmlose Vorfälle auf sich aufmerksam machte. Umgekippte Einkaufswagen auf verlassenen Parkplätzen. Eine verbrannte Couch direkt neben dem Radweg. In Hauseinfahrten kopulierende Füchse. Als ich frühmorgens an den Nachbarhäusern vorbeijoggte und flüchtig sah, wie sich die Leute in ihren Schlafzimmern anzogen und in ihren Küchen frühstückten, kam mir in den Sinn, dass sich das Summen auf Körper und Geist der Menschen auswirkte, egal, ob diese es hörten oder nicht. Es beeinträchtigte ihre Stimmungen, ihr Sexualleben, die Einstellung zu ihren Ehepartnern und Kindern. Eines Nachts beobachtete ich von meinem Schlafzimmerfenster aus, wie unser Nachbar unter der Abdeckung seines Pools seine Bahnen zog. Er schien gar nicht mehr aufhören zu wollen. Ich fragte mich, was passieren würde, wenn er irgendwo hängen blieb. Wer würde ihn retten? Ich würde mindestens fünf Minuten brauchen, um hastig irgendwelche Schuhe anzuziehen und zu seinem Haus zu laufen. Und wer würde mir dann aufmachen? Ich war nicht einmal sicher, dass sonst jemand zu Hause war. Vermutlich hatten die Leute bei den meisten Dingen, die sie taten, keinen blassen Schimmer, warum sie es taten.

Ich habe nie nach Vorzeichen gesucht oder viel auf Zufälle gegeben. Doch zu jener Zeit sah ich sie überall. Vielleicht schärften die Treffen meine Wahrnehmung, sodass ich die vielen Ungereimtheiten nicht länger ignorierte. Ich tat sie nicht mehr ab, wie ich es früher getan hätte, sondern versuchte, ihnen Raum zu geben, damit sie sich entfalten und vollständig offenbaren konnten.

Zum Beispiel tauchte einmal, als ich morgens joggen war, gerade als sich der Nebel verzog, unvermittelt ein Kojote vor mir auf. Ich blieb stehen und starrte ihn an, und zu meiner Freude stellte ich fest, dass es derselbe Kojote war, den ich in jener Nacht gesehen hatte, als mir das Summen zum allerersten Mal aufgefallen war. Dieselben weißen Spitzen an den Ohren, derselbe dreieckige weiße Fleck im Nacken. Er war jetzt viel größer, beinahe ausgewachsen. Sein Fell schimmerte matt. Seine großen, fledermausartigen Ohren standen aufrecht, zuckten hin und her, nahmen Geräusche wahr, die ich nur erahnen konnte. Ich stand da und bewunderte ihn, und er blickte zurück und ließ sich bewundern. Und ich redete mit ihm.

»Schau dich an«, sagte ich. »Du bist das vollkommenste Wesen im Universum.«

Ich machte einen vorsichtigen Schritt auf ihn zu. Ich wusste nicht, ob ich ihm in die Augen sehen sollte oder nicht. Ich wollte nicht, dass er sich bedroht fühlte, also hockte ich mich hin und streckte langsam meine Hand aus. Sie zitterte. Wie fühlte es sich an, ein solches wildes Geschöpf zu berühren? Hatte ich je zuvor ein Wildtier berührt? Nein, in den letzten vier Jahrzehnten wohl nicht, was durchaus bemerkenswert war. Vielleicht einmal, als ich eine verletzte Schwalbe in der Hand gehalten hatte, die im Sterben lag, nachdem sie gegen unsere Terrassentür geprallt war. Aber ein verletztes, ein wehrloses wildes Tier zählte nicht. Ich blickte auf und sah dem Kojoten erneut in die Augen. Nur vier oder fünf Meter trennten uns voneinander. Er hielt meinem Blick stand, ohne zu blinzeln. Er ließ sich nieder und streckte seinen Kopf beinahe unmerklich in meine Richtung, als verbeugte er sich, und legte dabei die Ohren an. War das eine Begrüßung oder die Vorbereitung auf einen Angriff? In der Hocke wollte ich einen watschelnden Schritt vorwärts machen, aber er erschrak und flüchtete in einen nahe gelegenen Garten. Mit klopfendem Herzen blieb ich auf der Straße hocken, bis hinter mir ein Auto hupte.

Das andere wilde Geschöpf, dem ich mich zu jener Zeit zu nähern versuchte, war Ashley. Nach und nach gelang es mir, jeden Tag ein bisschen besser – hier eine Antwort auf eine Textnachricht, dort ein dreißig Sekunden langes Gespräch in der Küche. Wegen ihrer geisterhaften Anwesenheit im Haus fing ich an, sie Hui Buh zu nennen oder manchmal, ein bisschen Hip-Hop-mäßiger, My Buh oder Mister Buh-urns, in Anspielung auf *Die Simpsons*, was ihr ein Grinsen entlockte. Es war mir immer noch streng verboten, zu ihren Spielen zu kommen, aber ich hätte es sowieso nicht ertragen, ehemaligen Kollegen, Schülern und Eltern zu begegnen. Der unausgesprochene Grund, warum man mich niemals wieder einladen würde, war, dass sie mir die Schuld daran gab, dass sie in Ungnade gefallen war. Zu Schuljahresbeginn war sie eine der stärksten Spielerinnen in ihrem Team gewesen, aber ab Mai hatte ihr Trainer sie mehr oder weniger auf die Ersatzbank verbannt. Etwas Seltsames passierte damals, und ich kann es am besten so beschreiben, dass mein Körper vermutlich Ashleys Abwesenheit in meinem Leben zu betrauern begann, obwohl wir immer noch zusammenwohnten. Er betrauerte den Verlust unserer emotionalen Nähe, und zwar buchstäblich körperlich. Plötzlich spürte ich mitten am Tag unvermittelt die Wärme ihrer klebrigen neunjährigen Hand in meiner. Oder meine Arme und meine Brust erinnerten sich beim Blick in den Badezimmerspiegel auf einmal an das Gewicht ihres vollkommen hingegebenen fünf Jahre alten Körpers. Ich weiß nicht, was in mich gefahren war, aber eines Nachts, als sie bei Julie übernachtete, ging ich in ihr Schlafzimmer und setzte mich auf die Bettkante. Ich spürte ihr Haar in meinen Händen, das wieder so lang war wie damals mit zwölf, als sie mit Grippe im Bett lag und sich sogar ihr Haar heiß angefühlt hatte. Langsam fuhr ich mit meinen Fingern hindurch, da dies das Einzige zu sein schien, was sie irgendwie trösten konnte. So redeten wir miteinander, wenn uns die Worte ausgegangen waren.

Dann, an einem Abend im Mai, erfuhr Ashley, dass keine der zwei besten Schulen für Fußball sie angenommen hatte. Ich saß gerade in der Badewanne, als sie, ohne anzuklopfen, hereinkam und sich auf den Rand setzte. Sie zog ihre Socken aus, steckte ihre Füße ins Wasser, und ich hielt ihren Fuß und ihre Wade, während sie weinte.

»Eigentlich sollte ich dir einen Fön reinschmeißen«, murmelte sie schließlich. Sie versuchte, ihr Grinsen in eine strenge Grimasse zu verwandeln, musste am Ende aber selbst lachen.

Wir redeten dann fast eine Stunde lang. Unser erstes richtiges Gespräch seit Monaten, während sich der Seifenschaum auflöste und das Wasser kühler wurde, und in diesem durchgefrorenen, mit Schuldgefühlen beladenen Zustand willigte ich in den absolut wahnwitzigen Vorschlag ein, die After-Party des Schulabschlussballs bei uns zu Hause zu veranstalten, unter der Bedingung, dass ich an dem Tag bei einer Freundin übernachten würde. Als die Worte aus meinem Mund kamen, spürte ich ein Ziehen im Magen, aber wie hätte ich Nein sagen können? Ich wusste, dass dieses Gespräch ein Friedensangebot von Ashley war und die Party mein Beitrag dazu. Ich wusste auch, dass Ashley wahrscheinlich eine Menge soziales Kapital in der Schule verloren hatte, das sich so vielleicht wettmachen ließe, und vermutlich fühlte es sich irgendwo in meinem Hinterkopf bei aller Unwahrscheinlichkeit wie ein Triumph an, dass von allen Eltern ausgerechnet ich diejenige sein würde, die die After-Party für den Abschlussball ausrichtete, was vielleicht Paul und meinen ehemaligen Schülern und Kollegen zu verstehen geben würde, dass ich seelisch-geistig besser drauf war, als sie wohl vermuteten.

So kam es also, dass ich drei Wochen später auf einem Stuhl stand und blaue und goldene Luftschlangen mit Klebeband im Esszimmer befestigte. Ashley blies in BH und Unterhose Luftballons auf. Ihr Haar war gestylt und ihr Gesicht geschminkt. Ich konnte an einer Hand abzählen, wie oft ich sie bislang geschminkt gesehen hatte. Der Esstisch quoll über von in

Klarsichtfolie gewickelten Gemüse- und Käseplatten, Chipstüten, Zweiliter-Limoflaschen, Papptellern, Plastikbesteck, Serviettenstapeln und einer großen Bandbreite an Wein und hartem Alkohol. »Old Town Road« dröhnte aus der Bluetooth-Box.

»Oh, ich muss dir mein Spruchband zeigen«, schrie Ashley mir zu.

»Was?«

»Ich habe ein Spruchband zum An-die-Wand-Hängen.«

»Ich versteh kein ... Hey, Google, mach mal leiser.«

Die Musik wurde leiser, während Ashley ein langes Transparent hochhob und mir das eine Ende reichte.

»Ich will das über die Tür kleben.«

Sie kletterte auf einen anderen Stuhl, und wir klebten es an die Wand. Ich las, was da stand: *Von jetzt an geht's bergab*. Ich sagte zu ihr, »Geschafft« hätte weniger Buchstaben gebraucht.

Sie zuckte mit den Schultern. »Ich bin eben realistisch.«

»Apropos, ich habe dir zwei Kondome in die Handtasche gesteckt.«

Sie starrte mich entsetzt an. »Mom!«

Ich fragte sie, ob Liam kommen würde.

»Meinst du, das interessiert mich?«

Ich lachte. »Du bist eine sehr schlechte Lügnerin.«

»Ehrlich, es ist mir total egal.«

»Okay«, sagte ich und hob die Augenbrauen, bis sie hinter meinem Haaransatz verschwanden.

Der nächste Song auf ihrer Playlist begann, und ich befahl Google die Lautstärke wieder hochzufahren, und wir tanzten und schmückten weiter den Raum. Als Ashley klein war, hatte ich oft die Fensterläden geschlossen und bei voller Lautstärke Achtzigerjahre-Hits gespielt, bis wir durchgeschwitzt und erschöpft waren und in einem kichernden Knäuel auf dem Boden zusammenbrachen. Ich liebte es, wie sehr sie sich ins Tanzen hineinsteigern konnte. Ihr hoch konzentrierter Gesichtsausdruck, wenn sie mit ihren Ärmchen die Luft peitschte und die Hüften schwang.

Ich sah auf mein Handy und rief ihr zu, dass es schon Viertel vor sechs sei. Sie verließ das Wohnzimmer und kam mit ihrem metallisch rosé-goldenen Ballkleid in der Hand wieder.

»Ich hasse es«, sagte sie nicht sehr überzeugend. »Es sieht aus wie ein iPhone.«

Ich begann, ihr in das Kleid zu helfen, und erinnerte sie daran, dass sie es ausgesucht hatte.

»Ich weiß, ich fand sie alle schrecklich.«

»Ich hab dir doch gesagt, du hättest den Smoking nehmen sollen.«

In diesem Moment klingelte es an der Tür.

»Scheiße, scheiße«, sagte sie.

»Es ist alles Ordnung.«

»Nichts ist in Ordnung. Ich bin noch nicht fertig.«

Ein Bein nach dem anderen half ich ihr in das Kleid und zog den Reißverschluss am Rücken zu, bevor sie zur Tür eilte, um aufzumachen – und Tom und Seema erblickte.

»Hi«, sagte Tom, der einen großen Jutebeutel in der Hand hielt. »Entschuldigen Sie die Störung, aber ist Ihre …«

»Mom!«, rief Ashley.

Ich kam zur Tür und begrüßte die beiden. Vor lauter Überraschung und Verwirrung musste ich lachen. Wir hatten uns vier Monate nicht gesehen, da sie nicht mehr zu den Treffen erschienen waren. Ich hatte mir jedoch Seemas Nummer notiert, und wir hatten uns seitdem hin und wieder Nachrichten geschrieben.

»Kommen Sie rein«, forderte ich die beiden auf. »Hey, Google, mach aus.«

Die Musik verstummte. Sofort nahm das Summen wieder seinen gewohnten Raum ein. Seema machte Ashley Komplimente, sagte, sie sehe umwerfend aus. Ashley schenkte ihr ein höfliches Lächeln, und ich erläuterte, dass heute der Schulabschlussball stattfinde.

»O Gott, natürlich. Wir können auch später wiederkommen«, bot Seema an.

Aber ich winkte ab. »Nein, nein, alles in Ordnung, ihre Freunde kommen gleich vorbei, um sie abzuholen. Wir richten die After-Party nach dem Ball aus.«

Wortlos drehte Ashley sich um, stürmte hoch in ihr Zimmer und stolperte auf der Treppe über ihr Kleid. Sie hatte keine Ahnung, wer diese Besucher waren, aber schlussfolgerte bestimmt, dass es sich um »Summer« handelte, wie sie uns nannte. Ashley war noch nie einem anderen Summer begegnet, und ich fragte mich, ob Seema mit ihrem Nasenpiercing und den Tattoos und nicht zuletzt mit ihrem Alter und ihrer ethnischen Zugehörigkeit Ashleys Vorstellung von uns »Summern« womöglich verändern würde.

Seema entschuldigte sich noch einmal dafür, dass sie unangekündigt bei mir auftauchten, ging an mir vorbei ins Wohnzimmer und nahm die Dekoration in Augenschein. »Ich weiß nicht, ob Sie meine letzte Nachricht gesehen haben«, fragte sie.

»Ja, habe ich«, erwiderte ich. »Tut mir leid, ich wollte eigentlich antworten.«

»Es gibt neue Entwicklungen«, erklärte Tom.

»Oh, okay. Na dann …«

Ich zog Stühle für sie unter dem Tisch hervor und wies auf die aufgetürmten Berge von Junkfood und Alkohol. »Falls Sie auf irgendetwas Lust haben …«

»Wenn Sie mich so fragen«, erwiderte Tom. »Gegen einen Johnnie Walker hätte ich nichts einzuwenden.«

Ich brach den Flaschenverschluss auf, goss ihm etwas in einen Plastikbecher und beschloss, mir auch einen zu genehmigen.

»Sind diese Kinder volljährig?«, fragte er.

»Na ja, Sie wissen, wie's ist.«

Seema fragte, ob ich mir Sorgen machte, sie könnten das Haus in Trümmer legen, und ich lachte.

»Das meine ich ernst!«, betonte sie.

»Nein, ich weiß. Ich habe alle Wertsachen weggesperrt.«

»Gott, ich würde die Krise kriegen«, sagte sie kopfschüttelnd und schaute sich um.

Tom nahm einen kleinen Schluck Whisky. »Ich nehme an, Sie bleiben in der Nähe, um im Notfall einzugreifen.«

»O nein, ich haue ab. Die wollen nicht, dass hier eine Mama rumhängt.«

Seema war begeistert. »Sie sind eine Heilige!«, rief sie aus.

»Ich habe ihr gesagt, ich war auch mal siebzehn.«

»Verstehe ich. Und wo gehen Sie hin?«, fragte sie.

»Ich übernachte bei Leslie«, sagte ich. »Aus der Gruppe«, ergänzte ich, falls sie es vergessen haben sollten.

»Oh, das ist nett«, erwiderte Seema etwas verhalten.

Tom schaute in seinen Drink. Er schien nachzudenken. »Ich wollte noch sagen«, begann er schließlich, »es tut mir leid, dass Sie und Paul sich getrennt haben. Emily hat es mir erzählt.«

Ich nickte und bedankte mich bei ihm. »Das hat uns alle unglaublich mitgenommen«, bemerkte er.

Ich warf einen kurzen Blick auf die Pappkartons, die immer noch im Flur neben der Tür zur Garage aufgestapelt standen.

»Sehen Sie die Kartons da drüben? Das sind alles seine«, sagte ich.

Als Paul gerade ausgezogen war, fühlte es sich manchmal an, als wäre er bloß beruflich unterwegs, und dann sah ich diese Kartons, und es wurde wieder Wirklichkeit. Vor ein paar Wochen hatte er eigentlich vorgehabt, vorbeizukommen und sie mitzunehmen, aber irgendwas war dazwischengekommen. Dann wollte er gestern, am Tag vor der Party, vorbeikommen, aber er war einfach nicht aufgetaucht. Ich hatte ihm drei, vier Textnachrichten geschickt, um ihn daran zu erinnern. Inzwischen war ich mir sicher, dass er es tat, um mich zu ärgern. Aber schließlich waren es seine Sachen und nicht meine, die da draußen im Flur herumstehen würden, wenn vierzig Teenager über dieses Haus herfielen. Wäre ich gnädig gewesen, hätte ich die Kartons in der

Garage in Sicherheit gebracht, aber ich war wohl gerade nicht besonders gnädig.

Tom räusperte sich, und ich wandte mich um und sah ihn an.

»Also, hm, wir ... wir wollen Sie nicht zu lange aufhalten«, begann er zögerlich.

»Nein, vor allem nicht an einem Tag wie diesem«, fügte Seema hinzu.

Dann, ohne ein weiteres Wort, zog Tom ein verkohltes Blechgehäuse aus seinem Jutebeutel und legte es scheppernd auf den Esstisch.

»Was ist das, um Himmels willen?«, fragte ich.

»Das ist mein Briefkasten. Jemand hat ihn gestern Nacht angezündet.«

»Was?«

»Sie versuchen, uns einzuschüchtern«, sagte Seema.

Tom lehnte sich auf seinem Stuhl zurück. »Wir haben Briefe an die Stadt, den Gouverneur, an unseren Kongressabgeordneten geschrieben«, erzählte er. »Keine Reaktion. Nicht einmal ein Formschreiben. Also haben wir uns an die Medien gewandt.«

»Ich weiß«, sagte ich, »ich habe Sie im Fernsehen gesehen.«

Er wies auf den Briefkasten, wie um anzudeuten, dass sein Fernsehauftritt den Vandalismus ausgelöst habe.

»Bloß wegen eines kleinen Interviews?«, fragte ich.

»Und der Artikel in den Zeitungen«, ergänzte Seema.

»Aber wer sollte so etwas tun?«

Tom begann, an seinen Fingern abzuzählen: »Jemand von Grenadier, jemand von der Stadt, wütende Nachbarn, die denken, dass ich den Wert ihrer Immobilie mindere.«

»Nachbarn?«

»O ja, ich hatte ein paar richtig hässliche Auseinandersetzungen.«

Seema bemerkte, es gebe Hunderte von Leuten, die ein Interesse daran hätten, dass das Summen nicht näher untersucht würde.

»Sie ahnen, dass es sie teuer zu stehen kommt«, sagte sie. »Also versuchen sie, uns zum Schweigen zu bringen.«

Ich fragte, woher diese Leute überhaupt wüssten, wo Tom wohnte, und sie zuckte mit den Schultern.

»Jeder kann herausfinden, wo jemand wohnt.«

»Sie müssen vorsichtig sein«, sagte ich.

Sie schüttelte den Kopf. »Nein, wir müssen im Gegenteil noch mehr an die Öffentlichkeit gehen. Nur so sind wir sicher.«

»Es sei denn, die haben es wirklich auf Sie abgesehen.«

Tom trommelte mit den Fingern auf den Tisch. »Wenn die glauben, sie können uns Angst machen, dann haben sie sich die Falschen ausgesucht.«

»Wir müssen das Medieninteresse wachhalten«, erklärte Seema. »Deswegen brauchen wir Sie. Wir brauchen kritische Masse. Wir brauchen so viele Betroffene wie möglich, die mit den Medien sprechen, um uns den Rücken zu stärken.«

»Aber …«

»Wir haben das ganze Viertel abgeklappert«, fügte Tom hinzu und überreichte mir einen Flyer.

Der Flyer war professioneller verfasst und gestaltet als das kleine Plakat, das Howard und Jo aufgehängt hatten. Seema wies darauf hin, dass sie für die Kontaktaufnahme systematisch von Haus zu Haus gegangen seien. Ich fragte, ob sie weitere Betroffene gefunden hätten.

Tom nickte. »Allerdings.«

»Na ja, eine Handvoll«, relativierte Seema.

»Es ist mühsamer als gedacht, aber …«

»Wir erwarten, dass viele Leute erst ein paar Tage darüber nachdenken und uns dann anrufen«, führte Seema aus, während ich den Flyer durchlas. Er sah aus wie ein Aufklärungsfaltblatt zu Depressionen oder den Wechseljahren, wie sie in Arztpraxen auslagen.

»Vielleicht merken einige auch erst, wenn sie von dem Summen erfahren, dass sie ebenfalls etwas hören«, sagte Seema.

»Die meisten Leute würden eine Petition unterschreiben, aber sie sind nicht gewillt, über ihre Erfahrung zu sprechen. Was wir brauchen, sind Erfahrungsberichte. Wie Ihren, Claire, den sie uns bei Howard gegeben haben. Solche Geschichten brauchen wir, um zu vermitteln, wie ernst die Sache ist. Und hören Sie – ich weiß, wir hatten am Anfang unsere Probleme, und das tut mir leid …«

»Na ja, einen guten Start hatten wir alle nicht«, warf Seema mit einem kurzen Blick auf Tom ein.

»Aber Sie sehen aus wie eine sehr vernünftige, einsichtige Frau, und wir brauchen jemanden wie Sie auf unserer Seite«, fuhr er fort.

Sie sahen mich erwartungsvoll an. Offensichtlich

hatten sie sich tage- und wochenlang auf ihre Aktion vorbereitet, und ich bewunderte ihr Engagement, aber unsere Wege hatten sich getrennt. Sie waren in einer anderen Richtung unterwegs als ich. Ihr Ansatz war noch immer der des ersten Treffens: Sie versuchten, eine Art Nachbarschaftsverein zu gründen, und waren entschlossen, eine physische Quelle auszumachen. Mein Ansatz, der Ansatz der Gruppe, die weiterhin Woche für Woche bei Howard und Jo zusammenkam, hatte sich in einer Art und Weise weiterentwickelt und vertieft, die Seema und Tom nicht einmal ansatzweise begreifen konnten.

»Tut mir leid«, sagte ich und gab ihnen den Flyer zurück. »Aber ich kann nicht.«

Seema deutete auf den verkohlten Briefkasten. »Lassen Sie sich davon nicht abschrecken, Claire. Gemeinsam sind wir stark.«

Ich zögerte und wählte meine Worte mit Bedacht. »Ich lerne gerade, meinen Frieden mit dem Summen zu schließen«, erklärte ich.

Seema runzelte die Stirn. »Sie *müssen* sich nicht damit abfinden.«

»Es ist auch kein Sich-Abfinden«, sagte ich. »Ich habe beschlossen, es in meinem Leben willkommen zu heißen.«

Tom murmelte: »Um Gottes willen«, und blickte zu Boden.

Seemas Miene wurde ernst: »Also hat Howard Sie rumgekriegt?«

»Er hat mich nicht ›rumgekriegt‹«, sagte ich. »Ich kann für mich selbst denken, vielen Dank. Ich glaube nur nicht mehr, dass es irgendein Hochofen ist oder der Highway. Ich meine, hören Sie doch mal hin.«

Ich hielt inne, und wir drei saßen da, umgeben von Ballons und halb aufgehängten Luftschlangen, und horchten.

»Es ist atmosphärisch«, sagte ich. »Es ist allumfassend.«

Tom seufzte und kippte den Rest Whisky hinunter. »Claire, Howards Theorie ist kompletter Unsinn. Sie ist …«

»Sie ist die wissenschaftliche Entsprechung von Fake News«, ergänzte Seema.

Ich erwiderte, es sei sehr einfach, zynisch zu sein, und wesentlich schwieriger, sich für die Möglichkeit einer wirklich neuen Erkenntnis zu öffnen.

»Beinahe alle wissenschaftlichen Entdeckungen werden am Anfang heruntergemacht«, erklärte ich. »Stringtheorie, Dunkle Materie. Dass sich die Erde um die Sonne dreht, war am Anfang auch nicht besonders populär, wenn Sie sich daran erinnern.«

Seema beugte sich über die Tischplatte zu mir vor.

»Ich bin Assistenzärztin«, sagte sie. »Ich werde ständig mit Pseudowissenschaften und alternativen Behandlungsformen konfrontiert.«

Ich empfahl ihr, Artikel zu lesen und sich zu informieren, schließlich war alles im Netz zu finden, und sie musste sich nur die Mühe machen nachzusehen.

»Oh«, warf Tom ein und hob die Hände, »es steht im Netz, also muss es wahr sein.«

»Es gibt viele seriöse Seiten.«

»Diese Wellenlänge, von der Howard spricht«, unterbrach mich Seema, »kann der menschliche Körper unmöglich hören. Das ist physisch nicht möglich.«

»Ich nehme an, das ist so bei neuen Entdeckungen, oder?«, erwiderte ich. »Was zunächst unmöglich erschien, wird neu bewertet und neu betrachtet.«

»Glauben Sie ihm wirklich?«, fragte sie. Es klang wie eine Anklage.

»Na ja, es überrascht mich nicht, dass Sie ihm nicht glauben«, sagte ich. »Sie beide haben ihm überhaupt keine Chance gegeben. Sie sind bereits mit vorgefassten Meinungen zu ihm gekommen, und als Ihre Meinungen nicht bestätigt wurden, sind Sie gegangen und nie wiedergekommen. Sie haben keine Vorstellung von dem Ausmaß der … der Offenbarung.«

Das war vielleicht eine unvorsichtige Wortwahl.

»Offenbarung«, spottete Tom. »Bitte. Erleuchten Sie uns.«

»Sie wollen es ja nicht wissen.«

»Doch, will ich«, beharrte er.

»Nur, um sich darüber lustig zu machen.«

»Also, ich will es ganz ehrlich wissen«, sagte Seema. »Und ich werde mich garantiert nicht darüber lustig machen.«

Ich sah ihr in die Augen. »Als Assistenzärztin wissen Sie das vielleicht sogar zu schätzen. Wir haben etwas über Gehirnwellen herausgefunden.«

»Okay.«

»Entschuldigung, Gehirnwellen?«, fragte Tom. »Ist da was dran?«

Seema seufzte. »Natürlich ist da was dran, Tom. Haben Sie noch nie von Hirntomografie gehört?«

»Na ja, ich weiß nicht.«

»Also, dann seien Sie vielleicht mal still.«

»Das sind die Schwankungen des elektrischen Stroms im Gehirn«, erklärte ich. »Und Tomografien zeigen, dass das Gehirn bei einer Frequenz von 7,83 Hertz aktiv wird.«

»Die Schumann-Resonanz«, sagte Seema.

Ich nickte, beeindruckt, dass sie sich daran noch erinnern konnte. »Richtig, ganz genau. Und bei dieser spezifischen Frequenz werden plötzlich ganze Regionen unseres Gehirns aktiviert, die wir normalerweise nie benutzen. Wir nutzen bekanntlich lediglich rund zehn Prozent unseres Gehirns.«

»Das ist ein populärer Mythos«, entgegnete sie.

»Es gibt Studien, die das belegen.«

»Diese Studien möchte ich sehen.«

»Und wenn das die Resonanzfrequenz der Erdatmosphäre ist«, fuhr ich fort, »dann haben wir uns seit Jahrmillionen unter ihrem Einfluss entwickelt. Jede einzelne Zelle, jedes einzelne Lebewesen. Also ist es ganz natürlich, dass sich unsere Zellen damit synchronisieren wollen. Wale, Vögel, Bienen – sie alle nutzen die Schumann-Resonanz zur Orientierung. Und um unserer Gesundheit und unseres Wohlbefindens willen, müssen wir lernen, uns auf sie ›einzuschwingen‹.«

Tom kicherte. »Uns einzuschwingen?«

»Ja.«

»Und wie macht man das?«

»Tja, das ist die Frage, nicht wahr?« Ich erklärte ihnen, dass Menschen dies bereits seit Jahrtausenden versuchten. »Die Gesänge der Buddhisten. Das Om der

Hindus. Die endlosen Töne der Kirchenorgeln. Didgeridoos. Das findet sich in allen Glaubensgemeinschaften. Die Menschen haben versucht, einen Zustand der Transzendenz zu erreichen, indem sie in Verbindung mit der Resonanz traten«, erklärte ich und hörte selbst, wie kläglich es klang im Vergleich zu der klugen, mitreißenden Diskussion bei Howard und Jo.

Tom stellte seinen leeren Becher auf den Tisch. »Ich bin nicht religiös …«

»Ich auch nicht«, erwiderte ich.

»… deswegen habe ich auch noch nie den Impuls verspürt, mich auf etwas *einzuschwingen*«, sagte er. Er wandte sich an Seema. »Und du?«

»Na ja …«

»Auf das Summen einschwingen. Nein, also echt …«

»Vergessen Sie mal kurz die Religion«, sagte ich. »Haben Sie noch nie erlebt, dass Sie sich für einen kurzen Moment vollkommen in Einklang mit dem Universum gefühlt haben? Wo Ihre Gedanken ganz klar waren und alles Sinn zu ergeben schien?«

»Vielleicht nach einer guten Tasse Kaffee«, lächelte er, griff nach der Johnnie-Walker-Flasche und schraubte den Verschluss ab.

»Ich schon«, sagte Seema.

»Wirklich?«, fragte er verwundert.

»Damit ist eine gewisse Euphorie verbunden, nicht wahr?«, fuhr ich fort. »Stellen Sie sich einfach vor, dass Sie sich die ganze Zeit so fühlen könnten. 7,83 Hertz ist die Frequenz unserer Hirnwellen, wenn wir meditieren und träumen. Es ist wie ein Tor zu tieferen Bewusstseinszuständen, ein Tor zu unserer Kreativität.«

Seema seufzte laut. »Claire, es ist aber so, dass …«

»Und das kommt Ihnen nicht wie Bullshit vor?«, fragte Tom und schenkte sich Whisky nach.

»Nein, tut es nicht. Und es wäre mir lieb, wenn Sie sich nicht …«

Von oben aus ihrem Zimmer erklang plötzlich Ashleys Stimme. »Es ist Bullshit! Es ist Bullshit, es ist Bullshiiiit!«

Tom hob die Augenbrauen und unterdrückte ein Lachen.

Sie gehen jetzt besser, hätte ich am liebsten gesagt. Vor zehn Minuten hatte ich meiner Tochter in ihr Ballkleid geholfen. Seit Tagen setzte ich Himmel und Hölle in Bewegung, um diesen Tag für sie zu etwas ganz Besonderem zu machen, und das hier war wirklich das Letzte, was ich brauchen konnte.

»Hören Sie«, sagte ich und schloss für einen Moment die Augen, »ich kann nur von meiner Erfahrung sprechen.«

»Und haben Sie diese Transzendenz erreicht?«, fragte Seema mitleidig.

Ich schlug die Augen auf und sah sie an. »Noch nicht vollständig, nein.«

»Glauben Sie, sie schaffen es noch?«

»Ich weiß nicht«, sagte ich. »Ich hoffe es.«

Sie sagte, sie spürte eine gewisse Skepsis bei mir.

»Na ja, so bin ich eben. Ich stelle Dinge infrage.«

»Und haben Sie es infrage gestellt?«

»Natürlich habe ich das. Es ärgert mich, was Sie da andeuten.«

»Ich deute gar nichts an, ich wollte bloß …«

»Ich bin nicht leichtgläubig, Seema.«

»Das habe ich nicht behauptet.«

»Aber ich kann Ihnen sagen, dass die Dinge für mich jetzt viel mehr Sinn ergeben.«

»Seit Howard?«

»Seit … seitdem ich diese Informationen habe«, erklärte ich. »Die Luft fühlt sich an, als würde sie vibrieren. Das Summen ist nachts lauter. Und es scheint gleichzeitig von überall und nirgendwo zu kommen.«

»Und dann durchforsten Sie das Internet nach Blogs, in denen diese Theorien nachgeplappert werden«, sagte Tom kühl und distanziert, »bis Sie in diesem Echoraum von Leuten landen, die keine Ahnung von Wissenschaft haben, weil Spinner wie Sie uns in der Schule nicht die nötigen Grundlagen beigebracht haben.«

Seema bat ihn aufzuhören. Er trank einen weiteren Schluck Whisky. Ich nahm aus dem Augenwinkel eine Bewegung wahr und stellte fest, dass Ashley auf der Treppe saß und uns zuhörte.

Gut, dachte ich. Ich wollte, dass sie hörte, was ich jetzt sagen würde. Ich wandte mich wieder an Tom.

»Tom, die Erde spricht in einer ganz außerordentlichen Art und Weise zu uns. Und Sie können sich entscheiden, ob Sie zuhören wollen oder nicht. Aber ich höre zu. Weil mir die Gabe dazu geschenkt wurde.« Ich sah Seema an. »Und Ihnen auch«, sagte ich. »Warum verweigern Sie sich? Warum kommunizieren Sie nicht auf einer sinnlicheren und grundlegenderen Ebene mit der Erde, als es sich die meisten Menschen je vorstellen könnten?«

Tom blickte zu seinem Briefkasten und dann wieder zu mir.

»Mit Verlaub, Claire, aber ich glaube wirklich, Sie spinnen.«

Ich nickte. »Ich bin eine Spinnerin. Ein Verrückte. Eine Hexe. Man kennt das, Tom. Menschen mit anderen Meinungen …«

»O ja, Sie sind eine Märtyrerin«, spottete er und stand auf. »Eine neue Jungfrau von Orleans.«

Er nahm seinen Briefkasten an sich und schickte sich an zu gehen.

»Und was ist mit Emily?«, fragte ich.

»Was soll mit ihr sein?«

»Sie glaubt es auch.«

»Wir reden nicht darüber.«

»Ich kann Ihnen sagen, sie glaubt es.«

Tom lächelte ein kurzes, schmerzerfülltes Lächeln.

»Ich weiß.«

Er sah kurz Seema an und dann Ashley, die auf der Treppe saß. Er winkte ihr zu, öffnete die Tür und ging hinaus in die einbrechende Dämmerung.

»Ich weiß nicht, wie Sie es mit ihm aushalten«, sagte ich zu Seema, als sich die Tür schloss.

Sie zuckte mit den Schultern. »Er ist der einzige Mensch, der mit mir herausfinden will, was hinter der Sache steckt.«

Ich trank den Rest meines Whiskys ex wie ein Mafioso in einem Gangsterfilm und steckte den Becher in Toms Becher.

»Ich weiß, Sie glauben auch, dass ich spinne«, sagte ich.

Sie lächelte.

Aber schüttelte den Kopf.

Ich sagte, es tue mir leid, dass ich ihr und Tom nicht helfen könne, und sie erwiderte, ihr tue es auch leid.

»Sie glauben wirklich nicht, dass die Resonanz existiert?«

»Claire. Ihre Erklärung ist vielleicht die spannendere oder poetischere, aber ganz ehrlich? Unser Summen? Das ist bloß irgendein weißes Industrierauschen. Und ich werde es finden und damit klarkommen. Zusätzlich zu dem ganzen anderen Scheiß, mit dem ich in meinem Leben klarkommen muss.« Sie lachte ein freudloses Lachen. »Meine Schichten im städtischen Krankenhaus dauern achtzehn Stunden«, fuhr sie fort. »Tom ist Rentner, also kann er ... Nun ja, ich kann nicht meine ganze Freizeit damit verbringen. Aber ich weiß eben, wenn ich es nicht mache, dann passiert auch nichts. Können Sie sich vorstellen, dass Tom Aktionen wie diese ganz allein unternimmt? Er neigt dazu, sich mit den Leuten anzulegen. Kann leicht passieren, dass er handgreiflich wird. Sie lachen, aber ich habe es schon erlebt.«

Wir wünschten einander viel Glück. Sie stand auf und sagte erneut, ich solle vorsichtig sein.

»Danke«, erwiderte ich, »aber ich glaube, Sie sind diejenige, die vorsichtig sein sollte.«

Sie dachte einen Augenblick nach, schien etwas sagen zu wollen, doch dann besann sie sich anders, lächelte nur. Sie wandte sich zu Ashley um, wünschte ihr einen tollen Abschlussball. Dann ging sie zur Tür hinaus.

Als sie fort war, sah ich zu Ashley, die in ihrem Kleid zusammengesackt auf der Treppe saß.

»Lass mich dein Haar neu machen«, sagte ich.

Sie ignorierte mich und zupfte irgendwelche Fussel von dem Teppich, mit dem die Stufe überzogen war.

»Na komm.« Ich winkte ihr, sie solle runter zu mir ins Wohnzimmer kommen, aber sie rührte sich nicht. Also ging ich zu ihr auf die Treppe und setzte mich neben sie.

»Ich bin so allein«, murmelte sie.

»Ich bin bei dir.«

»Nein, bist du nicht. Du bist mir weggenommen worden. Diese Sache hat dich weggenommen, und jetzt hat sie mir auch noch Dad weggenommen, und alles ist für immer kaputt. Und du kannst es nicht sehen, weil du mitten drinsteckst, und die beiden da auch, mit ihren bescheuerten Flyern und Petitionen. Das ist wie ein Massenwahn«, sagte sie und wirbelte mit ihrer Hand in der Luft herum.

»Bloß weil du es nicht hören kannst, bedeutet das nicht …«

»Ich kann es nicht hören, weil es nicht da ist. Du steckst so in dieser … dieser Hysterie drin, du verstehst nicht mal …«

»Hey, Fräulein Feministin …«

»Ich weiß, ich weiß, aber so ist das, Mom, so ist das verdammt noch mal. Das ist wie diese Tanzplage im Mittelalter oder so.«

»Howard hat dem seine ganze Karriere gewidmet.«

»Na und? Ein Priester widmet seine ganze Karriere Gott, aber das bedeutet nicht, dass es mich einen feuchten Kehricht scheren muss, was er darüber zu sagen hat.«

»Aber hier geht es um etwas, das es wirklich gibt, verstehst du? Das ist Wissenschaft.«

»Für Howard Bard gibt es das wirklich, Mom, aber nicht für den Rest der Welt.«

»Er ist ein international anerkannter Wissenschaftler.«

»Oh, bitte.«

»Er hat so viele Diplome, dass er damit sein Zimmer tapezieren könnte!«

»Ja, genau wie Robert Mugabe.«

Ich musste lachen, und auch Ashley konnte sich ein Lächeln nicht verkneifen.

»Das stimmt. Ich habe einen Aufsatz über ihn geschrieben.«

»Howard ist kein Westentaschendiktator.«

»Nein, bloß ein Aluhutdiktator.«

»Er war achtzehn Jahre lang Dekan der Geowissenschaften an der Virginia Tech.«

»Ja, bis sie ihn gefeuert haben«, sagte sie und starrte mich an.

Ich erklärte, die Verwaltung hätte sich durch ihn bedroht gefühlt.

»Weißt du, wie schwierig es ist, als alter weißer Mann aus einem Dozentenjob auf Lebenszeit rausgeschmissen zu werden?«, fragte sie. »Er war Dekan, mein Gott, er hätte jemanden umbringen müssen, um seinen Job zu verlieren.«

»Er war ein Abtrünniger, der seinen Fachbereich vollkommen umgekrempelt hat.«

Sie vergrub ihr Gesicht für einen Augenblick in den Händen und sah mich dann wieder an.

»Du hast den Boden unter den Füßen verloren, Mom, und ganz ehrlich, es ist echt beängstigend. Weil, wenn du in so einem Zustand bist, dann nutzen die Leute dich aus.«

»Niemand nutzt mich aus.«

»Du bist nicht du selbst und geistig gerade ein bisschen angeschlagen.«

»Bin ich nicht, und glaub ja nicht … Glaubst du, ich bin schwach? Jemand, der schwach ist, hätte das Summen ignoriert und gewünscht, es würde einfach weggehen. Jemand, der schwach ist, würde immer noch in der Schule unterrichten und nach Hause kommen, einfach weitermachen, als wäre alles in Butter.« Ich tippte mir mit dem Finger auf die Brust. »Ich kämpfe. Ich werde jede einzelne Stunde am Tag kämpfen.«

»Ich sage nicht, dass du schwach bist, ich sage, dass du …«

»Und ich kann das nicht allein, okay? Ich brauche dich an meiner Seite. Du kannst nicht zulassen, dass dein Dad dich gegen mich aufhetzt.«

»Jetzt mach mal halblang«, sagte sie und hob die Hände, als hätte ich gerade eine Pistole gezogen.

»Ich weiß, er versucht das.«

»Fang nicht damit …«

»Er erzählt dir, ich bin bipolar, stimmt's?«

Sie schwieg einen Moment. »Mit wem soll er denn sonst reden?«, sagte sie schließlich.

»Hat er dir das erzählt?«

»Unsere Gespräche gehen dich nichts an.«

»Er sollte das nicht bei dir abladen«, sagte ich und schüttelte den Kopf.

»Wen hat er denn sonst?«, wiederholte Ashley.

»Ich brauche in dieser Sache deine Unterstützung.«

»In welcher Sache?«, fragte sie und drehte sich empört zu mir um. »Der Sache mit Howard? Mit dem Summen? Nein, tut mir leid. Ich liebe dich, aber ich habe eine scheiß Angst um dich.«

»Angst wovor?«

»Davor, dass dein Leben total den Bach runtergeht!«

Ich konnte es nicht ertragen, ihr in die Augen zu sehen, also starrte ich auf meine Füße. Ich bohrte die Spitze meines großen Zehs durch das kleine Loch in meiner linken Socke.

»Ich wünschte, du könntest dich einfach für mich freuen«, sagte ich. »Ich habe eine Gemeinschaft von Leuten gefunden, denen ich wichtig bin und die mich lieben.«

»Verdammt noch mal, die lieben dich nicht, Mom. Ich bin deine Tochter, ich liebe dich. Dad liebt dich. Diese Leute kennen dich kaum.«

»Sie kennen mich besser ... Ash, sie wissen Dinge über mich, die noch nicht mal dein Dad weiß.«

»Das ist total krank.«

»Nein, ist es nicht. Denn sie behandeln mich, mein Leben und meine Geschichte mit einer Fürsorge und einem Mitgefühl, die nicht einmal er jemals aufbringen konnte.«

»Das ist doch Bullshit«, brummte sie.

»Nein, ist es nicht, und ich wünschte, du würdest mich endlich ernst nehmen. Das tut weh.«

»Ach ja, du glaubst also, das tut weh?«

Ich versuchte zu erklären, dass ich einen Ort gefunden hatte, an dem ich zum ersten Mal in meinem Leben wirklich frei und einfach ich sein konnte. Einen Ort, an dem ich mich wirklich sicher fühlte.

»Weißt du, wie kostbar das für mich ist?«, fragte ich. »Ich verstehe nicht, wovor du so viel Angst hast.«

»Ich habe Angst davor, dass Howard ein gottverdammter Psychopath ist«, erwiderte sie.

Ihr Handy vibrierte, sie zog es aus ihrem BH, schaute drauf.

»Sie sind draußen.«

Ohne mich eines weiteren Blickes zu würdigen, stand sie auf und ging die Treppe hinunter.

»Ash, warte!«

Ich ging ihr eilig nach und legte ihr eine Hand auf die Schulter. »Amüsier dich gut heute Abend, okay?«

Sie zwang sich zu einem Lächeln. »Versprich mir bloß, dass du weg bist, wenn wir wiederkommen.«

Ich versprach es. »Und pass auf, dass dir niemand was ins Glas tut«, rief ich noch, als sie zur Tür hinausging. Ich sah ihr nach, als sie eilig die Einfahrt runterrannte und ihren Freundinnen Sophie und Jess zuwinkte, die sich schreiend und johlend aus den Fenstern eines weißen Cadillac Escalade hinauslehnten. Falls sie mich im Flur stehen sahen, so ließen sie es sich nicht anmerken. Ich schloss die Tür, wandte mich wieder dem halb dekorierten Esszimmer zu und sackte in mich zusammen, wie ein Ballon, aus dem die Luft entwich. Das Zimmer war das totale Chaos. Es gab noch so viel zu tun. Ich ging zum Tisch, setzte mich und schenkte mir noch einen Whisky ein, bevor mein Blick auf Ashleys selbst gemachtes Transparent fiel.

10

BIS ZU DIESEM Abend und meinem Gespräch mit Ashley auf der Treppe hatte ich vermutlich noch nicht ganz begriffen, dass Hysterie eine psychische Wunde ist, die wir Frauen immer noch tragen. Eine Wunde, die uns jahrhundertelang durch unsere Symptome, unsere Instinkte über unsere eigenen Körper, unsere Freuden und Leiden zugefügt wurde, dadurch, dass wir immer die Ersten waren, die diskreditiert und diskriminiert wurden, sogar von anderen Frauen. Sogar von unseren eigenen Töchtern, wie es vermutlich jetzt gerade der Fall war. Wir trugen diese Wunde immer noch in uns, weil jederzeit die gesamte Geschichte gegen uns ins Feld geführt werden konnte, um uns mit einem Wort schlagartig mundtot zu machen. Und in den Augen meiner Familie, der Menschen, die mich am meisten liebten, war ich nun das hysterische Subjekt.

Ich war die Frau aus der griechischen Antike mit *hysteria*, einer Gebärmutter, die wie ein wilder Hund durch meine Gedärme streunte und sexuelles Verlangen oder Angst oder Depression oder jedes beliebige andere Gefühl hervorbrachte, das meinem Ehemann nicht passte. Ich war die melancholische Frau, empfänglich für Besessenheit von Dämonen und Hexerei. Ich war die Frau, die ins Sanatorium in den Alpen geschickt wurde, wenn sich mein Mann nicht länger mit mir auseinandersetzen wollte, weil ich mich über seine Seitensprünge beklagte.

Zu viel Sex. Nicht genug Sex. Zu viel weiblicher Samen wird giftig, wenn er nicht durch regelmäßige Orgasmen freigesetzt wird, wussten Sie das nicht? Zu viel Monatsblutung. Nicht genug Monatsblutung. Hätte ich vor hundert Jahren oder sogar weniger gelebt, hätte man mich dafür, dass ich das Summen hörte, wahrscheinlich einer Elektroschocktherapie unterzogen und weitere fünfzig Jahre zuvor vielleicht einer Hysterektomie. Und ich habe das Gefühl, dass Paul dies voller Liebe und Besorgnis zugelassen hätte.

Ich hatte Ashley vor langer Zeit die Geschichte von der Tanzplage erzählt. Sie begann natürlich mit einer Frau. Die Quellen nennen Sie »Frau Troffea«. An einem klaren Sommermorgen des Jahres 1518 hatte sie begonnen, in Straßburg auf der Straße zu tanzen. Nachbarn versammelten sich, lachten, klatschten und feuerten sie an. Doch schon bald wurde deutlich, dass irgendetwas nicht stimmte. Frau Troffea tanzte und tanzte sechs Tage lang ununterbrochen. Ihr Mann und ihre Kinder brachten ihr Wasser und stopften ihr Brot- und Käsestücke in den Mund, um sie am Leben zu erhalten, denn sie hörte nicht einmal zu tanzen auf, um zu essen – und sie gaben ihr Bestes, sie diskret zu säubern, wenn sie sich selbst beschmutzte. Am Ende der ersten Woche hatten sich mehr als dreißig andere Tänzerinnen und Tänzer zu Frau Troffea gesellt und am Ende des ersten Monats waren es vierhundert, die meisten von ihnen Frauen. Einige von ihnen fielen schweißüberströmt und mit fiebrig roten Gesichtern auf der Straße tot um. Todesursache: Erschöpfung, Schlaganfall, Herzinfarkt. Auf dem Höhepunkt der Manie verstarben jeden Tag rund fünfzehn

Menschen. Die Straßburger Ärzte schlossen astrologische oder übernatürliche Gründe aus und führten das Tanzen stattdessen auf »heißes Blut« zurück. Während manche Aderlässe verschrieben, schlugen andere vor, die einzige Heilung für die Befallenen sei, Tag und Nacht zu tanzen, bis sie ihre Manie herausgetanzt hatten. Daher steckte die Stadt die Tanzenden in mehrere Zunftsäle und ließ Spielleute für sie musizieren. Aber wie vielleicht nicht anders zu erwarten, ermunterte dies nur weitere Nachahmer. Bald strömten Menschen aus dem ganzen Land nach Straßburg, um sich dort zu Tode zu tanzen. Bis heute ist nicht bekannt, was die Manie auslöste, noch, was sie einige Wochen später wieder beendete.

Während ich dieses Buch schrieb, fragte ich mich vor allem: Was geschah mit Frau Troffea? In keinem Artikel, den ich fand, wurde ihr weiteres Schicksal erwähnt, obwohl sie allgemein als die erste Tänzerin identifiziert wurde. Einige Details wichen auch von meiner Erinnerung an die Geschichte ab. So wird beispielsweise kein einziges Mal erwähnt, dass ihr Ehemann und ihre Kinder ihr Essen brachten oder sie »säuberten«, während sie tanzte. Vermutlich war das meine eigene hoffnungsvolle Erfindung gewesen. Allerdings fand ich einen Kupferstich von Hendrik Hondius aus dem Jahr 1624 mit dem Titel *Die Wallfahrt der Fallsüchtigen nach Meulebeeck*. Hondius' Kupferstich basierte auf einer Zeichnung von Pieter Breughel dem Älteren, der fast achtzig Jahre zuvor Zeuge der Ereignisse gewesen war. Im Vordergrund des Bildes befinden sich sechs Gestalten. Zwei Frauen in mittleren Jahren werden auf beiden Seiten von Männern gehalten. Die Männer haben sich bei den Frauen untergehakt und umklammern deren Hände, wobei zunächst nicht klar ersichtlich scheint, ob die Männer mit den Frauen tanzen oder sie bändigen. Im Mittelgrund des Bildes scheinen zwei Männer eine Frau über eine niedrige Brücke davonzutragen, während am anderen Ufer eines Baches eine weitere Frau stumpfsinnig vor sich hinstarrt. Je länger ich das Bild betrachtete, desto deutlicher fiel mir auf, dass nur die Frauen als »wild« porträtiert wurden. Rasende alte Weiber, die von ihren besorgten Männern niedergerungen werden mussten. Die Frauen werden nicht »schön« dargestellt. Sie sind unattraktiv und stämmiger als die Männer, die versuchen, sie unter Kontrolle zu bringen. Kurz gesagt, sie sind komische Subjekte, dazu bestimmt, verlacht und verachtet zu werden. Insgesamt wirkt das Ganze wie ein wissendes Augenverdrehen unter Männern, von Breughel zu Hondius: Weiber! Der Wahnsinn ist nun einmal unsere Natur. Schon bei der leisesten Provokation brechen wir aus, verlassen Haus und Hof und fliehen in die Wildnis, und unsere Männer müssen uns nachrennen, um uns zurück in die Zivilisation zu holen und uns wieder zu Verstand zu bringen.

Erst spät fiel mir der Blick der linken Frau im Vordergrund auf. Ihre Augen sehen schräg nach oben, und sie runzelt die Stirn mit einer Intensität, als versuchte sie, Gott herauszufordern. Sie blickt über den Augenblick hinaus, über sich selbst und die Zwänge ihres Körpers und die gesellschaftliche Ordnung, die versucht, sie zu bändigen. Sie blickt hinauf zum Himmel, zu den Vögeln, die über ihr kreisen, hoch zu einem göttlichen Mysterium, das nur sie allein in diesem chaotischen Augenblick wahrzunehmen scheint. In ihrem Blick liegt für mich kein Wahnsinn. Sondern Entschlossenheit.

11

KYLE WAR NICHT zu der Party eingeladen. Ashley und ich waren uns darüber sehr einig gewesen. Daher fiel ich aus allen Wolken, als ich am nächsten Morgen in die Einfahrt einbog und Kyle aus der Haustür kommen sah. Und er kam nicht nur aus der Haustür, er wurde auch noch von Paul begleitet. Und er wurde nicht nur von Paul begleitet, sondern half auch noch dabei, einen von Pauls Umzugskartons zur Straße hinunterzutragen und ihn in Pauls Auto zu laden.

Ich saß nur da und starrte sie an. Nachdem sie den Karton verladen hatten, sahen mich Paul und Kyle in meinem Auto sitzen und nickten mir höflich zu, als wäre dies nicht die surrealste Szene, die wir alle je erlebt hatten. Als würde nicht gerade mein ehemaliger Schüler, der den Zusammenbruch meiner Ehe vorangetrieben hatte, meinem Ehemann dabei helfen, aus meinem von einer Party verwüsteten Haus auszuziehen. Dann drehten sie sich um und verschwanden wieder im Haus. Es dauerte noch eine Weile, bis ich mich aus meiner Erstarrung befreien konnte. Schließlich stieg ich aus dem Auto und eilte ihnen nach.

Im Türrahmen blieb ich stehen. Dort, wo man einst Hartholzdielen gesehen hatte, breitete sich nun ein Teppich aus platten Ballons, zerknitterten Luftschlangen, weggeworfenen Ansteckblumen und Plastikbechern aus. Der gerahmte Georgia-O'Keeffe-Druck, der früher neben der Treppe gehangen hatte, war verschwunden. An seiner Stelle sah man Schmierflecken von Gott weiß was. Außerdem war das Glas der dekorativen Wanduhr zersplittert.

»Morgen«, krächzte Ashley von der Treppe herunter. Sie trug ihr PJ-Harvey-T-Shirt und karierte Boxershorts und sah mit gelassenem Desinteresse dabei zu, wie Kyle und Paul beratschlagten, welchen Karton sie als Nächstes von dem Stapel im Flur hochheben sollten. Paul drehte sich um, winkte mir flüchtig zu und sagte, er habe Ashley letzte Nacht eine Textnachricht geschickt, um Bescheid zu sagen, dass er vorbeikommen würde.

»Aber mein Akku war leer«, verkündete sie, als wäre dies die einzige notwendige Erklärung.

Ich bedachte sie mit einem Blick, den sie, wie ich hoffte, als fassungslosen Zorn deuten würde, und sah zu Kyle, der mich entschuldigend anlächelte. Sein Hemd war über und über mit etwas bekleckert, das nach getrockneter Coca-Cola aussah.

»Was machst du hier?«, fragte ich.

»Ich weiß, tut mir leid, ich …«

»Als er gestern Abend aufgetaucht ist, hab ich meinen Drink nach ihm geworfen«, erklärte Ashley und klang dabei irgendwie stolz.

»Und dann hat sie mich nach oben geschleppt …«

»Na ja, wir konnten es ja schlecht vor allen Leuten machen, also hab ich ihn mit in dein Schlafzimmer genommen, weil …«

»Was?«

»… weil in meinem Leute waren, und …«

»Ihr wart in meinem Schlafzimmer?«

»Unserem Schlafzimmer«, verbesserte Paul.

»Damit wir irgendwo in Ruhe reden konnten …«

»Wir hatten ausgemacht …«

»Ich weiß, tut mir leid, aber wir mussten reden«, fiel sie mir ins Wort und drehte sich zu Kyle um. »Über alles, was passiert ist, eure Gruppe, diese Treffen …«

»Die Treffen?«, fragte ich. Ein leichter Schwindel ergriff mich. »Was … was hast du gesagt?«

»Nichts.«

»Ich wollte wissen, ob er wirklich daran glaubt«, warf Ashley ein. »Diese ganze Scheiße über die Resonanz, ob er das wirklich … ob du das wirklich glaubst?«, wiederholte sie und sah ihn dabei an.

»Ich kann die Resonanz hören«, antwortete Kyle. »Genauso gut könntest du mich fragen, ob ich an Schwerkraft glaube.«

»Und dann habe ich ihn gefragt, was Howard will.«

»Was meinst du damit?«, fragte ich.

»Was er vorhat und so«, erklärte Ashley.

Ich stellte meine Übernachtungstasche ab und stützte mich an der Wand ab.

»Er ist Wissenschaftler«, sagte Kyle. »Er interessiert sich für die Wahrheit.«

»Er ist euer großer Anführer«, warf Paul ein und sah mich an.

»Er ist nicht unser großer Anführer«, sagte ich wütend. »Es gibt keine Hierarchie. Wir tragen alle etwas bei.«

»Na klar«, sagte Paul mit einem herablassenden Nicken.

»Das klingt alles so was von krank«, sagte Ashley.

»Warum? Bloß weil du es nicht verstehst?«, fragte Kyle mit ruhiger Stimme. »Glaubst du, du verstehst die ganze Welt? Glaubst du nicht, dass es Raum für Dinge gibt, die niemand erklären kann? Gibt es gar nichts mehr zu entdecken?«

Ashley drehte sich zu mir um und stellte nüchtern fest: »Kyle ist hier, weil seine Mutter ihn gestern rausgeworfen hat. Er wusste nicht, wo er hinsollte, und da hat er mir leidgetan.«

»Was?« Ich sah Kyle an. »Deine Mutter …?«

»Hat mich rausgeworfen. Ja.«

»Kyle …«

»Sie hat das mit den Treffen rausgekriegt. Vor meiner Mutter kann man nichts geheim halten, sie ist wie die verdammte CIA.«

»Ich hab ihm gesagt, er kann eine Nacht hier pennen«, sagte Ashley. »Ich dachte mir, das wäre dir wahrscheinlich lieber, als wenn ich ihn auf die Straße setze.«

»Ja, natürlich.«

»Und dann bin ich nach Hause gekommen und habe ihn auf der Couch gefunden«, fügte Paul hinzu. »Und wir hatten ein recht hitziges Gespräch, um es mal so zu sagen. Das heißt, hitzig war nur ich.«

Mir wurde übel.

»Aber wir haben geredet, stimmt's?«, sagte Paul und sah Kyle an. Kyle nickte.

»Und worüber?«, fragte ich schwach.

»Das bleibt unter uns Männern«, erwiderte Paul.

Er sagte wirklich »unter uns Männern«, ohne Witz, als hätte er gerade seinem Sohn die Sache mit den Blumen und den Bienen erklärt, und wenn mir nicht vor lauter Stress so unglaublich übel gewesen wäre, hätte ich lachen mögen. Rückblickend denke ich, dass auch Paul ziemlich gestresst war, sonst hätte er nicht so einen Blödsinn geredet. Er war noch nie besonders gut darin gewesen, ruhig zu wirken, wenn er es nicht war. Auf jeden Fall fand ich seine Antwort ebenso beunruhigend wie empörend.

»Und dann«, fuhr Paul fort, »hat mir Kyle netterweise angeboten, mir mit den Kartons zu helfen.«

»Verstehe«, stieß ich mühsam hervor.

»Du denkst hoffentlich nicht daran, ihn hier wohnen zu lassen«, sagte Paul.

»Paul, ich habe keine Ahnung, ich bin gerade erst zur Tür hereingekommen. Ich hatte noch nicht mal einen Kaffee.«

»Ich bin nämlich nicht damit einverstanden, dass er hierbleibt.«

»Nun, das ist wohl nicht deine Entscheidung.«

»Mir gehört immer noch die Hälfte des Hauses.«

»Oh, stimmt. Und welche Hälfte nimmst du mit?«

»Du lässt ihn einfach hier auf der Couch schlafen? Claire Devons Heim für Straßenkinder?«

»Es war bloß eine Nacht«, rechtfertigte sich Ashley und hob genervt die Hände.

»Claire, ist dir klar, was das für einen Eindruck machen würde? Nach allem, was passiert ist?«

Ich drehte mich zu Kyle um und fragte ihn, ob er irgendwo anders hinkönne.

Er blies beim Nachdenken die Wangen auf und atmete dann aus. »Ich finde bestimmt was.«

»Wirklich?«, drängte ich.

»Ich weiß nicht.«

»Was ist mit Luke oder Mohammed?«

»Soll das ein Witz sein?«

»Oder Jay?«

»Seine Familie hat nicht genug Platz.«

»Führen wir jetzt wirklich gerade dieses Gespräch?«, fragte Paul.

»Wir sind nicht für ihn verantwortlich«, sagte Ashley.

»Natürlich sind wir das.«

Paul wurde rot vor Empörung. »Und wieso?«

»Weil wir Menschen sind.«

»Wirklich, das geht schon klar«, murmelte Kyle. »Sie sind nicht dafür …«

»Es muss doch jemanden geben«, hakte Ashley nach.

»Ich habe Rory gefragt, ob es für eine Nacht geht, aber ich hab noch nichts von ihm gehört.«

»Hast du keine Onkel oder Tanten?«, fragte Paul. »Großeltern?«

»Außer meiner Mom habe ich niemand.«

»Tja, aber hier kannst du nicht bleiben. Tut mir leid.«

»O doch, er bleibt, wenn er nirgendwo anders hinkann«, sagte ich. »Ich fühle mich nämlich sehr wohl verantwortlich.«

»Wie ist die Telefonnummer von deiner Mutter?«, fragte Paul an Kyle gewandt.

Ich drohte Paul mit dem Finger. »Untersteh dich …«

»Ich ruf sie an und regle das jetzt sofort.«

»Du wirst alles nur noch schlimmer machen.«

»Schlimmer, als wenn er bei dir einzieht?«

»Seine Mutter sollte Bescheid wissen«, mischte sich Ashley ein.

Paul ging einen Schritt auf mich zu. »Er ist ihr gottverdammtes Problem, nicht unseres.«

Und dann, ich weiß nicht, ob um Paul milde zu stimmen oder weil er das Gefühl hatte, er habe keine andere Wahl, sagte Kyle die Telefonnummer seiner Mutter auf. Paul holte sein Handy aus der Tasche, ließ Kyle die letzten vier Zahlen wiederholen, während er wählte. Paul hielt das Telefon ans Ohr, und wir warteten mit angehaltenem Atem darauf, dass jemand abhob.

»Ist das die richtige Nummer?«, fragte Paul, nachdem es mehrmals geklingelt hatte.

»Ja, natürlich.«

»Sie antwortet nicht.«

»Es ist neun Uhr morgens und außerdem Sonntag«, sagte Ashley. »Wahrscheinlich schläft sie noch.«

»Sie ist bestimmt in der Kirche«, erklärte Kyle.

»In der Kirche?« Paul sah ihn erstaunt an. »Stimmt. Daran habe ich nicht gedacht.«

Der Anrufbeantworter ging an, und Paul hinterließ eine Nachricht. »Hallo, Mrs Francis, hier spricht Paul Devon, Claire Devons Mann. Tut mir leid, dass ich Sie so früh an einem Sonntag anrufe.«

Er ging hinüber in die Küche, während er weitersprach, und stieg dabei über Luftballons und Pappteller hinweg.

Kyle sah Ashley und dann mich an. »Also, dann bis später!«

Er nickte und verließ das Wohnzimmer.

Ich folgte ihm zur Haustür, versuchte, ihn aufzuhalten. »Warte, Kyle …«

Doch er war schon draußen, lief runter zur Straße,

ohne sich umzudrehen, während ich glühend heiße Wut in mir aufflammen fühlte. Ich drehte mich um und stellte fest, dass Ashley direkt hinter mir stand.

»Du miese kleine Intrigantin«, sagte ich leise.

»Wie bitte?«

»Du wusstest, dass dein Dad heute Morgen kommen würde. Du hast Kyle bloß eingeladen, hier zu übernachten, weil du ganz genau wusstest, was passieren würde.«

»Bist du wahnsinnig?«

»Wolltest du mich lächerlich machen?«, fragte ich. »Mich bestrafen?«

»Du hast echt einen Knall, Frau!«

»Wolltest du, dass er denkt, man kann mich nicht allein lassen?«

»Ich wollte ihm bloß helfen!«

Ich starrte sie an und schüttelte den Kopf. Ich wusste mit absoluter Sicherheit, dass sie Pauls Textnachricht letzte Nacht gelesen hatte. Genauso wie sie Brendas Textnachricht gelesen und mich nicht gewarnt hatte. Sie hatte gewusst, dass Paul heute Morgen hier sein würde und dass ich ebenfalls auftauchen und ihm in die Falle gehen würde. Ich hatte noch nie in diesem Ton mit Ashley geredet. Ich erkannte mich selbst nicht wieder. Und auch sie erkannte ich nicht wieder.

»Du hattest also keinen Akku mehr«, zischte ich spöttisch.

»Das stimmt.«

»Zeig's mir.«

»Nein.«

»Zeig mir dein Handy!«

»Ich bin kein kleines Kind.«

»Nein, du bist eine Lügnerin.«

Sie reckte entschlossen das Kinn, gerade als Paul mit der Espressomaschine in den Armen aus der Küche zurückkam.

»Ich brauche jemanden, der mir hilft, die Kartons auf der anderen Seite auszuladen.«

»Ich komme«, verkündete Ashley. »Ich hole bloß noch meine Tasche.«

Sie rannte die Treppe hinauf.

»Ashley!«, rief ich ihr nach. »Dein Vater hat kein zweites Bett, kein Bettzeug, keine Küchengeräte.« Ich betrachtete die Espressomaschine in seinen Armen. »Keine nützlichen Küchengeräte, meine ich.«

»Sie kann für ein paar Tage bei mir unterkommen«, sagte Paul. »Vielleicht braucht sie bloß ein bisschen Abstand.«

»In einer Einzimmerwohnung könnte das schwer werden.«

»Ich glaube nicht, dass das hier gesund für sie ist, wenn du so bist und wenn der Junge sich in der Nähe rumtreibt.«

»Wenn ich wie bin? Wie bin ich denn?«

»In einer Sekte!«, schrie Ashley von oben herunter.

Es war, als hätte sie mich geohrfeigt. In einer Sekte.

Bevor ich etwas entgegnen konnte, sagte Paul: »Lass uns die Dinge beim Namen nennen, Claire.«

»Wie bitte?«

»Du glaubst an eine Wahnvorstellung.«

»Paul, du glaubst an sprechende Schlangen und die Teilung des Roten Meeres und an einen Gott, der irgendwie einen Sohn hat, den er auf die Erde geschickt hat, um von einer Jungfrau geboren zu werden …«

»Okay, okay …«

»Nein, ernsthaft, wie viele Leute müssen an etwas glauben, damit es nicht mehr als Wahnvorstellung gilt? Wenn ich in einer Sekte bin, dann bist du in einer viel größeren und krankeren als ich.«

»Du bist komplett …« Er schüttelte bedauernd den Kopf, als wäre mein Zustand wirklich hoffnungslos. »Ich meine, schau dich doch mal an, schau, wie es hier aussieht.«

»Hier hat gerade eine verdammte Party stattgefunden«, sagte ich.

»Bei der Minderjährige unbeaufsichtigt Alkohol getrunken haben.«

Während wir uns stritten, fragte ich mich, ob Paul und Ashley das tatsächlich die ganze Zeit gedacht hatten. Dass ich in einer Sekte war? Ich konnte es nicht fassen. Wenn sie so etwas sagten, bedeutete das, dass es irgendeinen Bruch in der Kontinuität meiner Persönlichkeit gegeben haben musste. In ihren Augen war ich im Grunde nicht mehr dieselbe Person, die sie einst gekannt hatten.

Ashley lief die Treppe hinunter, einen Kleidersack über der Schulter, und schmiss mir ihr Handy hin, das ich nur mit Mühe auffing.

»Der Akku ist leer«, sagte sie.

Ich gab es ihr zurück, ohne es auch nur anzusehen. Was hatte das überhaupt für eine Bedeutung? Am liebsten wäre ich in Tränen ausgebrochen oder in Flammen aufgegangen, wie ein Auto, das gerade mit Höchstgeschwindigkeit gegen eine Wand geprallt war. Sie nahm den letzten Karton im Flur und trug ihn gemeinsam mit Paul hinaus. Während er die Tür mit dem Fuß zuzog, warf er mir einen Blick zu, den ich bei ihm noch nie gesehen hatte. Ich dachte mehrere Sekunden darüber nach, nachdem er die Tür geschlossen hatte, analysierte ihn, bis mir klar wurde, dass es Mitleid war. Paul, mein pockennarbiger Riese aus Amarillo, hatte die gesamte Gefühlspalette eines heterosexuellen Mannes zur Verfügung und entschied sich ausgerechnet für Mitleid. Genauso gut hätte er mir ein Ei ins Gesicht schmeißen können, bevor er die Tür schloss. Ein weiterer Beitrag zu dem Chaos in meinem Haus und meinem Leben.

12

DEN WINTER ÜBER und bis in den Frühling war die Gruppe mehr oder weniger unverändert geblieben. Eines Abends waren drei Neue erschienen. Pierce – ein glatzköpfiger Architekt – kam nur einmal. Die beiden, die blieben, waren: Shawn – ein witziger, lauter und leicht effeminierter Mann Anfang dreißig mit einem pferdeähnlichen Gesicht: große Nase, große Augen, große Zähne. Und: Mia, ebenfalls Anfang dreißig – die sich selbst als »Antifa« bezeichnete, mit autistischen Jugendlichen arbeitete und den Winter über auf einem »Ökobauernhof-Schrägstrich-Wellness-Retreat« in Oaxaca, in Mexiko, verbrachte. Letztes Jahr war sie verhaftet worden, weil sie mit einer Gruppe von Aktivisten den Bau einer neuen Erdgaspipeline zu verhindern versucht hatte. Ich weiß nicht mehr, wie die beiden von der Gruppe erfahren hatten. Vielleicht hatten sie Damians Post auf Reddit gesehen. Egal, beide hatten das Summen schon monatelang gehört und still vor sich hin gelitten. Auch sie begegneten Howards Theorie zunächst mit Skepsis, beteiligten sich aber schon bald äußert lebhaft an unseren Diskussionen. Besonders Shawn lockerte mit seinem beißenden Witz die Sitzungen auf, die, ehrlich gesagt, manchmal Gefahr liefen, ein bisschen zu ernst zu geraten. Er konnte unglaublich gut backen und hatte ein paar Jahre zuvor sogar in einer TV-Show für Amateurköche gewonnen. Ich hatte sie nie gesehen, Leslie jedoch schon. Für sie war er so etwas wie ein Promi. Er brachte ständig eigene Neuschöpfungen mit, glutenfreien Karottenkuchen mit Zimt-Frischkäse-Glasur oder vegane weiße Schokoladencreme-Brownies. Sein wahres Talent war jedoch die treffende Art, mit der er alles und jeden auf die Schippe nahm. Nichts entging seiner Aufmerksamkeit. Er machte sich ständig über die kleinen Angewohnheiten und Marotten von Leuten lustig, aber stets so, dass die Betroffenen am lautesten darüber lachen konnten, und immer unterstrich er dabei gleichzeitig seine eigenen Unzulänglichkeiten und Macken. Außerdem war mir aufgefallen, dass er die Fähigkeit besaß, sehr mitteilsam zu wirken, ohne etwas über sich preiszugeben. Zum Beispiel bekam ich niemals heraus, ob er eine Partnerin oder einen Partner hatte. Mir war noch nicht mal klar, womit er genau seinen Lebensunterhalt verdiente. Er hatte nur gesagt, dass er »im Einzelhandel tätig« sei. Dafür wusste ich umso besser über seinen verunglückten Haarschnitt und seinen letzten Zahnarztbesuch Bescheid, und zwar in allen urkomischen Details.

Mia dagegen besaß eine millennial-typische Selbstgerechtigkeit, die ich gleichzeitig bewundernswert und einschüchternd fand. An ihrem ersten Tag stellte sie sich mit ihren Gender-Pronomen vor: »Mein Name ist Mia. Meine Pronomen sind ›sie‹ und ›ihr‹.«

Emily und Nora hatten keine Ahnung, wovon sie redete, also erklärte sie es ihnen. Und dann, vermutlich, weil sie sich ein bisschen unter Druck gesetzt fühlten, stellten sich alle reihum auf dieselbe Weise vor. »Howard. Meine Pronomen sind ›er‹ und ›ihm‹« und so weiter. Alle außer Damian. Und um ehrlich zu sein, war ich zuerst auch ein bisschen genervt. Ich hätte ihr am liebsten gesagt: Sieh dir die Leute doch an, ist das wirklich notwendig? Aber dann beruhigte ich mich wieder und dachte: Ist es das, was es bedeutet, alt zu werden? Defensiv zu werden und verbittert, wenn man mit seinen eigenen Gewohnheiten und Vorurteilen konfrontiert wird, mit neuen Moden, neuen Empfindlichkeiten? Ich konnte nicht umhin, mich zu fragen, was Ashley von dieser Übung halten würde. Sie und Mia würden sich vermutlich wunderbar verstehen. Jedenfalls sorgte Mias Anwesenheit innerhalb der Gruppe für eine gewisse Befangenheit in Bezug auf Sprache und Verhalten. Für Männer, die zu Mikroaggressionen neigten, wie Damian und Howard, war das vermutlich keine schlechte Sache. Sie hemmte jedoch keineswegs unsere Dynamik. Sie machte uns lediglich rücksichtsvoller und menschlicher.

Damian sagte weiterhin sehr wenig bei den Treffen. Manchmal fühlte sich sein Schweigen an wie ein schwarzes Loch, das Energie und Licht aus dem Raum saugte. Aber er klinkte sich niemals aus. Seine Augen huschten von Gesicht zu Gesicht, als würde er die Argumente aller Beteiligten abwägen und sich seinen Teil denken. Damian hatte die Angewohnheit, bei geschlossenem Mund mit der Zunge Speisereste zwischen seinen Zähnen zu entfernen. Ich wusste nicht genau, ob das eine Art Machogehabe war, wie ein Cowboy mit einem Zahnstocher, oder ein nervöser Tick, aber was es auch war, ich ertrug es nicht, ihm dabei zuzusehen. Trotz allem benahm er sich stets sehr korrekt und höflich, er legte Wert darauf, Hallo und Auf Wiedersehen zu mir zu sagen und zu nicken, wenn er mit mir einer Meinung war. Es war deutlich, dass er mich auf einer gewissen Ebene respektierte. Und ich muss sagen, ein Teil von mir wurde nach und nach warm mit ihm.

Wir hatten ein Stillschweigeabkommen innerhalb der Gruppe, sodass auch sehr persönliche Dinge ausgetauscht werden konnten. Vertrauen und offene Kommunikation waren das A und O unserer Treffen. Howard und Jo moderierten die Sitzungen, doch stets wurden alle Entscheidungen gemeinsam getroffen. Wir wussten, dass wir auf der Suche nach der Wahrheit über das Summen gemeinsam stärker waren, als es jeder von uns allein gewesen wäre, und dass unser Erfolg von unserer Fähigkeit abhängen würde, zusammenzuhalten und unsere Meinungsverschiedenheiten zu überwinden. Und so gelobten wir, uns daran zu halten.

Ab Juni trafen wir uns fünfmal pro Woche. An den Abenden ohne Treffen vermisste ich die anderen so sehr, dass ich die Hälfte der Zeit damit zubrachte, ihnen Nachrichten über unseren Gruppenchat zu schicken. Ich konnte es nicht ertragen, allein zu Hause zu sitzen und Selbstgespräche zu führen.

An manchen Abenden antwortete Ashley auf meine WhatsApp-Nachrichten, doch meistens durfte ich nicht mehr erhoffen als die zwei blauen Häkchen, die anzeigten, dass sie sie gelesen hatte. Kyle und ich schrieben einander am häufigsten, manchmal zwanzig- oder dreißigmal pro Abend. Meistens verarbeiteten wir Dinge, die während der Treffen angesprochen worden waren, oder schickten einander irgendwelche blöden Memes. Doch dies endete abrupt nach der Party nach dem Abschlussball. Paul schickte mir lediglich wütende Nachrichten, in denen er sich darüber aufregte, dass ich von unseren gemeinsamen Ersparnissen lebte, doch was blieb mir anderes übrig? Ich stritt immer noch mit der Lehrergewerkschaft über meine Abfindung, versuchte die Erfolgschancen einer Klage wegen unrechtmäßiger Kündigung einzuschätzen und bezahlte nach wie vor die Nebenkosten für das Haus.

Immer häufiger rief ich Jo an, wenn ich einsam war. Zuvor hatte ich nie besonders gern telefoniert. Doch jetzt war mir ihre Meinung und ihr Rat wichtig. Also erzählte ich ihr von Ashley und Paul, davon, dass ich mich meinen Freunden und Kollegen gegenüber wie eine Ausgestoßene fühlte, dass ich das Gefühl hatte, ziellos dahinzutreiben, schilderte ihr meine Sorgen in Bezug auf eine neue Anstellung und ganz allgemein meine Zukunftsängste. Manchmal machte sie einfach ein paar Atemübungen mit mir.

Kyle sagte einmal zum Spaß, sie sei jetzt mein spiritueller Guru. Er wollte mich damit ärgern, da er meine Abneigung gegen alles New-Age-Mäßige kannte. Außerdem war er der Meinung, dass ich unter der typischen Arroganz säkulärer Westler litt. Dass ich der Möglichkeit von Wundern gegenüber zu verschlossen sei. Er schickte mir Zitate von Simone Weil, in denen es um das Göttliche ging und wie es in uns seinen Platz einnehmen könne.

»Die Gnade ist Erfüllung, aber sie findet nur dort Zutritt, wo eine Leere ist, sie zu empfangen, und es ist die Gnade selbst, die diese Leere schafft.«

Ich sagte ihm, dass ich Weils mystisch-christliche Kalendersprüche ziemlich unerträglich fand. Mir wäre es lieber, wenn meine Leere leer bliebe, vielen Dank auch. Ich musste da nicht Gott reinstopfen. Ich war eine waschechte pragmatische Atheistin, und stolz darauf. Ich hatte das Gefühl, in einer Zeit, in der Vernunft, Logik und wissenschaftliche Fakten ständig infrage gestellt und entwertet wurden, war dies eine wichtige Position, die es zu verteidigen galt. Und dennoch – wenn Jo uns beim Meditieren anleitete und erklärte, dass wir uns einem großen Mysterium näherten, konnte ich dies buchstäblich fühlen, auch wenn ich es möglicherweise nicht ganz verstand. Es fühlte sich an, als würden wir alle gemeinsam einen Berg erklimmen, hinter dem sich ein großartiges Ziel befand. Vielleicht die gemeinsame Erleuchtung oder doch wenigstens ein größeres Verständnis für das Summen und sein Potenzial.

Weil sich Jo mit solcher Anmut und Leichtigkeit über die alltäglichen Strapazen und Demütigungen des Lebens zu erheben schien, wirkte sie bei unseren Treffen manchmal wie entrückt. Bei unseren Telefongesprächen jedoch war sie vollkommen bodenständig und ganz für mich da. Wir sprachen sehr offen über meine Situation mit Kyle. Ihre frühe Beziehung mit Howard war ebenfalls eine riskante Lehrer-Schüler-Situation gewesen, wenn auch natürlich vollkommen anders als unsere. Es bedeutete mir sehr viel, dass wir offen darüber sprechen konnten. Jo gestand, sie sei von Howard geblendet gewesen, als sie ihm zum ersten Mal begegnete. Er war damals an der Uni hoch angesehen und in seinem Bereich eine echte Koryphäe gewesen.

»Damals sah er außerdem noch wesentlich jünger aus«, erklärte sie eines Abends mit einem entschuldigenden Lachen am Telefon. Ich stellte mir vor, wie sie in ihrem Haus saß, vielleicht oben in ihrem gemeinsamen Schlafzimmer oder in ihrem Yogastudio, vielleicht in die türkise mexikanische Decke gewickelt, die sie manchmal während der Treffen um sich schlang. Sie erzählte, dass man Howard damals nachsagte, er würde mit Studentinnen schlafen.

Ich hörte, wie sie einen Schluck Tee aus ihrer Lieblingskeramiktasse trank. Sie sagte, ihr sei das Machtgefälle zwischen ihnen stets bewusst gewesen, und es habe sie gestört. Im Lauf der Zeit hatte sie sich von den anderen Doktoranden entfremdet und das Gefühl gehabt, dass diese sie verurteilten.

»Irgendwann wurde das Arbeitsumfeld wirklich bedrückend und toxisch«, sagte sie. »Und irgendwann wurde Howard von den Fachkollegen wegen seiner Forschung angefeindet. Sie haben versucht, ihn fertigzumachen. Aber er hat einfach gesagt: ›Wisst ihr was, ich habe das nicht nötig, ich kündige.‹ Und ich hatte das Gefühl, ich müsste mit ihm kündigen. Wir waren zu einer Einheit geworden. Dort zu bleiben und ohne ihn mein Studium abzuschließen, schien mir undenkbar.«

Aus irgendeinem Grund erinnerte mich ihre körperlose Stimme am Telefon an diese surrealistische Skulptur von Meret Oppenheim, die aus einer Teetasse, einer Untertasse und einem Löffel bestand, die in Fell gewickelt waren. Etwas Hartes, das in etwas sehr Weichem eingepackt war. Ich hatte den Namen des Kunstwerks vergessen, machte mir aber eine Notiz, um ein Bild davon im Internet zu finden und es ihr zu schicken. Ich war sicher, sie wäre begeistert von meiner Assoziation.

Sie interessierte sich brennend dafür, wie der menschliche Verstand funktionierte und Verbindungen knüpfte, sie war fasziniert von Freud'schen Versprechern und dem, was unsere Träume über uns verrieten. Ähnlich wie die Surrealisten war sie mit der Welt des Unbewussten beschäftigt. Damit, wie das Banale auf einmal außergewöhnlich werden konnte.

Ich hörte, wie sie noch einen Schluck Tee trank und ihn einen Augenblick im Mund behielt, bevor sie ihn herunterschluckte. Sie gab zu, dass sie jahrelang damit gehadert hatte, in Howards Schatten zu leben. Jahrelang waren Kollegen und Doktoranden aus allen möglichen Ländern zu ihm gepilgert und in ihrem Haus ein und aus gegangen.

»Irgendwann kam ich mir vor wie seine Sekretärin«, fuhr sie fort. »Ich habe mich um seine Termine gekümmert, seine Reisen gebucht, manchmal sogar seine E-Mails beantwortet. Das wurde mir alles irgendwann zu viel.«

Ihre Stimme klang leise am anderen Ende der Leitung. Sie sagte, dass sie sich jahrelang nur als eine Art Anhängsel gefühlt hatte. Ich fragte sie, ob sie es bedauerte, wie sich die Dinge entwickelt hatten, und sie erklärte, nein, sie sei mit dem, was sie jetzt tat, wesentlich glücklicher und erfüllter. Sie erklärte, sie sei keine Fatalistin, aber sie glaube, dass ihre Karriere nicht ohne Grund diese Richtung genommen habe.

»In gewisser Weise«, sagte sie, »verbindet das, was wir jetzt mit der Gruppe erforschen, meine beiden Welten. Die wissenschaftliche und die spirituelle. Auch wenn ich weiß, dass du das Wort nicht magst.«

Als Gruppe vermieden wir es, über Spirituelles zu sprechen, da allen klar war, dass wir diese Dinge sehr unterschiedlich betrachteten. Eines Nachmittags, eine Woche nach dem Abschlussball, sagte Nora, dass sie das Gefühl habe, dass Gott mit ihr durch das Summen kommunizierte.

»Ich meine nicht, dass ich die heilige Teresa von Ávila bin oder so«, sagte sie, mit einem verlegenen Lachen.

»Die heilige Nora!«, rief Shawn aus.

»Ich meine, so wie er die ganze Zeit mit den Menschen kommuniziert«, fuhr sie fort. »Durch das Sonnenlicht, durch den Wind, durch das Lächeln eines Fremden. Ich fühle das wirklich.«

Damian nickte und sagte, ihm gehe das genauso. »Ich weiß, es ist etwas Heiliges«, fügte er hinzu und blickte wachsam die Gruppe an, als wollte er uns zu Entgegnungen herausfordern.

Howard vertrat die Meinung, es sei wichtig, das Summen als ein Phänomen zu betrachten, das es unvoreingenommen zu untersuchen galt, und nicht zu versuchen, es mit unserem bereits existierenden Glaubenssystem zur Deckung zu bringen.

»Aber natürlich versuchen wir das«, entgegnete Nora. »Es ist wie mit diesen Leuten, die sagen, man solle nicht versuchen, die Evolution mit dem Glauben in Einklang zu bringen. Tut mir leid, was man in Einklang bringt und was nicht, kann man sich nicht immer aussuchen.«

Howard wies darauf hin, dass es eigentlich genau umgekehrt sei: »Die Religion sagt nicht, setzt euch über die Wissenschaft hinweg«, führte er aus, »sondern sie sagt, macht die Wissenschaft oder was auch immer es ist, nicht zur Religion.«

»Für gläubige Menschen ist alles Gottes Werk«, sagte Nora.

Normalerweise hielt ich mich zurück, wenn das Gespräch in diese Richtung ging. Mein Gefühl war: Sollen die Leute denken, was sie wollen, solange sie nicht anfangen, mir Vorschriften zu machen. Für manche war es eben Wissenschaft und für andere etwas Göttliches. Und für wieder andere weißes Industrierauschen. Was auch immer es war, es hielt mich nachts wach – nach wie vor. Ich hatte immer noch Kopfschmerzen und Nasenbluten, wenn auch nicht mehr so häufig. Das hatte mich jedoch nicht davon abgeschreckt, das Geheimnis des Summens in meinem Leben willkommen zu heißen. Ich hatte beschlossen, dass ich diesen neuen Zustand, dieses neue Bewusstsein, selbst kontrollieren wollte, und ich wollte ihn vollständig begreifen. Denn wenn ich ihn nicht beherrschte, würde er mich beherrschen.

Ich war zu etwa fünfundachtzig Prozent sicher, dass unsere Gruppe, die sich da am Sequoia Crescent traf, keine Sekte war. Es gab kein Dogma. Niemand versuchte, an mein Geld ranzukommen. Niemand forderte mich auf, irgendeinen Guru für unfehlbar zu halten. Es gab keine Hierarchie, kein Gerede über den Weltuntergang, keine Mythologie, kein Heiliges Buch. Aber Ashleys und Pauls Worte hatten sich hartnäckig in mir festgesetzt. In meinen dunklen Stunden fragte ich mich manchmal, ob wir uns nicht in eine Art Verschwörungstheorie hineingesteigert hatten. Vielleicht sahen wir den Wald vor lauter Bäumen nicht mehr. Ich machte intensive Erfahrungen mit dem Summen, die ohne jeden Zweifel real waren, aber was, wenn ich diese subjektiven Empfindungen selbst herbeiführte oder sie das Ergebnis irgendeines anderen Phänomens waren?

Diese Gedanken kamen mir während eines Gesprächs, das hauptsächlich von Damian, Leslie und Mia geführt wurde. Es ging darin um staatliche Überwachung und den sogenannten *deep state*, den Staat im Staat. Damian hatte sich inzwischen auf die Idee versteift, dass der *deep state* – den er grob als einen Komplex aus Militär, Regierung und Wall Street definierte – schon seit geraumer Zeit von der Resonanz wusste, dieses Wissen aber absichtlich geheim gehalten hatte. Im Laufe des ziemlich ausufernden Gesprächs wurden schwere Vorbehalte gegenüber der NASA, Metadaten und Facebook geäußert, allerdings nicht sehr differenziert. Es war klar, dass es vor allem um die Artikulation von Ängsten ging. Die Quellen waren alles andere als seriös – Blogs, Tweets, Hörensagen. Ich fand, dass besonders Damian und Mia immer wieder Beziehungen herstellten, die man durchaus als an den Haaren herbeigezogen bezeichnen konnte. Viele ihrer Schlussfolgerungen ließen ein paar logische Zwischenschritte vermissen. Ein-, zweimal wagte ich Einwände vorzubringen, doch mir wurde vorgehalten, »genauso zu denken, wie sie es wollen«. Wer »sie« waren, blieb dabei offen. Ich ließ mich schließlich einfach von dem chaotisch mäandernden Gespräch mitreißen, wie ein Kajakfahrer, der ohne Paddel durch Stromschnellen rauschte.

Am amüsantesten fand ich, dass sich nach und nach herausstellte, dass Damian und die Frauen zwar unter derselben Paranoia litten, dabei jedoch vollkommen entgegengesetzten Seiten des politischen Spektrums angehörten. Zum Beispiel hassten Mia und Leslie Trump wie die Pest, während Damian hartnäckig die Anhänger der QAnon-Bewegung verteidigte. Ich hatte von diesem QAnon-Mist in den Nachrichten gehört, hatte jedoch nach wie vor keinen Schimmer, worum es überhaupt ging. Wie Damian erklärte, besagte die QAnon-Verschwörungstheorie (die er natürlich nicht so nannte), dass eine Gruppe liberaler Hollywoodschauspieler und hochrangiger Demokraten einen internationalen Pädophilen-Ring betrieb und dass Trump geheime Absprachen mit den Russen vorgetäuscht habe, um Sonderermittler Robert Mueller zu veranlassen, den Ring aufzudecken, um so einen von Hillary Clinton, Barack Obama und dem liberalen Mäzen George Soros inszenierten Staatsstreich zu verhindern. Ich hoffe, ich gebe Damians Ausführungen einigermaßen richtig wieder. Ich hatte Mühe, ein ernstes Gesicht zu wahren, während Damian die zahlreichen Nebenhandlungen und überraschenden Wendungen der obskuren Saga beschrieb. Er räumte ein, dass einige der Berichte, die im Umlauf waren, zum Teil »vielleicht ein bisschen übertrieben« waren, abgesehen davon schien er felsenfest vom Wahrheitskern der Sache überzeugt.

Doch nicht nur was die QAnon-Bewegung anging, waren die drei nicht immer einer Meinung. Leslie glaubte beispielsweise, dass die Masernimpfung zu Autismus führe. Mia hingegen schimpfte, die Impfgegner machten sie »echt so was von fertig«, besonders in ihrem Berufsfeld. Übereinstimmung herrschte dagegen darüber, dass der 11. September von der Regierung geplant und herbeigeführt worden sei, und auch Nora war dieser Meinung. Damian war erst nach seinen zwei Einsätzen im Irak zu dieser Überzeugung gelangt. Howard und Jo konnten mit diesen Alternativerzählungen wenig anfangen, was bei ihrem wissenschaftlichen Hintergrund nicht weiter verwunderlich war. Shawn, der Jude war, hatte auch nichts für Verschwörungstheorien übrig, da er fand, dass die meisten von ihnen deutlich antisemitischer Natur seien. Er hatte eine charmante Art, stakkatoartig vor sich hin zu kichern, leise, um die anderen nicht zu unterbrechen, doch laut genug, um seine Verachtung für das Vorgebrachte unmissverständlich zum Ausdruck zu bringen. Emily schwieg die meiste Zeit, ob aus höflichem Widerspruch oder in heimlichem Einverständnis oder weil sie dem Gespräch schlicht und ergreifend nicht folgen konnte, vermochte ich nicht zu sagen.

Wann hatte ich in meinem Erwachsenenleben jemals freiwillig mit jemandem wie Damian oder Emily in einem Zimmer gesessen und mich unterhalten? Wann hatte irgendjemand von uns schon einmal Freundschaften geschlossen mit Menschen auf der anderen Seite des ideologischen Grabens, der unser Land seit Jahren spaltete? Ich fand es noch immer verblüffend, dass eine Emily – mit ihrem makellosen weißblonden Pagenkopf und der Kragenbluse unter ihrer Country-Club-Strickjacke und ihrem Gerede über Gartenpartys und Canasta-Abende – und ein Damian, der mit seiner getönten Pilotenbrille, den getönten Fenstern seines Pick-up und den maximal zehn Minuten, die er pro Woche für persönliche Hygiene aufwandte, wie der personifizierte Kommentarspalten-Troll rüberkam – dass diese beiden sich darüber einig waren, wer unser Land regieren sollte.

Mein altes Selbst hätte Impfgegner und Anhänger von Verschwörungstheorien aus meinem Leben herausgeschnitten wie Kevin Spacey aus diesem Film von Ridley Scott. Vermutlich sagt es viel über die Geduld und das Mitgefühl aus, die ich in diesen Sitzungen kultivierte, dass ich in der Lage war, eine Verbundenheit mit Leuten zu spüren, mit denen ich so grundlegend uneins war. Howard und Jo hatten einen Raum geschaffen, in dem das möglich war. In dem radikal entgegengesetzte Gedanken geteilt werden konnten, ohne dass sich irgendjemand angegriffen oder unerwünscht fühlte. Allerdings – und das war für mich das Entscheidende – lenkte Howard das Gespräch stets konsequent zurück in vernünftige und konstruktive Bahnen. Ansonsten hätte ich niemals weiter an den Treffen teilgenommen.

Ich könnte wetten, man hätte 2019 aufs Geratewohl zehn Amerikaner zusammenbringen können und dabei dasselbe Ausmaß von konspirativem Denken vorgefunden wie bei unseren Diskussionen am Sequoia Crescent. Das war gewiss keine Besonderheit unserer Gruppe. Es war einfach die neue herrschende Tonlage in der Gesellschaft.

Nach dem Treffen, bei dem QAnon zum ersten Mal zur Sprache gekommen war, erzählte ich Kyle, dass ich mich an eine Zeit erinnern konnte, da Verschwörungstheorien noch im Verborgenen gehandelt wurden, wie Schmuddelpornos. Heute wurden sie von Rednerbühnen herab verkündet, die Leute identifizierten sich mit ihnen wie mit Religionen oder politischen Parteien und erwarteten, dass man sich mit ihren wirren Ansichten auseinandersetzte wie mit ernst zu nehmenden Meinungen.

Wir waren auf dem Weg zu meinem Auto, und ich war aufgewühlt. Ich sagte, dass die Veränderung vermutlich daher rühre, dass die Gesellschaft das Vertrauen in ihre Institutionen verloren hatte. Kyle schien das weniger zu verstören als mich. Er wies darauf hin, dass es in diesem Land *tatsächlich* elitäre Zirkel superreicher Männer gab, die einen fatalen Einfluss auf die Regierung und den globalen Finanzsektor ausübten.

»Ich kann es den Damians dieser Welt nicht verdenken, dass sie das Gefühl haben, man haut sie übers Ohr«, erklärte er einmal. »Warum sollte jemand wie er der Regierung, der Wall Street oder dem Silicon Valley trauen?«

Ich musste zugeben, dass dagegen nichts einzuwenden war. Kyle sagte, in gewisser Weise bewundere er jedes Denken, das gegen den Status quo gerichtet sei.

»Ja, aber es gibt keine Wahrheit mehr«, warf ich ein. »Bloß Meinungen.«

Er wies darauf hin, dass das eigentlich schon immer so gewesen sei. Die Vorstellung, dass es so etwas wie eine objektive Wahrheit geben könne, sei im Grunde eine relativ neue Erfindung.

»Alles, was wir seit Jahrtausenden zu wissen glauben, ist ein Gemisch aus Instinkten, Ahnungen und Meinungen«, verkündete er mit Pathos. »Ist dieses Gemisch nicht überhaupt das Wesen des Menschen?«

Ich sollte vielleicht erwähnen, dass Verschwörungstheorien bei unseren zahlreichen Diskussionen nur eine untergeordnete Rolle spielten, und wenn ich ihnen hier so viel Zeit und Raum widme, liegt dies vermutlich daran, dass die späteren Ereignisse meine Erinnerung an die Anfänge der Gruppe verfälschen. Ich brachte mich mit Leib und Seele ein und verspürte eine echte Zuneigung für jedes einzelne Mitglied, auch wenn es gelegentlich Ereignisse gab, die mich verstörten. Manchmal sorgten jedoch genau diese Ereignisse für wahre Offenbarungen. Das beste Beispiel dafür: das Treffen, als wir uns alle gemeinsam das erste Mal »einschwangen«.

Wir saßen im Wohnzimmer im Kreis, einige auf Kissen auf dem Boden, andere auf Stühlen. Unsere Augen waren geschlossen. Wir hatten die Möbel an die Wand gerückt und den Couchtisch nach nebenan getragen, um Platz zu schaffen. Zu zehnt saßen wir da, leise, aber nicht still, denn so etwas wie Stille gab es ja gar nicht, wie ich inzwischen gelernt hatte. Wir lauschten dem unendlich komplexen Klangteppich, der sich um uns herum entfaltete, und gingen darin auf. Sobald wir ein bestimmtes Geräusch wahrnahmen, benannten wir es, um es zu isolieren, zu untersuchen und in uns aufzunehmen.

»Das Windspiel des Nachbarn«, sagte ich.

Ich konnte sein leises, unregelmäßiges Klingeln durch das offene Panoramafenster hören. Wie das Klirren von Gläsern, die von einem Kellner getragen wurden. Der Garten meiner Großmutter, voll mit Tigerlilien. Der heiße Sommerwind.

Nach langem Schweigen murmelte Leslie: »Der Wind in den Bäumen draußen im Garten.«

Und ja, ich konnte ihn auch hören. Sein Rauschen, wie Wellen am Strand. Wieder folgte eine lange Pause. Die Luft im Raum war aufgeladen vor Konzentration.

»Da ist ein Vogel«, sagte Mia.

»Zwei Vögel, glaube ich«, ergänzte Nora ein paar Sekunden später.

In einem weit entfernten Garten begann ein Hund zu bellen. Emily und Kyle hörten ihn gleichzeitig. Nach ungefähr einer Minute wies Damian auf das Auto hin, das man langsam an uns vorbei die Straße hinunterfahren hörte.

»Jetzt bremst es an dem Stoppschild«, kommentierte er. »Und jetzt biegt es ab …«

»In welche Richtung?«, fragte Jo.

»Nach links, Richtung Sanderson.«

Wir machten fast eine Stunde lang weiter und lauschten mit erschöpfender Intensität, bis Jo uns aufforderte: »Und jetzt richtet bitte alle langsam eure Aufmerksamkeit auf den Raum. Achtet nur auf die Geräusche, die ihr innerhalb dieser vier Wände hört.«

Ich konnte eine Veränderung in unserem kollektiven Bewusstsein fühlen, als wir anfingen, uns auf die intimen Geräusche unmittelbar um uns herum einzustellen. Wir wurden tiefer in den Raum hineingezogen, als würde jemand den Zoom einer Kamera zurückfahren.

»Die Klimaanlage«, sagte Leslie nach einer Weile.

Emily erwähnte die Uhr, die auf dem Kaminsims tickte.

»Mein Atem«, sagte ich, und Nora sagte wie ein Echo dasselbe: »Mein Atem.«

»Das Knacken meiner Rippen«, führte Leslie an.

Wir verstummten wieder für eine Weile, bis Howard sagte: »Da ist ein ganz leichtes Pfeifen in meiner Nase, wenn ich einatme.«

»Meine Socken auf dem Teppich«, warf Emily ein.

Shawn sagte, dass er hören konnte, wie Kyle seine Hände an seiner Hose rieb.

»Das kann ich auch hören«, erwiderte Kyle und rief damit etwas Gelächter in der Gruppe hervor. »Sie sind verschwitzt.«

»Mein Herz«, sagte Mia nach einer Weile.

»Ja«, antwortete Emily.

»Mein Herzschlag«, murmelten mehrere andere.

»Das Knacken meines Rückens«, fügte Jo hinzu.

»Das Geräusch, wenn ich schlucke«, sagte ich. »Meinen Speichel. Meine Zähne und das Klacken in meinem Kopf, wenn ich den Mund zumache.«

»Das Gluckern von Emilys Magen«, sagte Damian.

Emily lachte: »Das wollte ich gerade sagen!«

Mehrere weitere Geräusche wurden identifiziert, doch nach und nach verstummten wir. Als es schien, als hätten wir die Möglichkeiten des Raums ausgeschöpft, wies Jo uns an, tiefer in uns hineinzulauschen.

»Geht weiter. Könnt ihr euer Blut hören? Wie es durch euren Körper fließt?«

Sie hielt inne.

»Was ist mit eurem Nervensystem? Könnt ihr das Jammern und Jaulen eures Nervensystems hören?«

Ich versuchte, darauf zu lauschen. Ich spürte, wie die anderen im Kreis dasselbe taten.

»Was noch?«, fragte Jo. »Hört genauer hin. Das

Summen ist da. Lauter denn je zuvor. Ganz tief in euch drin. Ich will, dass ihr eure gesamte Aufmerksamkeit darauf konzentriert.«

Jede Faser meines Körpers war angespannt.

»Blendet nach und nach alle anderen Geräusche aus, bis nur noch das Summen existiert«, fuhr sie fort. »Lasst zu, dass es lauter wird. Dass es euren Körper anfüllt. Dass es jeden Zwischenraum zwischen euren Zellen füllt. Zwischen den Molekülen und den Atomen, aus denen eure Zellen bestehen. Den unendlichen, vibrierenden Raum zwischen den Elektronen und Protonen. Das ist der einzige Klang. Der Urklang. Der Klang, der älter ist als das Leben auf der Erde. Der Klang, der uns geschaffen hat. Der Klang, der uns unendlich oft zerstören und wieder neu zusammenfügen wird. Während das Summen die gesamte Leere in euch erfüllt, werdet ihr immer weniger Mensch und immer mehr Summen. Ihr werdet zu reinem Klang. Vibrierend, als eine einzige Frequenz, die die gesamte Erdoberfläche umspannt. Unendlich, expandierend, widerhallend. Bis jede Spur von euch ausgelöscht ist und ihr grenzenlos werdet, bis es keinen Unterschied mehr zwischen unseren Körpern gibt. Lasst los und gleitet in diese Grenzenlosigkeit hinein. Lasst euch los. Löst euch von den Begrenzungen eurer Körper und lasst zu, dass der Klang euch auslöscht, auslöscht, auslöscht, auslöscht, und werdet frei, frei …«

Jo wiederholte dies eine Zeit lang wie ein Mantra, und ich hörte die Atemzüge der anderen um mich herum tiefer werden. Nach einer Weile nahm ich wahr, wie sich auch mein eigener Atem vertiefte. Ein Gefühl begann mich zu überwältigen, das sich am besten als ein Zustand der Ekstase beschreiben lässt. Es schien von irgendwoher tief in meinem Becken aufzusteigen und breitete sich als glühende Wärme unendlich weit nach draußen aus.

»O mein Gott«, keuchte Leslie.

»Was?«, fragte Emily.

»O Gott!«

»Ich kann es spüren«, flüsterte Mia.

Damian spürte es ebenfalls. Jo ermunterte uns, weiterhin konzentriert zu bleiben.

»Holy shit«, sagte Kyle ebenso leise.

»Es passiert«, sagte Mia.

»Ja«, sagte ich.

»Ich spüre es nicht«, sagte Emily.

»Ich auch nicht«, sagte Nora.

Und wieder wies Jo uns an, uns zu konzentrieren.

Und dann – mein Gott – spürte ich, wie es sogar noch intensiver wurde.

»Es steigert sich«, sagte Howard.

»O Mann«, stöhnte Shawn.

»Ja«, sagte Damian.

»Unglaublich, was für eine Kraft wir gemeinsam haben«, sagte Howard.

Das Summen wurde lauter, nahm jedoch nicht nur an Lautstärke zu, sondern wurde auf jede erdenkliche Art und Weise mächtiger. Es schien jeden Teil des Raumes, meines Körpers zu durchdringen, jeden verfügbaren Raum zwischen jedem einzelnen Molekül, jedem einzelnen Atom. Und gerade als alles ausgefüllt zu sein schien, wuchs es noch weiter an, und es war, als bräche der

Raum zwischen den Räumen, zwischen den Körpern zusammen.

»O mein Gott! Diese Hitze.«

»Ja.«

»Wahnsinn.«

»Holy shit – ja, jetzt kann ich es spüren.«

»Gut.«

»Ich glaube, ich auch.«

»Kannst du es spüren?«

»Ja.«

»Wie es sich in dir ausdehnt?«

»Ja, ich glaub schon.«

»Mir wird heiß.«

»Hm-hm.«

»Mir auch.«

»Ja.«

»Total.«

»Aaaah«, stöhnte jemand.

»Ja.«

»Das ist wie …«

»… Brennen, wie …«

»Aaaaaaah, mein Gott.«

»Lasst jetzt zu, dass es euren Bauch füllt. Eure Lunge. Eure Kehle. Und lasst es dann durch den Mund wieder ausströmen – aaaaaaaah …«

Ein leises gutturales Summen stieg aus der Mitte des Kreises auf. Mir war nicht einmal bewusst, dass ich den Ton erzeugte, er entstand in meinem Inneren, bewegte sich durch mich hindurch und durch zahlreiche Tonlagen, veränderte seine Gestalt wie ein rauschender Schwarm von Staren, wie ein gleißend helles Licht – wer hätte gedacht, dass der Körper – mehrere Körper zusammen – ein solches Geräusch hervorbringen konnte. Klänge brachen aus uns hervor, entfesselte, orgiastische Klänge, unkenntliche, unmenschliche Laute, bis ich mich bewegte, wir uns bewegten, plötzlich standen, uns durch den Raum bewegten, der Raum sich durch uns bewegte, unsere Körper durcheinanderwirbelten, sich in ekstatischer Verzückung hin- und herwiegten, während sich das Summen immer weiter ausdehnte, bis es zu einer sengenden weißglühenden Hitze wurde – bis es krachte, und wir alle aus unserer Versunkenheit zurück in den Raum stürzten. Alle verstummten und öffneten blinzelnd die Augen. Als ich mich umsah, bemerkte ich, dass Leslie eine Lampe umgeworfen hatte, Scherben lagen am Boden.

»Tut mir … tut mir leid«, stammelte sie, noch nicht wieder ganz da.

Howard zuckte mit den Schultern. »Kein Problem.«

Erschöpft sanken alle wieder auf ihre Stühle und auf den Boden und sammelten sich. Einen Augenblick lang war mir das alles unsäglich peinlich. Ich konnte niemandem in die Augen sehen.

»Okay, Leute«, sagte Jo, »lasst uns einfach tief durchatmen.«

Im ganzen Raum ertönte tiefes Ein- und Ausatmen. Ich schaute zu Leslie. Sie schien zu hyperventilieren.

Emily legte ihr den Arm auf die Schulter. »Les?«

Jo ging zu den beiden, setzte sich neben sie. »Tief einatmen, Schatz, tief einatmen.«

Leslie nickte. Nach und nach beruhigte sie sich.

»Wow«, keuchte Mia, als wäre sie noch nicht vollständig aus einem Traum erwacht. Ihr Gesicht war schweißnass. Mit den Fingerspitzen zog sie Haare aus ihren Mundwinkeln, die sich dort verfangen hatten.

»Das war …« Shawn suchte nach einem Wort.

»Voll krank«, sagte Kyle.

»Das war nicht krank, das war schön«, entgegnete Emily.

»Meine ich ja.«

»Das nennt man doch nicht krank.«

»Es hat sich absolut unglaublich angefühlt«, stieß Leslie immer noch atemlos hervor.

Mia zeigte auf ihren Bauch.

»Diese Hitze …«

»Superintensiv«, warf Kyle ein. »Ich dachte, gleich explodiert mein Brustkorb.«

»Ich habe mich gefühlt, als hätte ich einen Orgasmus«, bemerkte Leslie mit versteinerter Miene.

Einige lachten.

»Ich meine das ernst«, beteuerte sie.

»Nein, ganz ehrlich«, erwiderte Shawn. »Das stimmt.«

»Ich auch«, ergänzte Damian lachend.

Das war das erste Mal, dass ich Damian lachen sah. Es ließ ihn jünger, weicher aussehen.

»Tja, ich habe wohl irgendetwas falsch gemacht«, sagte Nora geknickt.

Jo fragte sie, was sie gespürt habe, und Nora zuckte mit den Schultern.

»Hast du irgendetwas gespürt?«

»Ich wünschte, es wäre so. So wie ihr geklungen habt.«

»Aber du hast das Summen gehört?«

»Ja, natürlich, das höre ich immer.«

»Hast du gespürt, wie es sich in dir ausbreitet?«, fragte Jo. »Ist es lauter geworden?«

»Ein bisschen vielleicht. Vielleicht habe ich mich stärker darauf konzentriert.«

»Für mich ist es so laut geworden, dass ich es fast nicht mehr ertragen konnte«, sagte Mia.

Howard lächelte Nora mitfühlend an. »Lass dir Zeit. Das hat keine Eile.«

Leslie deutete auf die Lampe am Boden. »Das tut mir wirklich leid.«

»Ehrlich, mach dir keine Sorgen«, sagte Jo, »das war ein Geschenk von Howards Ex-Boss.«

»Ich fühle mich immer noch, als würde ich brennen«, verkündete Kyle. »Hier.«

Er nahm meine Hand und legte sie auf seine Stirn. Sie fühlte sich heiß an.

»Mir ist auch noch heiß«, sagte Mia.

»Mir auch«, bekräftige Damian.

»Mir ist heiß, und ... ich bin feucht«, stellte Leslie lakonisch fest und sorgte damit für noch mehr Gelächter.

»Guter Gott!« Emily tat empört und lächelte.

»Ich sag's ja nur!«

»Amen«, erwiderte Shawn feierlich.

»War das das ›Einschwingen‹?«, fragte ich und blickte erst Jo, dann Howard an.

»Das war es, wenn auch nur für einen kurzen Augenblick«, erklärte er.

»Aber was genau ist passiert?«

»Ihr habt es gerade gespürt.«

Ich sagte, ich wüsste nicht, was ich gespürt hatte.

»Wie hast du das gemacht?«, fragte Mia Jo.

»Ich habe gar nichts gemacht. Das war allein das Summen. Ihr habt euch bloß dafür geöffnet. Es kann Kopfschmerzen und Nasenbluten auslösen, oder es kann auch, na ja …«

»Dafür sorgen, dass du kommst«, ergänzte Shawn.

»Ja.«

Kyle machte ein ungläubiges, leicht angewidertes Gesicht. »Ernsthaft?«, fragte er Jo.

»Wenn du es zulässt.«

»Hast du es zugelassen?«

Ich starrte ihn an.

»Ja, habe ich«, erwiderte sie beiläufig.

Shawn brach in wieherndes Gelächter aus.

»Bloß von dem Geräusch?«, fragte Emily verblüfft.

»Es ist mehr als ein Geräusch«, sagte Howard.

Shawn war entzückt. »Hattest du ganz ehrlich gerade einen Orgasmus, bloß von dem Summen? Und das erzählst du uns erst jetzt?«

Trotz des Gelächters um sie herum verzog Jo keine Miene.

»Howard und ich haben ehrlich gesagt mit uns gerungen, ob wir diesen … tieferen Aspekt des Summens mit euch teilen sollen.«

»Es hat große Kraft«, erklärte Howard. »Und ist sehr leicht misszuverstehen.«

»Stimmt, also, dann enthaltet uns nichts vor«, erwiderte Shawn und verschränkte die Arme. »Wir können es verkraften.«

»Das wollen wir hoffen«, bemerkte Jo und ließ sich

immer noch nicht auf die albern heitere Stimmung im Raum ein.

»Hoffentlich haben wir genug Vertrauen aufgebaut.«

Ich sah, wie alle schweigende Blicke austauschten. Die anderen wirkten sehr viel sicherer und begeisterter von dem, was gerade geschehen war, als ich selbst – überraschenderweise sogar die drei Konservativsten unter uns, Nora, Emily und der dauerernste Damian.

»Ich will euch keine Angst machen«, fing Jo an, »aber ein paarmal – nicht oft – aber ein paarmal, wenn es mir gelungen ist, mich einzuschwingen und es auch zu bleiben, hatte ich einen zehnminütigen Orgasmus.«

Shawn fiel die Kinnlade herunter. »Erzähl keinen Scheiß.«

»Freihändig.«

Leslie schien vor Lachen fast zu ersticken.

Emily schüttelte bewundernd ihren Kopf, als säße sie im Publikum einer Nachmittagstalkshow. Unwillkürlich ging mir die Frage durch den Kopf, wann Emily, diese zugeknöpfte Endsechzigerin, wohl zuletzt einen Orgasmus gehabt hatte. Ich vermutete, dass in dieser Hinsicht nicht mehr viel zwischen Tom und ihr passierte, und irgendwie fiel es mir schwer, mir vorzustellen, wie sie mit einem Saugnapfdildo unter der Dusche herumturnte.

»An einem Nachmittag bin ich achtmal gekommen«, erzählte Jo. »Und ganz ehrlich, ich hätte weitermachen können.«

»An dem Tag hast du bestimmt nichts anderes auf die Reihe gekriegt«, bemerkte Mia, halb sachlich, halb hingerissen.

»Es war ein Samstag.«

»Sagt alle Termine ab!«, wieherte Shawn und entblößte dabei seine Zähne bis zum Zahnfleisch.

»Ich glaube, wenn du rauskriegst, wie du freihändig acht Orgasmen bekommen kannst, dann verschaffst du dir einfach die Zeit«, stellte Mia fest, lehnte sich in ihrem Sessel zurück und schlug die Beine übereinander.

»Und was ist mit dir?«, fragte Leslie Howard. »Hast du das auch hingekriegt?«

»Ja, habe ich.«

»Freihändig?«

Howard nickte, als hätte man ihn gefragt, ob er Zahnseide benutzte.

Ich wusste, dass wir nun schon seit einiger Zeit auf diese von Howard und Jo erwähnte »ekstatische Verbundenheit« hingearbeitet hatten, aber irgendwie verunsicherte mich dieser Tantra-mäßige Lustaspekt. Zumindest war ich davon überrascht. Ich fragte Howard, wie das alles überhaupt möglich sei.

»Das Summen macht es möglich«, antwortete er. »Es durchdringt alles. Und es kann uns auf einer grundlegenden Ebene beeinflussen.«

»Ja, ich verstehe nur nicht, wie ...«

»Hör auf, verstehen zu wollen«, unterbrach er mich und bewegte seine Hand langsam durch die Luft, als wischte er einen beschlagenen Spiegel ab. »Es geht darum, es zu erleben. Hast du es gefühlt oder nicht?«

»Ja. Sehr.«

»Dann erlaube dir einfach, es zu fühlen.«

»Für mich war es beinahe zu intensiv«, bemerkte Damian.

Mia nickte. »Für mich auch.«

Damian sagte, er habe irgendwann gedacht, er könne nicht mehr weitermachen.

»Das Geräusch hat sich immer weiter ausgedehnt, ich dachte, mein Brustkorb platzt gleich.«

»Meine Güte«, stieß Emily hervor.

»Oder mein Schädel.«

»Es tat fast weh«, erzählte Mia, »aber es war auch, ich meine …«

»Ein unglaubliches Lustgefühl«, fügte Kyle hinzu.

Ehrlich gesagt machte mir die Tatsache, dass Kyle in meiner Gesellschaft ein »unglaubliches Lustgefühl« empfand, Angst. Vielleicht, weil wir Gefahr liefen, eine Grenze zwischen uns einzureißen. Die Grenze, die die Weiterführung unserer Verbindung nach wie vor akzeptabel erscheinen ließ.

»Komischerweise hatte ich einen Eisengeschmack im Mund«, berichtete Shawn.

Nora sah ihn verwirrt an. »Eisen?«

»Ja. Ich dachte, ich hätte mir vielleicht auf die Zunge gebissen, dass es Blut ist, aber das war es nicht.«

»Jeder reagiert anders«, sagte Howard. »Es wirkt auf zellularer Ebene. Ich selbst hatte gegen Ende das Gefühl, an der Schwelle zu etwas zu stehen. Und damit meine ich keinen Orgasmus oder etwas Derartiges, sondern dass sich etwas … etwas manifestieren würde.«

»Ich glaube, ich weiß, was du meinst«, erwiderte Mia, und ich bemerkte, dass sowohl Kyle als auch Damian nickten.

»Es ist schwer zu erklären«, fuhr Howard fort. »Aber ich fühlte, wie wir alle zusammen … mich zu dieser …

Sache hinschoben, die kommen wird … was auch immer es ist. Und damit meine ich nicht …«

Alle lachten, außer mir.

»Es hat nichts damit zu tun«, fügte Howard mit einem Lächeln hinzu.

Jo drehte sich zu mir und runzelte die Stirn. »Claire, stimmt etwas nicht?«

Alle schauten in meine Richtung. Ich öffnete den Mund und schloss ihn wieder. Ich versuchte, die richtigen Worte zu finden. »Ich bin bloß ein bisschen durcheinander«, sagte ich schließlich.

»Das ist absolut verständlich«, erwiderte sie, worauf sich etwas in mir zusammenzog.

»Nein, ist es nicht, ich verstehe nicht, was hier passiert, und dass Howard sagt, ich soll nicht zu viel darüber nachdenken, hilft mir auch nicht weiter. Das frustriert mich nur noch mehr. Ich verarbeite nun mal Dinge mit dem Verstand, okay? Ich bin ein logisch denkender Mensch. Ich glaube an Wissenschaft.«

»Aber das ist Wissenschaft«, sagte Jo.

»Es ist noch viel mehr als Wissenschaft«, fügte Howard hinzu.

Ich hob meine Hände. »Dieses Mehr interessiert mich nicht.«

»Weil du Angst davor hast«, warf er ein.

»Weil ich es nicht brauche.«

»Aber was, wenn es trotzdem existiert? Egal, ob du es brauchst oder nicht?« Er hielt inne und blickte mir direkt ins Gesicht. »Die Wissenschaft ist der Rahmen, Claire, nicht das Bild, und genau wegen dieser Haltung, dieser Wissenschaftshörigkeit, die zum Ausschluss jeglicher anderen Art menschlicher Erfahrung führt, begreift niemand, was wir gerade erlebt haben. Es gibt einen Grund, warum das nicht weltweit in den Nachrichten kommt, und genau deswegen habe ich keinen Job, keine Plattform und keinen Ruf mehr, weil ich mich nicht an die Regeln der Wissenschaft gehalten habe. Aber wenn du es unbedingt jetzt in diesem Moment wissen willst, anstatt es einfach körperlich zu verarbeiten, dann kann ich dir sagen: Die Wissenschaft, die ach so wichtige Wissenschaft dahinter hat mit dem Nucleus caudatus in unserem Hirnstamm zu tun, der unterschiedliche Erregungsstadien kontrolliert. Bei einer Frequenz von 7,83 Hertz wird der Nucleus caudatus hyperstimuliert. Bei einer Hirntomografie macht es einfach *Wumm!*, und er glüht wie ein Feuerball.«

»Es sieht wirklich unglaublich aus«, sagte Jo.

»Die meisten von uns können diese Frequenz nur für ein paar Sekunden auf dem Höhepunkt eines Orgasmus erleben«, fuhr Howard fort und sah mir immer noch in die Augen.

»Aber was, wenn wir unsere Gehirne dazu bringen könnten, den ganzen Tag auf dieser Frequenz zu arbeiten?«, fragte Leslie. »Klingt anstrengend, würde ich sagen.«

»O nein, ganz im Gegenteil«, erwiderte Howard.

»Rund um die Uhr kommen? Da wäre ich total fertig.«

Shawn lachte laut auf.

Jo lächelte geduldig. »Du wirst nicht kommen. Du wirst dich auf einer anderen Bewusstseinsebene befinden. Einem Bewusstsein, das kontinuierlich die neunzig

Prozent deines Gehirns aktiviert, die sich normalerweise im Schlummerzustand befinden.«

»Das wäre doch trotzdem Überstimulation, oder?«, fragte Leslie.

»Das denkst du, aber nur, weil du es gewohnt bist, zu schlafwandeln«, erwiderte Howard. »Wir verbringen den Großteil unseres Lebens in einem hirntoten Zustand. Dabei könnten wir eigentlich wach sein.«

»Wärst du nicht lieber wach?«, fragte Jo.

»Natürlich«, antwortete Leslie, »aber …«

»Aber was?«

»Es klingt beunruhigend.«

Shawn nickte. »Bedrohlich.«

»Klingt es nicht eher befreiend?«, fragte Jo. »Wirklich lebendig zu sein?«

»Aber dass irgendwas die Art und Weise, wie wir denken, komplett umkrempelt – ich weiß nicht«, sinnierte Shawn. »Das ist doch ein massiver Eingriff.«

»Wie war das, als du zum ersten Mal gesprochen hast?«, fragte Jo. »Oder gelaufen bist oder geschwommen oder Fahrrad gefahren. Oder Sex hattest. Gott sei Dank hast du dich dazu überwunden, diese Sachen zu tun.«

»Ich kann nicht schwimmen«, wand Shawn ein, »aber ja, da ist was dran.«

»Habt ihr diesen Zustand erreicht?«, fragte Leslie Jo. »Diese andere Ebene?«

»Vielleicht für ein paar ganz kurze Augenblicke«, erwiderte Jo und sah dabei Howard an. »Wir haben es nie besonders lange ausgehalten.«

»Aber ist das alles im Gehirn?«, fragte ich. »Ich meine, mein Körper ... Ich habe die Hitze, den Druck und den Klang gespürt.«

Howard streckte mir einen Zeigefinger entgegen. »Siehst du?«

»Was?«

»Die Wissenschaft kann es nicht erklären.«

»Aber ich habe es gespürt.«

»Also ist es real?«

»Ja, natürlich ist es das.«

»Die Wissenschaft würde dir nämlich sagen, dass es nicht real ist. Die Wissenschaft hat keinerlei Erklärung für irgendeine der physischen Manifestationen des Summens. Die Hitze, den Druck, das Kribbeln, die Lust, den Schmerz, das Nasenbluten, die Kopfschmerzen. Aber du hast es gespürt.«

»Ja.«

»Du auch?«, fragte er Kyle.

Kyle nickte. Howard wandte sich an den Rest des Kreises, und alle bejahten. Außer Nora. Sie saß wie ein Häufchen Elend auf ihrem Stuhl.

»Ich will das auch erleben«, murmelte sie.

»Das wirst du auch«, beruhigte Jo sie und legte ihre Hand auf Noras Oberschenkel.

»Ich will es wirklich.«

»Lass dir einfach Zeit.«

»Es ist total verrückt, dass die Welt nichts darüber weiß«, sagte Damian und lehnte sich auf seinem Stuhl vor.

»Irgendwann ist es hoffentlich so weit«, erwiderte Howard.

»Das liegt daran, dass es vor uns geheim gehalten

wurde, Howard. Es kann nicht das erste Mal sein, dass irgendjemand so etwas gespürt hat. Das ist ein Naturphänomen, stimmt's? Also müssen es auch andere irgendwann erlebt haben.«

Howard setzte zu einer Antwort an, aber Damian fuhr fort.

»Warum machen das nicht alle, und zwar ständig?«

»Keiner hat ihnen gezeigt, wie es geht«, sagte Mia, zog ihr Haargummi ab und fuhr sich mit den Fingern durchs Haar.

»Das ergibt keinen Sinn, es sei denn, man hat es uns verheimlicht. Systematisch.«

»Damian, als ich damals Howard kennengelernt habe, ging es mir nicht gut«, begann Jo mit ihrer ruhigen Stimme. »Ich litt unter Ängsten, hatte Depressionen. Mit Hilfe von Meditation und Trance war ich verzweifelt auf der Suche nach meiner inneren Mitte. Und als Howard dann mein Doktorvater wurde und wir anfingen, gemeinsam über die Resonanz zu forschen, fügte sich auf einmal alles zusammen. Als wir entdeckten, dass wir uns darauf einschwingen konnten …«

»War plötzlich alles anders«, beendete Howard ihren Satz und sah in die Runde.

»Aber dann hat einer der Kollegen an der Uni das Gerücht in die Welt gesetzt, wir würden da ein Sexlabor betreiben und Howard würde die Gedanken der Leute kontrollieren. Daraufhin wurden uns die Mittel gestrichen.«

Emily sah sie empört an. »Wie bitte?«

»Es machte den Leuten Angst. Es gibt zwei Dinge,

vor denen sich das akademische Establishment fürchtet – und das sind Sex und Spiritualität«, sagte Jo.

»Sie haben dich also einfach rausgeschmissen?«, fragte Shawn.

Howard seufzte. Es fiel ihm sichtlich immer noch schwer, darüber zu sprechen. »Plötzlich waren wir Geächtete«, erzählte er. »Wenn wir mit jemandem reden wollten, ging man uns aus dem Weg. Es kursierten eine Menge wilde Geschichten über uns.«

»O Gott«, sagte Leslie, »und auf einem Uni-Campus verselbstständigt sich so etwas ganz schnell, stimmt's?«

Jo nickte.

»Deshalb haben Howard und ich so lange gezögert, euch einzuweihen. Die Ereignisse an der Virginia Tech gehen uns immer noch nach.«

»Unsere Entdeckung wurde quasi zu einer Privatsache«, sagte Howard. »Aber natürlich möchte man eine Offenbarung mit anderen teilen, oder? Je mehr Leute Bescheid wissen und Zugang zu ihr haben, desto größer und stärker wird sie. Ich halte mich nicht für Kopernikus, beileibe nicht, aber stellt euch vor, Kopernikus entdeckt, dass sich die Erde um die Sonne dreht und hätte niemandem davon erzählen können? Er wäre wohl verrückt geworden. Nun, wir mussten diese Sache für uns behalten, obwohl wir wussten, dass sie das Leben der Menschen von Grund auf verändern kann.«

»Nora, was ist los?«, fragte Emily plötzlich. Ich drehte mich um und sah, dass Nora in Tränen ausgebrochen war. Sie wiegte sich sanft hin und her.

»Nichts, alles in Ordnung.«

»Komm her«, rief Jo und breitete die Arme aus.

»Ich bin einfach schrecklich enttäuscht. Irgendetwas stimmt nicht mit mir, und ich weiß nicht was.«

»Mit dir stimmt alles.«

»Ich will es unbedingt spüren.« Sie verzog schmerzvoll das Gesicht, ließ die Tränen hemmungslos laufen. »Ich bin ein guter Mensch. Ich arbeite hart. Ich habe es verdient, es zu spüren.«

»Ich weiß.«

»Was mache ich falsch?«

»Lass dir einfach Zeit«, sagte Howard mit ruhiger Stimme.

Howards Worte erinnerten mich daran, wie mein Vater mir als Fünfjähriger Fahrradfahren beigebracht hatte und wie ich es später Ashley beigebracht hatte. Die regenbogenfarbenen Fransen an den Lenkergriffen. Ihre pinken Stützräder.

»Wann?«, fragte Nora an Howard gewandt.

»Wenn dein Körper bereit ist.«

»Bin ich zu dumm dafür, oder was?«

»Nein, natürlich nicht«, sagte Jo besänftigend.

»Was ist es dann?«

»Pass auf.« Jo ging in die Mitte des Kreises.

»Ich möchte, dass du dich hier auf den Boden kniest, genau hier.« Sie kniete sich hin, um es ihr zu zeigen.

»Hinknien?«

»Ja, genau hier.«

Nora stand auf und kniete sich dann zu Jo auf den Boden. Man hörte ihre Gelenke knacken, als sie in die Hocke ging.

»Und jetzt«, fuhr Jo fort, »kniet euch bitte alle um Nora herum.«

»Macht einen Kreis um sie, genau«, sagte Jo wie eine Erzieherin im Kindergarten, bevor sie selbst ihren Platz einnahm.

»Wir schwingen uns noch einmal auf die Resonanz ein und lenken dann ihre volle Kraft auf Nora.«

»Oh«, flüsterte Nora.

»Und wie sollen wir das genau machen?«, fragte Shawn.

»Vertrau mir, ihr werdet es herausfinden«, erwiderte Jo. »Lasst euch einfach davon durchdringen. Und, Schätzchen …« Sie beugte sich zu Nora vor. »… diesmal wirst du etwas spüren. Vielleicht wird es nicht weltbewegend, aber …«

»Acht Orgasmen?«

»Nein.«

»Mit sechs wäre ich auch schon zufrieden«, scherzte sie.

Wir lachten aufmunternd, als ein kurzes Lächeln über Noras Gesicht huschte.

»Aber du wirst etwas spüren«, sagte Jo. »Ich will, dass du deine ganze Kraft auf das Summen konzentrierst. Ich will, dass du spürst, wie es in dir anschwillt, und während es das tut, stell dir das Geräusch als ein warmes Glühen vor, das deinen Körper mit Licht erfüllt, okay?«

Nora nickte.

»Mach dir keine Sorgen«, sagte Jo. »Dir kann nichts passieren.«

»Okay.«

»Wir alle hier geben dir Halt und tragen dich.«

»Danke!«

»Okay«, sagte Jo. »Ich möchte, dass ihr alle euren Atem findet.«

Ich sah zu, wie alle ihre Augen schlossen. Ich war mir nicht sicher, ob ich bereit war, es noch mal zu tun, und vor allem schon nach so kurzer Zeit. Ich hatte noch kaum verarbeitet, was beim ersten Mal passiert war. Aber ich schloss meine Augen und versuchte, meinen Puls zu beruhigen. Nach einiger Zeit konnte ich hören, wie Damian zu meiner Linken und Mia zu meiner Rechten tief zu atmen begannen. Nach und nach hörte ich auch die anderen, sogar Nora, obwohl es schwierig war, einen Atem von dem anderen zu unterscheiden. Nach und nach bildeten wir einen einzigen Atem. Atemzüge wurden zu Keuchen, das sich in Stöhnen verwandelte, das nach und nach zu einem akustischen Verströmen wurde, einem anhaltenden, beinahe rituellen kehligen Laut, unbewusst und triebhaft, und immer intensiver wurde, immer heißer, sich immer weiter ausdehnte, bis wir wie rasend hin- und herzuckten, bis mein Körper nicht mehr mein Körper war, mein Atem, meine Stimme, bis nichts mehr zu mir gehörte und ich nur noch eine Klangpforte war, bis alles zerriss und auseinanderbrach und in einen donnernden Höhepunkt gipfelte, der durch das Gefäß von Noras sich aufbäumendem Körper kanalisiert wurde.

13

REIFEN KNIRSCHTEN, UND Scheinwerfer blendeten, als wir später die Versammlung bei Howard und Jo auflösten. Ich hielt Ausschau nach Kyle und sah, dass er allein die Straße hinunterging. Ich rief seinen Namen, und er hielt an. Ich sprintete das kurze Stück zu ihm hin und fragte, ob alles in Ordnung sei. Er zuckte mit den Schultern und holte seine E-Zigarette heraus.

»Du bist ziemlich plötzlich gegangen«, sagte ich.

Er nahm einen Zug, drehte den Kopf und blies nach Vanille riechenden Qualm von mir weg.

»Ich muss das erst mal verarbeiten.«

Wir standen auf der Straße und sahen zu, wie die anderen mit ihren Autos davonfuhren. Ich fragte, ob er immer noch sauer auf mich sei.

»Warum sollte ich sauer auf dich sein?«

Ich sagte, ich hätte das Gefühl, er habe sich im Verlauf der letzten Wochen von mir entfernt. Es kam immer häufiger vor, dass wir uns tagelang nicht einmal Nachrichten schrieben. Ich fragte, ob er beleidigt sei, weil ich nicht mehr getan hatte, um ihm zu helfen, als ihn seine Mutter rausgeworfen hatte.

Er schüttelte den Kopf. »Nein, schon okay.«

»Wie ist es bei Mark?«

Er zuckte mit den Schultern.

»Schläfst du auf der Couch?«

»Ich will eigentlich nicht darüber reden.«

Ich nickte. »Okay.« Dann, nach einem Augenblick Schweigen, sagte ich: »Tut mir leid. Es kommt mir einfach so vor, als hätte ich dich im Stich gelassen.«

Er stieß ein schnaubendes Lachen aus und schüttelte den Kopf. »Du hast alles für mich aufs Spiel gesetzt.«

»Ich bin mir nicht sicher, ob das irgendwas für dich besser gemacht hat.«

Leslies Auto kam auf uns zu, und wir wichen an den Bordsteinrand aus. Sie winkte uns im Vorbeifahren. Wir sahen die roten Schlusslichter in der Dunkelheit verschwinden.

»Ich vermisse unsere Gespräche«, sagte Kyle. Er drehte sich um und sah mich an. Sein Haar klebte ihm an der Stirn. Wir waren beim Einschwingen ganz schön ins Schwitzen gekommen. »Wie fandest du es heute?«, fragte er und wies mit dem Kopf in Richtung Haus.

»Das Einschwingen?«

»Alles.«

Mir fiel auf, dass Kyle und ich schon lange nicht mehr unter vier Augen über die Gruppe gesprochen hatten.

»Ich finde es einfach unglaublich«, erwiderte ich. »Und du?«

Er nickte.

Ich sagte, dass sich mein Denken, meine Sicht auf Dinge komplett verändert habe.

»Macht es dir Angst?«, fragte er.

»Ein bisschen.«

»Mir auch.«

»Was glaubst du, warum?«

Er dachte nach, während wir Damian in seinem Pickup vorbeifahren sahen. »Ich finde, es ist beängstigend, dass wir so über uns hinauswachsen können, dass wir so große Lust spüren können. Denn das bedeutet, dass vielleicht ... die Dinge, von denen wir geglaubt haben, dass sie uns zusammenhalten, uns in Wirklichkeit gar nicht zusammenhalten. Und das bedeutet, dass alles Chaos ist.«

»Aber ist das nicht auch aufregend?«

Er lächelte, ohne zu antworten. »Warum macht es dir Angst?«, fragte er stattdessen.

»Ich fühle mich dadurch, nun ja ...« Ich neigte meinen Kopf zur Seite und suchte nach dem richtigen Wort. »Irgendwie ... wie neu. Verstehst du?«

Das Weiße von Kyles Augen glänzte im Dunkeln.

»Und ich glaube, ich mache mir Sorgen, dass dabei ein Teil von mir verloren gehen könnte«, erklärte ich.

»Was hast du zu verlieren?«, fragte er.

Ich musste lachen. »Du meinst, was ich nicht schon verloren habe?«

»Du glaubst nicht an Gott.«

»Mit Gott hat das nichts zu tun«, sagte ich.

»Ach nein?«

Ich schüttelte den Kopf. »Nein.«

»Es geht eindeutig um etwas, das größer ist als wir selbst.«

»Vielleicht.«

»Hältst du dich deswegen zurück?«, fragte er.

»Ich halte mich nicht zurück«, entgegnete ich, leicht gereizt.

»Doch, tust du. Ich habe dich beobachtet. Ein Teil

von dir will nicht loslassen. Will nicht nachgeben.« Er balancierte mit einem Fuß auf dem Bordstein. »Ich mag diesen Teil von dir«, sagte er. »Aber das ist auch deine Furcht. Du hast Angst vor dem, was passieren könnte, wenn du dich ganz hingibst. Aber ich weiß, du willst es.« Er sprang vom Bordstein herunter. »Und ich will es auch«, fügte er hinzu.

Die Straße war mittlerweile menschenleer. Ich sagte Kyle, um das ein für alle Mal klarzustellen, dass es für mich immer noch einen Verlust darstellte, den Unglauben an Gott zu verlieren.

»Und passiert dir das gerade?«, fragte er.

»Ich weiß nicht.« Ich dachte einen Augenblick darüber nach. Ich sagte, es fühlte sich ein bisschen so an, als hätte ich mein ganzes Leben lang in einem ziemlich kleinen Raum gelebt, und dann hätten Howard und Jo die Tür zu einem anderen Raum geöffnet, und wir hätten gerade erst einen kleinen Schritt hineingemacht. Und der neue Raum war dunkel und riesig. Ich konnte nicht einmal Wände sehen, vielleicht war er grenzenlos. Aber ich wusste, dass ich nichts so sehr wollte, wie in diesem neuen Raum zu sein.

Kyle sah mich an. »Ich will mit dir in diesem Raum sein«, erklärte er.

Dann machte er einen Schritt auf mich zu. Sein Gesicht war ganz nah. Ich konnte das Vanillearoma in seinem Atem riechen. Er schloss die Augen, beugte sich vor.

Ich wich erschrocken einen Schritt zurück.

»Entschuldigung«, sagte er und schlug verlegen die Augen auf. »Das hätte ich nicht tun sollen.«

»Warum hast du es dann getan?«

Er warf einen Blick über die Schulter, drehte sich um und runzelte die Stirn.

»Weil, na ja, einfach weil ich dich liebe.«

Ich starrte ihn mit offenem Mund an. Ich wusste nicht, was ich sagen sollte.

»Ich ... ich meine natürlich nicht, dass ich in dich *verliebt* bin«, stammelte Kyle und war plötzlich wieder ein unbeholfener Teenager. »Ich ... ich weiß nicht. Aber ich liebe dich. Und nicht als Lehrerin oder Freundin oder irgendwas Romantisches, gar nichts davon. Aber es ist irgendwas zwischen alldem. Irgendwas, wofür es keinen Namen gibt. Es ist mir sogar egal, wenn du mich nicht liebst, aber ich musste dir einfach sagen ...«

»Ich liebe dich auch«, entgegnete ich, ohne nachzudenken. Ich hatte es mir bis zu diesem Zeitpunkt nur noch nicht eingestanden. Ich liebte diesen siebzehnjährigen ehemaligen Schüler von mir auf genau die unbenennbare Weise, die er gerade beschrieben hatte. Das bedeutete, dass ich noch viel weiter abgedriftet war, als ich bislang gedacht hatte.

Kyle lachte erleichtert auf und blickte dann zu Boden. Er kickte einen Stein in die Dunkelheit.

Eine Weile herrschte Schweigen. Dann sagte er: »Und was bedeutet das jetzt für uns?«

»Ich weiß nicht«, sagte ich.

»Dass wir hier auf der Straße rumstehen, nehme ich an.«

»Nehme ich auch an.«

»Ich will noch nicht gehen«, sagte er. »Ich meine, ich würde gerne noch ein bisschen mit dir reden ...«

Ich nickte, und er schlug vor, in den nahe gelegenen Park zu gehen, und ich entgegnete, meiner Meinung nach gehörte es sich nicht, dass wir mitten in der Nacht zusammen in einem dunklen Park herumspazierten.

»Und wann haben wir das letzte Mal etwas gemacht, das sich gehört?«, fragte er.

Ich lächelte, blieb aber standhaft.

Er schüttelte den Kopf. »Wovor hast du Angst? Du bist voll vom Klang der verdammten Erde, Claire, du kannst tun, was du willst, du kannst sein und sagen und tun, was auch immer du willst, weil du es gespürt hast, berührt hast und du weißt, wie gut es sein kann.«

Dann sagte er, dass er sich zusammen mit mir einschwingen wolle.

»Wir wissen nicht, wie das geht«, sagte ich.

»Natürlich wissen wir das. Wir haben es doch gerade gemacht.«

»Aber nicht allein.«

»Wenn wir es wirklich wollen, kriegen wir es hin.«

Er sah mich an und konnte sehen, dass ich es wollte. Ich wollte es wieder mit ihm spüren. Diese ekstatische Verbundenheit.

»Bitte«, drängte er. »Wer soll uns aufhalten? Niemand muss es erfahren.«

»Wahrscheinlich beobachtet uns jemand gerade jetzt auf der Straße«, sagte ich. »Dieses Gespräch. Die Tatsache, dass ich noch nicht an meinem Auto bin und wegfahre.«

»Wir sollten also besser eine Entscheidung treffen.«

Ich schüttelte den Kopf, sah dann starr vor mich. Kyle fragte, woran ich dachte. Ich antwortete, dass ich daran dachte, dass wir uns gerade an einem äußerst kritischen Punkt unseres Lebens befänden und dass ich nichts tun wolle, was ich hinterher bereuen würde.

»Mach einen Schritt in den neuen Raum, Claire«, sagte er und schickte sich an zu gehen, Richtung Park, während er mir immer noch fest in die Augen sah. »Es gibt keine Wände mehr.«

Der Park grenzte an die Sportplätze der Highschool. Außer einem kleinen Spielplatz und einigen Fahrradwegen waren weite Teile wild und unberührt geblieben, was ihn zu einem Lieblingsplatz für Hundebesitzer, aber auch für Vogelbeobachter machte. Wir gingen durch die Dunkelheit und hatten nur unsere Handys, um uns den Weg zu leuchten. Der Himmel war leer in dieser Nacht, kein Mond und keine Sterne. Die einzigen Sternbilder, die erschienen und verschwanden, waren flüchtige Formationen von Glühwürmchen. Nichts außer dem Geruch von Matsch und Salbei, dem Zirpen der Grillen und dem Geräusch unserer Schritte, dem Rascheln und Knacken von Blättern und Zweigen. Kyle sagte, er könne den Park mit geschlossenen Augen durchqueren, und ich scherzte, dass wir ziemlich genau das gerade taten. Er schien ein bestimmtes Ziel zu haben, und ich überließ mich seiner Führung. Auf einmal fühlte ich mich vollkommen unbeschwert, von allen Pflichten entbunden. Ich war hier und war niemandem Rechenschaft schuldig. Es gab keine Familie, zu der ich zurückkehren musste. Keinen Job, für den ich morgen früh ausstehen musste. Wenn ich wollte, konnte ich die ganze Nacht mit Kyle in diesem Park bleiben.

Wir erreichten ein Dickicht, und er bog ein paar Äste

auseinander, um zu einem Trampelpfad zu gelangen. Er ging voran und hielt die Äste zurück, damit sie mir nicht ins Gesicht peitschten.

»Pass auf, wo du hintrittst«, sagte er.

Der Boden war uneben und von Wurzeln überzogen, sodass ich hinter Kyle herstolperte. Ich legte meine Hand auf seine Schulter und ließ sie dort, damit ich mich darauf konzentrieren konnte, auf den Boden zu sehen. Ungefähr drei, vier Minuten lang liefen wir so durch das Unterholz.

»Mein Gott, was ist das für ein unglaublicher Duft?«, fragte ich.

»Wacholder.«

Er brach einen Zweig ab und reichte ihn mir. Ich roch daran.

»Es riecht wie ein klarer blauer Himmel«, sagte ich. »Oder wie Indigo.«

»Oder Gin.«

»Na klar. Ich muss schon die ganze Zeit an die Bombay-Sapphire-Flasche denken«, sagte ich und lachte.

»Wir sind fast da«.

Dann fragte er mich, ob alles okay sei, und ich antwortete: »Aber sicher, warum?«

»Es gibt keinen Grund, nervös zu sein«, sagte er.

»Ich bin nicht nervös.«

»Deine Hand zittert.«

Und dann stellte ich fest, dass er recht hatte. Er schlug vor umzukehren, aber ich wollte nicht. Einen Augenblick später erreichten wir eine kleine Lichtung, in deren Mitte ein oranges Campingzelt in Familiengröße stand.

»Voilà«, sagte Kyle und machte eine Handbewegung wie ein Portier, der mich vor einem Grandhotel willkommen hieß.

»Nicht schlecht!«

»Warte.«

Er ging in das Zelt und schaltete mehrere Lampen ein. Ich sah, wie seine Umrisse sich auf der Innenseite bewegten wie in einem Schattentheater. Ich ging zum Eingang des Zelts und steckte meinen Kopf hinein.

»Meine Güte«, murmelte ich überrascht.

Das Zelt war vollständig möbliert: eine Luftmatratze, Bettdecken und Kissen, Regale aus Backsteinen und Brettern, Bücherstapel, zwei Lampen inklusive Stoffschirmen, Töpfe und Pfannen, Schalen und Tassen, ein tragbarer Ofen, eine Metallwanne, Wasserkanister, ein alter Reisekoffer, ein laienhaftes Gemälde von einem Pferd in einem vergoldeten Rahmen und auf dem Boden ein zerschlissener Perserteppich.

»Gemütlich, oder?«, sagte er.

»Wie hast du das gemacht?«, fragte ich bewundernd und bückte mich, um einzutreten.

»Luke und ich haben es in der elften Klasse gebaut«, erwiderte er. »In den Freistunden sind wir zum Rauchen hierhergekommen. Aber ich habe noch ein bisschen weitergebaut.«

»Die ganzen Bücher!«, rief ich aus und bewunderte seine Sammlung. Ganz oben auf dem Stapel lag seine Ausgabe des *Zauberbergs*.

»Hast du ihn geschafft?«, fragte ich und nahm das Buch in die Hand.

»Den Aufsatz?«

»Ich weiß, dass du den Aufsatz nicht geschrieben hast.«

»Habe ich wohl«, entgegnete er, entrüstet, aber mit einem Lächeln auf den Lippen.

Vielleicht hatte er ihn bei meiner Nachfolgerin noch abgegeben, wer weiß! Wir hatten nie über die neue Lehrerin gesprochen oder überhaupt über irgendetwas, das mit der Schule zu tun hatte. Wir hatten eine Art unausgesprochene Vereinbarung, das Thema zu vermeiden. Vielleicht fiel es mir leichter, zu glauben, dass er den Aufsatz niemals geschrieben hatte. Beim Gedanken daran, dass eine andere Lehrkraft ihn lesen könnte, überkam mich eine eifersüchtige Traurigkeit, die, wie ich wusste, lächerlich war. Da er das vielleicht spürte, sagte er, sein Text sei aber nicht besonders gut gewesen.

»Er war bestimmt gut.«

»Nein, wirklich nicht, glaub mir. Ich hab einfach irgendwas hingeschrieben.«

Ich erzählte ihm, dass ich mich noch immer durch das Buch kämpfte.

Er sah mich überrascht an und sagte, es sei ihm nicht klar gewesen, dass ich es lese.

»Hab ich es dir nicht erzählt?« Ich setzte mich auf die Luftmatratze, denn vom gebückten Stehen tat mir langsam der Rücken weh. »Ich habe mir das Hörbuch angehört«, sagte ich.

»Wirklich?«, fragte er und hockte sich neben mich.

»Na ja, in letzter Zeit komme ich nur noch langsam voran.«

Ich erzählte ihm, dass ich bis zu der Stelle gekommen war, wo Hans Castorp in den Schneesturm gerät und in einer Art tödlichem Tagtraum versinkt. Seine Visionen werden immer düsterer und gipfeln schließlich in der rituellen Schlachtung eines Kindes durch zwei uralte heidnische Priesterinnen.

»Da habe ich aufgehört«, sagte ich.

»Oh, aber die Stelle ist wirklich fantastisch.«

»Schon möglich, aber nicht unbedingt das, was ich mir vor dem Schlafengehen antun will.«

Kyle sagte, diese Szene habe ihn auf den Gedanken gebracht, dass die Natur weder freundlich noch grausam sei, sondern lediglich eine existierende Kraft. »Sie erhält das Leben und zerstört es, und wir können sie weder verstehen noch kontrollieren. Und doch versuchen wir es. Immer und immer wieder.«

Ich lächelte, als ich ihn so philosophieren hörte, und sagte, vielleicht sollte ich versuchen, mir das Buch irgendwann anzuhören, wenn ich nicht halb am Einschlafen sei.

»Apropos anhören …« Er ging zu dem Koffer und holte einen batteriebetriebenen CD-Player heraus. Er stellte ihn auf das kleine Regal, legte eine CD ein und drückte auf Start. Ein Jazzsong erklang, treibende Klavierakkorde, dann eine lebhafte Trompete.

»Du hast wirklich an alles gedacht«, sagte ich.

»Nur an das Wesentliche.«

»Wer ist das?«, fragte ich.

»Charles Mingus. Kennst du ihn?«

Natürlich kannte ich ihn, meine Großmutter war eine große Jazzkennerin gewesen.

»Sein Album *East Coasting*«, erklärte er stolz. »Von 1957.«

Kyle streckte mir die Hand hin, um mich zum Tanzen aufzufordern, aber ich lehnte lachend ab – es gab keinen Platz! –, also führte er ganz allein einen rührenden, tapsigen kleinen Freudentanz auf. Für einen Moment sah ich den alten Mann und den kleinen Jungen, die beide in ihm wohnten. Er schien das Stück gut zu kennen, antizipierte Rhythmen und melodische Wendungen. Ich konnte mir nicht vorstellen, dass er diese Seite von sich jemals irgendeinem seiner Freunde gezeigt hatte – zumindest nicht denen, die ich kannte. Obwohl ich mich manchmal fragte, wie viele Freunde er eigentlich besaß, oder zumindest, wie viele gute Freunde. Er war offensichtlich beliebt, wirkte aber zugleich auf viele unnahbar. Hatte überhaupt irgendjemand bei ihm angerufen und sich gefragt, wo er steckte? Machte sich irgendjemand Sorgen um ihn? Er ließ sich neben mich auf die Matratze fallen.

»Bitte sag mir, du wohnst nicht hier«, sagte ich.

Er blickte sich um wie ein stolzer Hausbesitzer: »Ich finde, es ist ziemlich perfekt hier.«

»Ist es nicht …« Mir wurde schwer ums Herz. »Wie lange schon?«

»Schon eine ganze Weile.«

Ich schüttelte den Kopf. »Das ist nicht richtig. Du kannst nicht …«

»Was? Was kann ich nicht?«, fragte er mit leisem Trotz.

Auf einmal stand ich neben mir. Ich sah uns in diesem Zelt sitzen, im Dickicht hinter dem Sportplatz der Schule, in der ich früher einmal Lehrerin gewesen war und er mal mein Schüler, damals, als wir beide noch

Familien hatten, und plötzlich wurde mir klar, wie viel das Summen uns genommen hatte.

»Ich hab einen Ferienjob bei Best Buy gefunden«, sagte er entschieden. »Ich verdiene Geld. Ich habe alles, was ich brauche.«

»Ja, außer fließend Wasser.«

»Duschen kann ich im Fitnessstudio.«

Ich sagte, das sei absurd, wenn man bedachte, dass ich bloß sechs Blocks entfernt in einem praktisch leer stehenden Einfamilienhaus wohnte. Er könnte eins der Badezimmer für sich allein haben.

Er blickte zu Boden, zupfte ein paar Flusen von einer der verschlissenen Wolldecken, auf denen wir saßen. »Ich kann nicht einfach bei dir einziehen.«

»Davon war nicht die Rede. Du könntest aber in einem der Zimmer schlafen.«

»Und was ist mit morgen Abend? Und mit übermorgen Abend? Wirst du mich dann rauswerfen?«, fragte er, und ich schüttelte den Kopf. »Eben, also würde ich am Ende doch bei dir wohnen.«

»Wäre das so schlecht?«, entgegnete ich.

Er warf mir einen misstrauischen Blick zu. »Was? Das gehört sich nicht«, sagte er, und ich musste darüber lächeln, dass mein eigener Ausdruck so zu mir zurückkam.

»Und dich in einem Park schlafen lassen, das gehört sich?«, fragte ich.

Er zuckte mit den Schultern.

»Ungefährlich ist es auch nicht«, fügte ich hinzu.

Er lachte verächtlich. »Wölfe?«

»Drogendealer«, sagte ich, »zum Beispiel.«

Er machte eine wegwerfende Handbewegung.

»Kyle, ich mache mir Sorgen um dich.«

»Hör auf damit«, stieß er hervor, plötzlich verärgert. »Ich brauche keine zweite gottverdammte Mutter.«

»Okay.«

Er sah mich fragend an.

»Okay, ich werde nicht deine gottverdammte Mutter spielen.«

Wir saßen in angespanntem Schweigen da und überließen den Dialog dem Klavier und der Trompete.

»Mir gefällt es hier«, sagte er schließlich. »Besser als irgendwo sonst. Und ich liebe es, den Geräuschen zu lauschen.«

Er beugte sich zum CD-Player und schaltete die Musik aus, und wir saßen da und lauschten. Das Summen durchdrang die Nacht. Die Luft schien davon zu vibrieren.

»Klingt super hier draußen, oder?«, sagte er.

»Ich kann es beinahe im Boden fühlen«, erwiderte ich.

Aber noch mehr als das Summen der Resonanz oder das Zirpen der Grillen nahm ich in diesem Moment das Geräusch unseres Atems wahr. Kyle blickte mich an und stand dann langsam auf. Er beugte sich vor, sein Kopf hob das Zeltdach. Er schüttelte seine Schuhe von den Füßen und zog sich dann beiläufig das T-Shirt über den Kopf.

»Ich bin immer noch total durchgeschwitzt von dem Einschwingen«, sagte er wie zur Entschuldigung.

Er stöberte im Zelt herum, auf der Suche nach irgendwelchen Kleidern zum Wechseln. Seine Brust war glatt und weiß wie Elfenbein. Ich konnte die Wölbung jeder einzelnen Rippe sehen. Ashleys Worte kamen mir in den Sinn: *ein Kiffer … der nicht besonders gesund aussieht.* Seine Bauchmuskeln zeichneten sich deutlich ab, was aber vor allem an seiner Magerkeit lag. Von mir abgewandt knöpfte er seine Jeans auf, zog sie herunter und stampfte wie ein Kleinkind aus ihr heraus, bis er nur noch seine weite marineblaue Boxershorts anhatte. Ich wandte mich ab, nahm das Booklet der CD zur Hand und blätterte darin herum.

»Meine Haltung ist nicht besonders gut«, sagte er.

Ich blickte wieder auf, als er, immer noch mit bloßem Oberkörper, in eine graue Jogginghose schlüpfte. Er versuchte, seinen Rücken durchzustrecken, und beulte das Zeltdach nur noch mehr aus.

»Ich arbeite daran«, erklärte er. »Ich habe schon überlegt, ob ich vielleicht eine Rückgratverkrümmung habe.«

Ich lächelte und sagte, dass ich das stark bezweifelte. Dann hob er seinen linken Arm, schnüffelte und sagte:

»Die Duschsituation ist nicht optimal. Ich bin zugegeben nicht immer ganz … frisch.«

»Und normalerweise warst du immer ganz frisch?«, fragte ich und hob die Augenbrauen.

»Würdest du das nicht sagen?«

»Das ist nicht das Wort, das mir einfällt.«

Er lachte. »Ach ja, welches Wort fällt dir denn ein?«

»Hm … das Wort Moder fällt mir ein.«

»Was, wie ein modriger alter Keller?«

»Nein, nicht Keller.« Ich kicherte. »Eher wie Erde … oder vielleicht wie die Luft nach einem Donnerschlag.

Oder frisch abgeschälte Birkenrinde. Man kann eine Sache immer nur mit einer anderen umschreiben. Ein Körper kann nur mit einem anderen Körper verglichen werden.«

Er stand vor mir, mit nacktem Oberkörper, weder provokant noch schüchtern, einfach als fordere er mich auf, ihn genau zu betrachten. Ich fühlte mich auf einmal wie in einem anderen Text von Thomas Mann, an einem Strand, an dem ich einen verführerischen polnischen Jüngling betrachte. Ohne ein weiteres Wort kniete sich Kyle mir gegenüber auf den Teppich. Und ich rutschte von der Luftmatratze herunter und kniete mich ihm gegenüber auf die Decke, die dort lag. Und ohne einander zu berühren, schlossen wir unsere Augen. Nach und nach gaben wir uns der Frequenz der Erde hin, und ich erlebte eine Lust, so überwältigend, so intensiv wie nie zuvor.

Danach lag ich lange wach und grübelte, bis das Morgenlicht schließlich durch die durchscheinenden Zeltwände zu sickern begann. Noch eine Nacht fast ohne Schlaf. Aber ich war nicht müde. Ich hatte mich nie wacher gefühlt. Seltsamerweise verspürte ich kaum Schuldgefühle in Bezug auf das, was wir getan hatten. Es war kein Sex. Es war die reine Intimität gewesen. Zu sagen, Sex und das Einschwingen seien miteinander verwandt, weil sie beide Intimität und Lust auslösten, war, als würde man sagen, der Regen sei mit dem Ozean verwandt, oder der Atem mit dem Wind. Doch wie ich so dalag, in Sport-BH und Unterhose und mich in der aufgestauten Körperwärme der vergangenen Nacht aalte, trug die Szene alle äußeren Merkmale von Verstoß,

Übertretung und Perversion. Aber ich empfand nichts von alledem. Ich lag da, im Gefühl einer ganz neuen Erfahrung. Ich dachte über Grenzen nach. Über Grenzen, die wir uns selbst auferlegten, und solche, die uns die Natur auferlegte. Was waren die Grenzen der Natur? Ich sah aus dem Augenwinkel, wie sich Kyles Brustkorb neben mir langsam hob und senkte. Wir waren in alten, klammen Schlafsäcken eingesponnen, die nach längst vergangenen Campingausflügen rochen. In meinem war ein bisschen Sand. Wahrscheinlich von irgendeinem Ausflug mit Kindern an irgendeinen Strand.

Kyle atmete tief ein und bewegte sich. Er reckte sich, streckte die Beine so weit, wie es sein Schlafsack erlaubte, und schlug dann die Augen auf.

»Wie spät ist es?«, fragte er mit matter Stimme.

Ich sah auf mein Handy. »Kurz nach sechs«, sagte ich.

Ich setzte mich auf. Von der abrupten Bewegung wurde mir schwindelig. Ich rieb mir das Gesicht, griff nach einem der Plastikkanister mit lauwarmem Wasser und trank einen Schluck. Ich blickte hinunter zu Kyle. Er lag da, die Augen halb geschlossen, kurz davor, erneut einzuschlafen. Er lächelte zu mir hoch, und ich lächelte zurück und schlüpfte wieder in meinen Schlafsack. Wir lagen lange so da und betrachteten die Schatten der Käfer, die über das Zelt flogen. Ich konnte eine Biene summen hören, die mit ihrem pelzigen Körper sanft gegen die Seiten des Zelts pochte. Sie verrichtete ihre heiligen, lebenserhaltenden Aufgaben. Und nutzte die Resonanz für ihr kompliziertes internes Navigationssystem. Kyle erzählte mir, dass man Heuschnupfen mit Bienenhonig aus Pollen heilen könne, gegen die man allergisch war.

»Wirklich?« Das überraschte mich, aber die Welt der Natur war voller Wunder. Wunder, die wir einst gekannt und dann vergessen oder ignoriert hatten.

Dann drehte er seinen Kopf und sah mich über einen Bergkamm von Decken und Kissen hinweg an.

»Das war surreal letzte Nacht.«

»O ja«, erwiderte ich. »Und sehr … intensiv.«

»Sehr.«

Er hob die Hand und wischte mir den Schlaf aus den Augen. Dann fragte er, ob wir etwas Schlimmes getan hätten. Ich überlegte, wie ich in Worte fassen sollte, worüber ich die letzten Stunden lang nachgedacht hatte. Ich schüttelte den Kopf. Wir hatten niemandem wehgetan. Wir hatten kein Gesetz gebrochen.

»Aber einschwingen ohne die anderen … Verheimlichen wir ihnen nicht etwas?«

Während ich dalag und über seine Frage nachdachte, wurde mir plötzlich klar, dass die Welt mit einer geradezu unerträglich schönen, grenzenlosen Anmut erfüllt war und dass die einzige Beschränkung, die es gab, unsere Fähigkeit war, dies wahrzunehmen.

»Es gehört uns, und wir können damit machen, was wir wollen«, sagte ich.

Er nickte, schien mit dieser Antwort zufrieden. Schließlich wand ich mich aus meinem Schlafsack. Kyle saß, die Ellbogen auf die Knie gestützt, da und sah zu, wie ich mein Hemd und meine Schuhe anzog. Ich versuchte, ihn zu überreden, mit zu mir nach Hause zu kommen, um zu duschen und anständig zu frühstücken.

Wie erwartet lehnte er ab. Ich ging zum Zelteingang und öffnete den Reißverschluss.

»Na gut«, sagte ich. »Du weißt, wo du mich findest, wenn du mich brauchst.«

14

DER JUNGE DICHTER macht sich auf eine Reise und landet dabei im Jenseits. Dort wird er von einer Fee oder einer Göttin verführt und erlebt die ekstatischen Freuden des Zauberreichs. Tannhäuser findet Frau Venus in ihrem Berg. Oisín wird von Niamh auf ihrem Schimmel nach Tír na nÓg entführt. Doch schließlich bekommt der Dichter Heimweh, und es verlangt ihn danach, in sein früheres Leben zurückzukehren. Dabei stellt er fest, dass viele Jahre vergangen sind. Die Welt, die er kannte, existiert nicht mehr. Hans Castorp landet in der Welt eines entlegenen Bergsanatoriums, und sieben Jahre seines Lebens rinnen ihm wie Sand durch die Finger. Als er schließlich aus seiner Träumerei erwacht, steht Europa an der Schwelle zur Katastrophe.

Variationen dieser Erzählung entstanden zu allen Zeiten der Welt und in allen Kulturen. Also, dachte ich mir, musste die Kraft, von der sie erzählten, auch existieren. Eine Kraft, die außerhalb der Zeit wirkt und die versucht, uns in eine Welt jenseits unseres Vernunftdenkens zu locken, in der die Verpflichtungen, die uns sonst an unser Leben und die Menschen, die wir lieben, binden, keine Bedeutung haben. Was ist das für eine Kraft, und warum versucht sie, Macht über uns zu gewinnen? Ist sie bloß ein Naturphänomen, ohne Ursache, ohne Zweck, eine physikalische Gegebenheit wie die Erdanziehung? Ein Stern, der einen anderen in der

Leere des Weltalls verschlingt? Oder hat sie womöglich ein Bewusstsein? Und verführt uns aus Rache – aus Rache für die Ordnung, die wir ihr aufgezwungen haben. Und jetzt verlangt sie unsere bedingungslose Kapitulation.

Die Frage, die ich mir stelle, lautet: Weiß der Dichter immer, wann er die sterbliche Welt verlassen und das Zauberreich betreten hat? Und was, wenn er den Rückweg nicht mehr findet?

In den Stunden nach dem Einschwingen mit Kyle war ich von einer tiefen unbändigen Freude erfüllt. Ohne Ashley fühlte sich das Haus für gewöhnlich an wie eine leere Höhle, doch an diesem Morgen spürte ich keine Einsamkeit. Ich liebte Ashley mehr als alles andere auf der Welt, und ich liebte Paul, aber zum ersten Mal seit sehr langer Zeit liebte ich auch mein Leben. Ich konnte wieder darüber staunen, dass ich mich auf der Welt und in meinem Körper befand und über die grenzenlosen Freuden, die jenseits davon existierten, wenn ich über meinen Körper hinauswuchs und in unbekannte Bereiche der Existenz und des Fühlens vordrang. Nach wie vor schlief ich nachts nur wenige Stunden, und die Kopfschmerzen hielten an, aber wenigstens hatte ich jetzt das Gefühl, ein größeres Ziel vor Augen zu haben, ein Mysterium, dem ich mich geweiht hatte.

Nach dem Frühstück fuhr ich zum Supermarkt, und es fühlte sich gut an, gesehen zu werden und andere Menschen zu sehen. Gleichzeitig stellte ich fest, dass es niemanden kümmerte! Niemanden kümmerte es, wer ich war oder was ich machte. Die Leute waren vollauf mit ihren eigenen inneren Monologen beschäftigt.

Ich verspürte aufrichtiges Staunen über den Großmut der Erde, als ich an dem Obst und Gemüse vorbeiging, Grapefruits auf ihre Festigkeit prüfte und mir Zeit ließ, um das schönste Bananenbündel auszuwählen.

Jedes einzelne Stück Obst, jedes einzelne Stück Fleisch in den eingeschweißten Styroporschalen im Tiefkühlregal, jedes einzelne Weizen- oder Roggenkorn, das zu den in Papiertüten aufgestapelten Brotlaiben verarbeitet worden war, lebte und starb erfüllt von der Resonanz. In der Kassenschlange lächelte ich, als ich sah, wie ein erwachsener Mann eine kleine rosafarbene Dose »Hubba Bubba«-Kaugummi aus dem Süßigkeitenständer neben den Zeitschriften nahm. Und dann stellte ich fest, dass dieser Mann Damian war! Ich rief seinen Namen, und er drehte sich um. Es kam mir beinahe surreal vor, ihn außerhalb von Howards und Jos Wohnzimmer zu sehen, und dem überraschten Ausdruck auf seinem Gesicht nach, ging es ihm genauso. Es hatte etwas Elektrisierendes an sich, wie wir beide dort gemeinsam in der Öffentlichkeit standen und das außergewöhnlichste aller Geheimnisse teilten.

Wir tauschten ein paar Unverbindlichkeiten aus, und als ob er meine Bemerkung vorausahnte, hielt er die Packung »Hubba Bubba« hoch und sagte: »Ist für meinen Sohn.«

Ich strahlte ihn an. »Ich wusste nicht, dass du einen Sohn hast.«

»Er ist vier.«

»Wow!«

»Er heißt Elijah.«

Er zog sein Handy heraus und zeigte mir ein paar

Bilder von ihnen beiden zusammen – auf der Couch, auf einem Rummelplatz, beim Pfannkuchenessen. Auf einem Foto hielt eine junge Frau in Sportkleidung Elijah auf dem Arm. Damian sagte, das sei seine Freundin Crystal, nicht Elijahs Mutter. Ich überlegte kurz, warum Damian diesen Teil seines Lebens für sich behalten hatte, begriff dann aber, dass die Situation kompliziert war, und konnte nicht umhin, ihn dafür zu bewundern, dass er die beiden schützen wollte und der Tendenz der Gruppe widerstand, die allerintimsten Geheimnisse unseres Privatlebens preiszugeben.

»Wir sind gerade auf dem Weg ins Erlebnisbad.«

Ich lächelte und dachte, dass Damian zum ersten Mal, seitdem ich ihn kannte, wirklich glücklich aussah. Als ich ihm das mitteilte, hellte sich seine Miene auf.

»Danke«, sagte er. »Es geht mir gut.«

Ich nickte. »Mir auch«, fügte ich hinzu und fragte ihn, ob er glaube, dass es an dem Einschwingen lag.

Er fing an, den Rest seines Einkaufswagens zu entladen – Thunfischdosen, Müsli, eine große Packung Toilettenpapier, Eiweißpulver, Kakaopulver –, und sah dann wieder zu mir auf und sagte: »Ich glaube, ja.«

Ich erzählte ihm nicht, dass ich mich auch mit Kyle eingeschwungen hatte. Dass wir tiefer in die Resonanz eingetaucht waren, als es vielleicht sogar Jo and Howard jemals gewagt hatten, und wir gesehen hatten, wie unermesslich groß sie war.

»Ich weiß nicht genau, wie ich es beschreiben soll«, sagte er nach einer Weile, »aber seitdem fühle ich mich irgendwie ein bisschen mehr … ein bisschen körperloser. Ich weiß nicht.«

Es war vermutlich unfair Damian gegenüber, aber ich war von seiner Bemerkung wirklich beeindruckt. Er hatte das Gefühl perfekt auf den Punkt gebracht. Ich fühlte mich auch in gewisser Weise »körperloser«. So, als ob man bei einer bestimmten Beleuchtung direkt durch mich hindurchschauen könnte. Es war geradezu schwindelerregend, plötzlich von den Dingen losgelöst zu sein, die mich einst an meine Körperlichkeit, meine Sterblichkeit gefesselt hatten. Die Dinge, die mich belastet und zermürbt hatten und mich daran erinnerten, dass ich ein in Zeit und Raum begrenztes und dem Verfall preisgegebenes Phänomen auf diesem Planeten war. Ich fühlte mich gewissermaßen außerhalb meiner selbst, außerhalb der Zeit, außerhalb des Todes. Oder zumindest schien mich all dies nicht mehr so zu betreffen wie noch vor Kurzem.

»Aber es ist gefährlich«, sagte Damian und beugte sich verschwörerisch zu mir vor. Seine Miene war ernst geworden. »Denn jetzt wissen wir Bescheid. Und du kannst Gift drauf nehmen, dass sie wissen, dass wir Bescheid wissen.«

Seine Worte beunruhigten mich, als ich meinen Einkaufswagen entlud. Er stand wartend neben mir, während der Kassierer meine Artikel über den Scanner zog. Ich konnte seine Besorgnis nicht mehr so einfach wegwischen wie früher. Was, wenn es auf der Welt Leute oder Kräfte gab, die versuchen würden, meinen Zugang zu dieser Lust, diesem unbegrenzten Seinszustand einzuschränken? Und wenn es sie gab, wer waren sie und wie würden sie in Aktion treten? Es lag wohl in der Natur unseres Systems, dass Grenzen gesetzt wurden.

Grenzen mussten immer gesetzt werden. Denn alles, was unbegrenzt war, barg die Gefahr, alles andere, was uns beschränkte, niederzureißen.

»Hi, Miss Devon!«

Ich blickte auf und stellte fest, dass der Kassierer ein ehemaliger Schüler von mir war, Rory. Er war ein guter Freund von Kyle, oder war es gewesen, als ich noch in der Schule war. Er machte meist ein mürrisches Gesicht und gab sich ruppig. Aber wahrscheinlich war er außerhalb des Unterrichts ganz anders. Er schenkte mir ein höfliches, distanziertes Lächeln.

»Hallo, Rory! Wie geht es dir?«

»Gut, danke.«

»Hattest du Spaß beim Abschlussball?«

»Ja, war super. Entschuldigen Sie noch mal wegen der Uhr. Ich weiß nicht, ob Ashley es erwähnt hat.«

Er hatte Glück, dass ich gerade so guter Laune war. Ich fragte ihn, ob er Kyle in letzter Zeit gesehen habe.

Er schüttelte den Kopf. »Wir sehen uns nicht mehr so häufig.«

Er schaute wieder auf seine Ladenkasse, während er meinen griechischen Joghurt über den Scanner zog.

»Und Sie?«, fragte er, ohne mich anzusehen.

Ich tat so, als hätte das Piepen des Scanners seine Frage übertönt. Ich tat außerdem so, als wüsste ich nicht, dass er sich mit seinen Freunden das Maul über Kyle und mich zerriss und dass er, sobald ich weg war, sein Handy nehmen würde, um ihnen eine Nachricht zu schicken. Ich zahlte meine Einkäufe und wünschte ihm schöne Sommerferien.

Die Schiebetüren öffneten sich zischend, als Damian

und ich aus dem aggressiv klimatisierten Supermarkt nach draußen traten. Hitze schlug uns entgegen.

Wir gingen langsam über den Parkplatz. Der Geruch von heißem Asphalt und Damians Aftershave wirkten irgendwie vertraut. Schließlich drehte er sich zu mir um und sagte:

»Ich weiß, du hältst mich für paranoid. Du siehst mich manchmal so an.«

»Nein, das … das stimmt nicht«, log ich. Ich fühlte mich ertappt.

»Aber ich weiß, wie es hinter den Kulissen läuft«, fuhr er fort.

Wir gingen langsam und blieben stehen, als ein Teenager in Uniform eine lange Polonaise von Einkaufswagen an uns vorbei zur Sammelstelle schob.

»Ich war fünf Jahre lang als Drohnenpilot in Nevada«, erzählte er und blinzelte im Sonnenlicht. »In einem unterirdischen Bunker in der Wüste. Ich habe auf Jeep-Konvois in Syrien geschossen. Oder irgendwelche Häuser in Nordwestpakistan.« Er warf mir einen Blick zu, um meine Reaktion einzuschätzen.

»Ich hab Leute umgebracht, einfach so, weil das der Befehl war«, sagte er. »Ich hatte keine Ahnung, wer die Typen waren, die dran glauben mussten. Die meisten von ihnen waren wahrscheinlich bloß irgendwelche Jungs, die gerne auf Dächern rumrannten.«

Wir gingen langsam weiter.

»Man beobachtet diese Jungs, oft tagelang«, fuhr er fort. »Man sieht, wie sie mit ihren Frauen reden. Wie sie sich mit ihren Freunden auf der Straße abklatschen. Und dann … na ja, tut man, was man tun muss.« Er steckte sich den kleinen Finger ins Ohr und bohrte damit herum. »Man kann sehen, wie sie es kommen hören. Exakt eine Sekunde vorher.«

Wir verlangsamten unsere Schritte, damit eine schwarze Limousine rückwärts aus ihrer Parkbucht herausfahren konnte.

»Als dann Elijah da war, konnte ich einfach nicht mehr«, sagte er. »Ich musste die ganze Zeit kotzen. Und hatte diese Träume. Also habe ich danach für die militärische Aufklärung gearbeitet, für ein Subunternehmen. Ich weiß, ich sehe nicht aus, als wär ich schlau genug dafür.« Er zwinkerte mir zu und tippte sich an die Schläfe. »Ich und Aufklärung.«

»Ach Quatsch«, wehrte ich ab und lachte gezwungen.

»Aber ernsthaft, wenn du wüsstest, was für Zeug die machen, dann könntest du nachts auch nicht mehr ruhig schlafen. Was die alles über uns wissen«, sagte er kopfschüttelnd. »Und ich habe bloß die Spitze des Eisbergs gesehen.«

Wir erreichten Damians großen weißen Pick-up. Durch die Windschutzscheibe konnte ich Crystal und Elijah in der Fahrerkabine sitzen sehen, Crystal, die mit ihrem Telefon beschäftigt war, und Elijah, der an einem langen blauen Wassereis nuckelte.

Damian stellte seine Einkaufstaschen ab und sah mich an: »Du magst ihn vielleicht nicht, aber ich bin froh, dass Trump beim FBI und der CIA aufräumt. Die Leute da sind krank.«

Damian drehte sich um und rief Crystals Namen. Sie blickte auf, lächelte und winkte mir kurz zu. Damian machte Zeichen, sie solle aussteigen, und sie kam heraus. Damian stellte mich als eine Freundin aus seiner »Lerngruppe« vor.

»Also gibt es euch wirklich!«, lachte sie. »Er hat immer so ein Geheimnis darum gemacht.«

Sie sagte, seitdem er angefangen habe, zu unseren Treffen zu gehen, hätte sie »eine echte Wende« bei ihm bemerkt, was »seine Einstellungen« betraf. Mit Crystal zu reden, war, als würde man den Schraubverschluss einer gut gekühlten Limoflasche öffnen. Übersprudelnd erzählte sie, sie arbeite Teilzeit als Maniküre, bekomme aber nicht so viele Stunden, wie sie wolle, und zeigte dann auf ein Nagelstudio in der Ladenzeile auf der anderen Seite des Parkplatzes. Sie blickte hoch zu Damian und kraulte seinen Ziegenbart, während er ein verkniffenes Gesicht machte. Je länger wir zu dritt plauderten, desto mehr verblüffte es mich, dass er ihr nicht von dem Summen erzählt hatte. Ich fragte mich, als was er ihr unsere Gruppe präsentiert hatte. So, wie die beiden redeten, klang es, als hätte er uns als eine Art Bibelkreis dargestellt. Wahrscheinlich mussten wir alle eine Möglichkeit finden, unser altes und unser neues Leben unter einen Hut zu bringen, sodass wir und die Menschen, die wir liebten, damit umgehen konnten. Aber es sah ihm gar nicht ähnlich, das Summen geheim zu halten, wo er doch so überzeugt davon war, dass Tausende anderer Menschen es auch hören konnten. Doch als ich Crystal ansah und Elijah in der Fahrerkabine mit seinen blau gefärbten Lippen, kam mir in den Sinn, dass Damian es vielleicht aus gutem Grund vor ihnen geheim gehalten hatte. Wie noch so manche anderen Dinge in seinem Leben vermutlich. So wichtig mir das Summen auch war, ich hätte Ashley und Paul auch in Unkenntnis darüber gelassen, wenn mir dies möglich gewesen wäre. Vielleicht wären wir dann heute noch immer eine Familie. Nicht in der Lage zu sein, das Summen zu hören, wenn der Mensch, den man liebte, es konnte, war bestimmt qualvoll und verwirrend.

Wir plauderten noch eine Weile, dann trennten wir uns, wobei mir Crystal zum Abschied noch rasch einen Spezialrabatt für Freunde und Familie bei »Infinity Nails« anbot.

Auf der Rückfahrt nach Hause verspürte ich dieselbe Euphorie wie zuvor, obwohl Damians Worte in mir nachklangen. Als ich das Viertel durchquerte, fiel es mir schwer, die makellosen Gärten, die Basketballkörbe und die protzigen Familienautos mit der Bedrohung durch Überwachung und Unterwanderung in Einklang zu bringen. Ich führte mir vor Augen, dass schöne Dinge sich nicht immer flüchtig oder fragil anfühlen mussten. Ich versuchte, meine Energie wieder auf die seltsame Leichtigkeit, die ich nach dem Einschwingen empfand, zu konzentrieren. Unvermittelt stellte ich mir einen schillernden Ölfilm auf der Oberfläche einer Pfütze vor. Die Pfütze war grau und bodenlos, also vielleicht ein See. Ein See der reinen Empfindung. Und der Ölfilm – was war der Ölfilm? War ich das? Mein Leben? Aber wie konnte der Ölfilm mit dem See eins werden? Oder war ich nur dazu bestimmt, den See zu verschmutzen? Ich verlor mich so tief in diesem Bild, dass ich beinahe ein Stoppschild überfahren hätte. Eine ältere Frau, die einen Terrier an der Leine führte, warf mir einen vernichtenden Blick zu, und ich hob entschuldigend die Hände.

Den restlichen Vormittag verbrachte ich hinter dem Haus im Garten, zwischen den Purpursonnenhüten, den gelben Mädchenaugen und den silbrig-grünen Hasenohren. Ich hatte den Garten schrecklich vernachlässigt, und es war beinahe nicht mehr gutzumachen, aber es fühlte sich an, als bekäme ich durch die Arbeit wieder festen Boden unter den Füßen. Der Gartenzaun schützte mich vor Blicken. Nur die direkten Nachbarn hätten mich sehen können, aus ihren Schlafzimmern im ersten Stock, aber ich bezweifelte, dass mitten am Tag jemand da oben war. Irgendwann vergrub ich meine Hände in der heißen Erde. Ich schloss die Augen, und ich hätte schwören können, dass ich das Summen leise überall im Erdreich spürte. Ich verlor mich in dem Gefühl und ließ die Zeit an mir vorüberziehen. Würmer schlängelten sich durch meine Finger, während ich mich tiefer in das Pulsieren versenkte. Käfer ließen sich an meinem Hals nieder und krabbelten über meine Arme. Ich wurde zu ihrer Landschaft. Gab ihren Bewegungen nach. Verschmolz mit ihnen. Ich hatte das Gefühl, als würde sich etwas lösen, als würde meine Seele meiner Haut entgleiten, so wie ein Hemd von einem Kleiderbügel rutschte. Von Minute zu Minute verstärkte sich dieses Gefühl des Gelöstseins, der Körperlosigkeit, während das Summen lauter zu werden schien, bis ich mich in einer leisen Panik fragte: Ergriff es Besitz von mir? War ich dabei, mich vollständig darin zu verlieren?

Mit einem Ruck zog ich die Hände aus der Erde und erhob mich. Ich ging zurück ins Haus, in die Küche, wo ich mir lange die Hände wusch. Dann versuchte ich, Kyle anzurufen, landete aber nur auf seiner Mailbox.

Offenbar hatte er sein Telefon immer noch nicht aufgeladen. Spürte er dasselbe Gefühl des Abgleitens und Verschwindens? Ich zwang mich zur Ruhe. Es ging mir gut. Vielleicht hatte ich einfach nur ein bisschen viel Sonne abbekommen. Ich goss mir ein Glas Wasser ein. Ich umklammerte die Arbeitsplatte in der Küche. Ihre Festigkeit beruhigte mich. Ich presste meine Finger gegen ihre kühle Oberfläche, und das Gefühl schien zu bestätigen, dass ich immer noch da war, körperlich anwesend, ein zusammenhängender Körper, der mit der physischen Welt interagierte.

Als ich mich wieder gesammelt hatte, überlegte ich, ob ich zum Park gehen sollte, um nach Kyle zu sehen. Ich überlegte sogar, ob ich das Jugendamt anrufen musste. Aber wegen eines Siebzehnjährigen? Nein. Das würde die Dinge nur noch komplizierter machen, und das würde er mir nie verzeihen. Ich fragte mich, ob ich Jo anrufen sollte, um sie wegen Kyles Situation um Rat zu fragen, aber dann wäre *sie* verpflichtet gewesen, die Behörden zu informieren. Nein, ich durfte sein Vertrauen nicht so missbrauchen. Falls er mich brauchte, würde er sich schon melden. Mir wurde ganz heiß vor Zorn bei dem Gedanken, dass Brenda ihn rausgeworfen hatte – und zwar, nachdem sie mich so richtig in die Mangel genommen hatte. Sie hatte mich dafür heruntergemacht, dass ich Kyle ein bisschen Freundlichkeit und Aufmerksamkeit geschenkt hatte – und dann hatte sie ihren eigenen Sohn auf die Straße gesetzt.

Während ich mein Glas Wasser trank, versuchte ich, mich wieder an die Freude zu erinnern, die ich heute Morgen empfunden hatte, aber es wollte mir nicht recht gelingen. Ich stellte fest, dass ich Ashleys spöttisches Gelächter vermisste. Das Geräusch, wenn sie oben in ihrem Zimmer herumlief. Ihre Bücher, die sie auf allen Tischen im Haus verteilte. Ich stellte fest, dass ich den Klang von Pauls Stimme vermisste. Seinen Geruch in der Bettwäsche. Die kleinen Berührungen, an der Schulter, an der Hüfte, um mich wissen zu lassen, dass er da war, hinter mir, wenn ich kochte oder mir die Zähne putzte. Ich nahm mein Handy aus der Tasche und ließ meinen Daumen unschlüssig über Ashleys Nummer schweben. Ich stellte mir vor, wie sie mit ihrem Telefon spielte, während Paul eine Tiefkühlpizza für zwei in die Mikrowelle schob. Sie würde es bestimmt nicht den ganzen Sommer mit ihm in dieser Einzimmerwohnung auf der Ausziehcouch aushalten. Vielleicht hatte sie bereits angefangen, bei Freunden zu schlafen. *Konzentrier dich.* Ich hatte gerade das, was Jo das »Flattern« nannte. Einen Augenblick der Verzweiflung und Ratlosigkeit, in dem ich mein altes Leben vermisste, aber nicht zurückkonnte. Ich musste weiter vorangehen. Ich musste mich auf das Wunder der Gegenwart konzentrieren, das sich gerade vor mir entfaltete.

Gerade als ich mein Handy wieder einstecken wollte, klingelte es an der Tür. Ich warf einen Blick durch das Wohnzimmerfenster und sah zu meinem Entsetzen Cass' roten Toyota Prius in der Einfahrt stehen. Einen Augenblick lang war ich wie betäubt. Ich hatte keine Ahnung, was sie hier wollte und warum um Gottes willen sie unangekündigt auftauchte. Ich ging zur Tür, zögerte kurz und öffnete dann. Cass trug eine ihrer knalligen, wogenden gelben Blusen und dazu eine ihrer typischen schweren Halsketten. Sie hatte ein ungezwungenes Lächeln auf den Lippen. Es war ansteckend, und unwillkürlich lächelte ich zurück. Es war schwindelerregend, darüber nachzudenken, wie sehr sich mein Leben verändert hatte, seitdem ich sie zum letzten Mal gesehen hatte, als sie mit diesem seltsamen Gesichtsausdruck mein Klassenzimmer verlassen hatte. Wie viel ich verloren hatte. Und wie viel gewonnen.

»Cass.«

»Hallo, Schatz«, rief sie und breitete die Arme aus. Ich ließ zu, dass sie mich umarmte, war aber noch immer verstört von ihrer Anwesenheit, nachdem sie mir monatelang nicht einmal eine Textnachricht geschickt hatte. Als sie sich schließlich von mir löste, sagte ich, dass es mir unangenehm sei, sie hereinzubitten, weil es im Haus ziemlich schlimm aussah ... Doch Cass sagte nur, ich sollte mir keine Gedanken machen, obwohl ich ihren missbilligenden Blick bemerkte, als wir zusammen in die Küche gingen. Sie erklärte, es sei ein spontaner Entschluss gewesen, auf dem Rückweg von der Kirche kurz vorbeizuschauen. Ich hatte noch die Einkäufe von heute Vormittag auf der Arbeitsplatte liegen, und ich begann, sie wegzuräumen. Währenddessen sprachen wir über alles Mögliche, über ihre Pläne für den Sommer, darüber, wer bei *Drag Race* schließlich gewonnen hatte, und über das ewige Hin- und Her mit der Schulverwaltung, ob sie im Herbst nun *Kinky Boots* inszenieren durfte oder nicht. Sie fragte nach Ashleys Abschluss, worauf ich nicht näher einging. Dann fragte sie, wie es Paul gehe, und ich sagte, dass sie ihn da selbst fragen müsse.

»Im Moment reden wir nicht viel miteinander. Nicht seitdem Ashley ausgezogen ist.«

Cass wirkte schockiert. »Was? Ashley ist auch weg?«

»Ja.«

»Wohnt sie bei Paul?«

Ich nickte.

Cass stand da und beobachtete mich, während ich das Grünzeug ins Gemüsefach tat und ein paar Kekspackungen in den Schrank.

»Ich habe mir echt Sorgen um dich gemacht«, sagte sie.

»Ach ja?«, erwiderte ich kühl.

»Ja.«

Ich dankte ihr und sagte, dass ihre Sorgen vor ein paar Monaten berechtigt gewesen wären, aber jetzt nicht mehr. »Es geht mir gut.«

»Wirklich?«

»Wirklich«, sagte ich und hängte die Einkaufstaschen an den Haken unter der Spüle.

»Schätzchen, ich will nicht unhöflich sein, aber ich glaube dir nicht. Ich meine, sieh dich doch an. Paul ist weg. Ashley ist weg. Du hast deinen Job verloren. Deine Freunde …«

»Was ist mit meinen Freunden?«

»Na ja, wir machen uns alle große …«

»Meine Freunde lieben und unterstützen mich«, unterbrach ich sie. »Und ich sehe sie drei- oder viermal die Woche.«

Cass nickte. »Freut mich, das zu hören.«

Es fiel mir schwer, einzuschätzen, wie viel sie wusste. Es hätte mich nicht überrascht, wenn Paul die eine oder andere Textnachricht an Aldo oder einen der anderen Ehemänner meiner Lesekreis-Frauen geschickt hätte.

»Ehrlich gesagt, Claire, habe ich mich nicht getraut, mich zu melden, solange das Schuljahr noch lief. Es fühlte sich irgendwie falsch an. So als würde ich die Schule betrügen oder Kyle. Das war eine sehr schwierige Situation für mich.«

Ich wollte laut auflachen und sagen, dass sie absolut keine Ahnung hätte, wie schwierig die Situation für mich gewesen war. Dabei überraschte mich ihre Aussage keineswegs. Es war einfach so typisch für Cass, nur an sich und ihre eigenen Gefühle zu denken. Ich wollte sie gerade bitten, zu gehen, als sie meine Schulter berührte und sagte, sie wolle, dass ich wisse, dass sie für mich da sei. Sie versuchte, mir ernst in die Augen zu blicken, aber ich war nicht bereit, das zu akzeptieren, also schaute ich an die Decke. Sie seufzte und entschuldigte sich dafür, dass sie nicht schon früher mehr getan hätte.

»Ehrlich gesagt wusste ich nicht, was ich tun sollte. Ich wusste nicht, wie ich nützlich sein könnte.« Sie sagte, sie wisse, dass sie mich hängen gelassen habe, und dass es sie noch immer quäle.

Ich sah sie an.

»Es tut mir wirklich leid, Claire.«

Wir sprachen dann auch über das Summen, aber nur ganz allgemein. Ich hielt mich zurück, da ich nicht den Eindruck hatte, dass sie in der Lage oder auch nur gewillt war, sich wirklich damit auseinanderzusetzen. Während wir redeten, machte ich Tee und holte eine Packung Vollkornkekse aus dem Schrank. Ich erzählte ihr, wie sehr ich nach meiner Entlassung unter der Isolation gelitten hatte, und man sah ihr an, wie weh es ihr tat, das zu hören. Bestärkt von unserer alten Freundschaft und all den Jahren, die sie meine Küche kannte, holte sie ungefragt die Teetassen und Untertassen heraus und stellte sie zusammen mit Milch und Zucker auf ein Tablett. Als der Tee fertig war, zogen wir auf die Couch im Wohnzimmer um.

Während wir uns unterhielten, hatte ich das Gefühl, Cass hörte mir wirklich zu, was bei ihr nur selten vorkam, da sie die geborene Rednerin war. Aber sie hörte zu, und nach und nach entspannte ich mich und öffnete mich ein bisschen mehr. Langsam fanden wir zu unserer alten Vertrautheit zurück. Dann berichtete sie mir von ihrem eigenen Kampf gegen Einsamkeit und Verzweiflung während ihrer Chemotherapie. Ich glaube, mir war damals nicht klar gewesen, wie sehr sie sich von Aldo und ihren Freunden und unseren Kollegen in der Schule entfremdet fühlte. Ich wollte ihr gerade von meiner neu gefundenen Leichtigkeit erzählen, als sie, wie ein Falke, der auf seine Beute hinabstieß, fragte:

»Hast du schon einmal überlegt, Gott in dein Leben einzuladen?«

Ich erstarrte. Ich fühlte mich, als hätte jemand den Trick mit dem Trojanischen Pferd bei mir probiert. Man hatte eine Agentin Gottes in der Verkleidung besorgter Freundschaft bei mir eingeschleust. Es kam mir vor, als versuchte Jesus wie ein Virus durch meine Schleimhäute einzudringen, der sich in meinem Blutkreislauf vermehrte und meine Abwehrkräfte lahmlegte, bis ich bekehrt war.

Ich räusperte mich und sagte zu Cass, nein, dass ich

diese Einladung nicht in Betracht gezogen hätte. Niemals in den acht Jahren unserer Freundschaft hatte sie mir je diese Frage gestellt. In diesem Augenblick begriff ich, dass sich irgendetwas zwischen uns für immer verändert hatte, für immer kaputtgegangen war. Nur deshalb war sie jetzt imstande, so etwas zu tun. Und mir wurde klar, dass ich auf sie nun so schwach wirken musste, wie sie mich noch nie zuvor gesehen hatte.

»Ich möchte dir sagen, dass ich nach dem Gottesdienst heute Morgen eine Kerze für dich angezündet habe«, sagte sie zärtlich. »Ich habe für dich gebetet.«

Ich blickte in meine Tasse und holte tief Luft. »Merkst du nicht, dass du mir mit deinen Gebeten und Kerzen zu verstehen gibst, dass ich mein Leben nicht unter Kontrolle habe?«, fragte ich.

Sie sagte, nein, das sehe sie überhaupt nicht so. Beim Beten gehe es vor allem darum, gerade diese Kontrolle über das Leben wiederzuerlangen.

Ich sah ihr wieder ins Gesicht. »Und wenn ich dir jetzt erzählen würde, dass ich glücklich bin?«, fragte ich. »Wirklich glücklich. Dann würdest du sagen, das sei Gottes Werk, oder? Und wieder würde ein Mann die ganze Anerkennung für meine harte Arbeit bekommen.«

Darüber lachte sie ein bisschen. Ich sagte, dass ich Leid nicht als Prüfung, Bestrafung oder Schicksal ansehe. Ich erklärte ihr, dass ich in dem Summen etwas wirklich Erhabenes kennengelernt hätte – einen reinen und beglückenden Energieaustausch zwischen der Erde und mir, meinem Körper, den sie ein Gottesgeschenk oder göttliche Gnade nennen konnte, der jedoch für mich keine Bezeichnung oder Sprache benötigte. Ein Mysterium, das ich gerade erst zu erforschen begann.

Sie nickte, war jedoch sichtlich überfordert. Als ich sie mir gegenüber auf der Couch sitzen sah, wurde mir auf einmal klar, dass dies mit größter Wahrscheinlichkeit unser letztes Gespräch für sehr lange Zeit sein würde. Vielleicht sogar für immer. Es wurde mir auch klar, dass Cass und ich vielleicht niemals stärker miteinander verbunden gewesen waren als in diesem Moment. Auf einmal erkannte ich mich in ihrem Glauben und in ihrer Überzeugung wieder. Das hätte mich abstoßen sollen, hätte es früher auch getan, aber irgendwie tat es das in diesem Augenblick nicht. Ich hörte den ekstatischen Akkord, der in ihr zu schwingen begonnen hatte und sie veranlasst hatte, das Geschenk der göttlichen Offenbarung mit einem Menschen zu teilen, an dem ihr etwas lag. Sie veranlasst hatte, an einem Sonntagnachmittag in ihrem roten Toyota Prius zu mir nach Hause zu fahren, um meine Seele zu retten. In diesem Augenblick war ich beinah gewillt, das als Großmut zu betrachten. Während ich sie ansah, fragte ich mich, ob ich jemals dieses Bedürfnis verspüren würde, das Wissen um das Summen in die Welt hinauszutragen. Gehörte dies zum genetischen Code einer Offenbarung – dass sie verkündet, dass sie verbreitet werden musste?

Auf einmal stellte ich mir Hunderte und Aberhunderte Menschen vor, die sich gemeinsam einschwangen. Stadtparks voller Einschwingkreise. Konferenzräume. Sporthallen. Stadien. Ich stellte mir vor, wie die gesamte Menschheit die Urfrequenz wiederentdeckte, von der sie sich entfremdet hatte. Wie wir uns wieder mit der

Erde verbanden, zu einer Zeit, in der sie uns am meisten brauchte und wir sie.

Wir tranken in einvernehmlichem Schweigen unseren Tee aus, dann brachte ich Cass zur Tür. Als ich sie öffnete, blendete mich die Sonne wie der Blitz eines Fotoapparats. Die Straße war ruhig. Sogar den Hunden in der Nachbarschaft war es zu heiß, um noch zu bellen. Nachdem sie mich zum Abschied umarmt hatte, fragte Cass mit einem besorgten Blick:

»Es stimmt doch nicht – was alle sagen, oder?«

»Was wer sagt?«, fragte ich. Mein Hals war plötzlich wie ausgedörrt.

»Alle. Die Kollegen, unsere Freunde.« Sie sah mich verwirrt an. »Weißt du es gar nicht?«

»Wer außer dir sollte es mir erzählen?«

Sie blinzelte in die Sonne und beschirmte dann die Augen mit der Hand.

»Sie sagen, dass du eine Vergewaltigerin bist, Claire.«

Ich spürte, wie mir das Blut aus allen Gliedern wich. »Was?«

»Im gesetzlichen Sinn.«

»Oh, gut«, gab ich bitter zurück. »Bloß eine Vergewaltigerin im gesetzlichen Sinn.«

Cass schienen die Worte zu fehlen, was sehr ungewöhnlich für sie war.

»Und jetzt erzählst du mir bestimmt, dass du ihnen vehement widersprochen hast, nehme ich an«, sagte ich.

»Na ja, woher sollte ich das wissen?«, fragte sie.

»Woher du wissen solltest, dass ich keine Vergewaltigerin bin? Fragst du mich das gerade?«

»Ich weiß nicht, was zwischen dir und Kyle vorgefallen ist.«

»Meinst du das ernst?«

»Ich hatte doch auch keine Ahnung!«

Ich bat Cass, mir in die Augen zu sehen und mir ganz ehrlich zu sagen, ob sie wirklich glaube, dass ich mit einem meiner Schüler Geschlechtsverkehr gehabt hätte.

Sie schüttelte den Kopf.

»Ich weiß nicht.«

»Du weißt nicht, ob ich eine pädophile Triebtäterin bin?«

Sie blickte sich um, als ob besorgte Nachbarn mithören könnten, aber mir war das ehrlich gesagt scheißegal.

»Claire, ich habe dich und Kyle einmal in deinem Auto gesehen, als ihr an einer Ampel gestanden habt. Ungefähr eine Stunde oder so nach der Schule. Das war auf der San Mateo Road. Ich hatte gerade ein Paket bei UPS abgegeben, als ich dein Auto erkannt habe. Und dann sah ich, dass Kyle bei dir war, und ich dachte, na das ist aber komisch. Und dann habe ich euch beide zusammen lachen gesehen. Wie du ihn angesehen hast. Und ich dachte mir, o nein, o nein, zwischen denen läuft doch was.«

Ich wollte etwas sagen, aber Cass hob die Hand, um mich daran zu hindern.

»Was auch immer zwischen dir und Kyle vorgefallen ist oder nicht, ich habe keine Ahnung, das ist eine Sache zwischen dir und Gott. Aber ich sag dir eins: In diesem Augenblick wusste ich Bescheid. Ich dachte: ›Sie ist in ihn verliebt.‹ Ich konnte das in deinem Gesicht sehen.

Und ich kenne dich, Claire, ich kenne dich besser als die meisten Menschen.«

Cass spielte einen Augenblick lang mit ihren Autoschlüsseln herum, bevor sie mit einem betrübten Gesichtsausdruck wieder aufblickte.

»Und ich habe nichts gesagt«, sagte sie. »Vielleicht aus Angst. Vielleicht aus Schwäche. Ich weiß nicht. Ich bedauere es. Ich bedauere es, dass ich dich nicht deswegen zur Rede gestellt habe. Oder Valeria davon erzählt habe. Aber das muss ich mit mir selbst ausmachen.«

Ich hatte nichts zu meiner Verteidigung vorzubringen. Ich hatte nicht einmal das Gefühl, mich verteidigen zu müssen. Es hatte etwas seltsam Wohltuendes, dass Cass meinen Zustand bereits klar erkannt hatte, als ich selbst noch ganz ahnungslos war. Und doch, wie konnte ich Cass erklären, dass es sich um eine Liebe handelte, die vollkommen losgelöst von körperlichen Bedürfnissen, von sexuellem Verlangen war. Es war eine Liebe jenseits von unseren Trieben. Hier ging es um Seelenverwandtschaft. Es ging um eine spirituelle Vereinigung. War die einzige Vereinigung, die wir uns zwischen einer erwachsenen Frau und einem Jungen vorstellen konnten, wirklich Vergewaltigung?

Cass ergriff meine Hand und drückte sie kurz, als verabschiedete sie sich von einem sterbenden Patienten. Sie sagte, ich solle auf mich aufpassen. Ich nickte und sah ihr nach, wie sie über den gewundenen Plattenweg zu ihrem Auto ging.

15

EIN MANN SCHLICH hinter meinem Haus herum. Ich bekam ihn nie zu Gesicht, aber ich wusste, dass er dort war. Er ging hin und her und löste den Bewegungsmelder für die Beleuchtung aus. Zuerst dachte ich, es sei ein Kojote, aber die Lampe ging immer wieder an und aus. Ein Kojote wäre vor dem Licht sofort geflohen. Ich wusste, es war ein Mann. Frauen schlichen nicht in fremden Gärten herum. Zugegeben war ich selbst einmal um das Haus der Campaneles herumgeschlichen, aber nicht so. Nicht so hartnäckig und bedrohlich. Es war kurz nach Mitternacht, und ich saß auf der Couch. Die Jalousien waren heruntergelassen, und das Licht war aus, also konnte er nicht ins Innere sehen. Ich wollte ans Fenster gehen und verstohlen hinausschauen, aber ich hatte entsetzliche Angst, er könnte mich bemerken. Er würde sehen, dass ich eine Frau und allein war. Vielleicht wusste er das bereits. Vielleicht hatte er alles längst ausgekundschaftet, kannte mein Kommen und Gehen. Ich presste die Zeigefinger auf die Augenlider, damit sie zu zucken aufhörten.

Ich glaube, niemand ahnt, wie viel Zeit wir alleinstehenden Frauen damit verbringen, uns voller Angst genau dieses Szenario auszumalen. Wie oft wir spüren, dass da irgendjemand hinter uns steht, wenn wir das Licht ausschalten. Wie oft wir etwas flüchtig aus dem Augenwinkel wahrnehmen und herumfahren und nur einen leeren Raum sehen. Oder wie viele Stunden wir im Bett liegend Schritten auf der Treppe lauschen oder hören, wie sich das automatische Garagentor öffnet oder wie die Türklingel mitten in der Nacht läutet, dass wir erschrocken davon aufwachen. Doch natürlich ist dann niemand an der Tür. Die Garage ist verschlossen. Niemand versteckt sich im Haus, auf der Treppe oder im Nebenzimmer.

Aber das hier war anders. Die Lampe im Garten war an. Da draußen war jemand und bewegte sich. In diesem Moment sah ich einen Schatten über die Jalousien huschen. *Bleib ruhig!* Was wollte er? Warum brach er nicht einfach ein? Ich überlegte, ob ich ein Messer aus der Küche holen sollte, aber nein, es wäre ein Leichtes für ihn, mich zu überwältigen und ihm so eine Waffe in die Hand zu geben. Mir fiel ein, dass es Kyle sein könnte, aber warum klingelte er nicht einfach? Eine Sekunde lang fragte ich mich, ob es vielleicht Paul war, der versuchte, mich auszuspionieren. Nein, das war verrückt. Ich hielt mein Handy in der Hand, aber ich wusste nicht, wen ich anrufen sollte. Die Polizei vielleicht. Aber ich konnte die Polizei nicht anrufen, nur weil die Lampen in meinem Garten an- und ausgingen. Ich musste schon einen Verdächtigen beobachten. Ich versuchte, Kyle anzurufen, landete aber erneut nur auf seiner Mailbox. Dann rief ich Jo an. Sie nahm beim dritten Klingeln ab.

»Claire?«

Es klang, als hätte ich sie geweckt. Ich entschuldigte mich für den späten Anruf.

»Was ist los, Liebes?«, fragte sie.

Ich erklärte die Situation und versuchte dabei, die Panik in meiner Stimme zu verbergen. Sie sagte, ich müsse eine Möglichkeit finden, aus dem Fenster zu schauen, um die Situation einzuschätzen.

»Ich kann nicht. Nicht vom Wohnzimmer aus.«

»Dann von einem Zimmer im ersten Stock.«

»Was, wenn er mich sieht?«

»Claire, er wird es nicht mitbekommen, wenn du kurz einen Blick aus einem Zimmer im ersten Stock wirfst.«

Ich sagte, wenn ich von der Couch aufstand, würde er vielleicht sehen, wie sich mein Schatten hinter den Jalousien bewegte.

»Du hast gesagt, das Licht ist aus, oder?

»Ja.«

»Dann gibt es keine Schatten. Geh einfach nach oben. Du schaffst das.«

Genau in diesem Moment ging die Lampe im Garten aus, und alles versank in Dunkelheit. Ich stand auf und durchquerte das Wohnzimmer bis zum Flur, das Handy noch immer ans Ohr gedrückt. Ich konnte Jo atmen hören. Allein das Wissen, dass sie mich hörte, half mir. Ich entschuldigte mich flüsternd bei ihr, und sie sagte, ich solle keinen Blödsinn reden. »Du weißt, ich bin immer für dich da. Zu jeder Tageszeit.«

Ich hatte den Flur zum Treppenhaus halb durchquert, als draußen die Lampe wieder anging. Ich erzählte das Jo, und sie sagte, ich solle ruhig bleiben und weitergehen. Ich erreichte die Treppe und begann, in den dunklen ersten Stock hinaufzusteigen. Wie eine Schlafwandlerin erreichte ich Ashleys Zimmer und stieß die Tür auf. Durch die geöffneten Lamellen der Jalousien fielen schräge Lichtstreifen auf ihr Bett. Ich trat ans Fenster, drückte mich gegen die Wand und sah vorsichtig nach unten in den Garten. Die Lampe über der Terrassentür tauchte alles in grelles Licht. Ich wartete fünf Sekunden, zehn – und sah nichts. Keine Bewegung. Da war niemand.

»Überhaupt nichts?«, fragte Jo.

»Nichts.«

»Und das Licht ist immer noch an?«

»Ja, genau.«

Irgendwie brachte mich das noch mehr aus der Fassung. Hätte ich einen Mann hin und her laufen sehen, dann hätte ich meine Angst wenigstens auf ein Objekt richten können. Nichts war verstörender als diese Abwesenheit. Jo sagte, dass vermutlich der Bewegungsmelder defekt sei, aber im tiefsten Innern wusste ich, dass dies nicht der Fall war. Ich wusste, dass etwas da draußen war und dass die Bewegungsmelder auf etwas reagiert hatten, das ich selbst nicht wahrnehmen konnte. Jo empfahl, ich solle den Garten weiter beobachten, und ich tat das weitere zehn Sekunden lang, und dann gingen die Lampen wieder aus.

In der anschließenden Finsternis zerbrach die Membran zwischen Außen und Innen. Was auch immer sich an mein Haus heranschlich, konnte auf einmal überall sein, unten oder hier oben und sogar im Kleiderschrank des Schlafzimmers. Jo sagte, ich solle mich auf meinen Atem konzentrieren, aber ich schaffte es nicht, ihn unter Kontrolle zu bekommen.

»Claire, soll ich mich ins Auto setzen und vorbeikommen?«

»Nein. Ich will dich nicht in Gefahr bringen.«

Sie sagte, sie ziehe gerade ihre Schuhe an. »Wir sind sofort bei dir.«

»Bitte leg nicht auf, Jo.«

»Okay, mach ich nicht, Liebes. Ich muss das Telefon bloß kurz hinlegen, um meine Schuhe anzuziehen, okay?«

»Okay. Aber bitte leg nicht auf.«

»Mach ich nicht. Versprochen.«

In diesem Augenblick verspürte ich eine beinahe überwältigende Liebe zu ihr. Ich wollte es gerade in Worte fassen, aber da hörte ich, wie sie nach Howard rief und ihm die Situation schilderte, und Howard, diese Seele von Mensch, erklärte sich, ohne eine Sekunde zu zögern, bereit, mit ihr zu kommen. Und dann erklang Jos Stimme wieder in der Leitung, sanft und ruhig. Sie teilte mir mit, dass sie auf dem Weg nach draußen seien und innerhalb der nächsten fünf Minuten bei mir sein müssten. Ich ließ mich zu Boden sinken und saß da, in der Dunkelheit von Ashleys Zimmer, wie ein Stück von der Wand gerissene Tapete, und wartete auf ihre Ankunft.

Jo redete mit mir, auf der Fahrt und während sie den Weg zu meiner Haustür hochgingen, und dann klingelte sie. Ich lief nach unten und öffnete die Tür und umarmte sie alle beide, als ob sie mich nach zwei Wochen aus einem überfluteten Keller gerettet hätten. Sie machten das Licht im Flur, in der Küche und im Wohnzimmer an, und gemeinsam durchsuchten wir das ganze Haus. Als wir nichts Ungewöhnliches entdecken konnten, öffnete Howard die Schiebetür zur Terrasse und trat hinaus. Sofort ging die Lampe über der Tür an.

»Nichts«, sagte er, als er sich umsah.

Jo und ich traten ebenfalls hinaus auf die hell beleuchtete Terrasse. Es duftete nach den blühenden Kreosotbüschen am hinteren Zaun. Jo suchte den Garten eine Weile lang nach Fußspuren ab, aber die einzigen, die sie fand, waren meine eigenen von heute Vormittag, rund um die Blumenbeete.

»Es tut mir so leid«, sagte ich, »dass ich euch geweckt habe und ihr kommen musstet. Ich komme mir so lächerlich vor.«

»Red nicht so«, beruhigte mich Jo und drückte meine Schulter. »Du stehst unter Stress.«

Ich erzählte ihnen, dass ich noch immer nicht richtig schlafen konnte.

»Ist das immer noch nicht besser?«, fragte Howard besorgt. Er selbst habe damit keine Probleme. Im Gegenteil, meistens wiege ihn das Summen in den Schlaf.

Ich wollte ihnen von meinem Einschwingen mit Kyle in der Nacht zuvor erzählen, wie weit wir gekommen waren und wie aufregend und erschreckend zugleich es gewesen war. Von dem geradezu dissoziativen Zustand am Morgen danach. Dem Gefühl, vollständig von der Resonanz durchdrungen zu sein. Wie sich dieses Gefühl im Verlauf des Tages verstärkt hatte, bis ich den Eindruck bekam, es sei gar nichts mehr von mir übrig, und ich in Panik ausbrach, weil ich mich vollständig von ihr verschluckt fühlte. Aber ich hatte Angst, sie könnten ungehalten reagieren. Oder wütend. Oder verständnislos. Aber vermutlich hätten Sie mich verstanden. Vermutlich kannten sie das Gefühl, das ich meinte, nur zu gut.

Am Ende sagte ich nichts. Howard steckte die Hände in die Hosentaschen. Jo schlang ihren Arm um mich und zog mich an sich. Ich fühlte mich ein bisschen wie eine Tochter der beiden. Oder ihr Haustier. Eine geliebte Last. Ich stand mit ihnen im Garten und lauschte dem Geräusch, das uns einander so nahegebracht hatte. Dann blickte ich zum Himmel hoch, der mit Sternen übersät war, und dachte an Kyle, der sechs Blocks entfernt in seinem Zelt lag, zusammengekuschelt neben seiner Leselampe, mit einem Buch, das auf seiner Brust ruhte. Ich dachte an Ashley und Paul in ihrer Einzimmerwohnung mit Blick auf den Parkplatz, die vermutlich gerade zu Bett gingen, wenn sie nicht bereits schliefen. Und ich dachte an mein Bett im ersten Stock, seine kalte Übergröße und die ruhelose Nacht, die mich erwartete.

16

DAMIAN KNALLTE SEINE Pistole auf den Couchtisch.

Leslie schnappte nach Luft, und Shawn schüttelte den Kopf: »Jetzt mach aber mal halblang, okay?«

»Steck die weg«, sagte Howard und stand auf.

»Die haben es auf uns abgesehen«, sagte Damian.

»Damian«, sagte Jo und legte ihre Hand auf seinen Arm. Es war Mittag, die Jalousien im Esszimmer waren heruntergelassen. Alle starrten auf die Waffe. Obwohl es mir damals nicht klar war, erlebten wir gerade so etwas wie die Ruhe vor dem Sturm.

»Die haben uns im Visier«, sagte Damian und schüttelte Jos Hand ab. »Wir können nicht tatenlos hier rumsitzen und einfach warten, dass …«

»Das interessiert mich nicht«, unterbrach Howard ihn.

»Das sollte es aber. Leute haben angefangen, eins und eins zusammenzuzählen, Howard. Auf 4chan, auf Reddit. Es gibt noch viel mehr Leute da draußen, die die Resonanz hören können, und sie werden aufgespürt und ausgeschaltet.«

Nora sah ihn erschrocken an: »Ausgeschaltet?«

»Alle möglichen Leute können sie hören«, fuhr Damian fort.

»Ich weiß«, sagte Howard. »Melbourne, Bristol, München, Calgary, auf der ganzen Welt. Natürlich können sie das.«

»Und dann liest du diese Subreddits und all diese Geschichten – von Leuten, die plötzlich gefeuert werden, bei denen plötzlich die Polizei zu Hause auftaucht, von mysteriösen Todesfällen …«

»Jetzt komm mal wieder auf den Teppich.«

»Ihr wisst das nicht, weil ihr nicht darauf achtet.«

Damians Gesicht war rot angelaufen.

Emily sah ihn verwirrt an. »Aber warum … ich meine, ich verstehe nicht …?«

»Weil sie nicht wollen, dass wir es wissen.«

»Wer sind ›sie‹?«, fragte Shawn. »Meinst du die Regierung?«

»Was ist ›4chan‹?«, wollte Nora wissen.

Kyle erklärte ihr leise, dass 4chan ein Art Internetforum sei, bei dem jeder, auch ohne Account, Inhalte posten könne, was ihre Verwirrung jedoch kaum zu mindern schien. Emily machte Nora Zeichen, dass auch sie nicht verstand, worum es dabei ging.

»Es geht um eine Ebene noch weit über der Regierung«, fuhr Damian fort und setzte sich wieder auf die Stuhlkante. »Ich meine die kleine Elite von Machtmenschen, die alles kontrolliert.«

»O Gott«, stöhnte Shawn, »jetzt komm uns nicht mit der jüdischen Weltverschwörung.«

»Sie wissen schon seit Jahrhunderten von der Resonanz«, fuhr Damian unbeirrt fort.

»Damian, schau meine Nase an«, sagte Shawn und zeigte auf sie.

»Und sie haben ihre Kraft benutzt, um ihre Stellung an der Spitze der Pyramide zu sichern.«

»Damian, siehst du meine Nase?«

»Das ist größer als die Regierung oder das Militär.«

»Fang bitte nicht damit an«, sagte Shawn.

Schließlich wandte Damian sich Shawn zu. »Es sind nicht bloß die Juden.«

»Okay, nicht *bloß*, großartig.«

Normalerweise hätte ich mich über Shawns Zwischenrufe kaputtgelacht, aber heute fühlte ich mich zu schwach dazu.

»Und sie hören uns auch jetzt in diesem Moment zu«, sagte Damian, »sie haben uns die ganze Zeit zugehört, und glaubt mir, sie werden gegen uns vorgehen.«

»Vorgehen«, sagte Emily entrüstet.

»Weil wir ihr Geheimnis kennen. Sie haben es jahrhundertelang vor uns geheim gehalten, aber wir stehen kurz davor, es zu lüften.«

»Damian …« Howard wollte sich einmischen, aber Damian zeigte mit dem Finger auf ihn.

»Und sie haben dafür gesorgt, Howard, dass du bei der Virginia Tech rausgeworfen wurdest, glaub bloß nicht das Gegenteil. Und du auch, Claire«, fügte er hinzu und versuchte, mir ins Gesicht zu sehen.

Mit all der Geduld, die ich aufbringen konnte, erwiderte ich, dass ich bezweifelte, dass sich die »F. G. Saunders«-Highschool auf dem Radar der Freimaurer oder wem auch immer befand.

»Es sind die Illuminaten, Claire«, scherzte Shawn. »Ich sage nur – *Eyes Wide Shut.*«

»Und jetzt wird dein Haus ausgekundschaftet«, sagte Damian zu mir.

Ich hätte das niemals erwähnen sollen. Ich hatte es nur getan, um zu erklären, warum ich an diesem Morgen so blass und müde aussah. Die anderen hatten sich besorgt nach meinem Befinden erkundigt, als ich bei Howard und Jo eingetroffen war. Mia hatte erklärt, ich sähe aus, als hätte ich ein Gespenst gesehen. Es war nicht meine Absicht gewesen, Damian Zündstoff zu liefern.

»Wir wissen das nicht«, sagte Jo zu Damian.

»Und Mias Computer ist gehackt worden.«

»Wie bitte?«, fragte Jo.

Howard wandte sich Mia zu.

»Davon habe ich gar nichts gehört.«

Mia nickte. »Ich habe neulich Abend Damian angerufen, weil er früher so Cyberkram gemacht hat und ähm …«

»Warum, was ist passiert?«, drängte Howard.

»Na ja. Der Cursor auf meinem Bildschirm hat angefangen, sich von selbst zu bewegen.«

»Das kann passieren«, sagte Howard.

»Was meinst du damit, das kann passieren?«, fuhr Damian ihn an. »Das bedeutet, dass jemand ihren Computer gehackt hat und sie ausspioniert.«

Howard schnaubte gereizt. »Oder das Touchpad ist einfach kaputt.«

»Aber es ist nicht kaputt«, gab Damian zurück.

»Das ist es ja gerade«, sagte Mia. »Ich habe den Rechner gerade erst gekauft.«

»Ein Cursor, der sich von selbst bewegt …«, setzte Howard an.

»Howard, das war früher mal mein Spezialgebiet«, schnitt Damian ihm das Wort ab. »Ich bin rüber zu Mia gegangen und habe es mir angesehen. Glaubst du mir nicht? Aaron Alexis. Aaron Alexis, ein Zivilist, der über ein Subunternehmen für das Militär gearbeitet hat. Am 16. September 2013 betritt er eine Marinebasis in Washington, D.C. Klingelt da was? Er bringt zwölf Leute um und dann sich selbst. Erinnert sich noch jemand?«

»Ja … ich«, sagte Emily, nickte und runzelte die Stirn.

»Direkt vor der Tat hat er auf Facebook gepostet, dass er seit über einem Jahr das Summen höre und dass er kurz davor gewesen sei, das Geheimnis zu lüften, aber Sie hätten ihn nicht in Ruhe gelassen. Er wurde wegen eines defekten Rücklichts ins Gefängnis gesteckt, weil es schon das dritte Mal war. Er verlor seine Arbeit, seine Frau verließ ihn, die Frau bekam das Sorgerecht für die Kinder. Ärzte redeten ihm ein, dass er verrückt sei. Verschrieben ihm massenhaft Medikamente.«

»Okay …«, rief Howard und hob die Hände. Doch Damian war nicht zu bremsen.

»Bloß weil er es gehört hat. Bloß weil er versucht hat, das Geheimnis zu lüften. Und das ist eine Geschichte von tausend.«

Mia beugte sich vor, streckte die Hände aus, als versuchte sie, irgendetwas schwer Fassbares zu greifen.

»Also du sagst …«

»3. Oktober 2013«, fuhr Damian fort. »Miriam Carey, eine junge Mutter und Dentalhygienikerin. Sie meldet den lokalen Behörden, dass sie das Summen hört, und man fängt an, sie zu verfolgen. Ihr Telefon wird abgehört. Sie erhält seltsame Anrufe. Verdächtige Autos parken vor ihrem Haus. Schließlich dreht sie durch und fährt von ihrer Wohnung in Connecticut ganz bis nach Washington, D.C., versucht, einen Sicherheits-Checkpoint vor dem Weißen Haus zu durchbrechen und wird vom Geheimdienst – ihr könnt euch das alles auf YouTube ansehen –, wird vom Geheimdienst bis kurz vor dem Kapitol verfolgt, wo sie ihren Wagen mit Kugeln durchsieben und sie töten. Während ihre kleine Tochter mit im Auto sitzt«.

»Damian, du redest hier von Leuten, die eindeutig psychische Probleme hatten«, sagte Jo.

»Nein, siehst du, genau das, *ganz genau* das erzählen sie uns«, schrie Damian sie an.

Jo warf mir einen resignierten Blick zu.

»Was ist mit der Tochter passiert«, fragte Nora schmerzerfüllt.

»Wie durch ein Wunder hat sie überlebt.«

»Warte mal«, hakte Mia nach. »Du sagst, dass eine Gruppe von Leuten vor langer Zeit, lange vor uns, die Resonanz entdeckt hat …«

»Und seitdem die Weltbank kontrolliert«, fügte Shawn mit einem süffisanten Grinsen hinzu. Er lehnte sich auf seinem Stuhl zurück und verschränkte die Arme vor der Brust.

»Lach nur …«

»Und den Internationalen Währungsfonds.«

»… aber sie werden gegen uns vorgehen.«

»Die Resonanz ist doch bloß ein Geräusch, Damian«, erklärte Mia. »Wieso sollte das irgendwen …?«

»Das ist das Geheimnis, dem wir auf der Spur sind«, sagte Damian mit Nachdruck.

»Es ist definitiv mehr als bloß ein Geräusch«, sagte Leslie.

Damian dankte ihr mit einer Handbewegung für die Schützenhilfe.

»Ihr habt ihre Macht gespürt …«, sagte er.

»Ja, aber ich regiere damit nicht die Welt«, warf Mia ein.

»… und andere haben es auch, schon seit langer Zeit, und es gibt einen Grund, einen sehr guten Grund dafür, dass der Rest der Welt nichts von alldem weiß, und zwar, weil man es uns verheimlicht.«

»Es reicht jetzt, Damian«, sagte Howard bestimmt und zeigte auf die Pistole. »Und steck das hier gefälligst weg.«

»Ja, ich kann mir das auch nicht anhören«, sagte ich. Ich sah zu Kyle, und an seinem ratlosen Gesichtsausdruck konnte ich erkennen, dass es ihm genauso ging.

»Glaubt ihr wirklich, wir sind die Einzigen, die das entdeckt haben?«, fragte Damian mich.

»Natürlich nicht«, antwortete Jo.

»Überall auf der Welt«, sagte Damian und sah mich eindringlich an, »zu allen Zeiten haben Leute entdeckt, dass sie es hören und für sich nutzen können, und jeder Einzelne von ihnen wurde zum Schweigen gebracht oder für verrückt erklärt oder ins Gefängnis gesteckt oder eliminiert. Systematisch.«

Howard, auf dessen Stirn sich jetzt deutlich eine große Ader abzeichnete, zeigte auf Damian. »Ich werde mir das nicht länger anhören. Ich bin Wissenschaftler. Ich habe keine Zeit für derartige Verschwörungstheorien.«

»Die Verschwörung ist das, was sie uns antun«, sagte Damian. »Es ist nur so lange eine Theorie, bis es Beweise gibt, und die Beweise sind überall um uns herum, wir sind der lebende Beweis dafür, dass …«

»*Genug*«, schrie Howard, und alle sahen ihn entsetzt

an. »*Es reicht.* Steck diese Pistole weg oder verschwinde!«

Damian sah ihn schockiert an. »Ich soll gehen?«

»Ich sage das nicht zweimal.«

»Du willst mich rauswerfen?«

»Ich …«

»Einfach so?«, fragte Damian. »Das ist meine Familie, Howard. Ich mache das, weil ihr meine Familie seid.«

»Ich weiß«, murmelte Howard, der seinen Wutausbruch bereits zu bereuen schien.

Emily nickte. »Das wissen wir, Schatz.«

»Es geht darum, das zu verteidigen, was uns am meisten bedeutet.«

Nora beugte sich vor und berührte Damians Hand. »Damian, bitte. Steck sie … einfach wieder ein.«

Und schließlich, auf Noras sanftes Drängen hin, gab er nach. Er nahm die Pistole vom Couchtisch und steckte wie wieder in das Holster unter seinem weiten Flanellhemd.

»Ich fass es nicht, dass du mich rausschmeißen wolltest«, sagte er leise und sah Howard an.

»Wollte ich ja gar nicht … Tut mir leid.«

Ich holte Luft. Erst jetzt merkte ich, dass ich die Hände zu Fäusten geballt hatte. Ich verspürte eine seltsame Mischung aus Wut und Beschützerinstinkt gegenüber Damian. Vielleicht war es das Bedürfnis, ihn vor sich selbst zu beschützen.

»Wir sind füreinander da«, sagte Jo, und ihre ruhige Stimme war eine kühlende Wohltat für die erhitzten Gemüter. »Und wir lieben uns. Stimmt's?«

Alle nickten und sahen sich an.

»Lasst es uns sagen, damit wir es nicht vergessen: Wir lieben uns.«

Wir sagten es, mehr oder weniger synchron.

»Und wir befinden uns auf einem wunderschönen und schwierigen Weg, und natürlich liegen Herausforderungen vor uns, aber Angst und Spaltung können wir jetzt nicht brauchen«, sagte Jo.

Shawn holte eine Tupperware-Dose aus einem Jutebeutel, auf dem das Logo eines Literaturfestivals prangte. »Was wir jetzt brauchen, sind leckere vegane Samosas, und Gott sei Dank habe ich zwölf davon gemacht.«

Alle lachten, und Mia klatschte Beifall.

»Sie sind nicht mehr warm, aber immerhin köstliche ölgetränkte Kohlenhydrate«, sagte Shawn.

Er öffnete den Deckel und schickte die Dose auf ihre Reise durch den Kreis.

»Seid ihr alle okay?«, fragte Mia. »Geht es uns allen gut?«

»Ich sage bloß, dass sie es auf uns abgesehen haben«, brummte Damian.

In diesem Moment klingelte es. Das Timing hätte nicht besser sein können.

Damian fuhr herum und zeigte auf die Tür.

Shawn brach in sein unnachahmliches Gelächter aus und riss die Arme hoch.

»Hey, Nostradamus!«

»Ay, dios mío«, murmelte Nora.

Howard stand auf, um die Tür zu öffnen, aber Jo hielt ihn zurück.

»Alles in Ordnung«, sagte er zu ihr.

»Schatz, bitte«, sagte Jo und flehte Howard an, das Klingeln zu ignorieren, aber er bestand darauf, nachzusehen, wer es war. Er ging in den Flur, trat zur Tür und schaute durch den Spion.

»Es ist eine Frau«, sagte er. »Ich kenne sie nicht.«

»Wie sieht sie aus?«, fragte Jo, die hinter ihn getreten war und die Arme um sich geschlungen hatte.

»Sie ist blond. Um die vierzig.«

Als es erneut klingelte, sprang Kyle auf, lief zur Tür und sah durch den Spion.

»Verdammt«, stieß er hervor. »Es ist meine Mom.«

»Gott sei Dank«, lachte Emily erleichtert. »Mein Herz …« Sie klopfte mit der Faust gegen ihre Brust.

Es klingelte erneut, und Kyle wandte sich mit verzweifelter Miene an Howard und Jo. »Bitte nicht …«

»Sie wird so lange weiterklingeln, bis jemand aufmacht«, sagte Jo.

»Ich weiß.«

»Keiner von uns will noch einmal eine Szene wie neulich erleben«, bemerkte Leslie.

»Nein, um Gottes willen«, sagte Nora.

Emily stand auf. »Ich könnte rausgehen und mit ihr reden.«

»Nein«, entgegnete Kyle entschieden. »Sie versucht, mich von euch zu trennen, aber ich kann nicht, ihr seid meine … Ich muss hier sein, bei euch, und sie wird das nie akzeptieren. Wenn ich mit ihr nach Hause gehe, wird sie verhindern, dass ich wiederkomme.«

Mia versicherte ihm, dass wir das nicht zulassen würden.

»Sie wird mich fertigmachen und mich zu irgendwelchen Ärzten schicken, und ich kann … ich kann sie jetzt nicht sehen. Bitte.«

Jo nahm ihn in den Arm. »Natürlich, Schatz.«

Damian hatte sich ans Panoramafenster gestellt und spähte durch den Vorhang hinaus.

»Ich sag es nur ungern, Claire«, berichtete er, »aber dein Mann ist auch da draußen.«

»Was?«

»Mit einem Mädchen, das wie deine Tochter aussieht.«

Mir wurde übel, während die anderen ihrem Unglauben Ausdruck verliehen. Ich ging ans Fenster, zog den Vorhang ein Stück zur Seite und spähte hinaus. Paul und Ashley standen neben Pauls Auto. Sie schienen zu streiten.

»Sie haben meine Mutter bestimmt hergefahren«, sagte Kyle.

Ich hatte Kyle gebeten, Paul nicht die verdammte Nummer seiner Mutter zu geben, und das hatten wir jetzt davon. Ich beobachtete meinen Ehemann und meine Tochter, wie sie stumm die Lippen bewegten, und fragte mich, ob Ihnen je in den Sinn gekommen war, dass sie gerade Verrat begingen. Diese Frau war der Grund dafür, warum ich keinen verdammten Job mehr hatte, kapierten sie das nicht? Und jetzt verschworen sie sich mit ihr gegen mich? Wie taktvoll! Die Türklingel ertönte erneut, und Shawn scherzte, wir könnten ein Trinkspiel daraus machen.

»Ich finde wirklich, jemand sollte ihr einfach sagen …«, fing Emily an und sah zu Kyle. »Entschuldige, wie heißt deine Mom?«

»Brenda.«

»Sag Brenda, dass du glücklich und wohlauf bist, aber dass du nicht rauskommst.«

»Nein, du kennst meine Mutter nicht. Das würde verdammt schlecht ankommen.«

»Ich frag mich bloß ...«

»Nein, Emily, glaub mir, sie flippt total aus. Es ist besser, wir warten einfach, bis sie aufgibt.«

In diesem Moment erhob Brenda ihre Stimme, als wollte sie mit ihrem Gebrüll die Tür einreißen.

»Kyle! Mach die verfluchte Tür auf! Glaub ja nicht, dass ich hier ohne dich weggehe! Ich kann warten. Ich hab den ganzen gottverdammten Tag Zeit, Freundchen, elender Lügner, von wegen, du bist bei Mark! Wie lange geht das schon? Ich steh bei ihm vor der Tür, und er hat keine Ahnung, wovon ich rede. Kannst du dir vorstellen, wie ich mich gefühlt habe? Und jetzt an alle da drinnen: Ich werde eure Ärsche hinter Gitter bringen. Hört ihr mich? Claire Devon, ich weiß, dass du da drin bist.«

Ich wechselte Blicke mit den anderen. Shawn setzte ein komisch übertriebenes Panikgesicht auf, wie das Munch-Gemälde, das mich trotz der Umstände zum Lachen brachte. Ich glaube nicht, dass ihm der Ernst der Lage bewusst war.

»Ich rede mit dir, Claire. *Ich bin eine Mutter wie du*, und wenn du noch einen Rest Anstand im Leib hast, Claire, dann gib mir meinen Sohn zurück, oder ich schwöre bei Gott, ich mach dich fertig.«

Ihn zurückgeben? Ich war verblüfft. Frau, du hast ihn rausgeschmissen!

Ich sah Kyle an. »Sie hat dich rausgeschmissen!«

»Mehr oder weniger.«

»Mehr oder weniger?«

Brenda polterte unterdessen weiter. »Ich konnte nicht mehr schlafen, hab keinen Bissen mehr runtergekriegt«, schimpfte sie. »Hab jeden einzelnen seiner Freunde angerufen, an alle Türen geklopft, Nachrichten auf Facebook gepostet und die Polizei angerufen. Dabei habt ihr ihn die ganze Zeit hier festgehalten, wie eine Geisel. Hey? Das ist eine *Geiselnahme*. Ihr habt meinen Jungen gekidnappt, einen *minderjährigen Jungen*. Überlegt mal, wie das rüberkommen wird, wenn ich euch vor Gericht schleppe, na?«

Ich sah Kyle an und versuchte zu enträtseln, was er mit »mehr oder weniger« gemeint hatte.

»Wir haben uns gestritten, und ich bin gegangen«, erklärte er.

»Du bist abgehauen«, sagte ich und ging auf ihn zu.

»Ich musste.«

»Du hast mir erzählt, sie habe dich rausgeschmissen.«

»Sie hat versucht, mich daran zu hindern, dich zu sehen.«

Ich hätte ihn schütteln können. »Du hast sie die ganze Zeit angelogen.«

»Das ist doch jetzt egal.«

»Ist es nicht«, sagte ich. Mir wurde schwindelig. »Ist es kein bisschen.«

Brenda klingelte erneut. »Kyle! Hör zu! Tu mir das nicht an. Du weißt, dass ich dich liebe, mein Junge, das weißt du, und du weißt, ich will nicht, dass du dich von den falschen Leuten in irgendwas reinziehen lässt. Das sind keine guten Menschen. Die sind nicht normal …«

Shawn schnaubte. »Zeig mir jemanden, der normal ist, Lady.«

Brenda brüllte weiter. »Sie kennen dich nicht, Kyle. Mein Schatz. Sie wollen nicht dein Bestes, verstehst du? Das sind verängstigte, kranke, unsichere Leute, die was von dir wollen, okay? Du musst mir vertrauen, ich kenn mich aus, ich hab so einiges erlebt, ich weiß alles über diese Art Leute. Sie tun nett und hilfsbereit und sagen dir, du bist was Besonderes, aber sie sind krank im Kopf und ziehen dich runter. Sie geben dir nichts, sie nehmen nur, nehmen dir alles weg, Kyle. Kyle? Hörst du? Ich weiß, du kannst mich hören. Komm ans Fenster, wenn du mich hören kannst …«

Während Brenda vor der Tür ihren Monolog hielt, stand Kyle trotzig da und erklärte, er sei siebzehn und habe das Recht, von zu Hause auszuziehen.

»Sie hat das Sorgerecht für dich«, fuhr ich ihn an und zeigte auf die Tür.

»Das ist egal, er ist über sechzehn«, sagte Howard.

»Wir können auch für ihn sorgen«, sagte Damian.

»Na klar, erzähl das mal vor Gericht«, erwiderte ich.

Ich starrte Kyle zornig an und beschwor ihn, mit ihr zu reden.

»Ich habe ihr nichts zu sagen.«

»Kyle …«

In diesem Augenblick begann mein Handy in der Tasche zu vibrieren. Ich holte es heraus und sah, dass Ashley dran war. Ich ging durch das Wohnzimmer in eine ruhige Ecke, um das Gespräch anzunehmen.

»Ash?«

»Warum hast du die ganze Zeit nicht abgenommen?«

»Es tut mir leid, alles war so …«

»Ich wollte, dass Dad sie aufhält, aber er hat nur gesagt: ›Die haben ihren Sohn‹. Was soll ich dazu sagen?«

»Ash …«

»Nein, hör zu, Mom. Du musst mir jetzt zuhören. Ich habe Dad gesagt, dass ihr alle bloß eure Ruhe haben wollt.«

»Ja.«

»Und er sagt, das habe er begriffen, deshalb ist er gegangen und hat dich in Ruhe gelassen, und jetzt sieh dir an, wohin das geführt hat. Ein Kind ist gekidnappt worden.«

»Das ist …«

»… Bullshit, ich weiß, aber genauso sieht es für Außenstehende aus. Ich hab gesagt, Dad, die sitzen da bloß rum und hören diesem Summen zu, oder was weiß ich, aber er hat gesagt, Ash, die Vorhänge sind zu, mitten am Tag. Kannst du dir das bei deiner Mutter vorstellen? Von wegen, weil du ja nicht mal nachts mit geschlossenen Vorhängen schläfst. Er hat gesagt, du bist nicht du selbst, du hast die Kontrolle verloren. Und ich hab gesagt, ihr habt beide die Kontrolle verloren, und diese bescheuerte Brenda Francis auch. Er hat gesagt, es würde keinen Stress geben. Er hat es versprochen. Wir sollten bei ihr zu Hause eine Tasse Kaffee trinken, mit ihr über die Situation reden und ihr helfen, Kyle zu finden, das war's, und dann hat sie uns gezwungen, zu dir zu fahren, weil wir dachten, ihr seid vielleicht dort, und als ihr nicht da wart … Sie hat Dad die ganze Zeit total manipuliert.«

Ich schloss die Augen und lehnte mich gegen die Wand. »Gib mir deinen Vater.«

»Liebst du ihn?«

»Was?«

»Liebst du ihn immer noch, liebst du Dad?«

»Natürlich tue ich das.«

»Dann sorg dafür, dass das aufhört.«

»Gib ihn mir einfach.«

»Und was ist mit mir?«

»Ash. Du weißt, ich liebe dich.«

»Dann komm raus. Jetzt sofort, mit Kyle. Und wir können alle nach Hause gehen.«

Ich erklärte ihr, das sei unmöglich.

Sie sagte, wenn ich nicht rauskäme, würde Brenda die Polizei rufen.

»Ash, hör mir gut zu. Du darfst nicht zulassen, dass Brenda die Polizei ruft. Hast du irgendeine Ahnung, was das für mich bedeuten würde?«

Sie antwortete nicht. »Ash? Hallo?«

»Ich hab eine Scheißangst«, flüsterte sie.

»Dann hör auf. Geh nach Hause.«

»Ich? Du sagst mir, ich soll ... Du hast dich mit einem Haufen Wahnsinniger in einem Haus eingesperrt und die Vorhänge zugezogen, und du sagst mir, ich soll aufhören?«

»Sprich nicht so. Diese Leute sind meine Familie.«

»Familie? Was zum Teufel redest du da?«

»Du hast keine Ahnung, was wir durchgemacht haben, Ash.«

»Mom, deine Familie bin ich. Dad ist deine Familie.«

»Ich kann nicht glauben, dass ihr hier mit Brenda

auftaucht, die mein Leben ruiniert hat und die du überhaupt erst in die Sache reingezogen hast, mit deinen gottverdammten Nachrichten, weißt du, wie demütigend das ist …«

»Oh, wow, na klar, fang ruhig wieder damit an.«

»… dich und deinen Vater da draußen mit ihr rumstehen zu sehen? Mich so zu verraten! Ihr habt mich fallen lassen wie eine heiße Kartoffel, Ash.«

»Was redest du da für einen Mist? Wir lieben dich, und wir haben Angst um dich, Mom.«

»Ihr habt diese Situation nur noch schlimmer gemacht.«

»*Du* hast diese Situation *gemacht*. Ich meine, was ist das hier wert? Was um Gottes willen kann diesen Ärger wert sein?«

»Ich habe es gespürt.«

»Was gespürt?«

Ich holte tief Luft, dann versuchte ich ihr zu erklären, was das Summen für uns bedeutete, versuchte den Segen zu beschreiben, die Reinheit der Erfahrung, zu der wir Zugang gefunden hatten, die gemeinsame Verbindung, die Ganzheitlichkeit, die mehr war, als der Verstand je zu fassen in der Lage war, mehr war als das Körperliche, mehr als die Orgasmen …

»Orgasmen?«, rief sie panisch.

»Eine Lust, die über den Körper hinausgeht, Ash. Etwas so vollkommen Grenzenloses … Warum weinst du? Hörst du nicht, was ich sage? Wir haben das Geheimnis des Summens gelüftet.«

»Sex?«

»Was?«

»Durch Sex?«

»Nein. Nein. Durch den Klang der Erde selbst. Ich kann nicht …«

»Hör auf. Ich kann das nicht mit anhören.«

»Und wir sind im Frieden mit uns.«

»Mom, hör zu …«

»Einem wahrhaft befreienden Frieden.«

»Das bringt mich um«, sagte sie und schrie dann in ihr Handy: »Du bringst mich um.«

Ich erstarrte. Ihre Worte rissen mir das Herz aus dem Leib. Konnte ein Kind etwas Schlimmeres zu seiner Mutter sagen? Ich schloss die Augen, um die Tränen zu unterdrücken. »Bitte sag das nicht«, hauchte ich schließlich.

»Wenn du mich liebst, dann kommst du jetzt durch diese verdammte Tür.«

Ich sagte ihr, das sei unmöglich.

»Dann liebst du mich nicht.«

»Ash …«

»Du liebst mich nicht.«

»Ich liebe dich mehr als alles auf der …«

»Nein, tust du nicht! Tust du verdammt noch mal …«

Und dann brach die Verbindung ab.

»Ash? Ashley?«

Ich ging zurück ans Fenster und spähte durch die Vorhänge nach draußen. Ich sah Ashleys Handy zerschmettert auf dem Asphalt vor ihr liegen. Sie stritt sich wieder mit Paul, und Brenda ging zu ihnen. Die drei beratschlagten. Brenda tobte vor Wut, sie gestikulierte wild und zeigte auf das Haus, und Paul schien sein Bestes zu geben, um die Situation zu entspannen. Ashley hob die Hände, ging zur Beifahrerseite des Autos, stieg ein und schlug die Tür zu. Sie saß dort und wartete mit verschränkten Armen, aber es sah nicht so aus, als wären Brenda oder Paul bereit, so bald wegzugehen, Brenda am allerwenigsten. Ich wandte mich wieder dem Zimmer zu, den besorgten, erwartungsvollen Gesichtern der Gruppe und sagte: »Ich glaube, das kann eine Weile dauern.«

Und natürlich traf dann irgendwann die Polizei ein.

17

ICH MUSS KLIPP und klar sagen, dass ich mich niemals für die Gruppe und gegen Ashley oder Paul entschieden habe. Anschuldigungen dieser Art fand ich schon immer absurd. Immer wieder erstaunt mich, wie viele Fremde oder sogenannte Experten eine Meinung darüber haben, was für eine Mutter ich bin oder war. Verpisst euch doch alle, okay? Ich wäre für Ashley durch die Wüste gekrochen. Doch warum kam ich dann nicht aus dem Haus gerannt, als sie anrief? Glauben Sie nicht, ich hätte mir über diese Frage nicht das Hirn zermartert. Die Sache ist, dass ich ohne die Unterstützung der Gruppe ganz einfach den Verstand verloren hätte. Es hätte niemanden mehr gegeben, den Ashley eine Mutter hätte nennen können oder Paul eine Frau. Außerdem kann ich nicht genug betonen, wie sehr ich mich für Kyle verantwortlich fühlte, der trotz seiner zur Schau getragenen Selbstsicherheit sehr verletzlich war. Hinzu kam, dass ich damals schon seit Monaten an Schlafmangel litt und mich seit unseren Einschwingsitzungen sogar noch schwindeliger und oft völlig von mir losgelöst fühlte. Die Leute fragen mich, ob ich die Entscheidung bereue oder irgendeine andere Entscheidung, die ich später an diesem Abend traf, dann sage ich, dass solche Fragen müßig sind. Ich würde jedenfalls meine Zeit nicht damit verschwenden, mir Gedanken über etwas zu machen, was nicht mehr zu ändern ist.

Bis zum Einbruch der Dunkelheit hatte sich ein kleines Grüppchen besorgter Nachbarn versammelt, und außerdem war bereits mindestens ein Ü-Wagen der Lokalnachrichten eingetroffen. Brenda und Paul waren immer noch da draußen, aber Ashley konnte ich nicht sehen. Das Polizeilicht flackerte durch die Jalousien und tauchte das Wohnzimmer in Blau und Rot. Irgendwann kam ein Polizist an die Tür. Howard öffnete, und der Beamte und er unterhielten sich kurz. Ich bekam nicht alles mit, aber es schien um Kyle zu gehen. Howard weigerte sich, den Beamten eintreten zu lassen, wies auf das Fehlen eines Hausdurchsuchungsbefehls hin, doch im selben Augenblick versuchte der Polizist, seinen Einlass zu erzwingen, und Howard musste ihm die Tür vor der Nase zuschlagen. Alle waren erschüttert und stritten eine Zeit lang darüber, wie man die Situation am besten entspannen könne. Um unsere Nerven zu beruhigen, dimmte Jo die Beleuchtung herunter und legte Musik auf – Ambient-Worldmusic-Klänge, die eher in eine Yogaschule oder ein Wellnesscenter gepasst hätten. Sie kochte eine Linsensuppe für uns, die wir im Wohnzimmer sitzend aus Schalen schlürften. Nora saß mit geschlossenen Augen in einem Sessel und schickte zweisprachige Stoßgebete gen Himmel. Sie erinnerte mich an eine Taube, die zusammengekauert auf einem Fensterbrett hockte, um sich vor dem Regen zu schützen. Irgendwann stand Damian auf und warf einen Blick in den Garten hinter dem Haus, vermutlich, um zu sehen, ob man uns eingekesselt hatte.

Kyle und ich saßen zusammen auf der Couch, ein wenig abseits von den anderen. Ich hatte Magenkrämpfe und machte ein gequältes Gesicht. Kyle fragte mich, wie es mir ginge. Nicht so toll, sagte ich. Er erwiderte, ich sehe aus wie ein Gespenst, und ehrlich gesagt fühlte ich mich auch so. Alles fühlte sich irgendwie – dünn an. Das war das Wort, das mir einfiel, um es zu beschreiben. Meine Haut. Mein Atem. Meine Verankerung in der Realität.

»Das Summen ist dagegen so intensiv«, fügte ich an. »Seit neulich Nacht im Park …«

»Was neulich Nacht passiert ist, war gut«, unterbrach er mich. »Ich hoffe, du bereust es nicht.«

»Natürlich bereue ich es nicht. Es fällt mir bloß jedes Mal schwerer zurückzukommen, wenn wir uns einschwingen«, sagte ich. »Ich habe das Gefühl, wenn ich es noch mal mache, werde ich vielleicht einfach hineingleiten und nie wieder herauskommen.«

»Was meinst du mit ›nie wieder herauskommen‹?«

»Mich einfach für immer darin verlieren.«

Ich sah, dass ich ihn verunsicherte, und bekam ein schlechtes Gewissen. Er konnte es jetzt wirklich nicht brauchen, dass ich zu allem Überfluss auch noch abdrehte. Aber seit neulich Nacht war ich tatsächlich in meinen Grundfesten erschüttert. Vielleicht waren wir zu tief in die Resonanz eingedrungen. Oder vielleicht hatten wir irgendetwas falsch gemacht. Wir hätten uns niemals allein einschwingen sollen.

»Das ist alles so krass, so ausweglos«, murmelte Kyle mit einem kurzen Blick auf das Fenster.

Ich griff nach seiner Hand, und er drückte sie sanft. »Du weißt, du könntest das jetzt sofort beenden«, sagte ich. »Du musst einfach nur durch diese Tür gehen.«

Er betrachtete prüfend mein Gesicht. »Ja, und ich würde dich niemals wiedersehen. Sie würden das nicht zulassen.«

»Vielleicht müssen wir dieses Opfer bringen«, sagte ich und wies mit einem Nicken auf die anderen im Zimmer. »Für sie.«

Er schüttelte unwillig den Kopf. »Ich will bei dir sein«, sagte er.

Ich seufzte. »Und ich will unbedingt, dass wir hier rauskommen, und zwar nicht auf der Rückbank eines Polizeiautos. Ich bin für dich verantwortlich.«

»Wir sind füreinander verantwortlich. Wir sind zusammen hierhergekommen.«

»Aber ...«

»Und entweder wir bleiben zusammen hier, oder wir gehen gemeinsam da raus«, sagte er.

Ohne es auszusprechen, wussten wir beide, dass sie uns trennen würden, wenn wir gingen. Zusammen würden wir nur noch für den Zeitraum sein, der uns in diesem Haus blieb.

Ich sagte zu Kyle, dass ich mich fühlte, als wäre gerade eine Welt um mich herum zusammengebrochen. »Und ich weiß nicht, was ohne dich davon übrig bleibt«, fügte ich an. »Oder ohne dieses Haus. Ich wäre ganz allein mit dem Summen und ..«

»Dann lass uns hier zusammen bleiben.«

»Je länger wir hier drinbleiben, desto größer wird der Druck, bis irgendwann alles in die Luft fliegt. Und wenn das passiert, wird es alles zerstören. Nicht bloß uns.«

»Ihr zwei scheint viel zu besprechen zu haben«, sagte Howard unvermittelt und sah zu uns herüber. Die anderen im Zimmer verstummten und drehten sich zu uns um.

»Wir fragen uns nur, wie es weitergehen soll«, sagte ich.

»Claire, Liebes, das sind wir doch schon durchgegangen«, sagte Jo.

»Wir sind eine Gruppe, und wir müssen als Gruppe planen«, sagte Howard.

»Vielleicht reicht es, wenn sie Kyle sehen«, schlug ich vor. »Oder mit ihm sprechen.«

Jo sagte, wenn wir vor die Tür gingen, würden sie uns trennen und einen nach dem anderen verhaften. »Solange wir bleiben, haben wir eine starke Verhandlungsposition«, erklärte sie.

»Was gibt es da zu verhandeln?«, fragte ich. »Sie verlangen, dass wir rauskommen, und das tun wir nicht. Wir haben keine Forderungen.«

»Wir fordern, dass sie uns in Frieden lassen«, sagte Howard.

»Das ist keine besonders realistische Forderung«, erwiderte ich.

Wir stritten noch eine Weile herum, kamen aber zu keinem Ergebnis. Nach einer Pause fragte Mia, ob ich ganz sicher nichts essen wolle. Ich sagte, ich könne nichts herunterkriegen.

»Es ist superlecker, Jo«, lobte Shawn.

»O danke. Aber das war wirklich ganz schnell gemacht.«

Emily lachte anerkennend. »Mit drei Polizeiautos und einem Ü-Wagen vor der Tür! Mir ist es schon zu viel Stress, wenn Toms Bruder und Schwester zu Besuch sind.«

Mia fragte Nora, ob sie satt sei, und Nora nickte. Sie umklammerte das kleine goldene Kruzifix an ihrer Kette. Jo fragte, ob sie vielleicht in ein anderes Zimmer gehen wolle, um zu beten oder um zur Ruhe zu kommen, aber Nora sagte, nein, es gehe ihr gut, danke.

In diesem Augenblick kam Damian aus der Küche. Er sagte, er habe einen Plan für einen möglichen Fluchtweg durch den Garten.

Howard unterbrach ihn. »Wir brauchen keinen Fluchtweg.«

»Ich denke schon.«

»Was wir brauchen, ist einen kühlen Kopf und Geduld.«

»Wir haben es hier nicht nur mit der örtlichen Polizei zu tun, Howard.«

Mia winkte Damian zu. »Warum setzt du dich nicht ein bisschen zu mir?«

»Lass das«, sagte er gereizt. »Ich bin keins von deinen autistischen Kindern. Komm mir nicht mit diesem ›Setz dich zu mir‹-Scheiß!«

Mia starrte ihn fassungslos an und hob dann die Hände – als gäbe sie es auf.

Bevor irgendjemand von uns darauf reagieren konnte, war von draußen plötzlich ein hoher Piepton und dann eine Megafonstimme zu hören.

»*Achtung, hier spricht die Polizei!*«

Alle wandten sich erschrocken dem Fenster zu.

»*Wir haben nicht die Absicht, Gewalt anzuwenden.*«

»Nicht die Absicht«, lachte Jo bitter.

»Wir haben nicht vor, irgendjemanden zu verhaften.«

Damian verschränkte die Arme. »Na klar.«

»Wir wollen bloß sichergehen, dass alle im Innern des Gebäudes wohlauf sind.«

»Sehr aufmerksam«, sagte Leslie.

»Also, irgendwie tun sie mir leid«, warf Emily ein.

Mia sah sie an. »Die Bullen?«

»Sie versuchen bloß, ihre Arbeit zu machen«, sagte Emily und wandte sich zu Damian um. »Ich meine, du müsstest eigentlich ein bisschen Mitgefühl haben. Du weißt, was es heißt zu dienen.«

»Der Einsatz hier steht in keinem Verhältnis zur Situation«, erwiderte er.

»Es gibt noch nicht einmal eine Situation«, sagte ich. »Das hier ist nur ein Haus mit ein paar Leuten drin.«

»Aber das wissen die nicht«, warf Emily ein. »Sie stellen sich wer weiß was vor.«

Mia nickte. »Ich finde, wir sollten jemanden als eine Art Sprecher nach draußen schicken.«

»Nein«, sagte Howard. »Ich habe euch gesagt, dann stürmen sie sofort hier herein.«

»Es ist eine Straftat, Ausreißerkinder bei sich aufzunehmen«, wandte Jo ein.

»Aber er ist kein Kind«, sagte ich. »Er ist siebzehn.«

»Aber wenn sie glauben, wir halten ihn hier gegen seinen Willen fest …«

»Ich will nicht mit ihnen mitgehen«, sagte Kyle.

Emily hob eine Hand, um ihn zu beruhigen. »Das wissen wir.«

»Sie werden verhindern, dass ich euch wiedersehe.«

Leslie versicherte ihm, dass wir nicht zulassen würden, dass es so weit käme. Etwas vollmundig, wie ich fand.

»Wir können aber auch nicht zulassen, dass die Situation unnötig eskaliert«, warf Emily ein.

Mia, die gerade etwas auf ihrem Handy nachgeschaut hatte, reichte es Jo. »Hier! Ab sechzehn darf man ohne Einwilligung der Eltern von zu Hause ausziehen. Siehst du? Und wenn sie nicht beweisen können, dass ihm physische Gefahr droht, haben sie keine Handhabe.«

»Tja, das werden sie zu beweisen versuchen«, sagte Jo und blickte von Mias Handy auf. »Genau das werden sie feststellen wollen.«

»Ich habe ja mit dem Polizisten gesprochen«, sagte Howard. »Ihre Entscheidung ist schon gefallen. Die werden hier reinkommen, uns festnehmen und Kyle zurück zu seiner Mutter bringen.«

»Trotzdem finde ich, dass wir irgendwie mit ihnen kommunizieren sollten«, warf Mia ein.

Emily nickte. »Schweigen ist viel zu verdächtig.«

»Aber wir sollten niemanden rausschicken«, sagte Leslie. »Sonst fangen sie an, uns einen nach dem anderen in die Mangel zu nehmen …«

»Wie wäre es, wenn wir am Fenster mit ihnen kommunizieren?«, schlug Shawn vor. »Wir machen ein großes Schild, irgendetwas wie: ›Wir sind hier zu neunt. Alle sind wohlauf.‹ Ähm. ›Alles friedlich. Sind hier aus freien Stücken. Bitte lassen Sie uns in Ruhe.‹ Oder so was in der Art.«

»Genau, und dann packen die ihre Sachen zusammen und gehen nach Hause«, sagte Damian.

»Na ja, einen Versuch wäre es wert.«

»Auf jeden Fall«, stimmte Emily zu. »Schweigen ist ein bisschen wie …«

»Trotz«, fiel Mia ein. »Wie ein Stinkefinger.«

»Ich bin mit einer Botschaft am Fenster einverstanden«, sagte Jo.

Howard nickte, und Nora meinte, sie finde, das sei eine gute Idee.

Jo sah sich im Zimmer um. »Irgendwelche Gegenargumente?«, fragte sie.

Niemand sagte etwas, also stand Jo auf und verließ das Zimmer, um Stifte und Pappe zu holen.

»Und wenn nötig, können wir das Schild regelmäßig aktualisieren«, sagte Shawn.

Leslie sagte, dass wir uns mit dem Schild besser nicht ans Fenster stellen sollten, sicher ist sicher.

»Nein, natürlich nicht, wir machen es mit Klebeband fest«, sagte Shawn.

»Was – glaubst du, die schießen auf uns?«, scherzte Kyle und sah Leslie an.

»Nein, nur Fotos. Wir sollten die nicht mehr Fotos von uns machen lassen wie nötig.«

»Als«, sagte Shawn.

»Was?«

»Mehr *als* nötig. Tut mir leid, ich bin ein Grammatik-Nazi.«

»Vielleicht solltest du dann das Schild schreiben«, sagte sie und lachte schüchtern.

»Vielleicht sollte ich das«, sagte er und lächelte zurück.

Jo kam ins Zimmer und brachte mehrere Bögen Tonkarton, dicke Filzstifte und eine Rolle Klebeband mit.

»Also dann …« Sie legte die Kartonbögen auf einen großformatigen Bildband über brutalistische Architektur. »Nehmt vielleicht dieses Buch als Unterlage, damit wir den Tisch nicht zerkratzen«, sagte sie.

»Ich liebe diesen Tisch«, erklärte Emily und strich mit der Hand über seine Oberfläche.

»Danke, das ist Mangoholz.«

»Okay«, sagte Shawn und setzte sich neben den Tisch auf den Boden.

»Fandet ihr das gut? ›Wir sind hier zu neunt. Alle sind wohlauf. Alles friedlich. Sind hier aus freien Stücken. Bitte lassen Sie uns in Ruhe.‹«

»Warum müssen wir die genaue Anzahl nennen?«, fragte Howard.

Ich fand, es klinge, als wären wir eingeschlossene Bergleute.

»Das tut ›sind wohlauf‹ auch«, erwiderte Jo und sah mich an. »Wie ›sind wohlauf und haben ausreichend Sauerstoff‹.«

»Vielleicht sollten wir es einfacher formulieren«, sagte Shawn, »zum Beispiel: ›Wir haben uns aus freien Stücken auf diesem Privatgrundstück versammelt – *friedlich* auf diesem Privatgrundstück versammelt. Bitte respektieren Sie unsere Privatsphäre.‹«

Damian nickte. »Das ist gut.«

»Bis auf die Wiederholung – ›Privatgrundstück‹ und ›Privatsphäre‹.«

»Ja, das ist nicht gut«, sagte Shawn verlegen.

»Dann lassen wir einfach das erste ›Privat‹ weg«, schlug Mia vor.

»›Wir sind friedlich und aus freien Stücken auf diesem Grundstück versammelt. Bitte respektieren Sie unsere Privatsphäre.‹«

»Großartig«, sagte Howard. »Dann ab in den Druck damit.«

Shawn zog die Schutzkappe eines schwarzen Filzstifts ab und begann, in Großbuchstaben den Bogen zu beschreiben. Er schätzte den Platz falsch ein und musste die Worte »unsere Privatsphäre« in eine ungeplante dritte Zeile quetschen, aber es war immer noch gut lesbar. Dann hielt er das Schild hoch und sagte: »Freiwillige vor!«

Damian schlug vor, Kyle sollte es tun. »Damit sie wissen, dass er wohlauf ist.«

»Und genug Sauerstoff hat«, sagte Mia.

»Und Herr seiner eigenen Entscheidungen ist«, fügte Jo hinzu.

Shawn überreichte Kyle das Schild. Kyle ging damit ans Fenster und trat vor den Vorhang. Überraschtes Rufen und Stimmengewirr war von draußen zu hören. Kyle klebte das Schild an der Scheibe fest und trat dann wieder zurück in den Raum.

»Gerade ist noch ein weiterer Ü-Wagen gekommen«, sagte er.

Howard machte große Augen. »Ach ja?«

»KCTV.«

»Grundgütiger!«

Shawn lächelte ungläubig, als befände er sich bereits in der Zukunft und blickte auf eine kuriose Anekdote zurück. Damian verließ das Zimmer und kam kurz darauf mit seinem Rucksack zurück. Er holte seinen Laptop heraus, klappte ihn auf, stellte ihn auf den

Couchtisch und ging auf die Seite mit dem Nachrichten-Livestream von KCTV.

»Ich will das nicht sehen«, sagte Howard, und Mia nickte zustimmend.

»Ich schon«, sagte Shawn.

Damian hob die Hand, um seine Kompromissbereitschaft anzudeuten. »Ich lasse es stumm laufen.«

»Ich kann das nicht«, murmelte Nora.

Jo legte ihr eine Hand auf den Oberschenkel. »Es ist furchtbar, oder?«

»Ich … ich muss hier weg«, stieß Nora hervor und stand von ihrem Stuhl auf. Ihre Hände zitterten.

»Weg?«

»Ich kann nicht bleiben, es tut mir leid.«

Jo stand auf, hielt Nora bei den Schultern. »Beruhige dich.«

»Ich will das nicht mehr.«

»Alles wird gut.«

»Ich will nicht mehr mitmachen«, sagte Nora und machte einen Schritt weg von Jo.

»Nora, wir haben eine Abmachung«, sagte Jo.

»Ich weiß, aber ich kann nicht. Tut mir leid. Ich kriege hier drinnen keine Luft mehr.«

»Willst du kurz in den Garten?«, fragte Shawn.

»Ich will nach Hause«, sagte sie. Ihre Miene verriet Panik. »Ich will meinen Sohn sehen. Ich will nicht ins Fernsehen oder Probleme mit der Polizei bekommen. Ich will das nicht.«

Howard stand auf.

»Nora, wir brauchen dich jetzt. Mehr denn je zuvor.«

»Tut mir leid«, sagte sie, schüttelte den Kopf und brach in Tränen aus.

»Ich verstehe das nicht«, sagte Jo. »Nach allem, was wir gemeinsam durchgemacht haben.«

»Es tut mir leid. Ich liebe euch, aber ich muss nach Hause. Ich muss meinen Jungen sehen.«

»Du willst also wirklich rausgehen«, sagte Leslie in schneidendem Tonfall. »Zu dieser Meute da?«

»Ich habe keine andere Wahl.«

»Natürlich hast du die«, sagte Jo.

»Nora, die Leute da draußen werden auch wieder abziehen«, versuchte Howard, sie zu beruhigen.

»Ich weiß, aber ...«

Howard ging einen Schritt auf sie zu. »Du musst stark sein und Geduld haben.«

»Aber ich kann nicht, ich habe keine Geduld, ich bin nicht stark. Ich habe Angst und will weg.«

»Doch, du bist stark«, sagte Jo. »Ich weiß das, ich habe es gesehen.«

»Mein Entschluss steht fest«, sagte Nora und nahm all ihren Mut zusammen. »Tut mir leid.« Sie sah zu den anderen. »Ich liebe euch alle. Aber ich muss gehen.«

Sie ging Richtung Flur, aber Leslie trat ihr in den Weg. »Halt, warte! Das war's also?«

»Ich komme wieder.«

»Nein, du kapierst es nicht«, fauchte Leslie und stieß Nora einen Zeigefinger gegen die Brust. »Wenn du gehst, schadest du uns allen. Dann machst du uns alle verwundbar.«

»Sie werden versuchen, dich gegen uns auszuspielen«, erklärte Jo.

»Nein, ich …«

»Du bist stärker, als du denkst, Nora.«

Leslie brachte ihr Gesicht ganz nah an das von Nora. »Wenn du da rausgehst, brauchst du dich hier nicht mehr blicken zu lassen.«

Shawn wirkte schockiert. »Les!«

»Das ist Verrat«, rief sie aus.

Noras Gesicht wurde hart und trotzig. »Auf Wiedersehen, Leslie!«

Nora versuchte, sich an Leslie vorbeizudrängen, aber Leslie hielt sie mit eisernem Griff fest. Nora begann, um sich zu schlagen und zu schreien, sie solle sie loslassen, bevor Jo Leslie zu Hilfe eilte und zu Nora sagte: »Liebes, du musst dich zusammenreißen, okay?«

»Bitte, lasst mich gehen«, flehte Nora.

Howard streckte die Hand aus, um sie zu beruhigen. »Nora …«

»Fass mich nicht an!«

»Wir sitzen alle im selben Boot«, sagte er. »Und wir versuchen, dich zu beschützen.«

»Lasst mich gehen, jetzt sofort. Lasst *mich los!*«, schrie sie mit hochrotem Kopf.

Jo hielt sie jetzt umklammert, beinahe wie im Schwitzkasten.

»Nora, du musst dich jetzt beruhigen. Hörst du? Konzentrier dich! Ich will, dass du dich mit mir einschwingst.«

Leslie bat die anderen, dabei zu helfen, sie zu beruhigen. Mia und Damian umklammerten Noras Beine, als sie Howard zu treten versuchte. Emily umkreiste die Kämpfenden, wollte eingreifen, wusste aber nicht wie.

Shawn, Kyle und ich standen ein paar Schritte abseits und sahen entsetzt zu. »Leute!«, schrie Shawn in das Getümmel.

Emily beugte sich schließlich vor, um Nora ins Gesicht zu sehen. »Liebes, bitte«, gurrte sie. »Denk daran, was auf dem Spiel steht.«

Damian hielt Nora vor, dass man sie verhaften werde, wenn sie jetzt hinausginge, und dass die versuchen würden, sie zu brechen.

»Leute!«, schrie Shawn noch einmal. Aber seine Stimme ging unter.

»Und sie werden dich gegen uns ausspielen«, fuhr Damian fort.

»Du musst dich jetzt konzentrieren«, sagte Jo eindringlich. Doch Nora schrie noch immer, man solle sie loslassen. Ihre Stirn war schweißnass und ihre Haare zerzaust. Ich sah zu Kyle. Er war wie erstarrt.

»Du machst das nur schlimmer für dich«, rief Leslie.

»Legt sie auf den Boden«, schlug Howard vor.

»Leute, bitte!«, flehte Shawn. »Das ist doch Wahnsinn.«

»Ich zähle bis drei«, sagte Howard.

Ich hielt es nicht länger aus. Ich trat einen Schritt vor und brüllte: »Lasst sie los!«

»Eins …«

»Bitte!«

»Zwei …«

In diesem Moment rutschte Mia ab oder lockerte ihren Griff, auf jeden Fall riss Nora einen Arm los und stieß Leslie ihren Ellbogen in den Magen. Die grunzte und krümmte sich, wodurch die anderen ins Straucheln gerieten und Nora nach Luft schnappend und zappelnd freikam, ihre Augen in wilder Angst aufgerissen. »*Dios ten piedad de vosotros.*« Sie spuckte die Worte förmlich aus, bevor sie in den Flur stürmte, die Haustür aufriss und hinausrannte.

Jo zeigte verzweifelt auf die weit offen stehende Tür und schrie: »Macht sie zu, macht sie zu, macht sie zu!«

Damian war als Erster bei der Tür, knallte sie zu und schloss ab.

»Das war nicht okay!«, schrie Shawn.

Mia schüttelte den Kopf. »Das hätte wirklich nicht sein müssen«, sagte sie resigniert.

Leslie richtete sich mit wutverzerrter Miene auf. »Gut, dass wir sie los sind!«, keuchte sie.

Ich blickte Leslie an, diese Frau, die ich seit knapp einem halben Jahr meine Freundin nannte und mit der ich einige meiner intimsten Geheimnisse geteilt hatte – sie erschien mir plötzlich grausam und fremd. Ihre helle Bluse hatte Flecken von dem Lippenstift einer anderen Frau. Sie wandte sich zu uns um. »Ganz ehrlich, ich glaube nicht, dass Nora es überhaupt gehört hat. Ich glaube, sie hat die ganze Zeit nur so getan.«

Und dann bemerkten wir auf dem Bildschirm von Damians Laptop den Livestream der Nachrichten, der zeigte, wie sich Nora in der Einfahrt durch die Menge der Reporter drängte. Damian schaltete den Ton ein, und wir hörten, wie sie mit Fragen bombardiert wurde.

»Schließlich ist doch jemand aus dem Haus gekommen. Ma'am! Ma'am! Wie viele Leute sind da drin?«

»Ma'am, wie heißen Sie?«

»Wie viele sind da drin?«

»Waren Sie eine Geisel?«

Jo neben mir stieß hörbar die Luft aus und schüttelte den Kopf.

Mia murmelte: »Mein Gott!«

»Was ist da drin los?«, fragte einer der Reporter. »Können Sie die Situation beschreiben?«

»Sind Sie Mitglied einer Sex-Sekte?«

Nora schaute benommen in die Kamera. »Was?«

Emily sah vom Bildschirm auf, blickte verstört in die Runde. »Was hat er da gerade gesagt?«

»Nein … nein, nein«, stammelte Nora, schüttelte den Kopf und versuchte erneut, sich einen Weg durch das Gedränge zu bahnen.

»Handelt es sich um eine Sex-Sekte, Ma'am?«

»Ma'am, wer ist da drin?«

Jo schüttelte noch immer den Kopf.

»Wow! Hat er wirklich ›Sex-Sekte‹ gesagt?«, fragte Emily.

»Wie zum Teufel kommt der Typ auf so was?«, murmelte Damian in seine Faust.

Ich glaubte zu wissen, wie der Typ auf so etwas gekommen war, und bei dem Gedanken stieg unbändige Wut in mir auf.

»Wer sind diese Leute?«, fragte ein anderer Reporter.

»Was soll das denn heißen?«, fragte Emily und musterte fragend unsere Gesichter.

»Können Sie uns Namen nennen?«, fragte ein Reporter.

»Das sind meine Nachbarn«, sagte Nora und blickte mit verschmierter Mascara in die Kamera. »Es sind gute Menschen.«

»Und so fängt es an«, sagte Howard leise, wie zu sich selbst.

Während Nora aus dem Bild verschwand, trat ein Reporter wieder vor die Kamera.

»Wie Sie gerade gesehen haben, sind wir immer noch nicht sicher, wer diese Frau war, aber sie scheint entweder ein Mitglied der Sequoia-Crescent-Sekte zu sein, oder möglicherweise wurde sie von ihnen als Geisel gehalten. Was wir bisher wissen, ist, dass sich der siebzehnjährige Kyle Francis« – an dieser Stelle wurde Kyles Foto aus dem Schuljahrbuch eingeblendet –, »der in diesem Jahr seinen Abschluss an der ›F. G. Saunders‹-Highschool gemacht hat, in dem Haus befindet und dort angeblich gegen seinen Willen festgehalten wird. Ebenfalls in dem Haus befindet sich seine ehemalige Englischlehrerin Claire Devon« – eine ziemlich unscharfe Vergrößerung meines Gesichts vom Gruppenfoto der Lehrer erschien auf dem Bildschirm –, »die Anfang dieses Jahres entlassen wurde, nachdem herausgekommen war ...«

Leslie knallte den Laptop zu. »Ich halte das nicht aus.«

»Danke«, sagte Howard.

Shawn warf Leslie und Jo böse Blicke zu.»Was ihr gemacht habt, war echt krank.«

»Sie hat uns verraten«, gab Leslie zurück. »Wir sind eine Familie.«

»Leute können kommen und gehen, wie sie wollen«, fuhr er sie an. »Wenn jemand ...«

»Die Familie kann man sich nicht aussuchen«, konterte Leslie. »Die Familie verlässt man nicht, wenn es hart auf hart kommt.«

»Und wenn man missbraucht wird?«

»Missbraucht?«

Jo starrte ihn an, als hätte das Wort sie wie ein Speer durchbohrt.

»Wer hat hier irgendjemanden missbraucht?«

»Ich sage bloß …«

Leslie ließ ihn nicht ausreden. »Wir haben unsere intimsten Geheimnisse mit ihr geteilt. Wenn jemand gehen will, dann sollte er das jetzt tun«, sagte sie und deutete zur Tür, »denn eins kann ich euch versichern, es wird hier noch hoch hergehen.« Sie sah grimmig in die Runde. »Also? Will jemand gehen?«

Jo runzelte die Stirn. »Claire, hast du uns etwas zu sagen?«

Ich kam mir vor, als hätte man mich beim Schummeln erwischt. »N-nein.«

»Es sieht aber so aus.«

»Ich …«

Kyle sah mich besorgt an. »Alles in Ordnung mit dir?«

Ihre Aufmerksamkeit verwirrte mich, bis ich merkte, dass sich mein Mund öffnete und schloss wie der eines Fischs. Meine Hände zitterten leicht. Auf einmal hatte ich das Gefühl, ich könnte jeden Augenblick zusammenbrechen. Aber ich sagte, dass es mir gut gehe, wirklich. Ich wollte nur, dass sie aufhörten, mich anzustarren.

»Die Sache hat uns alle ein wenig mitgenommen«, sagte Emily in dem Versuch, die Gemüter zu beruhigen.

Howard deutete auf den zugeklappten Laptop. »Das könnte alles zunichtemachen, wofür wir gearbeitet haben.«

Leslie nickte. »Allerdings.«

»Sie werden das Haus stürmen«, sagte Damian. »Da führt kein Weg daran vorbei.«

Jo widersprach – es sei niemandem damit gedient, den Teufel an die Wand zu malen.

Howard zeigte auf das Fenster. »Jo, direkt vor unserem Haus findet gerade eine Live-Nachrichtensendung statt.«

»Ja, das ist mir bewusst.«

»Sie bezeichnen uns als Sex-Sekte.«

Sie hob die Arme und ließ sie fallen. »Ja, ich weiß.«

»Ich würde sagen, das ist eine Katastrophe.«

»Was hast du erwartet?«, fragte sie und musterte ihn.

»Na ja …«

Sie wandte sich an uns alle. »Was wir hier machen, ist von historischer Bedeutung. Natürlich sind da Fernsehkameras. Natürlich gibt es Fehlinformationen, Panikmache, natürlich kommt es zu Rufmord. Das wussten wir.«

Emily schaltete sich ein. »Aber was sind wir?«, fragte sie. »Wer oder was sind wir wirklich? Wir können ihnen sagen, was wir nicht sind. Wir sind keine Sex-Sekte. Aber was sind wir wirklich?«

Leslie stellte die Gegenfrage, ob das wichtig sei, und Emily sagte, ja, sie finde, es sei sehr wichtig.

»Und sei es nur für uns selbst.«

»Ich bin nicht sicher, ob ich das nötig finde«, sagte Howard.

»Wenn nicht, werden die Leute einen Namen für uns erfinden, sie können nicht anders. Es macht ihnen Angst, wenn es für etwas keinen Namen gibt«, sagte Jo.

Shawn schien über Emilys Frage nachzudenken. »Wir sind eine Art …«

»Eine Zelle«, schlug Damian vor.

»Eine was?«, fragte Mia.

»Ihr wisst schon, wie eine …«

»Das klingt, als wären wir Terroristen«, sagte Shawn.

Leslie sagte, dass sie nicht das Bedürfnis habe, uns zu definieren.

»Wir sind einfach Nachbarn«, schlug Kyle vor. »Genau wie Nora gesagt hat.«

»Nachbarn, die ein Geschenk miteinander teilen«, fügte Mia hinzu.

Für einen Augenblick war es still im Raum. Umso deutlicher war der Lärm von draußen zu hören. Das Stimmengewirr der Menschenmenge. Das Plärren der Walkie-Talkies. Autos hielten an, Türen wurden geöffnet und zugeschlagen. Es fühlte sich an wie eine Belagerung. Als müssten wir Kessel mit heißem Teer vom Dach schütten oder die Eingangstür gegen einen Rammbock verstärken.

Jo stand auf und sah in die Runde. Dann schlug sie vor, wir sollten uns alle gemeinsam einschwingen.

Damian sah sie verwundert an. »Jetzt?«

»Dafür sind wir schließlich hier, und wir können jetzt nicht aufgeben.«

Howard nickte, und Emily sagte, sie finde, das sei eine gute Idee.

»Von Bullen umzingelt?«, fragte Damian.

»Es wird uns stärker und einiger machen. Das können wir jetzt brauchen.«

Damian holte seine Pistole heraus und legte sie wieder auf den Couchtisch. »Dann lege ich die mal besser hierhin.«

Howard bat ihn, das nicht zu tun, aber Damian wollte nichts davon hören. »Wenn wir die Augen schließen und uns einschwingen und die Bullen kommen ...«

»Hör zu ...«, setzte Howard an, aber Jo legte ihm eine Hand auf die Schulter und gab ihm zu verstehen, er solle es auf sich beruhen lassen.

»Wir werden uns gegenseitig beschützen«, sagte Leslie.

Damian wies mit einer ausladenden Geste durch den Raum. »Euch ist hoffentlich klar, dass sie uns längst abhören.

»Lass sie doch«, warf Jo ein. »Wir hören viel mehr als sie.«

Sie breitete die Arme aus und gab damit der Gruppe das Zeichen, sich zu erheben und in der Mitte des Raums einen Kreis zu bilden. Die Ersten knieten sich bereits hin, als draußen erneut eine Megafon-Stimme zu vernehmen war.

»Emily?«

Emily presste sich die Hand auf den Mund.

»Kannst du mich hören?«

Es war Tom.

»O Gott«, sagte Mia.

»Emily, ich ... ich bin hier. Wenn du mich hören kannst, komm bitte ans Fenster.«

Leslie blickte Emily durchdringend an. »Tu's nicht.«

Emily nickte, aber ich sah deutlich, dass sie hin- und hergerissen war.

»Kommt alle in den Kreis«, befahl Jo.

»Ich liebe dich, mein Schatz. Und ich habe Angst um dich.«

Howard beschwor Emily, ihn zu ignorieren. »Das ist eine Falle.«

»Du musst stark bleiben.«

»Bitte komm ans Fenster.«

Emily erhob sich von ihrem Stuhl.

»Vielleicht sollte ich einfach …«

Leslie, Jo und Damian riefen im Chor: »Nein!« Emily zögerte, wollte dann doch zum Fenster gehen, aber Damian ergriff ihren Arm. Sie schrie kurz auf und brach dann unter Tränen zusammen.

»Bindet euch an den Mast, meine Freunde«, sagte Howard.

Kyle, der kniete, drehte sich um und stellte fest, dass ich immer noch auf der Couch saß. Er beugte sich zu mir her und fragte flüsternd, ob alles in Ordnung sei. Ich antwortete, ich wisse nicht, ob ich bereit sei, mich noch einmal einzuschwingen. Ich befürchtete, dass ich nicht in der richtigen Verfassung dafür war. Doch mir blieb keine Zeit für lange Überlegungen. Der Kreis war bereit und wartete.

»Du bekommst keinen Ärger, Em. Die Polizei will bloß sichergehen, dass es dir gut geht. Wir machen uns alle Sorgen um dich.«

»Claire, was ist los?«, fragte Jo und legte mir den Arm um die Schultern.

»Ich weiß, du kannst mich hören. Bitte tu … tu mir das nicht an.«

»Ich mache mir Sorgen, dass ich nicht stark genug bin«, sagte ich.

»Geh einfach durch diese Tür, komm in meine Arme, und dann fahre ich dich nach Hause, okay?«

»Stark genug wofür?«, fragte Jo.

»Und wir können das alles hinter uns lassen.«

»Stark genug wofür, Claire?«, fragte sie erneut.

»Natürlich bist du stark genug«, rief Leslie.

»Was, wenn ich nicht mehr rauskomme?«, fragte ich.

Jo sah mich verwirrt an. »Du meinst aus dem Haus?«

Ich blickte zu Emily. Sie hatte sich beruhigt. Sie wischte sich die Augen trocken, erwiderte Damians Umarmung und dankte ihm dafür, dass er sie festgehalten hatte.

Howard, der neben Shawn und Mia kniete, winkte mir zu. »Komm schon, Claire.«

»Ich will, dass du tief einatmest, okay?«, wies Jo mich an und blickte mir in die Augen.

Ich nickte und holte tief Luft wie ein folgsames Kind.

»Genau so«, sagte Jo. »Gut. Und jetzt komm zu uns auf den Boden. Ich bin sicher, dir geht es sofort besser, wenn wir mit dem Einschwingen beginnen.«

Da ich keine andere Möglichkeit sah, erhob ich mich von der Couch und nahm meinen Platz im Kreis ein.

»Okay«, sagte Jo und blickte nacheinander alle an. »Hier wären wir also. Ich weiß, wir befinden uns gerade in einer sehr angespannten Lage, aber wir können diese Anspannung kanalisieren. Okay? Ich will, dass ihr euch konzentriert. Mit aller Kraft. Blendet alle anderen Geräusche aus. Heißt das Summen willkommen. Lasst zu, dass es euch durchdringt. Lasst euch von ihm erfüllen.«

Wir schlossen die Augen, und nach und nach begann das Summen in uns einzuströmen. Es floss durch uns hindurch und benutzte unsere Körper als Kanal.

»Lasst es an eure Stelle treten«, sagte Jo. »Atom für Atom. Bis ihr nichts mehr seid als die Frequenz der Erde.«

Ich konnte das blaurot flackernde Licht der Polizeiwagen durch meine Augenlider sehen. Der Raum pulsierte. Das Summen nahm an Intensität zu, bis der Raum und unsere Körper heiß wurden – und bis die Stimme eines anderen Polizeibeamten aus dem Megafon drang.

»Sie haben fünf Minuten, das Gebäude ruhig und geordnet durch die Haustür zu verlassen.«

Er wiederholte seine Aussage. Seine Stimme war ein Knistern in der Nacht, das von unseren eigenen Stimmen übertönt wurde, die ächzten und heulten, am Rande des Werdens und des Vergehens, fiebrig und ungezügelt zuckend, sich windend, besessen, tiefer durch die Zeit, tiefer durch den Klang, tiefer in das Fleisch, Klang in Fleisch, Fleisch in Licht … es riss an mir, ein Reißen durch die Zeit, riss uns die Kleider vom Leib … Möbel wurden umgestoßen, Tische, Lampen, Vasen …

»Claire?«

Ich hörte Jos Stimme in der Ferne.

»Claire!«, schrie Kyle und versuchte, mich festzuhalten, aber ich war nicht da, ich kreischte, nackt, dem Klang ausgeliefert wie eine Fahne am Mast im Orkan, Stimmen, die entsetzten Stimmen der anderen …

»Was ist los?«

»Ich weiß nicht.«

»O mein Gott!«

Und ich – meine eigene Stimme: »Ich kann nicht … aaaaaaaaah …«

»Haltet sie doch fest!«

»Die andere Seite«, hörte ich mich rufen. »Die andere Seite.«

»Die andere Seite?«

»Claire, schau mich an.«

»Ich bin auf der anderen … es fließt … in meine aaaaaahhh …«

»Was ist …?«

»Claire, bleib bei mir. Sieh mich an. Sieh mir in die Augen. Hör auf meine Stimme. Bleib im Zimmer.«

»Hast du so was schon mal erlebt?«

»Nein, habe ich nicht.«

»Was ist los?«

»Bleib bei mir, Claire. Hör auf meine Stimme, halt dich an meiner Stimme fest.«

Ich wand mich am Boden. Krämpfe.

»Es fliiiiiie…«

»O Scheiße!«

»Tu doch jemand was!«

»Was denn?«

»O mein Gott!«

»Sie hat einen Anfall.«

»Nein, hat sie nicht.«

»Gebt mir die Decke.« Mias Stimme.

»Decke?«

»Gib schon her …«

Leslie nahm eine Decke von der Couch und schmiss sie Mia hin, die mich darin einwickelte wie ein Baby, mich wiegte und beruhigend auf mich einredete, während ich zitterte, schwitzte und mich herumwälzte. »Aaaaahhhhh …«

»Passt auf, dass sie nicht ihre Zunge verschluckt.«

»Alles wird gut«, säuselte Mia. »Ich bin bei dir.«

Kyle erinnerte sie an meine Worte, was, wenn ich nicht mehr rauskomme ...

»Was hat sie damit gemeint?«

»Ich bin bei dir, Claire, es ist alles gut, es ist ...«

»Aber, aber, aber, aber ...«

Ich befreite mich aus Mias Griff, schleuderte die Decke fort, zerfetzte, was noch von meiner Kleidung übrig war, während mich das Summen von innen zerriss, Fahne am Mast, bösartig ...

»Claire!«

»Halt sie doch einer ...«

»Was macht sie da?«

»Hat sie Fieber?«

»Holt kaltes Wasser.«

»Warum macht sie dieses Geräusch?«

»Um Gottes willen!«

»Iiiiihhhh ... o Gott ... gaaaaaaahhh ...«

»Wasser!«

Shawn rannte in die Küche.

Jemand sagte: »Claire, *bitte!*«

»Hol einfach den Krug aus dem Kühlschrank!«

Nackt. Sturm der Zeit, des Klangs, am Mast. Shawn kam angerannt mit einem Krug Wasser, Plastik, durchsichtig, beschlagen. Er reichte ihn Jo, die ihn über mir ausschüttete, mich einfach mit dem Eiswasser übergoss.

»Himmel!«

Spritzend, nach Luft ringend. Jo klatschte laut vor meinem Gesicht in die Hände.

»Komm zurück, Claire!«

»Ich … bin … ich bin ganz …«

»Komm schon.«

Versuche, Wörter zu formen. Wörter formen mit meinen Lippen, meiner Zunge …

»Das war's.«

»Ich glaube, sie kann dich hören.«

»Ich … konnte nicht …«

»Was ist los, Liebes?« Emilys Stimme.

»Geht zurück. Lasst ihr Raum.«

»Claire?«

»Ich ko…«, sagte ich.

»Ich bin's. Kyle.« Kyles Stimme.

»Ich … k-k-komme …«

»Komm zurück zu mir, Claire. Komm zurück. Komm zurück zu mir.«

Seine Hände auf meinem Gesicht, aber ich jaulte, peinlich, warum, Hände auf meinem Gesicht, ich, ich, ich, muss weg, muss hier raus, raus aus meiner Haut, raus aus diesem Raum, aus diesem Haus, aus diesem Leben, diesem Klang – das Geräusch – es ist zu viel, alles zu viel. Ich rannte, rannte zur Haustür …

»Claire!«

»Haltet sie fest!«

»O nein … nein, nein, nein!«

Ich war bei der Haustür, schloss sie auf, und ich war draußen, draußen auf den Stufen, auf dem Gehweg, ich lief, geblendet von Kamerablitzen, Blaulichtern, iPhones, keuchend, nackt, durchnässt, zitternd vom Eiswasser, meine Brüste, mein Kopf, ich stolperte ein paar Schritte, Nachrichtenkameras, Reporter, alle kamen näher, wo ist Ashley? Ich konnte nichts sehen gegen das Licht, die Menge, ich zitterte, ich war Klang. Ich war Klang geworden. Ich öffnete den Mund. Ich öffnete den Mund, um zu sprechen, und ich sagte: »Die Offenbarung hat stattgefunden!«

Im selben Moment ergriffen mich Howard und Jo von hinten und schleiften mich rückwärts zur Tür, zurück in den Flur. Sie warfen die Tür zu und schlossen ab.

Howards Gesicht nah an meinem. »Was machst du da?«

»Claire, bist du da?«

Ich war überall.

»Was ist passiert, Claire? Sprich mit uns.«

Ich versuchte, etwas zu sagen, aber ich hatte zu viele Wörter im Mund. Howard hielt mich bei den Schultern, schüttelte mich wild.

Jo ging dazwischen. »Hör auf damit«, sagte sie.

Ich schlug Howards Hände weg und stolperte zurück.

»Fass sie nicht an.«

Stolperte zurück und fand Halt. Ich blickte Jo an. Und ich sah sie. Ich sah Jo. Und ich war zurück.

Ich war zurück im Wohnzimmer. Ich versuchte, wieder zu Atem zu kommen. Ich würde mich übergeben. Nein. Ich sah die anderen. Ich sah, wie sie mich beobachteten, sah ihre Angst. Ich blinzelte und drehte mich zu Jo. Ich drehte mich zu Jo und sagte: »Ich war du.«

Ich drehte mich zu den anderen und sagte: »Ich war ihr alle. Ich war der Fußboden. Das Haus. Das Innere des Kühlschranks. Der Senf. Die Eier. Der Baum da hinten und die Würmer darunter, hab mein Gesicht durch die Erde gedrückt, die Erde des … des Lebens, des Seins in dem beschissenen Leben von allem, mein Gott, o mein Gott, ich weiß einfach nicht, wo ich anfangen soll, ich habe weder angefangen noch geendet, ich hatte kein Ende, ich war alles … unendlich, weit entfernte Sterne, Gebäude, Wolkenkratzer und die Vögel« – ich klatschte in die Hände –, »die in sie reinkrachen.«

Ich drehte mich zu Kyle, sein bestürztes Gesicht.

»Du. Ich war du. Wie du mit deiner Frau schläfst. Ich war deine Frau in zwanzig Jahren und deine Scheiße in der Kloschüssel, dein Kind, dein Enkelkind, das in den Pool springt, das Wasser im Pool. Da war … ich kann nicht mal, ich weiß nicht mal, über welches Zeitalter ich rede, rede ich überhaupt? Ich glaub schon, jetzt. Ich bin hier, zurück in meiner … Wartet mal. Hab ich? Wo ist Ashley? Wie spät ist es? Das Ding ist … es gibt kein Ding, alles ist das Ding, ist ununterscheidbar, bloß Atome, die sich bewegen, den Ort wechseln, alles ist das Gleiche, Dasselbe, und … das Ding, das Ding … was ich sagen wollte, oh, ich hatte keine Angst vor dem Tod! Was ist das? Es war nicht … Der Tod ist nicht … er existiert nicht, alles verändert nur seinen Platz, es kommt aufs Gleiche raus, macht euch keine Sorgen deswegen. Familie. Ist egal. Die Leute, die du liebst. Ist auch egal, weil das alles bloß du bist, du, ich, ein Fremder, der Bus, alles nur Atome, die den Ort wechseln, im Lauf der Zeit, zusammenkommen und auseinandergehen. Irgendwie schrecklich, oder?«

Kyle streckte die Hand aus und berührte meine Schulter. »Claire.«

»Was ist ein Körper? Was ist das?«, fragte ich und legte meine Hände auf den Couchtisch.

»Das ist ein Tisch«, sagte Kyle.

»Aber was ist das?«, fragte ich verzweifelt. »Ich war *das*. Dieses Ding. Was ist Klang? Bloß Raum dazwischen. Ich war Klang. Was ist das? Eine Stimme? Ich habe deine Stimme gehört. Ich habe deine Stimme in der Zeit gehört. Im Raum. Es gab einen Augenblick. Ich wollte ... Ich dachte, ich sei weg. Für immer. Ich dachte, ich sei der Klang geworden, für immer neu zusammengesetzt. Aber es war okay. Für mich war das okay. Ich hatte keine Angst. Ich hörte deine Stimme und hatte keine Angst. Zum ersten Mal.«

Ich blickte Kyle in die Augen. »Ich habe deine Stimme gehört. Und ich wusste, wer ich war.«

Das Summen erreichte unvermittelt einen Höhepunkt, ohrenbetäubend, und die Haustür brach auf, und herein strömten Polizisten in schwerer Montur, drei, vier, und das Krachen, als die Terrassentür aufgebrochen wurde. Damian tauchte ab, schnappte sich seine Pistole vom Couchtisch und legte an. Im selben Moment eröffnete ein Beamter das Feuer und traf ihn und Kyle. Beide gingen zu Boden. Wie Punchingsäcke, die man von ihrer Kette gelöst hatte. All das innerhalb von drei Sekunden, aber in Zeitlupe. Zerschmettertes Glas überall. Damian, verwundet, schoss zurück, traf den Polizisten. Zwei andere Beamte eröffneten das Feuer, trafen Damian dreimal in die Brust. All dies in weiteren vier Sekunden. Ich lag am Boden und hielt Kyle fest. Irgendwo schrie jemand. Ich umklammerte Kyle. Warm und nass in meinen Händen. Umklammerte ihn, als wäre er mein Kind. Aber sein Körper in meinen Armen war erschlafft.

18

IN EINER MORGENDÄMMERUNG mitten im Winter erschien er am Rande der Lichtung. Seine Ohren mit den weißen Spitzen zuckten und bebten, als er um sich blickte. Schwache Atemrauchfahnen kräuselten sich in der Kälte vor seiner Schnauze. Er senkte den Kopf und stakste vorsichtig über das vom Frost bemalte Gras, um die Überreste eines eingestürzten orangefarbenen Zelts zu beschnuppern. In der Nähe lagen ein tragbarer Propangasofen und zwei leere Propangasflaschen. Eine durchweichte Decke. Zwei aufgeschlitzte Kissen, die Schaumstoff spuckten. Und das, was von einem zertrümmerten tragbaren CD-Player übrig war.

19

ICH GOOGELTE:

Kann man vor Kummer sterben?

Kann man an Todessehnsucht sterben?

Kann man vor Angst sterben?

Verbrennen wir beim Weinen Kalorien?

Was passiert, wenn man allein in einem Haus stirbt?

Wie lange dauert es, bis die Leiche stinkt?

Wie lange dauert es maximal, bis die Leiche einer allein lebenden Person gefunden wird?

Ist Zeit linear?

20

ICH WAR NICHT zu Kyles Beerdigung eingeladen. Nicht dass ich es erwartet hätte. Ich war auch nicht zu Damians Beerdigung eingeladen. Anklagen wurden erst erhoben, aber dann fallen gelassen. Brenda drohte mit einem Zivilprozess, doch bis heute ist nichts dabei herausgekommen. Ich verbrachte drei Wochen in einer psychiatrischen Klinik. Paul besuchte mich jeden Tag. Ashley zog zum Studieren in eine andere Stadt. Dann wurde ich wieder in meine Einsamkeit entlassen. Monate verstrichen. Ich hörte mit dem Einschwingen auf. Ich vergaß, wie es ging. Ich war nicht einmal sicher, ob es allein überhaupt möglich war. Das Summen dauerte an. Es verlor für mich alles Wunderbare, Freudvolle und Bedeutsame. Es war kein Geheimnis mehr, das es zu lüften galt. Es wurde einfach wieder zu einem Geräusch, einer Sache, die mich in meinen wachen Stunden quälte, Stunden über Stunden – Zeit, die mir aus irgendeinem Grund geschenkt wurde und die einem Jungen, den ich einst geliebt hatte, verweigert worden war. Ich sah diesen großen Schmerz vor mir, der sich von meiner Brust aus in alle Richtungen ausbreitete wie ein unsichtbarer Fallschirm, sogar über die Wände meines Hauses hinaus, wie ein Fußballfeld oder das Rollfeld eines Flugplatzes, eine sich stetig ausdehnende Weite von Traurigkeit.

Eines Winternachmittags lag ich auf der Couch im Wohnzimmer und dämmerte vor mich hin, während der

Fernseher lief, um mir ein wenig Gesellschaft zu leisten. Ich hatte Nachrichtensendungen lange ignoriert. Monatelang. So lange, wie es dauerte, bis ich nicht mehr darin vorkam. Aber an jenem Nachmittag, als ich so dalag, nahm ich bruchstückhaft die Meldung eines Lokalsenders wahr, die den ganzen Tag lang wiederholt wurde. Es ging darin um das Summen.

»… als am vergangenen Donnerstag eine von der Stadt in Auftrag gegebene unabhängige Untersuchung eine Kompressorstation an der Phoenix-Access-Pipeline als Quelle des mysteriösen Summens ermittelte, unter dem im vergangenen Jahr mehrere Anwohner gelitten hatten …«

»… heute Morgen, nach mehreren Tagen der Stille, doch nicht von der Art, die die Anwohner sich erhofft hatten, kündigte Southwestern Gas an, die Durchflussmenge durch die Pipeline zu reduzieren, in der Hoffnung, auf diese Weise …«

»… ein Sprecher von Southwestern Gas …«

»… Southwestern Gas bestätigte, dass die Firma die Durchflussmenge durch die Phoenix-Access-Pipeline im Herbst 2018 um rund dreißig Prozent erhöht hatte. Die Firma glaubt, dass dieser zusätzliche Druck möglicherweise Vibrationen verursacht hat, die …«

»… Kopfschmerzen, Nasenbluten, Schlaflosigkeit …«

»… eine Art örtlich begrenzter Wahn, der im vergangenen Juni zu der verhängnisvollen Auseinandersetzung zwischen der Polizei und Mitgliedern der Sequoia-Crescent-Sekte geführt hatte …«

Tagelang gingen Nachrichtenmoderatoren, Experten

und Firmensprecher mit einem städtischen Bericht hausieren, der das Summen einer Erdgaspipeline zuschrieb, die zwei Meilen von unserem Viertel entfernt durch die Wüste verlief. Die offizielle Version der Geschichte lautete, dass Southwestern Gas im vergangenen Herbst, etwa zu der Zeit, als die meisten von uns das Geräusch zum ersten Mal hörten, die Durchflussmenge in der Pipeline erhöht hatte und dass die dadurch verursachten Vibrationen angeblich die Fundamente von Gebäuden zum Wanken gebracht hatten. Ich konnte nur müde lächeln. Erwarteten sie wirklich, dass wir glaubten, dass alles, was wir durchgemacht hatten – die Kopfschmerzen, das Nasenbluten, die Euphorie, die Ekstase, der Sturm auf das Haus, die Todesfälle –, von einer Pipeline herrührte? Erwarteten sie wirklich, dass ich glaubte, Kyle hätte eine Kugel in sein Becken und eine andere ins Genick bekommen, weil der Druck in einer Erdgaspipeline erhöht worden war? Es war so schmerzhaft banal, dass es schon fast wieder glaubhaft war. Es machte wirklich keinen Unterschied, ob ich daran glaubte oder nicht oder ob irgendjemand sonst es tat. Ich verstand, welche Funktion es hatte. Manchmal brauchten Leute einen Mythos, hinter dem sie sich versammeln konnten, vor allem nach einem kollektiven Trauma. Ein Viertel und eine ganze Stadt wollten über eine schlimme Sache hinwegkommen.

Kurz nach Mitternacht erwachte ich von Emilys Stimme im Fernsehen. Der Bildschirm war das einzige Licht im Raum. Emilys Gesicht war riesengroß in Nahaufnahme. Dann gab es einen Schnitt in die Totale, und man sah, wie sie neben Tom im Studio saß. Er trug ein frisch gebügeltes Hemd. Im Hintergrund war eine Tagesansicht der Stadt zu sehen. Wahrscheinlich handelte es sich um die Wiederholung eines Interviews vom Tag. Ich hatte mich erhoben, saß stocksteif da und schaute zu.

»Es war, als wäre ich aus einem Albtraum erwacht. Es fühlte sich an, als hätte ich ein Jahr meines Lebens verloren«, sagte Emily.

»Wir haben wie zwei Fremde im selben Haus gelebt«, fügte Tom hinzu. »Na ja, bis du dann zu deiner Schwester gezogen bist«, ergänzte er und sah Emily von der Seite an.

»Hören Sie das Summen immer noch?«, fragte sie der Moderator. »Jetzt, wo Southwestern Gas den Druck gesenkt hat?«

»Nein«, sagte Emiliy und schüttelte den Kopf. »Ich höre es nicht mehr.«

»Wem geben Sie die Schuld am Tod von Kyle Francis und Damian Barnes? Trägt für Sie irgendjemand die Schuld daran?«

Ich schluckte und schloss die Augen und wartete auf Emilys Antwort. Als sie nicht kam, öffnete ich erneut die Augen, und sah, wie sie auf ihren Schoß starrte. Schließlich blickte sie den Moderator wieder an, und in ihren Augen glänzten Tränen. Als sie den Mund öffnete, griff ich nach der Fernbedienung und schaltete den Fernseher aus.

Erst vor wenigen Monaten hatte Kyle in meiner Abwesenheit mein Haus betreten, sich auf mein Bett gesetzt, hatte mit meiner Tochter geredet, war in meinem Schlafzimmer herumgelaufen und auf der Couch im

Wohnzimmer eingeschlafen. In jener Nacht war er nur einer von zahlreichen jungen Menschen gewesen. Und doch war sein Geruch irgendwie haften geblieben. In Kleiderschränken, Kommoden, in den Zimmerecken. Manchmal war er so stark, dass ich mich kurz abstützen und die Augen schließen musste.

Jedes Mal, wenn ich am Park vorbeifuhr, stellte ich mir die Überreste seines Zelts vor, das irgendwo im Unterholz verborgen war. Manchmal lag ich nachts im Bett und dachte nach, wie einfach es wäre, aufzustehen, meine Schuhe anzuziehen, die sechs Blocks durch die Dunkelheit zu laufen, durch das Unterholz, und mich zwischen seinen Sachen hinzuhocken, seinen alten CDs und Büchern, aber ich konnte mich nie dazu aufraffen. Es war wie ein Schrei in der Nacht, der ungehört verhallte.

Schließlich hörte ich tatsächlich auf, das Summen zu hören, obwohl es noch tagelang da gewesen war, nachdem sie offiziell den Druck in der Pipeline gesenkt hatten. Es blieb wie ein Phantomschmerz – drei Tage, sechs Tage, neun Tage danach, wenn auch schwächer werdend, bis ich schließlich eines Morgens erwachte und es weg war. Ich lag im Bett und lauschte den Vögeln vor meinem Fenster. Ich konzentrierte mich und strengte mich an, in der Hoffnung, irgendeinen Nachhall des Summens im Hintergrund zu hören, eine hauchfeine Vibration, aber da war nichts. Zunächst fühlte es sich verwirrend an. Als fehlte der Welt plötzlich die Farbe Gelb oder der Geschmack von Salz. Es gab eine Wahrnehmungsebene, zu der ich keinen Zugang mehr hatte – obwohl ich mich nach und nach an die Abwesenheit gewöhnte, wie wir es mit allem tun, was wir verlieren. Ich fing wieder an, durchzuschlafen. Ich fing wieder an, morgens meinen Wecker zu stellen. Ich fing wieder an, zu joggen und Zahnseide zu benutzen und meine E-Mails zu lesen. Ich löschte die abscheulichen Sprachnachrichten auf meiner Mailbox. Ich fing wieder an, mein Bett zu machen. Ich fing an, Himbeeren und Tulpen zu kaufen. Ich fing an, Podcasts über Astronomie, Stadtplanung, die Pest, die Geschichte der Medizin, Konversionstherapie, Bienen, die Harlem Renaissance, heidnische Rituale und Dolly Parton zu hören.

Ich fing an, Mahlzeiten mit mehr als drei Zutaten zuzubereiten. Ich fing an, meine Nachbarn anzulächeln. Ich fing an, wieder mit Paul zu reden – zunächst kurze, höfliche Anfragen und dann längere und ausführlichere Gespräche über aktuelle Ereignisse, unseren Alltag, darüber, wie wir einander verletzt hatten und wie wir vielleicht dazu zurückfinden könnten, einander so zu lieben wie früher.

Und dann klingelte es eines Morgens an der Tür. Ich schreckte hoch, nahm das Telefon zur Hand – fünf nach neun. Scheiße! Ich warf mir den Morgenmantel über, schlang mein Haar zu einem unordentlichen Dutt und hastete nach unten, während es noch mal klingelte. Ich öffnete die Tür und sah Paul vor mir stehen, zu seinen Füßen einen Umzugskarton.

»Morgen!«, sagte er.

»Hey. Tut mir leid. Mein Wecker hat nicht geklingelt.«

»Kein Problem. Ash und ich können diese Runde übernehmen.«

Ich sah an ihm vorbei zur Einfahrt. Ashley war damit beschäftigt, Kartons aus seinem Kofferraum auszuladen. Ich versprach, wenn ich jetzt schnell duschen würde, wäre ich bereit für die zweite Fuhre.

»Du hast es dir nicht etwa anders überlegt, oder?«, fragte er.

»Was? Nein, natürlich nicht.«

»Du wirkst nicht sehr begeistert.«

»Tut mir leid, ich bin wirklich gerade erst aufgewacht.«

Er nickte, hob dann den Karton hoch und ging ins Haus.

Ich sagte, dass ich gestern lange auf gewesen war.

»Was hast du gemacht?«

Ich musste kurz schuldbewusst lachen. »Ich, ähm, habe endlich den *Zauberberg* zu Ende gehört«, gestand ich.

Er brauchte einen Augenblick, um zu begreifen, was ich gesagt hatte, bevor er ebenfalls lachte.

»Ich weiß«, sagte ich. »Hat eine Weile gedauert.«

»Wahrscheinlich länger, als das Buch zu schreiben.« Er stellte den Karton am Fuß der Treppe ab.

Ich zuckte mit den Schultern. »Ich habe zwischendrin lange pausiert.«

»Und gestern Abend hast du dann gedacht, ich zieh mir das Ding jetzt komplett rein?«, fragte er.

Ashley erschien mit einem Karton in der Haustür.

»Hey«, sagte sie und warf mir einen Blick zu. »Tut mir leid, dass ich nicht zurückgerufen habe.« Sie stellte den Karton mit einem dumpfen Geräusch ab. »Es sind gerade Halbjahresprüfungen.«

Ich sagte, ich wisse Bescheid, und sie sollte sich keine Gedanken machen. »Du siehst gut aus.«

»Ja, klar. Seit Semesteranfang hab ich bestimmt zehn Kilo zugenommen.«

»Nein.«

»Egal, Sex hab ich trotzdem genug«, sagte sie und ging ins Schlafzimmer und riss die Vorhänge auf. »Aber Mom, ernsthaft, hör auf, dich wie eine komische Alte zu benehmen, und mach deine Vorhänge auf.«

»Mach ich ja! Stress mich nicht, ich bin gerade erst aufgewacht!«

Sie verschwand in der Küche, während Paul die Post auf dem Esszimmertisch durchblätterte. Er hielt einen Stapel hoch, den ich für ihn zur Seite gelegt hatte.

»Fast alles Werbung«, sagte ich.

Ich fragte ihn, ob er einen Kaffee wolle, aber er lehnte ab.

»Ich will zuerst auspacken.«

Ashley kam mit einem Glas Orangensaft in der Hand zurück ins Wohnzimmer und fragte nach der Lasagne im Kühlschrank.

»Die habe ich für heute Abend gemacht«, erklärte ich. »Zur Feier des Tages.«

»Oooh«, erwiderte sie mit gespielter Rührung, aber Paul schien erfreut. Ich fragte, ob sie vorhatte, über Nacht zu bleiben.

»Mal sehen, wie ich mich fühle. Vielleicht penne ich auch bei Yona.«

»Gut, ich habe auf jeden Fall dein Bett gemacht.«

»Alles klar.«

Paul ging nach draußen, um das Auto weiter zu entladen, und Ashley und ich waren zum ersten Mal seit Monaten wieder allein.

»Freut mich, dass du deine Kurse magst«, sagte ich.

»Ein bisschen weniger inzwischen.«

»Ach ja, warum?«

Sie zuckte mit den Schultern, schwieg.

»Dein Kunstgeschichtsprof klingt nach jemand, mit dem man Spaß haben kann.«

»Ja, er ist okay.« Sie nickte und nahm einen großen Schluck Saft. »Machst du dir immer noch Vorwürfe?«

Ihre Frage traf mich vollkommen unvorbereitet. »Was?«

»Wegen Kyle.«

»Ich … ja, na klar. Natürlich mache ich das.«

Sie sah mich einen Augenblick lang mit einem unergründlichen Gesichtsausdruck an. »Also ich nicht«, sagte sie.

»Danke!«

»Aber alle anderen schon.«

Ich schluckte und nickte.

»Und deshalb geben alle mir die Schuld«, erklärte sie.

Ich versuchte, ein paar tröstende Worte zu formulieren, aber mir fielen nur Phrasen ein, abgedroschen und lächerlich. Sie hob die Augenbrauen und trank in schweigendem Tadel einen weiteren Schluck Saft. Paul kam mit einem Karton zurück, setzte ihn ab und ging sofort wieder nach draußen.

»Manchmal frage ich mich, was er jetzt studieren würde«, sagte sie.

Ich gestand, dass ich manchmal dasselbe dachte.

»Englisch wahrscheinlich.«

Ich nickte. »Wahrscheinlich.«

»Versuchst du manchmal, mit ihm zu reden?«, fragte sie.

»Was?«

»Redet ihr manchmal?«

»Nein. Wie meinst du das? Wie sollten wir …?«

»Ich weiß nicht, früher hast du an noch viel komischeres Zeug geglaubt.«

»Nein«, sagte ich. »Wir reden nicht.«

»Hm«, brummte sie und trank noch einen Schluck. »Dad hat mir erzählt, dass du dem Bericht von der Stadt nicht glaubst.«

Ich seufzte. Sie suchte Streit. Vermutlich hätte mich das nicht überraschen sollen. Sie war zum Studium weggezogen, als ich immer noch im Krankenhaus war. Ein paar E-Mails und Anrufe reichten nicht aus, um die nicht detonierten Landminen zu räumen. Ich wusste, sie wollte, dass ich kapitulierte, aber den Gefallen würde ich ihr nicht tun.

»Ash, was ich gehört habe, war keine Pipeline«, sagte ich.

Sie knallte ihr Glas auf den Couchtisch. »Die ganze verdammte Welt außer dir akzeptiert das. Sogar deine alte Gang. Sie haben fast alle Interviews gegeben, oder? Und alle haben Howard verleugnet.«

»Nicht alle.«

»Sogar Jo.«

»Was blieb ihr anderes übrig?«

»Wie kannst du nur …?« Ashley riss die Hände hoch, klatschte sie entnervt gegen die Stirn. Dann hielt sie sich den Kopf, als würde er gleich vor Frust explodieren. »Sogar jetzt noch!«, rief sie aus. »Ich wette, du glaubst insgeheim, dass du es immer noch hörst.«

»Nein.«

»Warum kannst du es dann nicht zugeben? Sie haben den Druck in der Pipeline erhöht, das hat Vibrationen ausgelöst, die Vibrationen haben das Summen ausgelöst. Sie haben den Druck wieder gesenkt, und das Summen ist weg. Ich meine, was willst du denn noch? Soll Gottes Hand es für dich in den Himmel schreiben?«

»Eine zwei Meilen entfernte Pipeline«, warf ich ein.

»Ja. Und sie haben das repariert«, rief sie und starrte mich an. »Sie haben es definitiv repariert, Mom, das steht verdammt noch mal nicht zur Debatte.«

»Okay.«

»Also entweder du hörst es, oder du hörst es nicht.«

»Ich höre es nicht, habe ich dir gesagt.«

»Weil sie es repariert haben.«

Ich nickte zurückhaltend. »Allerdings konnte ich es noch tagelang hören«, sagte ich.

»Ich wette, du hast immer noch Mitleid mit Howard«, sagte sie.

»Er ist nicht der Übeltäter, für den ihn alle halten.«

Ärgerlich rieb sie sich mit den Händen das Gesicht. »Mom, er hat dir eine Gehirnwäsche verpasst und dich als Geisel festgehalten.«

»Niemand wurde als Geisel festgehalten.«

»Die gesamte Nation hat zugeschaut, wie du nackt aus diesem Haus gerannt kamst und sie dich wieder reingezerrt haben.«

»Ja, aber ...«

»Diese Nora wurde zu Boden geschleudert und festgehalten, als sie zu entkommen versucht hat.«

Ich erklärte Ashley, dass sie oder jeder andere, der nicht in dem Haus war, das kaum verstehen könne.

»Die Sammelklage gegen Howard …«, fuhr sie fort. »Der einzige Grund, warum seine ehemaligen Studentinnen nicht früher damit an die Öffentlichkeit gegangen sind, ist, dass er auch sie einer Gehirnwäsche unterzogen hat. So wie dich. Und wahrscheinlich waren sie traumatisiert und hatten wahnsinnige Angst.«

»Ash, hör zu …«

»Nein, hör du zu, Mom. Du hattest einen schweren psychotischen Zusammenbruch. Die ganze Welt hat dabei zugesehen – live im Fernsehen. Du bist ein gottverdammtes Meme. Mit Titten und Muschi und allem. Hast du irgendeine Ahnung … Ach, versuch's nicht mal.«

»Ich …«

Sie holte tief Luft, schloss für einen Moment die Augen und sah mich dann an. »Ich wäre so unglaublich wütend auf dich, wegen dem, was du mir angetan hast, wenn du mir nicht auch noch leidtun würdest. Du warst krank. Und bist es wahrscheinlich noch. Eine kranke …«

»Ash …«

»Nein, sei still und hör mir zu. Sogar jetzt kannst du es immer noch nicht zugeben. Du hast unter emotionalem Stress gestanden, hast monatelang unter chronischer Schlaflosigkeit gelitten, warst also anfällig für Gehirnwäsche und was weiß ich noch alles. Du warst nicht du selbst.«

Paul kam herein, stellte wieder einen Karton ab, sah uns an und vermied es tunlichst, ein Wort zu sagen.

Ashley sah ihm nach, wie er zurück nach draußen ging, und fuhr dann fort: »Er glaubt, alles kann einfach wieder normal werden.«

»Das hoffe ich auch«, sagte ich.

»Wirklich?«

»Ja.«

Ihre Augen wurden zu schmalen Schlitzen. »Ich glaube, du freust dich noch nicht mal, dass es weg ist.«

»Natürlich freue ich mich. Ich habe mein Leben wieder«, sagte ich.

»Was für ein Leben?«

»Sei nicht grausam.«

»Was willst du wiederhaben?«

»Einfach bloß …«

»Die Ruhe?«

»Ja.«

»Kyle?«

Ich schaute zu Boden.

»Ich glaube, du hast nicht mal akzeptiert, dass du den Verstand verloren hast«, sagte sie.

Sie verstummte, sah mich herausfordernd an. Was wollte sie denn noch von mir? Mein Name war reingewaschen. Die Klagen waren fallen gelassen worden. Ich hatte keinerlei Kontakt mit den anderen »Summern«. Ich arbeitete an meiner geistigen Gesundheit, schlief viel, nahm meine Medikamente. Wollte sie, dass ich um Vergebung bettelte? Dass ich vor ihr auf dem Bauch kroch? Dass ich Staub fraß?

»Alles andere habe ich verloren«, sagte ich.

Sie nickte und sah sich im Wohnzimmer um, als wäre es das Innere meines Kopfes.

»Ich liebe dich. Aber ich kann dir nicht helfen.« Sie sagte das wie ein Arzt, der einem Patienten eine schlimme Diagnose mitteilte. »Und ich muss mich selbst schützen.«

Ich wollte sie umarmen, aber ich konnte mich nicht rühren. Ich wollte weinen, aber selbst das schaffte ich nicht.

»Ich glaube, du solltest jetzt duschen gehen«, sagte sie.

Ich strich mir Haare aus den Augen und flüsterte: »Ja.«

Ich konnte hören, wie Paul wieder durch die Haustür kam, sich mit einem großen Karton abmühte. Doch ich vermochte den Blick nicht von Ashley abzuwenden. Ich fragte mich, ob sie nicht sah, wie weit ich gekommen war? Wie hart ich gearbeitet hatte, um mir mein Leben zurückzuholen? Wollte sie mich einfach abschreiben, bloß weil ich nicht bereit war, ihre Sichtweise zu übernehmen? Ich wollte sagen: Ich versuche mein Bestes, Ash, an jedem einzelnen Tag, um zu vergessen, was ich gefühlt habe, was ich gehört habe, was ich erlebt habe, um wieder ein normales Leben zu führen.

Als Paul wieder nach draußen ging, machte auch Ashley Anstalten zu gehen, zögerte dann aber. Sie drehte sich zu mir um und umarmte mich, was mich völlig überraschte. Es war zunächst zögerlich, wurde dann aber stärker, bis sie mich mit einer beinahe schmerzhaften Intensität drückte und ich dasselbe tat. Ihr Haar war in meinem Mund. Ich spürte die Feuchtigkeit ihres

Gesichts an meinem Hals. Die Hitze unserer aneinandergepressten Körper. Sie löste sich von mir und warf mir einen kurzen Blick zu. Einen Blick, der sagte: Da ist Liebe. Da ist immer noch Liebe. Und dann ging sie hinaus und ließ mich im Wohnzimmer allein.

Eine Minute später kehrte Paul zurück und stellte einen weiteren Karton im Flur ab.

»Das war die erste Fuhre«, sagte er und richtete sich wieder auf.

»In einer Dreiviertelstunde komme ich mit dem Rest.«

Ich versprach, ich würde bereit sein, ihm bei seiner Rückkehr zu helfen, und zog den Gürtel meines Bademantels fester, während ich durch den Raum auf ihn zuging.

»Wehe, wenn nicht«, sagte er mit gespielter Strenge. Auf seinem Hemd hatten sich Schweißflecken gebildet. Ich konnte sein Aftershave riechen.

»Es ist schön, dich wiederzuhaben«, sagte ich.

Ein wehmütiger Gesichtsausdruck huschte über sein Gesicht. »Hoffentlich«, gab er zurück.

Aus irgendeinem Grund glaubte ich, ihn, bevor er ging, darauf hinweisen zu müssen, dass ich am nächsten Morgen Therapie hatte.

Er sagte, dass er das bereits wisse. »Und unsere gemeinsame haben wir am Dienstag«, ergänzte er.

»Tut mir leid, ich habe vergessen, dass wir das besprochen hatten. Am Montag habe ich auch ein Vorstellungsgespräch in der Bibliothek, habe ich dir das erzählt?«

»O gut. Nein, hast du nicht.«

Ich sagte, dass ich mir nicht allzu große Hoffnungen

machte. Ich hatte den Verdacht, dass dort zu viele Angestellte über mich Bescheid wussten. Aber vermutlich war es gut, damit anzufangen, wieder rauszugehen und zu suchen. Er schlug vor, wir sollten länger darüber reden, sobald er wieder da sei.

»Klar doch, tut mir leid«, erwiderte ich und verschob die Diskussion über langwierige Details mit einem Handwedeln auf später.

Er lächelte mich an. »Hey, Bärchen!«

»Hey!«

Einen Augenblick lang fragte ich mich, ob wir uns küssen sollten. Vielleicht nur flüchtig auf die Wange. Oder umarmen. Aber als wir einander gegenüberstanden, wurde deutlich, dass wir noch nicht so weit waren.

»Okay«, sagte er.

»Wenn du wiederkommst, werde ich ein anderer Mensch sein«, sagte ich.

»Bitte nicht«, erwiderte er.

Ich lächelte. Dann drehte er sich um und ging zur Tür hinaus. Und ich sah zu, wie er in sein Auto stieg, das Auto, das bald wieder unser Auto sein würde, das uns zum Supermarkt, zu Terminen und zu Besuchen bei Ashley bringen würde. Ashley saß auf dem Beifahrersitz und wartete darauf, dass es losging. Ich beobachtete Paul in dem Wissen, dass er in einer Dreiviertelstunde wieder hier sein würde, mit weiteren Kartons voller Sachen, die bald wieder mit dem kollektiven Besitz unseres Haushalts verschmelzen würden und nicht mehr von meinen Sachen zu unterscheiden sein würden. Ich sah zu, wie sie von der Einfahrt auf die Straße abbogen, bevor ich die Tür schloss und in die Stille des Hauses zurückkehrte. Obwohl es natürlich keine Stille war. Ich konnte draußen die Blätter im Wind rauschen hören. Das Brummen des Kühlschranks in der Küche. Das allgegenwärtige feine Rauschen der Klimaanlage, wenn die Luft durch die Schächte strömte. Mein leerer Magen machte ein Geräusch wie ein weit entferntes Motorrad auf der Autobahn. Ich sollte mir einen Toast machen, dachte ich.

Ich musste an Pauls Gesichtsausdruck denken, als ich ihm erzählte, dass ich den *Zauberberg* zu Ende gehört hatte, und mir ging auf, dass ich mich gar nicht an den unmittelbaren Schluss erinnern konnte. Vermutlich war ich kurz vorher doch eingeschlafen. Ich griff in die Tasche meines Bademantels und zog mein Handy heraus. Ich fand den *Zauberberg* in meinen Hörbüchern und scrollte bis zum Schluss. Ich verband das Handy mit dem Bluetooth-Lautsprecher im Esszimmer und drückte auf Start.

»Abenteuer im Fleische und Geist, die deine Einfachheit steigerten, ließen dich im Geist überleben, was du im Fleische wohl kaum überleben sollst.«

Die Erzählerstimme, die mir inzwischen so vertraut war wie die eines Onkels oder eines früheren Geliebten, erfüllte den Raum. Ich lehnte mich an den Esstisch und befahl Google, die Lautstärke zu erhöhen.

»Augenblicke kamen, wo dir aus Tod und Körperunzucht ahnungsvoll und regierungsweise ein Traum von Liebe erwuchs. Wird auch aus diesem Weltfest des Todes, auch aus der schlimmen Fieberbrunst, die rings den regnerischen Abendhimmel entzündet, einmal die Liebe steigen?«

Und dann, nach einer theatralischen Pause: *»Finis Operis«*.

Ich lehnte immer noch am Tisch, und die Zeilen hallten in meinem Kopf nach.

»Wird auch aus diesem Weltfest des Todes – einmal die Liebe steigen?«

Ich kannte diese Worte. Vielleicht waren sie trotzdem zu mir durchgedrungen, während ich geschlafen hatte. Ich stellte mir vor, wie Kyle bei diesen letzten Zeilen ankam, als hätte er den Gipfel eines Berges erklommen, und fragte mich, was ihm dabei durch den Kopf gegangen war. Und dann verschwanden die Zeilen, das Buch, der Berg, und mir blieben nur seine Augen. Und dann schob ich auch sie beiseite.

Bevor ich mir einen Toast mache, gehe ich duschen, beschloss ich. Ich werde mein Haar hochstecken, wie Paul es mag, und mir etwas Hübsches anziehen. Vielleicht meinen grünen Rollkragenpullover. Als ich das Esszimmer durchquerte, strömte das Morgenlicht herein, und wie durch ein Prisma sah ich das Leben, das ich hier in diesem Haus gelebt hatte, in all seinen farbigen Nuancen. Ashley wird heute zum Abendessen bleiben. Ich fühlte es in meinem Herzen. Heute Abend werde ich mit meiner Familie Lasagne essen. Und morgen wird Paul Waffeln für uns backen. Wir werden die Sonntagszeitung auf dem Küchentisch ausbreiten, das Radio läuft in der Küche, Ashley spielt mit ihrem Handy, wir drei teilen Raum und Zeit.

Ich erreichte die Treppe, legte meine Hand auf das Holzgeländer, ging bis zur vierten Stufe – und hielt inne.

Ich hörte etwas.

Nicht die Blätter oder den Kühlschrank oder die Klimaanlage oder meinen Magen. Ich hielt den Atem an und blieb ganz ruhig stehen. Ich hob langsam meine Hände, legte sie über die Ohren, versiegelte sie mit meinen verschwitzten Handflächen. Es entstand ein Vakuum der Stille. Dann senkte ich die Hände wieder. Es war da. Es war nicht in meinem Kopf. Viel leiser als zuvor, aber unüberhörbar.

Ich klammerte mich ans Geländer. Meine Knie zitterten. Ich hatte so große Fortschritte gemacht – das hatte ich jedenfalls geglaubt. Vielleicht hatte ich mir nur eingeredet, es nicht zu hören. Vielleicht war es einfacher, zu glauben, dass es fort war. Was, wenn es die ganze Zeit da war? Was, wenn es mich niemals verließ?

Ich begann zu lachen. Oder weinte ich? Ich war überwältigt – aber wovon? Erleichterung? Entsetzen? Wie konnte es sein, dass ich es nicht wusste? Aber so war es. Ich wusste nicht, warum ich lachte.

Es gab so vieles, das ich niemals wissen würde.

Nachwort

Ich kann mich nicht zu den Anschuldigungen gegen Howard wegen sexueller Nötigung äußern, die von mehreren seiner ehemaligen Studentinnen an der Virginia Tech erhoben wurden, einerseits, weil die Angelegenheit zu dem Zeitpunkt, da ich dies hier schreibe, immer noch vor Gericht verhandelt wird, aber auch, weil es einfach zu schmerzhaft für mich ist. Ich habe um meiner geistigen Gesundheit willen beschlossen, mich nicht näher mit den Einzelheiten des Falls zu befassen. Damals, als ich mit Howard zu tun hatte, wusste ich nichts von diesen Anschuldigungen, da sie erst im Gefolge der Tragödie am Sequoia Crescent und der damit verbundenen Medienaufmerksamkeit bekannt wurden. Ich kann nur sagen, dass es großen Mut braucht, mit der Erfahrung von sexueller Nötigung an die Öffentlichkeit zu gehen, und es käme mir nicht in den Sinn, die Aussagen dieser Frauen zu bezweifeln. Ich empfinde vielmehr ein unmittelbares tiefes Gefühl der Solidarität mit ihnen. Um ihretwillen habe ich daher auch mit mir gehadert, ob ich dieses Buch schreiben solle oder nicht, denn ich möchte auf keinen Fall den Eindruck erwecken, als entschuldigte ich Howards etwaige frühere Verfehlungen.

Ich habe mein Bestes getan, um die Ereignisse so wahrheitsgetreu wie möglich wiederzugeben, ohne mich von späteren Entwicklungen oder Enthüllungen beeinflussen zu lassen. Die Darstellung der Medien von Howard als Rädelsführer beispielsweise kann ich nicht bestätigen. Gleichzeitig muss ich eingestehen, dass meine Urteilskraft – in Anbetracht des Zustands, in dem ich mich befand – durchaus getrübt war. Ashley und Paul denken, dass meine Darstellung von Howard und Jo in diesem Buch lediglich ein Beweis dafür sei, wie effizient sie mich manipuliert haben. Sollten Nora oder Emily oder Shawn oder sonst jemand aus der Gruppe eines Tages einen Bericht über das Summen und das Haus am Sequoia Crescent schreiben, würden sie meine Darstellung gewiss um wichtige Aspekte erweitern. Ich hoffe, dass sie es irgendwann tun werden.

Mein Leben ist zu einer Art Normalität zurückgekehrt. Paul und ich haben uns wieder in unserem vertrauten Alltag eingerichtet. Ashley beginnt demnächst ihr zweites Jahr an der Uni. Ich habe praktisch zu allen Freunden von früher den Kontakt verloren, dafür aber ein paar neue Freunde gewonnen. Ich habe eine feste Anstellung, und meine Arbeit erfüllt mich. Ich habe mich auch an die neu gewonnene Ruhe gewöhnt. Die Gefahr, dass durch das Buch das Medieninteresse wieder aufflammen könnte, sehe ich sehr wohl, doch wird sie aufgewogen von dem Nutzen, den ich aus der Niederschrift gezogen habe und den meine potenziellen Leserinnen und Leser hoffentlich ziehen werden. Zweifellos bleibt am Ende die Frage, die mir jeder stellen wird – ob ich das Summen immer noch höre. Wie ich festgestellt habe, lautet die einfachste Antwort darauf: Nein.

Danksagung

Ich möchte Jennifer Lambert und Noelle Zitzer von Harper Collins Canada und Nicholas Pearson von 4th Estate meine tiefe Dankbarkeit für ihre fachkundige Geburtshilfe bei der Entstehung dieses Buches aussprechen; Jane Finigan dafür, dass sie das Potenzial in mir und dieser Geschichte gesehen und mich dazu gedrängt hat, es zu verwirklichen; Imogen Sarre und Elinor Burns für ihr großes Wissen und ihre Beharrlichkeit; Brian Lobel für seine Freundschaft und für seine Inspiration für die Figur des Shawn; Deborah Pearson dafür, dass sie dieser Geschichte mehr als einmal ihre Stimme geliehen hat; Patrick Eakin Young und Alice Kentridge dafür, dass sie mir während des Schreibens ein Zuhause fernab von zu Hause boten; Emily McLaughlin und das New Work Department am National Theatre für die Förderung einer frühen Version dieser Geschichte; und dem Canada Council for the Arts für die entscheidende Unterstützung bei der Fertigstellung eines ersten Entwurfs. Ich bin dankbar für alles, was die öffentliche Kulturförderung ermöglicht, und dafür, in einer Gesellschaft zu leben, in der sie existiert.

Meine ewige Liebe und Dankbarkeit gelten meiner Mutter, meinem Vater, meinem Bruder und meiner Großmutter. Meinem Kumpel Alistair. Und meinen außergewöhnlichen Freunden, besonders Jennifer Warren, deren Stimme ich in jeder Zeile des Romans höre.

Schließlich und vor allem danke ich James von ganzem Herzen dafür, dass er mich in jeder Phase dieses Buches unterstützt hat, dass er unermüdlich einen Entwurf nach dem anderen gelesen und mir so viele Anregungen gegeben hat. Danke, dass du immer an diese Geschichte und diese Figuren geglaubt hast. Ohne dich würde es dieses Buch nicht geben. Und ohne die Jahre der Liebe, des Staunens und der Abenteuer, die wir gemeinsam erlebt haben, wäre ich weder der Schriftsteller noch der Mensch, der ich heute bin.